DARK STRANGER

DER TRAUM

DIE ERBEN DER GÖTTER
BUCH EINS

I. T. LUCAS

PROLOG SYSSI

Vorahnungen sind eine knifflige Angelegenheit.

Und obwohl Syssi von ihnen geplagt wurde, solange sie zurückdenken konnte, wusste sie nie genau, wann und wie sie eintreten würden.

Doch auf die eine oder andere Weise kamen sie immer.

Es war ein Fluch.

Zu wissen, dass irgendetwas geschehen würde, aber nicht wann oder was genau, ließ sie in andauernder Ungewissheit ausharren.

In letzter Zeit spürte sie einen dunklen Schatten, der sich über die Welt zu legen drohte; ein Übel, das einen merkwürdig vertrauten Beigeschmack hatte. Eine alte Macht erhob sich und bereitete sich darauf vor, die Welt in Dunkelheit zu stürzen. Wieder einmal.

Das jagte ihr Angst ein.

So sehr, dass sie sich davor fürchtete, Nachrichten zu schauen oder die Zeitung zu lesen. Zu erleben, wie sich globale Ereignisse passend zu ihren Vorahnungen entwickelten, verlieh ihnen weitere Kraft.

Und wie bei den biblischen Unheilsboten war das Wissen, das auf ihr lastete, zu vage, um etwas damit anfangen zu können – selbst wenn jemand auf sie gehört hätte.

Und dennoch, obwohl die Anzeichen sich verdichteten, schien es, als würde sich außer ihr niemand Sorgen machen. Geblendet von der ein oder anderen Nichtigkeit waren die meisten ihrer Freunde überzeugt, dass ihre Zukunft gesichert war.

Als ob der Welt nicht die Zerstörung durch Massenvernichtungswaffen drohte und als ob weder in Afrika, Nordkorea noch einer der anderen verfluchten Diktaturen Tausende Menschen abgeschlachtet wurden. Gar nicht erst davon zu reden, dass Hunger nach wie vor ein in vielen Teilen der Erde ein ernsthaftes Problem darstellte und mancherorts selbst die banalsten Menschenrechte rapide an Wichtigkeit verloren. Besonders die von Frauen.

Es belastete sie.

Eine hilflose Beobachterin zu sein, war das Letzte.

Sie konnte nichts unternehmen.

Allerdings gab es einen kleinen Teil in ihr, der gegen die vermeintliche Hilflosigkeit rebellierte und ihr einflüsterte, dass sie Unrecht hatte. Es war wie ein Juckreiz, ein nagender Verdacht, dass sie etwas Wichtiges außer Acht ließ und hinter der nächsten Ecke ein Abenteuer auf sie wartete, dass ihr Leben auf den Kopf stellen würde.

Vielleicht hatte es etwas mit dem Traum zu tun, der sie seit Monaten quälte. Anfangs hatte er sie nur von Zeit zu Zeit heimgesucht, doch in letzter Zeit überfiel er sie jede Nacht. Dann erwachte sie keuchend, verschwitzt, zitternd und mit üblen Kopfschmerzen.

Der Traum setzte jedes Mal mitten in einer aufreibenden Verfolgungsjagd ein.

Atemlos und verzweifelt rannte sie durch einen dunklen Wald um ihr Leben. Ein Rudel boshafter Wölfe war ihr auf den Fersen. Die schrecklichen, rot leuchtenden Augen der Höllenhunde und ihre schnappenden Kiefer waren dicht hinter ihr. Der einzige andere Laut in der Stille der Nacht war ihr keuchender Atem.

Was tue ich hier?

Warum jagen sie mich?

Lieber Gott, ich werde sterben. Schlimmer als das: Sie werden mich in Stücke reißen.

Ihr Blick huschte auf der Suche nach Hilfe hektisch umher, doch Syssi entdeckte nichts außer den trügerischen Schatten, die ihr das Mondlicht in den Weg zeichnete.

Sie verlor jede Hoffnung und ihre Beine drohten, unter ihr nachzugeben, als sie vor sich in der Ferne die Silhouette eines Mannes zu entdecken glaubte. Sie war sich jedoch nicht sicher. Die große Gestalt war unter den Ästen eines mächtigen Baumes kaum zu erkennen – es konnte genauso gut ein weiterer Schatten sein.

Es sollte ein Rätsel bleiben. Sie kam nie bei ihm an, kein einziges Mal, und wachte stets auf, bevor sie nah genug war, um herauszufinden, ob er real war.

Das Problem war, dass Syssi nicht wusste, was sie mit diesem Traum anfangen sollte. War die dunkle Gestalt ein Freund oder ein Feind? Sollte sie auf ihn zulaufen? Oder doch vor ihm davon?

In diesem Punkt blieb ihre Vorahnung undeutlich und befeuerte eine seltsame Mischung aus widersprüchlichen Empfindungen: ein Gefühl von Beklemmung, das mit Erregung einherging.

Ja, ihre Vorahnungen waren eindeutig knifflig.

1

SYSSI

„Pass auf!“ Syssi streckte die Hand aus und stützte sich am Armaturenbrett des Porsches ab.

Ihre neue Chefin Dr. Amanda Dokani, die bekannteste Professorin auf dem Campus, würde sie noch umbringen.

„Würdest du dich bitte entspannen?“ Amanda warf Syssi einen genervten Blick zu, bevor sie erneut beschleunigte, um in eine Lücke auf der nächsten Spur hineinzustoßen.

Syssi hielt die Luft an. Der Platz wirkte kaum groß genug für ein Motorrad. Der Porsche war ein kleiner Wagen, aber so klein nun auch wieder nicht. Nachdem es Amanda gelungen war, ihn in die winzige Lücke zu bugsieren, ohne einen Unfall zu verursachen, sackte Syssi erleichtert in sich zusammen.

Würde sie gefeuert worden, wenn sie ihrer Chefin sagte, dass sie wie eine Verrückte fuhr?

Nein. Nicht nach all dem Aufwand, den Amanda betrieben hatte, um Syssi davon zu überzeugen, für sie zu arbeiten. Abgesehen davon waren sie Freundinnen. Irgendwie. „Du bist eine Gefahr für den Straßenverkehr. Ich fahre nie wieder mit dir mit.“

Amanda schnaubte. „Keine Ahnung, was du hast. Ich bin eine hervorragende Fahrerin.“

Wenn sie sich nicht ans Armaturenbrett geklammert hätte,

hätte Syssi die Arme vor der Brust verschränkt und geschnaubt. „Warum kannst du nicht einfach auf derselben Spur bleiben? Glaubst du wirklich, dass wir schneller vorankommen, wenn du dich zwischen den anderen Autos hindurchschlängelst? Und was soll die Eile überhaupt? Du hast massig Zeit, bevor deine erste Vorlesung beginnt."

Amanda seufzte resigniert. „Na gut, ich fahre langsamer. Aber dafür musst du mir erzählen, was mit dir los ist. Gestern hattest du noch keine Probleme mit meinem Fahrstil."

Das stimmte. Aber das war gewesen, bevor Syssi heute Morgen von der verstörenden Vorahnung überfallen worden war. Amanda war in Gefahr. So weit war ihre Vorahnung deutlich gewesen, aber die Einzelheiten blieben verschwommen.

„Ich hatte eine Vorahnung über dich."

„Aha, ich wusste es. Lass mal hören." Aufgeregt blickte Amanda Syssi aus großen, blauen Augen an, die von innen zu leuchten schienen. Es musste eine optische Täuschung sein – oder vielleicht die Spiegelung ihrer Kontaktlinsen –, denn menschliche Augen konnten nicht leuchten. Auch, wenn es verflucht danach aussah.

Syssi schüttelte den Kopf. Es war nicht die erste Absonderlichkeit, die ihr an ihrer neuen Chefin aufgefallen war. Nicht, dass es sich um große Sachen gehandelt hätte, es waren eher Kleinigkeiten. War Syssi die Einzige, die bemerkte, dass ihre Professorin seltsam war?

Vermutlich.

Amandas Studenten waren zu sehr damit beschäftigt, sie anzustarren und zu bewundern, um ihrem Unterricht zu folgen. Geschweige denn zu bemerken, dass sie irgendwie seltsam war.

Groß und schlank, mit dunklem, glänzendem, kurzem Haar, dunkelblauen Augen und vollen, sinnlichen Lippen, die auch ohne Lippenstift rot waren, wirkte Amandas Schönheit beinahe surreal. Die meisten Leute ließen sich von ihrem Äußeren ablenken und erkannten nicht, was dahinter streckte. Anfangs war es Syssi ebenso ergangen. Aber mit jedem Tag, der seit ihrem ersten Besuch in Amandas Labor vor über zwei Monaten vergangen war, fiel es ihr leichter, den Menschen zu sehen und die Fassade zu ignorieren.

Als sie herausgefunden hatte, dass Professorin Dokani Experimente zum Thema außersinnliche Wahrnehmung leitete, hatte Syssi sich als Testperson angeboten. Gab es eine bessere Möglichkeit, ihre Fähigkeit, in die Zukunft zu sehen zu erforschen, als sich von einer Neurowissenschaftlerin untersuchen zu lassen?

Ihre Ergebnisse waren so herausragend gewesen, dass Amanda sie gedrängt hatte, sich ihrem Forschungsteam anzuschließen. Und das, obwohl Syssi gar nicht Neurowissenschaft studiert hatte.

Sie hatte höflich abgelehnt.

Ihr stand ein Praktikum bei einem wunderbaren Architekten bevor. Doch tragischerweise war der arme Mann wenige Tage vor ihrem Antritt an einem Herzinfarkt verstorben. Hier war sie nun, arbeitete im Labor und erhielt wertvolle Einblicke in eine Fähigkeit, die sie ihr ganzes Leben lang verfolgt hatte.

Zumindest, bis sie einen anderen Architekten fand, bei dem sie ein Praktikum absolvieren konnte.

„Es war vage, wie immer. Daher wollte ich nicht, dass du dir grundlos Sorgen machst. Aber ich habe gespürt, dass dir etwas Großes bevorsteht. Nichts Lebensbedrohliches, aber etwas, das dein Leben verändern wird."

Amanda grinste. „Hey, vielleicht wird ja die bahnbrechende Abhandlung, an der wir arbeiten, in der *Nature* veröffentlicht? Das wäre groß und würde mein Leben verändern."

Syssi schüttelte den Kopf. „Die Vorahnung war nicht düster, aber auch nicht allzu heiter. Abgesehen davon sind wir noch nicht so weit. Selbst mir ist klar, dass wir noch eine Menge Experimente durchführen müssen, bevor wir deine Hypothese beweisen können."

Amanda trommelte mit einem langen Fingernagel auf das Lenkrad und runzelte die Stirn. „Ich weiß. Erzähl mal, hast du immer noch diesen Albtraum? Den mit den Wölfen?"

Syssi errötete. „Ja, fast jede Nacht."

Sie hatte Amanda von ihren Träumen erzählt, nicht aber, dass sie sich in letzter Zeit verändert hatten. Letzten Samstag war sie ihrem vermeintlichen Traumretter etwas nähergekommen und seitdem mit jeder weiteren Nacht ein Stückchen mehr. Sein Gesicht lag immer noch im Schatten, aber sie konnte erkennen, dass er groß war – außergewöhnlich groß sogar – und dass sein Körper herrlich gebaut war. Schlank und stark wie der eines Athleten.

Obwohl es nur ein Traum war, richtete seine Nähe Merkwürdiges mit ihr an und berührte sie auf zutiefst verstörende Weise. Der Mann wirkte wie das Epizentrum eines Kraftfelds und strahlte eine Anziehung aus, der sie unmöglich widerstehen konnte.

Seine Haltung, seine ganze Körpersprache verströmte eine Aura von Macht und Selbstbewusstsein und schien zu allem Weiblichen in ihr zu sprechen. Syssi sehnte sich nach ihrem Traumbesucher wie nach keinem anderen Mann zuvor in der Realität.

Mit ihm zusammen sein, würde sich von jeder sexuellen Erfahrung unterscheiden, die sie je erlebt oder von der sie je fantasiert hatte. Bevor die Träume eine neue Wendung genommen hatten, waren ihre Fantasien recht zahm gewesen, genau wie die Männer, die in ihnen vorkamen. Ein bisschen wie ihr Ex-Freund oder auch ein bisschen aufregender. Gregg war alles andere als ein heftiger Liebhaber gewesen. Dieser Mann war anders.

Er würde sich mit nicht weniger als ihrer vollkommenen Unterwerfung zufriedengeben.

Das Schockierende daran war, dass sie sich nach seiner Dominanz sehnte. Das Konzept war ihr so fremd, dass sie es als abstoßend hätte empfinden sollen, sicher nicht als erregend. Dennoch konnte man schlecht gegen die sehr physischen Beweise anreden, die ihre Traumerregung hinterließ.

Feuchte Slips am Morgen war kein großes Dilemma, aber die Erregung hielt auch dann noch an, wenn sie wach war. Syssi hätte sie verdrängen und aus ihrem Kopf zwingen können, aber in Wahrheit wollte sie das gar nicht. Sie fühlte sich durch sie lebendig. Ihre andauernde Erregung hatte etwas köstlich Schmutziges an sich, diese Sehnsucht nach verbotenen Empfindungen, und sie weigerte sich, sie aufzugeben.

Jedenfalls noch nicht.

Sobald sie sich wieder mit einem echten Mann traf, würde sie ihre Fantasien abstreifen. Es brauchte keinen Abschluss in Psychologie, um zu erkennen, dass es eine Verbindung zwischen ihren Träumen und der Tatsache gab, dass sie schon länger auf dem Trockenen saß.

Amanda warf ihr von der Seite einen Blick zu. Zweifelsohne wunderte sie sich über Syssis gerötete Wangen. „Die Träume machen dir zu schaffen. Deshalb siehst du überall Probleme. Ich glaube, du bringst deine echten Vorahnungen mit deiner schlechten Laune durcheinander."

„Nicht sehr wahrscheinlich. Ich kenne den Unterschied. Eine Vorahnung geht mit einem ganz bestimmten Gefühl einher." Syssi seufzte. „Ich bin einfach müde. Alles, was ich brauche, um wieder besser drauf zu sein, ist eine Nacht vernünftiger Schlaf." Eine ohne verstörende Träume von einem heißen, dunklen Fremden.

„Was du brauchst, ist Sex. Eine anständige Nummer und die Albträume werden verpuffen. Taucht nicht ein gutaussehender Kerl in deinem Traum auf? Du musst zu ihm gelangen und den Albtraum in etwas Schmutziges verwandeln. Etwas Angenehmes, das auf mehrere explosive Höhepunkte hinausläuft." Amanda wand sich auf ihrem Platz. „Ich könnte selbst ein paar gebrauchen."

Sie zwinkerte Syssi zu. Das verführerische Lächeln auf ihrem wunderschönen Gesicht war so verdorben, dass Syssi sich selbst ein wenig wand. Amanda strahlte so viel Sex aus, dass es unmöglich war, nicht darauf zu reagieren. Besonders angesichts von Syssis dauerhafter Erregung.

Wenn irgendjemand anderes als Amanda neben ihr gesessen hätte, wäre Syssi ausgeflippt. Sie hätte geglaubt, durchschaubar zu sein und dass jeder sich denken konnte, wovon ihre Träume handelten. Aber diese Frau dachte vierundzwanzig Stunden am Tag an Sex. Sie hätte selbst einen Traum über einen Einkauf im Supermarkt in etwas Heißes verwandelt.

Aber auch, wenn Amanda sehr offen war, was ihr Sexualleben

anging, manchmal schockierend offen, wollte Syssi dieses Thema nicht mit ihrer Chefin besprechen. Sie verbarg ihr Unbehagen, indem sie die Schultern zuckte. „Ich weiß nicht, ob er gut aussieht oder nicht, denn ich komme ihm ja nie nah genug, um etwas zu erkennen. So ein Traum ist das nicht.“

Du sexuell frustrierte Lügnerin.

2

AMANDA

„Wo zum Teufel steckt er?“, murmelte Amanda und warf einmal mehr einen raschen Blick auf die Uhr, bevor sie wieder zur Tür des Hörsaals sah.

Von ihrem erhöhten Platz auf dem Podium aus war es so gut wie unmöglich, Kian nicht zu bemerken. Mit seinen eins fünfundneunzig und den beiden unverwechselbaren Leibwächtern an seiner Seite war er nicht unbedingt unauffällig oder leicht zu übersehen.

Sie konnte es nicht erwarten, dass er endlich kam.

Schließlich, nach endlosem Quengeln und Drängeln, hatte sich ihr Bruder – der überaus wichtige Regent und Anführer ihres Clans auf dem amerikanischen Kontinent – endlich Zeit genommen, sich ihren Unterricht anzusehen.

Er sollte längst hier sein. Kian war stets auf die Minute pünktlich. *Es sei denn, er erscheint überhaupt nicht.*

Amanda nahm ihr Handy aus der Handtasche und wandte den Studenten den Rücken zu.

Wo bist du? Ich muss in ein paar Minuten anfangen, tippte Amanda. Während sie wartete, klapperte sie mit ihrem hohen Absatz auf dem Parkett des Podiums.

Jetzt mach dir mal nicht ins Höschen. Stell gerade den Wagen ab. Bin in zwei Minuten da.

Erleichtert atmete sie auf und schrieb lächelnd zurück. *Höschen? Echt jetzt? In welchem Jahrhundert bist du denn stecken geblieben? Heutzutage trägt man Tangas. Geh mit der Zeit, alter Mann. Und solange du nicht fliegen kannst, schaffst du es niemals in zwei Minuten.*

Der alte Mann geht, so schnell er kann, während er tippt. Hör auf zu nerven.

Amanda kicherte. Doch als sie ihre Aufmerksamkeit wieder auf den sich rasch füllenden Hörsaal richtete, runzelte sie besorgt die Stirn. Bei diesem Tempo würde Kian keinen freien Platz mehr finden, geschweige denn drei. Das wäre für ihn die perfekte Ausrede, wieder zu gehen.

„Professorin Dokani? Ich möchte Ihnen nur sagen, dass ich Ihren Unterricht liebe", rief ein tapferer Student in der ersten Reihe.

Mutiger Junge.

Lächelnd reckte sie ihm den Daumen entgegen.

Bei dem Saal handelte sich mit seinen hundertfünfzig Plätzen um einen der größten des Fachbereichs und er war beinahe voll. Amandas Kurs *Der Verstand: Am Rande des Universums* hatte sich in Windeseile zu einem der beliebtesten Kurse der Studenten entwickelt. Nicht, dass sie sich irgendwelchen Illusionen hingab, warum ihr Unterricht so beliebt war.

Es lag weder am plötzlich aufgekeimten Interesse an den Neurowissenschaften noch an der *Star Trek*-Referenz. Und leider steckten auch nicht ihre faszinierenden Lektionen oder ihre großartigen Lehrfähigkeiten dahinter. Nein, die Beliebtheit des Kurses hatte in erster Linie mit ihrem Aussehen zu tun.

Dank ihres außergewöhnlichen Gehörs blieb Amanda gar nichts anderes übrig, als das Flüstern ihrer Studenten zu hören. Meistens war es recht schmeichelhaft, manchmal aber nicht nur grob, sondern geradezu erniedrigend. Sie hätte den Jungs liebend gern eine Tracht Prügel verpasst, weil sie so über eine Frau sprachen. Über alle Frauen. Unglücklicherweise durfte sie das nicht. Man würde sie nicht nur feuern, sondern sie würde dadurch auch ihr übernatürliches Gehör und ihre ungewöhnliche Stärke enthüllen.

Amanda seufzte. Hübsch zu sein, war nicht ganz so wunderbar, wie man glauben sollte. Die meisten Menschen begriffen nicht, dass Schönheit Fluch und Segen zugleich war. Niemand gab sich die Mühe, hinter die Fassade zu schauen.

Selbst Amanda war nicht immun gegen diese Regung. Den größten Teil ihres Lebens hatte sie sich von ihrem hinreißenden Erscheinungsbild definieren lassen, aber in letzter Zeit reichte ihr das nicht mehr. Sie wollte für ihre Fähigkeiten als Professorin beurteilt werden und nicht für das Aussehen, das ihre einzigartige Herkunft ihr beschert hatte.

„Seht sie euch an", hörte sie einen der Jungen flüstern. „Sie sieht aus, als wäre sie der Fantasie eines Anime-Zeichners entsprungen."

Nett. Aber auch, wenn seine Worte schmeichelhaft waren und nicht so vulgär wie manch anderer Kommentar, musste Amanda ihm widersprechen. Anders als die so gut wie nackten Anime-Schönheiten war sie züchtig und makellos gekleidet.

Dennoch, in ihrem Hinterkopf, versteckt in einem Winkel, den sie meistens ignorieren konnte, fühlte Amanda sich tatsächlich oft wie ein Anime-Charakter: ein übertrieben auffälliges Äußeres, das die innere Leere verbarg. Aber sie verbarg diesen Gedanken gut, gab sich selbstbewusst und kleidete sich ihrer Aufgabe entsprechend.

Heute Morgen hatte sie sich besonders viel Mühe gegeben und sich für ein Outfit entschieden, das am besten zu der Rolle passte, die sie spielte. Die einer distinguierten, allseits respektierten, wenn auch heißen Professorin. Die eng geschnittene schwarze Hose und die blaue Seidenbluse zeigten nur wenig Haut und überließen es dem vorzüglichen Schnitt der erlesenen Stoffe, ihre Figur zu betonen.

Amanda besaß kein einziges Kleidungsstück, das nicht von einem Topdesigner stammte oder weniger als die monatliche Hypothekenbelastung der meisten Leute gekostet hätte. Nicht, dass sie sich so etwas von ihrem Professorengehalt leisten konnte. Das hätte nicht einmal für ihr Schuh-Budget gereicht. Aber ihre Anteile an den umfangreichen Holdings des Clans sorgten dafür, dass sie sich alles kaufen konnte, was sie sich wünschte, ohne je dafür arbeiten zu müssen.

Die Forschung, die sie betrieb, war wichtiger als Geld zu verdienen oder gar Ruhm zu ernten.

Dennoch gefiel es ihr, sich zur Abwechslung einmal wichtig zu fühlen. Und abgesehen von den Reaktionen ihrer Studenten – so amüsant und aufregend sie auch waren –, musste sie zugeben, dass sie das Unterrichten genoss und überraschend gut darin war.

Mit kaum verhohlenem Grinsen betrachtete Amanda die jungen Männer. Einige waren wie versteinert und starrten sie ehrfürchtig an. Andere fielen beinahe über ihre eigenen Füße, während sie versuchten, sich gleichzeitig einen Platz zu suchen und sie nicht aus den Augen zu lassen.

Einige waren groß, andere klein, einige blass, andere dunkel. Die meisten sahen durchschnittlich aus. Einige wenige waren einen zweiten Blick wert.

Lecker, so viel Auswahl.

Sie liebte ihre Aufmerksamkeit, ihre Lust. Wenn sie sie in sich aufnahm, war sie in ihrem Element: eine Jägerin inmitten liebäugelnder Beute.

Sterbliche mit ihrem schwachen, beeinflussbaren Verstand waren leicht in die Falle zu locken. Die Erinnerung an ihre One-Night-Stands ließ sich mit Leichtigkeit auslöschen und die Männer selbst waren ebenso schnell vergessen.

Leider war das die übliche Vorgehensweise für ihre Art.

Sich immer wieder Partner hörig machen zu müssen, machte ihnen mental zu schaffen. Aber über einen längeren Zeitraum ihre wahre Natur zu verbergen, war ermüdend und es bestand immer das Risiko, entlarvt zu werden.

An langfristige Beziehungen war nicht zu denken.

Diejenigen von ihnen, die es darauf ankommen hatten lassen, hatten sich daran verbrannt. Die meisten im übertragenen Sinn, manche auch wortwörtlich.

Ein typisches Beispiel waren die Hexenverfolgung.

Früher hatte man eine Frau wie sie als Femme fatale bezeichnet, als Sukkubus oder sogar als Vamp. Heutzutage gab es einen neuen Begriff, Silberlöwin, der ihr weit besser gefiel. Er war nicht so negativ belastet und kam der Wahrheit letztendlich näher.

Nicht, dass irgendjemand sie als ältere Dame bezeichnet hätte. Der Gedanke ließ Amanda schaudern.

Sie war eine wunderschöne, junge Frau.

Laut ihrer gefälschten Geburtsurkunde war sie am 6. Mai 1984 zur Welt gekommen. Der 6. Mai war korrekt, aber ihr richtiges Geburtsjahr war 1773.

Amanda war über zweihundert Jahre alt.

Das Witzige war, dass sie für eine Beinah-Unsterbliche wirklich jung war. Kian war nur noch vier Jahre davon entfernt, die Zweitausend zu erreichen. Der alte Bock. Doch verglichen mit den Lebensspannen der Sterblichen …

Nun, was sie nicht wussten, konnte ihnen auch nicht schaden. Sie war, wer sie war – das, wozu die Biologie und die Traditionen ihres Volkes sie gemacht hatten: eine lüsterne, hedonistische Beinah-Unsterbliche.

Es gefiel Amanda, wer sie war, und sie liebte ihr Leben. Zum größten Teil jedenfalls.

Schließlich, als es im Hörsaal ruhiger wurde, entdeckte sie Kian, flankiert von seinen vertrauten Begleitern. Amanda hatte Brundar und Anandur den Spitznamen Nummer Eins und Nummer Zwei verliehen. Die drei gingen zur letzten Reihe, wo sofort Plätze für sie frei wurden. Ihre bisherigen Besitzer suchten sich eilig andere Stühle.

Gut.

Amanda hätte es niemals zugegeben, doch Kians Zustimmung bedeutete ihr viel. Da er so viel älter war als sie, war er ihr sowohl der Vater, den sie nie gehabt hatte, als auch großer Bruder.

In letzter Zeit wuchsen die Clan-Holdings in rasantem Tempo und sich um die umfangreichen Angelegenheiten der Familie zu kümmern, kostete Kian den größten Teil seiner wachen Stunden. Sie hatte hartnäckig quengeln müssen, damit er sich ein paar Stunden Zeit nahm, um seiner kleinen Schwester beim Unterricht zuzusehen.

3

KIAN

Zu Kians Überraschung endete die Vorlesung mit einer lebhaften Diskussion zum Thema *Freier Wille.*

Verzaubert von Amandas Ausführungen über die mysteriöse Natur des Bewusstseins und der unergründlichen Nervenbahnen des Gehirns hatte er genau wie die Studenten jedes Zeitgefühl verloren. Selbst Brundar und Anandur, von denen er erwartet hatte, dass sie sich zu Tode langweilen würden, hatten die ganze Stunde lang fasziniert zugehört.

„Zeit zu gehen", flüsterte Kian und bedeutete ihnen, ihm zu folgen, als er aufstand. Amandas hingerissenes Publikum zurücklassend schlichen sie sich unbemerkt aus dem Hörsaal, was ein weiterer Beweis der Fähigkeiten seiner Schwester war. Meistens erregten sie unerwünschte Aufmerksamkeit – sei es in Form von Bewunderung von Frauen oder von Nervosität seitens der Männer.

Andererseits hatte es seine Vorteile, ihr Hauptquartier in einer großen Stadt zu errichten, die Film- und Musikindustrie beheimatete. In den Straßen von Los Angeles – mit all den Schauspielern, Musikern und Möchtegern-Stars – war der Anblick einer Gruppe großer, gutaussehender Männer nicht weiter ungewöhnlich.

Sobald sie im Freien waren, blinzelte Kian in die vom Himmel brennende Sonne und setzte seine eigens für ihn angefertigte, starke Sonnenbrille auf. Anders als in seiner Heimat Schottland war es hier nur selten bewölkt genug, als dass er auf sie verzichten konnte. Gerade zu dieser Jahreszeit machte das helle Sonnenlicht seinen überempfindlichen Augen sehr zu schaffen.

Nicht, dass es ihm während der Zeit, die in Südkalifornien als Winter bezeichnet wurde, wesentlich besser erging.

Als sein schwarzer SUV mit den dunkel getönten Scheiben am Straßenrand hielt, erregte er die Aufmerksamkeit einiger Passanten. Zum Glück blieb niemand stehen, um zu gaffen.

„Sie ist wirklich gut. Selbst ich habe es verstanden", bemerkte Anandur, als er Kian die Beifahrertür aufhielt.

Mit einem leichten Nicken stimmte Brundar seinem Bruder zu.

„Ich hasse es trotzdem, dass sie sich der Öffentlichkeit aussetzt. Das ist riskant. Es braucht nur einen neugierigen Reporter, der in ihrem falschen Lebenslauf herumwühlt, und schon ist der Teufel los." Kians Temperament ging mit ihm durch, sodass er die Tür des SUVs zuknallte.

Er musste allerdings zugeben, dass die Studenten ganz in Amandas Bann standen. Zum Teil war das sicherlich ihrer Schönheit sowie ihrer besonderen Begabung, Menschen zu beeinflussen, geschuldet. Aber da er gegen beides immun war und dennoch gefesselt gewesen war, musste er ihr den Respekt zollen, den sie verdiente.

„Wohin soll es gehen, Meister?", fragte sein Fahrer, als er sich in den Verkehr einordnete.

„Wir essen im *Gino's*."

Gedanklich bei den Unmengen an Arbeit, die auf ihn warteten, holte Kian sein Handy hervor und scrollte sich durch die Lawine an E-Mails und Nachrichten, die sich währen der zweistündigen Vorlesung aufgetürmt hatten. Er hatte erst einen kleinen Teil durchgesehen, als sein Fahrer vor dem Restaurant hielt, in dem Amanda bevorzugt zu Mittag aß.

Das *Gino's* lag nur ein kurzes Stück vom Campus entfernt und damit nah genug, dass sie während der Pause schnell etwas essen konnte. Jedoch nicht so nah, als dass ihre Studenten zu Fuß hergekommen wären, was bedeutete, dass sich das Risiko, einem von ihnen über den Weg zu laufen, in Grenzen hielt. Sie hatte das Restaurant vor zwei Jahren entdeckt, als sie den Job an der Universität angenommen hatte.

Dank der großzügigen finanziellen Unterstützung einer der Tochtergesellschaften des Clans hatte Amanda freie Bahn, um ihre Ideen umzusetzen. Aber auch, wenn Kian ihre Forschung finanzierte, ging er nicht davon aus, dass sie ihr großes Ziel erreichen würde. Doch selbst wenn Amanda nichts Nützliches für den Clan entdecken sollte, argumentierte er, dass die Menschheit von ihrer Arbeit profitieren könnte. Das war letztendlich das wichtigste Ziel und rechtfertigte die bedeutende Investition.

„Bezieht sich dieses *Wir* nur auf Amanda und dich oder sind wir auch eingeladen?", fragte Anandur, als sie aus dem Auto stiegen.

„Nein. Ihr zwei könnt Wache stehen und sabbern, während Amanda und ich essen. Wir sind nicht mehr im Mittelalter und selbst damals bin ich nicht so mit euch umgesprungen. Wirklich, Anandur, manchmal frage ich mich, ob solche Fragen zu deinem Image gehören oder ob du wirklich so hohl bist."

Brundar lachte leise. Ein Seitenhieb gegen seinen nervigen Bruder zauberte ihm zuverlässig ein seltenes Lächeln auf das ernste Gesicht.

„Was ich wissen wollte … Sitzen wir alle zusammen wie eine glückliche Familie, Tantchen und Onkel mit ihren geliebten Neffen? Oder geht ihr zwei nach oben, während wir aus sicherer Entfernung – außer Hörreichweite – ein Auge auf euch haben?" Anandur hob die buschigen, roten Augenbrauen.

„Keine Ahnung. Das hängt von Amanda ab. Ich bin mir nicht sicher, was sie vorhat." Kian runzelte die Stirn. Sie hatte erwähnt, dass sie etwas mit ihm besprechen wollte.

„Aha, du weißt es nicht. So hohl bin ich also doch nicht, was?" Anandur grinste.

Kian schüttelte den Kopf, musste aber dennoch lächeln. Anandur gab gern den großen, hirnlosen Ochsen. Mit seinen knapp zwei Metern und rund 115 Kilo Muskelmasse sah er aus wie ein Profi-Wrestler. Wenn man sein krauses rotes Haar und den buschigen Bart miteinbezog, hätte er jederzeit als Statist in einem Wikinger-Film mitwirken können.

Brundar hingegen wirkte beinahe feminin. Mit knapp über eins achtzig war er nicht klein. Aber sein schlanker Körperbau, das hübsche, engelhafte Gesicht und die Wahl seiner Frisur – seine glatte, hellblonde Mähne reichte ihm selbst dann bis zum Kreuz, wenn er sie einflocht – ließen ihn fast zerbrechlich wirken. Metrosexuell.

Ihr Erscheinungsbild hätte nicht irreführender sein können. Brundar war die tödlichere Macht der beiden – kalt, wohlüberlegt und geschickt. Ein wahrer Meister.

Dass Anandur ganz auf seine pure Kraft baute, bedeutete jedoch nicht, dass er sich leicht zum Narren halten oder manipulieren ließ. Er war ein aufmerksamer Beobachter, konnte in schwierigen Situationen schnell und präzise eingreifen und ging nie impulsiv vor. Die Rolle des dummen Ochsen verführte seine Gegner dazu, ihn zu unterschätzen. Genau wie Anandur es wollte.

Gemeinsam bildeten die Brüder, die Kian seit Jahrhunderten als Leibwächter dienten, eine tödliche Gefahr für alle, die ihn oder den Clan bedrohten.

Wie erwartet stand vor dem *Gino's* eine lange Schlange. Gäste, die darauf warteten, an ihren Platz geführt zu werden. Die wenigen runden Bistro-Tische auf der engen Veranda waren alle besetzt – einige von jungen Müttern mit Kinderwagen, die den wenigen verbliebenen Platz blockierten, andere von Geschäftsleuten aus den umliegenden Büros.

Kian umging die Wartenden und stieg direkt die ausgetretenen Stufen zum Hintereingang hoch, wo sich das befand, was Gino als VIP-Bereich bezeichnete. Es handelte sich um einen kleinen Raum im Obergeschoss, den er für besondere Gäste reserviert hielt. Für diejenigen, die sich aus den unterschiedlichsten Gründen nicht unter die anderen Kunden mischen wollten oder zu seiner großen Familie gehörten.

Der Raum wirkte wie das Wohnzimmer einer alten Dame. Altmodische Tapeten in Grün und Gelb bedeckten die Wände, die mit den ausgeblichenen Porträts strenger Matriarchinnen und

Patriarchen im Sonntagsstaat geschmückt waren. Missbilligend sahen sie aus ihren Rahmen auf ihn herab. Sechs gepolsterte Stühle umgaben einen runden Esstisch in der Mitte des Zimmers und das Geschirr stand in einer altersschwachen Kommode bereit, die mit dem Gewicht des stapelweise aufgetürmten Porzellans zu kämpfen hatte.

Kian ging davon aus, dass das Ding eines Tages zusammenbrechen würde. Dann wäre Ginos ererbte Sammlung Geschichte. Aber wann immer er es erwähnte, lächelte Gino nur und sagte, er solle sich nicht sorgen: Die Kommode seiner Großmutter hielte seit fünfzig Jahren und würde noch mindestens fünfzig weitere ihren Dienst tun.

Mit einem Blick zu den breiter werdenden Rissen im Holz zuckte Kian die Schultern und setzte sich. Er würde Gino nur ungern ein *Ich habe es dir ja gesagt* an den Kopf werfen, sobald das Ding auseinanderfiel.

Er sah durch die geöffneten Türen, die auf den winzigen Balkon an der Vorderseite des Hauses führten, hinab auf die Straße. Die Spitzenvorhänge flatterten in der leichten, warmen Brise.

Als die Anspannung von ihm abfiel, wurde Kian bewusst, dass es ihm hier gefiel. Ungeachtet der kitschigen Einrichtung war es gemütlich und intim. Vielleicht auch gerade deshalb.

4

ANANDUR

„Hey, Gino!“ Anandur winkte den Eigentümer zu sich. „Wie geht’s, Kumpel? Behandelt das Leben dich anständig?“

„Kann mich nicht beklagen. Das Geschäft läuft gut, der Familie geht’s gut, also geht es mir auch gut. Eh? Was kann ich für euch tun, meine Herren?“

Aus irgendeinem Grund war Gino immer nervös, wenn sie da waren, und das ungeachtet der Tatsache, dass sie seit Amandas Einstand an der Universität mindestens zweimal im Monat hier aßen und gewaltige Mengen Trinkgeld hierließen. Anandur hatte sich schon oft gefragt, ob der kleine Mann instinktiv vor Männern ihrer Größe zurückschreckte oder ob Gino sie für Mafiosi hielt.

Es war sicher keine Hilfe, dass sie Kian Boss nannten. Aber Scheiß drauf, Anandur zog den alten Mann gern auf.

„Der Boss ist oben. Würdest du uns bitte einen Tisch hier unten direkt neben der Treppe eindecken?“ Anandur beugte sich dicht an Ginos Ohr. „Wir müssen beide Eingänge im Auge behalten. Falls du verstehst, was ich meine“, raunte er und legte vielsagend eine Pause ein. „Oh, und die Lady wird sich ihm in Kürze anschließen. Damit wären heute zwei oben und zwei unten zum Mittagessen da.“

„Die wunderbare Mrs. Amanda?“, hauchte der kleine Mann

und wischte sich die makellos sauberen Hände an der unberührten Schürze ab. Sein nahezu kahler Kopf glänzte vor Schweiß.

„Die einzig Wahre." Anandur lachte in sich hinein. „Und wo man gerade vom Teufel spricht: Da ist sie ja auch schon, die wunderschöne Dr. Amanda Dokani." Er deutete auf den Haupteingang.

„Hallo, Jungs." Als Amanda ins Restaurant schlenderte, verstummten kurz sämtliche Gespräche. Sie umarmte erst Brundar, dann reckte sie sich, um Anandur auf die Wange zu küssen. „Kian ist oben?"

„Jepp, er erwartet dich. Aber bevor du gehst, wollte ich nur loswerden, dass du heute super warst!" Anandur gab ihr ein Highfive. „Ich bin kein einziges Mal eingeschlafen." Er umarmte sie.

„Gratulation zur Beförderung", fügte Brundar hinzu und geizte damit ausnahmsweise nicht mit Worten.

Gino wischte sich immer noch die Hände ab und wartete darauf, dass sie ihn ansprach.

Amanda drehte sich um und schenkte ihm ein strahlendes Lächeln. „Gino! Schätzchen!" Sie beugte sich vor, um ihn zu umarmen.

„*Bellissima*!" Er nahm die Farbe Roter Beete an, erwiderte die Umarmung und küsste sie auf beide Wangen. „Ich freue mich, dich wiederzusehen."

„Du versüßt mir immer den Tag, Gino. So, wie du *bellissima* sagst, werden jedem Mädchen die Knie weich. Bist du ein Schatz und bringst mir meinen Wein nach oben? Mir ist nach Feiern zumute. Du hast ihn doch noch vorrätig, hoffe ich?"

„Ich bewahre ihn nur für dich auf, *bellissima*!" Er strahlte.

Amandas Lieblingswein, ein 2005er Angelus, war zu teuer für Ginos andere Gäste, aber er hatte immer eine Flasche für sie da. Er entschuldigte sich, um in die Küche zu eilen und den Wein aus seinem Versteck hinter den Zwiebeln im Vorratsraum zu holen. Der unverwechselbare Geruch haftete stets an der Flasche und Anandur fragte sich, ob Amanda ihn ebenfalls wahrnehmen konnte. Der Geruchssinn weiblicher Unsterblicher war nicht ganz so scharf wie der männlicher, aber dennoch, der Geruch war ziemlich penetrant.

Auf halbem Weg die Treppe hinauf blieb Amanda stehen. „Kommt ihr nicht mit?“ Sie hob die Brauen.

„Tut mir leid, Prinzessin, wir haben Wachdienst und behalten euch von hier aus im Auge. Wenn ihr zwei zusammen in der Öffentlichkeit unterwegs seid, werde ich immer nervös.“

Anandur bedeutete ihr zu gehen und zog sich einen Stuhl an den kleinen Tisch, den einer der Kellner neben der Treppe platziert hatte.

„Wie ihr wollt.“ Amanda zuckte mit den Schultern und ging nach oben.

5

AMANDA

Amanda würde sich nicht mit den Brüdern herumstreiten. Das Gespräch, das sie mit ihrem Bruder führen wollte, erforderte ohnehin Privatsphäre.

Uff, er wird toben. Sie wand sich innerlich.

Für einen so guten Menschen hatte er definitiv eine sehr kurze Zündschnur. Aber es musste getan werden und aufzugeben war keine Option.

Die Zukunft ihres Clans hing davon ab.

„Ich bin so stolz auf dich!“ Kian erhob sich und zog sie in seine Arme.

„Wurde auch mal Zeit, dass das jemand ist!“ Amanda verharrte in der Behaglichkeit von Kians warmer Umarmung und schniefte. Blinzelnd hielt sie die Tränen zurück, die ihr sorgsam aufgetragenes Make-up zu zerstören drohten. „Das ungezogene Party-Girl leistet endlich seinen Beitrag.“ Sie kicherte.

Vor neun Jahren hatte Amanda sich entschieden, aufs College zu gehen, und alle – insbesondere sich selbst – mit ihrer Genialität überrascht. In nur sieben Jahren hatte sie ihren Doktor in Philosophie der Neurowissenschaften erworben und wurde inzwischen als neue und frisch denkende Führungspersönlichkeit in ihrem Fachbereich gelobt. Ihre Abhandlungen erschienen in den wichtigsten Wissenschaftszeitschriften.

„Oh, Liebes, wenn man eine Lebensspanne von tausenden Jahren vor sich hat, sind zwei Jahrhunderte Party gar nichts. Und nach all dem Kummer, den du ertragen musstest, hast du jedes bisschen Freude verdient."

Warum zum Teufel muss er das jetzt erwähnen?

Ihr Tag war so wunderbar verlaufen, bevor er die Falltür über dem alten Schmerz geöffnet hatte, den sie tief hinter dicken Wänden und einem Wassergraben verborgen hielt. Nun, da er an die Oberfläche stieg, war es, als würde er seine scharfen Zähne in sie hineinschlagen. „Du weißt doch, dass ich darüber nicht rede!" Sie stieß ihn weg und wischte sich die vereinzelten Tränen ab, die es trotz ihrer Bemühungen ins Freie geschafft hatten.

In der folgenden Stille war das Geräusch von Ginos leichten Schritten auf der Treppe zu hören. Kurz darauf eilte er mit einem vollen Tablett und einem einklappbaren Untergestell die Treppe hinauf. Nachdem er beides auf dem Tisch platziert hatte, rückte er Amanda den Stuhl zurecht.

„Die Dame?" Er bedeutete ihr, sich zu setzen.

Geübt setzte Amanda eine fröhliche Miene auf und tat, was sie immer tat, wenn sich unangenehme Gedanken ankündigten. Sie sperrten sie wieder in ihr enges Gefängnis und richtete ihre Aufmerksamkeit auf positivere Überlegungen: zum Beispiel darauf, ob Gino sie wegen ihrer großzügigen Trinkgelder stets selbst bediente oder weil er sie für Berühmtheiten hielt.

„Danke, Gino." Sie setzte sich und tupfte sich noch einmal diskret die Augen ab, bevor sie ihm ein strahlendes Lächeln schenkte.

Gino entfernte die rot karierte Serviette vom Korb frisch gebackener Brötchen und ließ ihren Dampf aufsteigen, dann platzierte er sorgsam die Weingläser. Sobald er zufrieden war, öffnete er unter großem Getue die Weinflasche und schenkte Amanda ein.

Als er zwei Speisekarten aus der Schürze ziehen und ihnen reichen wollte, bremste Kian ihn leise lachend. „Also bitte, die brauchen wir doch nicht. Solange ihr seit unserem letzten Besuch die Karte nicht geändert habt, kenne ich sie auswendig. Ich nehme einen Caesar-Salat und die Gemüselasagne, bitte."

„Die Gartenfreude-Fettuccine und deinen köstlichen Haussalat, *per favore.*" Amanda lächelte Gino zu und griff nach einem der duftenden Brötchen.

„Sehr gut." Vor Zufriedenheit strahlend blähte Gino die Brust auf und schob die Speisekarten wieder in die Schürzentasche. „Ich bringe euch sofort euren Salat."

Amanda nippte an ihrem Wein und warf Kian einen verstohlenen Blick zu, um seine Laune einzuschätzen. Währenddessen überlegte sie, wie sie das heikle Thema ansprechen sollte, das sie mit ihm besprechen musste.

„Du hast irgendetwas vor." Kian verengte die Augen. „Ich kenne diesen nachdenklichen Blick. Er bedeutet immer, dass du mir etwas sagen wirst, das mir nicht gefallen wird. Also lass mal hören. Dann haben wir es hinter uns, ich kann dir den Kopf abbeißen und anschließend können wir in Ruhe essen."

Amanda schmollte. „Du könntest ausnahmsweise mal nett und zugänglich sein."

„Spuck es aus!"

„Ich möchte, dass du Syssi kennenlernst", stieß sie hastig hervor und wand sich in Erwartung seiner Reaktion.

„Syssi?" Er hob eine Braue.

„Ja, meine wissenschaftliche Mitarbeiterin, weißt du noch? Ich habe sie schon mal erwähnt."

Amanda sah Kian hoffnungsvoll an. Er wirkte nicht wütend. Vielleicht würde es leichter werden als erwartet.

„Das letzte Mal, dass du das Mädchen erwähnt hast, hast du irgendetwas über eine Architekturstudentin geplappert, die hervorragend Münzwürfe vorhersagen kann."

„Ich habe sie eingestellt", sagte Amanda und bemühte sich, nicht reumütig dreinzusehen.

„Und inwiefern ist sie für diese Arbeit qualifiziert? Arrangiert sie die Kernspintomografen auf ästhetisch ansprechende Weise? Streicht sie das Labor in Designerfarben? Ich verstehe ja, warum du Tests mit ihr durchführen wolltest, aber warum hast du sie eingestellt?"

Mit jedem Satz nahm Kians Ärger zu. Er neigte dazu, seinen

Jähzorn mit Kleinigkeiten anzufachen. Und dennoch gelang es ihm, die Seelenruhe selbst zu sein, wenn der Sturm die kritische Masse erreicht hatte.

„Syssi ist ein großartiger Mensch, klug, engagiert und fleißig. Das Praktikum, auf das sie sich vorbereitet hat, ist geplatzt. Der arme Kerl ist ausgerechnet beim Angeln an einem Herzinfarkt gestorben. Ich brauchte eine wissenschaftliche Mitarbeiterin und sie war sowohl verfügbar als auch das beste Testobjekt, das ich zu dem Zeitpunkt hatte. Sie ist jenseits von Gut und Böse, Kian. Und zwar nicht nur bei den Münzwürfen, wo sie mehr als beeindruckend war. Sie hatte eine Trefferquote von 87 Prozent. Du erinnerst dich an den Test, bei dem ein Computer wahllos Bilder generiert? Du weißt, wovon ich rede?"

Als er nickte, fuhr sie fort: „Sie lag bei 92 von 100 Bildern goldrichtig oder zumindest nah dran. Von allen Sterblichen, die ich je getestet habe, hatte sie die ausgeprägteste Begabung für Vorhersagen. Ich sage es dir, Kian: Syssi ist eine Schlummernde. Ich weiß es einfach." Amanda konnte ihre Aufregung kaum im Zaum halten.

Kian strich sich mit beiden Händen durchs Haar. „Ich kann das nicht, Amanda. Das ist schlicht falsch. Such dir einen anderen Mann. Es muss nicht ich sein."

„Ich weiß nicht, was du für ein Problem hast, Kian. Du vögelst wildfremde Frauen, die du in Clubs und Bars aufgabelst, und ich weiß, dass du mindestens einmal sogar dafür bezahlt hast. Also warum nicht Syssi? Warum nicht eine Frau, die das Potenzial hat, dein Leben zu verändern und uns anderen Hoffnung zu schenken? Wir wissen, dass es Schlummernde dort draußen geben muss: Träger inaktiver Gene, die in Beinah-Unsterbliche wie wir selbst verwandelt werden können. Potenzielle Gefährten, an die wir uns fürs ganze Leben binden können. Und ich glaube, ich habe endlich eine Möglichkeit gefunden, sie zu identifizieren. Du weißt, warum ich mich ursprünglich für dieses Forschungsfeld entschieden habe: um nach Anomalien zu suchen, nach paranormalen Fähigkeiten. Nachdem wir festgestellt haben, dass DNA-Tests nutzlos sind, habe ich einen neuen Ansatz gesucht, statt einfach aufzugeben. Wünschst du dir keine

Kinder, Kian? Unsterbliche Kinder? Möchtest du keine Lebensgefährtin haben?"

Amanda war außer sich. Wenn sie die Wahl hätte, würde sie nicht einmal darüber nachdenken. Aber nur Männer verfügten über das Gift, das die inaktive DNA aktivieren konnte.

Es war eine grausame Wende des Schicksals oder – wie Kian glaubte – die Arbeit eines verrückten Genetikers. Nur weibliche Unsterbliche gaben das besondere Genmaterial an ihre Nachkommen weiter. Und nur die Männer konnten es aktivieren.

Die Nachkommen einer unsterblichen Mutter und eines sterblichen Vaters trugen jene inaktive Gene der Unsterblichen in sich, die sich mit dem Gift aktivieren ließen. Wenn es nicht dazu kam, verblieben die inaktiven Gene in der DNA und wurden von Mutter zu Tochter weitergegeben und so weiter. Allerdings nicht an die Söhne.

Die Vererbung der Unsterblichkeit verlief matrilinear.

Um eine Schlummernde zu erwecken, musste ein Unsterblicher ihr sein Gift injizieren. Sobald er erregt war, verlängerten sich seine Eckzähne und eine Drüse sonderte Gift ab. Das Verlangen, zuzubeißen und es in den Körper der Frau einzuführen, stieg zeitgleich mit dem Bedürfnis zu ejakulieren.

Aggressives Verhalten gegenüber anderen Männern löste denselben Effekt aus, auch wenn das Gift zum Ruhigstellen und sogar Töten eines Gegners wesentlich stärker war und eine andere chemische Zusammensetzung aufwies. Wenn man genug davon in den Körper des Gegners pumpte, führte es zu Lähmungen und brachte schließlich das Herz zum Stillstand. Selbst bei Unsterblichen.

Kian starrte sie an. Ihre Dreistigkeit schien ihn zu verblüffen. Doch sie machte keinen Rückzieher. Sie hielt seinem Blick stand und forderte ihn heraus, den Fehdehandschuh aufzuheben.

„Willst du wirklich wissen, was das Problem ist? Ich werde es dir sagen. Ich hasse es! Ich hasse, was ich tun muss. Ich fühle mich wie ein Drogensüchtiger, der sich nach der Erleichterung sehnt – sie braucht –, die der Sex mir bietet, und dieses Verlangen gleichzeitig verabscheut. Ich wünschte, ich könnte abstinent bleiben oder wenigstens den Luxus sterblicher Männer genießen, die die Dinge sozusagen in die eigene Hand nehmen. Aber ich kann mich schließlich nicht selbst beißen, oder? Wenn ich den kranken Wichser in die Hände kriegen könnte, der uns so erschaffen hat, würde ich ihn umbringen … und zwar ganz langsam." Kian holte tief Luft, offensichtlich in dem Versuch, sich zu beruhigen, dann sprach er leiser weiter.

„Ich benutze diese Frauen. Ich erinnere mich weder an ihre Gesichter noch an ihre Namen. Sie sind für mich alle austauschbar. Um mich nicht wie ein Arschloch zu fühlen, versuche ich, sie nicht als Objekt zu sehen und ihnen so viel Lust zu schenken wie möglich. Und wenn ich dann Einfluss auf ihr Gehirn nehme, lasse ich ihnen die Erinnerung an ihre Lust. Ich lösche nur den Teil mit dem Beißen und ersetze meine Züge durch die eines anderen. Mehr kann ich nicht tun, um mein Gewissen zu erleichtern. Aber mir selbst kann ich nicht helfen. Ich kann nicht ändern, dass ich mich wie ein gottverdammtes Tier fühle, das seine niederen Bedürfnisse nicht kontrollieren kann."

Als Amanda über den Tisch griff und Kians Hand nahm, achtete sie darauf, keine mitleidige Miene aufzusetzen. „Ich hatte ja keine Ahnung, dass es dir damit so schlecht geht."

Sie verstand sein Leid nicht. Sie liebte Sex. Liebte es, verschiedene Partner zu haben. Vielleicht nahmen die weiblichen Clanmitglieder ihre Lage anders wahr, denn es gab einen Grund für ihr Verlangen nach Sex: Ihr Volk tat sich sehr schwer mit der Empfängnis und eine Schwangerschaft wurde praktisch als Wunder bejubelt.

Da die Frauen des Clans den Schlüssel zum Fortbestands ihrer Art in Händen hielten und nur ihre Nachkommen Unsterbliche werden konnten, ermutigte man sie in der Hoffnung auf eine Schwangerschaft, sich mit vielen menschlichen Männer zu paaren.

Damit war ihre Zwangslage weniger schlimm als die der Männer. Die Gelegenheit, ein Kind zu haben, mit dem sie ihre lange Existenz teilen konnten und das Zeuge ihrer Reise wurde, machte das Fehlen eines Lebensgefährten erträglich. Aber für die Männer gab es diesen Trost nicht. Wenn bei einer ihrer Affären mit einer Sterblichen ein Kind empfangen wurde, war es ebenfalls sterblich, besaß nur eine kurze Lebensspanne und war entsprechend verletzlich.

Aber war es nicht genau das, was Amanda zu korrigieren versuchte? Indem sie Schlummernde fand, die von anderen matrilinearen Blutlinien abstammten?

Da alle Mitglieder ihres Clans von derselben Unsterblichen abstammten, waren sie einander verboten.

Tabu.

Kian hielt ihre Hand. „Du bist noch jung, Amanda. Für dich ist das alles noch ein großer Spaß. Aber ich wette, du wirst das alles leid sein, wenn du erst einmal mein Alter erreicht hast."

Amanda sah ihm in die Augen und erwiderte leise: „Verzeih mir, dass ich dich bedrängt habe. Aber ich weiß immer noch nicht, inwiefern all das gegen einen Versuch spricht, Syssi zu erwecken. Falls es sich als Luftnummer entpuppt, hattest du einfach nur mit einer weiteren gesichts- und namenlosen Frau Sex. Aber was, wenn sie sich tatsächlich als Schlummernde erweist? Ist es den Versuch sich nicht wert?"

Kians gutaussehende Züge verhärteten sich. Er entzog ihr die Hand, lehnte sich auf dem Stuhl zurück und verschränkte die Arme vor der Brust. „Das Problem ist folgendes, liebe Schwester: Sie wird eben kein gesichts- und namenloses Mädchen sein. Wir wissen nicht, wie lange es dauert, eine erwachsene Frau zu wandeln. Du bist nicht meine Zuhälterin und ich kein Stricher", stieß er giftig hervor. Seine Miene wurde bedrohlich.

Ihr war bewusst gewesen, dass ihr ach so heiliger Bruder ihre Anfrage diskussionswürdig finden würde, aber sie hatte nicht erwartet, dass er sich so eisern dagegen stellen würde.

Nichtsdestotrotz musste sie es noch einmal probieren. Ihn in Versuchung führen. Es stand zu viel auf dem Spiel. Amanda schüttelte ihre Verzweiflung ab, drückte den Rücken durch und lehnte sich nach vorn.

„Syssi ist wunderschön und klug. Du wirst sie lieben ..." Sie hielt inne, als ihr aufging, dass das Wort *lieben* ihrer Sache in diesem Zusammenhang keine Hilfe war. „Ich meine, es ist ja nicht gerade so, als müsstest du leiden. Sie ist genau dein Beuteschema. Blond, sehr hübsch mit herrlichen Kurven. Ich bin mir sicher, dass du sie attraktiv findest. Und fesselnd. Habe ich schon erwähnt, wie klug sie ist? Und nett?"

„Das glaube ich dir gern, aber ich verzichte. Frag einen anderen. Wenn sie so wunderbar ist, wird es dir sicher nicht an Freiwilligen mangeln." In seinem Tonfall lag eine Entschlossenheit, die jeden geringen Gegner abgeschreckt hätte. Amanda hingegen blieb hart.

„Ich werde keinen anderen aussuchen", zischte sie und verstummte, als sie Ginos Schritte auf der Treppe hörte.

Sobald er die Anspannung im Raum bemerkte, verblasste Ginos Lächeln. „Hier sind eure Salate und weitere Brötchen. Guten Appetit." Hastig drehte er sich um und verschwand.

Amanda wartete, bis er außer Hörreichweite war, bevor sie ihren Angriff fortsetzte. „Du bist mein einziger Bruder und was noch wichtiger ist, du bist der einzige überlebende Sohn unserer Mutter. Du kommst in diesem Clan dem, was einem reinblütigen Mann entspricht, am nächsten. Dein Gift bietet Syssi die höchste Wahrscheinlichkeit einer Wandlung. Und wenn sie sich wandelt, hat sie das Potenzial, eine neue weibliche Blutlinie zu gründen. Willst du nicht derjenige sein, der sie mit ihr erschafft? Wer weiß, ob ich je eine zweite finden werde? Vielleicht ist sie unsere einzige Chance? Bist du bereit, das aufs Spiel zu setzen? Unsere einzige Gelegenheit und das nur wegen deines Stolzes und deiner Arroganz?" Amanda schnaubte förmlich vor rechtschaffenem Zorn.

Kian musterte sie kühl. Er saß immer noch zurückgelehnt und mit verschränkten Armen da. „Nette Rede, Amanda. Da wäre nur eine Hürde. Dein *Wenn* ist ein *Falls*. *Falls* sie sich wandelt. Und wenn ich zum Wetten neigen würde, würde ich nicht mein Geld darauf setzen. Die Antwort lautet nach wie vor Nein."

Amanda legte die Ellbogen auf den Tisch und ließ die Stirn auf die Hände sinken. „Du bist ein dermaßen däm… sturer, alter Bock. Schlaf eine Nacht drüber. Fäll noch keine Entscheidung. Vielleicht änderst du deine Meinung, nachdem du sie kennengelernt hast."

„Ich glaube kaum, Prinzessin." Kians Tonfall wurde etwas

wärmer, als er sich nach vorn beugte und ihre Wange tätschelte, als sei sie ein bockiges Kind. „Sieh mal, wenn du einen anderen Mann nimmst, sind die Chancen genauso gut oder schlecht. Das Einzige, was ich dir verderbe, sind deine romantischen Fantasien. Das ist nun wirklich keine Katastrophe. Sei ein großes Mädchen und lass es gut sein."

Amanda lächelte über seinen dürftigen Versuch, etwas Leichtigkeit zu erzeugen. Ungeachtet seiner Sturheit, seines grimmigen Wesens und seines Jähzorn wusste sie, dass er sie liebte. „Wenn ich entsprechend gestrickt wäre, hätte ich mir Syssi längst selbst geschnappt. Ich habe sie schrecklich gern." Sie schmollte.

Kian verdrehte die Augen und stürzte sich auf seinen Salat, um sie wissen zu lassen, dass so weit es ihn anging, das Gespräch beendet war.

6

SYSSI

„Wie Amanda darauf kommt, dass ich das hinkriege, ist mir schleierhaft", murmelte Syssi, während sie auf einen weiteren Ausdruck starrte. Der verdammte Computer hatte den ganzen Morgen lang schwachsinnige Ergebnisse ausgespuckt und sie war dem Fehler kein Stück näher als vor fünf Stunden.

Es wurde immer verlockender, mit einem Hammer auf das Ding einzuschlagen.

Sie seufzte laut und strich sich durch die Haare. Schon wieder. So oft, wie sie inzwischen mit den Fingern hindurchgefahren war, war es verknotet und stand in alle Richtungen ab.

Vermutlich sehe ich aus wie Einstein, und zwar nicht wegen dem, was in meinem Kopf steckt.

Zeit für eine Pause. Das hohle Gefühl in ihrem Magen erinnerte sie daran, dass sie noch nichts gegessen hatte.

Die beiden Espressos, der Cappuccino und die acht Tassen Kaffee, die sie noch vor der Mittagspause in sich hineingeschüttet hatte – was selbst für eine Koffeinsüchtige wie sie heftig war –, zählten nicht als Nahrung.

Ihr ging durch den Kopf, dass sie zum Kaffee griff wie andere zu Alkohol. Ob sie nun aufgebracht oder besorgt war oder schlicht eine Pause brauchte, das Ritual, ihn zu kochen, einzuschenken und die korrekte Menge Süßstoff hineinzurühren, entspannte sie.

Eine gute Tasse Kaffee zu trinken war ihre Vorstellung vom Himmel.

Sie stand auf, streckte sich und lauschte auf das vertraute Knacken. Ohne es war es unbefriedigend, sich zu dehnen. Als es kam, drehte sie sich einmal paar Mal von links nach rechts, dann wandte sie sich den beiden Post-Doktoranden zu. „Ich hole mir ein Sandwich. Wollt ihr auch etwas?“

Hannah deutete kopfschüttelnd auf den leeren Becher auf ihrem Tisch, in dem sich ein Proteinshake befunden hatte. Ihr jüngster Diätwahn schrieb ihr vor, dass sie nur Proteinshakes, Proteinriegel und Wasser zu sich nehmen durfte.

David, der andere Postdoc, zeigte sein gruseliges Lächeln und nahm einen großen Bissen von seinem Salami-Sandwich.

Uff. Die Arbeit musste sie wirklich gefesselt haben. Der übelkeiterregende Gestank war ihr gar nicht aufgefallen.

„Ich könnte Kekse mitbringen.“

Hannah machte ein trauriges Gesicht. „Reib ruhig Salz in meine Wunden, warum auch nicht? Einfach mit süßen, köstlichen Kohlenhydraten vor dem fetten Mädchen rumwedeln. Fiesling!“

„Na gut, dann keine Kekse.“

„He, was ist mit mir? Ich hätte gern etwas Süßes ...“ David warf ihr einen lüsternen Blick zu. „Aber um mich mit Hannah solidarisch zu zeigen, meine ich natürlich keinen Nachtisch.“

Syssi gab vor, nicht zu verstehen, worauf er anspielte. So wehrte sie sich meistens gegen unerwünschte Avancen.

David war ein Idiot. Er flirtete und scherzte nicht und verhielt sich auch darüber hinaus nicht wie andere Männer, wenn sie versuchten, Syssis Aufmerksamkeit zu erringen. Er glotzte, gab unpassende Bemerkungen von sich und hatte sich angewöhnt, ihr zu dicht auf die Pelle zu rücken. Aus irgendeinem unerklärlichen Grund hielt er sich für ein Gottesgeschenk an die Frauen. Ganz abgesehen von dieser wahnhaften Vorstellung war sein Problem weniger, dass er unansehnlich gewesen wäre. David war ein durchschnittlich gutaussehender Mann, wenn auch schmuddelig und ungepflegt. Doch nicht nur sein Sinn für Körperpflege oder sein Klamottengeschmack hatten eine Generalüberholung nötig, sondern vor allem seine Persönlichkeit.

In der kleinen Küche des Labors stellte Syssi sich ihr Lieblingssandwich aus Ziegenkäse, Tomaten und Basilikum auf Vollkornbrot zusammen und aß es an den Tresen gelehnt.

Sie war noch nicht bereit zurückzugehen.

Dort würde sie sich nur wieder mit David auseinandersetzen müssen. Und unglücklicherweise hatte sie die Erfahrung gemacht, dass er noch nicht mit ihr fertig sein würde. Sobald er einmal mit seinen dämlichen Bemerkungen angefangen hatte, würde er den restlichen Tag über auf Kurs bleiben.

Oh, welche Freude …

„Guten Tag, ihr Hübschen!" Syssi hörte Amandas großen Auftritt. „Ich hoffe, ihr habt mich furchtbar vermisst? Und wo steckt meine süße Syssi?"

„Hier drüben!", rief Syssi mit vollem Mund.

Amanda steckte den Kopf in die Küche, dann trat sie ein und lehnte sich neben Syssi gegen den Tresen. „Was ist denn los? Du wirkst besorgt."

„Ich gehe da draußen kaputt. Ich kann den Fehler in meiner Programmierung einfach nicht finden. Der Computer spuckt schon den ganzen Morgen lang Schwachsinn aus und ich bin kurz davor, mit dem Vorschlaghammer auf ihn loszugehen."

„Warum hast du David nicht um Hilfe gebeten?" Amanda verschränkte auf Höhe der Knöchel die Beine und die Arme vor der Brust.

Syssi warf ihrer Chefin einen Seitenblick zu. „Ist das dein Ernst? Das wird er mich nie vergessen lassen und wahrscheinlich als Bezahlung eine Nummer mit mir einfordern. Dieser Widerling."

Amandas Miene wurde ernst. „Ich weiß, dass du David nicht magst. Verdammt, ich mag ihn ja selbst nicht. Aber er ist sehr gut in dem, was er tut, und das musst du ausnutzen. Es wird immer Leute wie ihn geben, die dir das Leben schwer machen wollen, aber wenn du das zulässt, wird es dir verdammt schwerfallen, irgendetwas zu erreichen. Du musst dich durchsetzen und darfst dir nichts gefallen lassen. Manchmal muss ein Mädchen sich wie eine Zicke aufführen, um nicht herumgeschubst zu werden. Sei eine Zicke, Syssi! Vielleicht hast du sogar Spaß daran!" Amanda zwinkerte und ihr hübsches Gesicht erstrahlte wieder in seiner üblichen Fröhlichkeit.

„Danke für den Tipp, Mami."

Scherz beiseite, Amanda hatte recht. Syssi musste lernen, mit David fertig zu werden, oder die Arbeit im Labor würde unerträglich werden.

Was sie allerdings verwunderte, war Amandas Eingeständnis, dass sie David ebenfalls nicht mochte. Sie war die Chefin. Niemand konnte ihr vorschreiben, wen sie einstellte und wen nicht.

Stirnrunzelnd fragte Syssi: „Ich verstehe nur nicht, warum du ihn eingestellt hast, wenn du ihn nicht leiden kannst?"

„Er war der beste Bewerber für die Stelle. Abgesehen davon habe ich ihn genommen, *weil* ich ihn nicht mag."

„Also entnehme ich dem, dass du mich auch nicht leiden kannst? Immerhin hast du mich auch eingestellt ..." Syssi gab vor, beleidigt zu sein.

„Nein, meine liebe, süße Syssi, ich vergöttere dich. Das weißt du doch!" Amandas gab ihr einen spielerischen Klaps auf die Wange, bevor sie sie küsste. „Ich nehme Frauen, die ich mag, und Männer, die ich nicht leiden kannst."

Als Syssi Amanda musterte, begriff sie, dass Amanda nicht scherzte. Es schien ihr ernst zu sein. „Das verstehe ich nicht."

„Besser dem Köder widerstehen, als in der Falle zu enden", zitierte Amanda und sah hinab auf ihre Stilettos.

„Oh, Amanda, so übel bist du jetzt auch nicht. Ich nehme dir die ganze Femme-Fatale-Rolle nicht ab."

„Wer behauptet, dass es nur eine Rolle ist? Ich bin böse. Du hast keine Ahnung wie böse." Amandas Miene nahm etwas Teuflisches an.

„Du Hexe!" Lachend knuffte Syssi Amanda gegen die Schulter.

Amanda zuckte mit den Schultern, löste sich vom Tresen und

schlenderte mit dem sinnlichen Gang der geübten Verführerin zu ihrem Schreibtisch.

Nein, Syssi kaufte Amanda ihre ganze *Ich bin Sex auf zwei Beinen*-Scharade nicht ab. Das war nur die Theatralik einer Drama Queen. Wenn man von so berauschender Schönheit wie ihre Chefin war, erwartete man natürlich, stets im Zentrum der Aufmerksamkeit zu stehen.

Aber war es denkbar, dass sie wirklich so sexuell aktiv war, wie sie zu sein vorgab? Möglich.

Und warum auch nicht? Amanda war nicht verheiratet, sie hatte nicht einmal einen Freund. Sie konnte tun und lassen, was sie wollte.

Schön für sie!

Syssi zuckte zusammen, als sie an ihr eigenes, nicht-existentes Liebesleben dachte. Seitdem sie sich von Gregg getrennt hatte, war sie nicht ein einziges Mal verabredet gewesen. Zwei einsame Jahre lang hatte sie eine Beziehung betrauert, die bereits einen langsamen Tod gestorben war, bevor sie zu Ende gegangen war.

Doch im Nachhinein ging ihr auf, dass es weniger verbliebene zärtliche Empfindungen, sondern das Gefühl, versagt zu haben, gewesen war, das sie auf die Ersatzbank verbannt hatte, während alle um sie herum ihr Leben genossen oder wenigstens so taten.

Syssi hatte Gregg in der ersten Woche am College kennengelernt und bis zu seinem Abschluss vier Jahre später waren sie zusammengeblieben. Als ihr erster, fester Freund und erster und einziger Liebhaber hatte sie erwartet, dass sie irgendwann heiraten würden. Aber als ihn die Arbeit nach Sacramento geführt hatte, war es für sie beide eine Erleichterung gewesen.

Also warum war sie immer noch allein? Syssi hatte keine Antwort auf diese Frage. Männer fanden sie attraktiv und es mangelte ihr nicht an Angeboten, aber es war niemand dabei, den sie auch nur ansatzweise anziehend fand. Die einzige Ausnahme bildete der Mann aus ihren Träumen, aber der zählte nicht.

Nach ihrer Beziehung mit Gregg zögerte sie, sich auf etwas Neues einzulassen. Aus irgendeinem Grund hatte sie ihren

Mumm verloren, als sie mit Gregg zusammen gewesen war, und auch zwei Jahre später hatte sie noch nicht zu ihm zurückgefunden.

Vermutlich war ihm die meiste Zeit über nicht einmal bewusst gewesen, dass er sich wie ein Arsch benommen hatte. Er hatte nie wirklich etwas gesagt oder getan, das man als beleidigend oder erniedrigend bezeichnen könnte.

Stattdessen hatte er es immer geschafft, irgendwie die Wahrheit zu verdrehen und ihr für alles die Schuld zu geben, das nicht zu seiner Zufriedenheit geklappt hatte. Dass seine Noten nicht ganz so spektakulär gewesen waren, war ihre Schuld gewesen, weil sie zu viel seiner Zeit in Anspruch genommen hatte. Sie waren nicht oft genug ausgegangen, weil sie nichts Entsprechendes geplant hatte. Sie hatten nicht genug Freunde gehabt, weil sie nicht gesellig genug war … Und so weiter.

Aber das Schlimmste war der Sex gewesen. Es hatte ihm an Intensität gefehlt, an Aufregung, und hatte sich letztendlich wie eine Pflicht angefühlt. War es da verwunderlich, dass sie sich nicht gerade darauf gefreut hatte? Und natürlich war auch das ihre Schuld gewesen. Sie war ihm nicht genug entgegengekommen, hatte ihn nicht ausreichend erregt. Sie war nicht heiß genug gewesen.

Bla, bla, bla …

Vom Kopf her wusste sie, dass er nur Unsinn geredet hatte. Wo war sein Beitrag gewesen? War er denn nur ein Zuschauer ihres gemeinsamen Lebens gewesen, der darauf wartete, dass sie sich um alles kümmerte?

Aber tief in ihrem Innern, an jenem irrationalen Ort, an dem sich ihre Ängste und Unsicherheiten verbargen, dachte sie manchmal, dass er recht gehabt hatte. Vielleicht war sie wirklich nicht selbstbewusst, offen und sexy genug …

Mangelhaft. Sie fühlte sich mangelhaft.

Syssi schüttelte den Kopf. *Das war genug Selbstmitleid für einen Tag.*

Abgesehen davon war nicht alles schlecht gewesen. Gregg hatte ihr beigestanden, als sie ihn gebraucht hatte. Er war ihr treu gewesen und abgesehen von seinen ständigen Beschwerden ein guter Gesprächspartner.

Doch als sie sich getrennt hatten, hatte sie sich auf die negativen Aspekte konzentriert. Immer wieder hatte sie die schlechten Dinge in sich wachgerufen und endlos durchgekaut, während sie die guten Seiten kleingeredet und schließlich vergessen hatte.

Aber jetzt war es an der Zeit weiterzumachen. Vielleicht sollte sie sich wirklich auf einige der Blind Dates einlassen, die ihre Freunde für sie organisieren wollten. Oder sich diese Dating-Websites anschauen, die Hannah ihr vorgeschlagen hatte.

Doch obwohl Syssi sich geschworen hatte, dass sie es tun würde, hatte sie nach wie vor keinen einzigen Schritt in diese Richtung gewagt. Morgen, nächste Woche ...

„Hey! Syssi! Dein Handy klingelt!", rief Hannah ihr aus dem Nebenraum zu.

„Komme!" Syssi hastete davon, um ihr Telefon aus der Handtasche zu holen. Doch als sie es in Händen hielt, war der Anruf ihres Bruders bereits auf die Mailbox weitergeleitet worden. Und als wäre das nicht bereits frustrierend genug, umwehte sie plötzlich Davids Salami-Atem, als er sich über ihre Schulter beugte, um einen Blick auf ihr Handy zu werfen.

„Amanda meinte, du brauchst meine Hilfe", hauchte er ihr ins Ohr. „Für einen Kuss tue ich dir gern einen Gefallen", fügte er zwinkernd hinzu. Offensichtlich amüsierte ihn sein Sinn für Humor.

„Lass das, David, und bitte halt dich mit deinem Salami-Atem von mir fern. Du weißt, dass ich den Gestank von Fleisch nicht ertragen kann", fauchte Syssi. Um ein Haar hätte sie ihren Stuhl umgeworfen, als sie aufstand und David zwang, sich zurückzuziehen.

Er riss die Augen auf. „Das war ja mal eine pampige Antwort. Passt gar nicht zu unserer höflichen, anständigen Syssi. Heiß!" Lüstern musterte er sie, bevor er den nun leeren Stuhl einnahm. „Du willst mich. Ich weiß es. Deshalb bist du jetzt auch so aufgeregt." Wieder zwinkerte er ihr zu, dann begann er, sich durch die Programmierung zu arbeiten. „Keine Sorge, Schätzchen. Ich werde mich gut um dich kümmern." Seine Hände flogen über ihre Tastatur. Seine erbärmlichen Flirtversuche störten in keiner Weise seine Konzentration.

Das musste sie ihm lassen. David konnte genauso gut mit Computern umgehen, wie er es mit Frauen nicht konnte.

Mit der Nase knapp vor dem Bildschirm fuhr er fort. „Nichts macht mich heißer als eine starke, selbstbewusste Frau. Ich würde mir den Mund von dornigen Rosen zerstechen lassen, um einen Kuss von dir zu bekommen." Davids Versuch, poetische Worte zu raunen, wurden von einer Woge fauligen Atems begleitet und lösten bei Syssi nur einen Würgereflex aus.

Sie konnte es nicht fassen. Statt entmutigt zu sein, wirkte er entschlossener denn je.

„Sieh mal, David, ich werde jetzt diesen Anruf beantworten und du wirst rausfinden, was mit meinem Programm los ist. Nicht, um mir einen Gefallen zu tun, sondern weil es dein Job ist. Amanda hat dich eingestellt, weil du programmieren kannst. Und ganz sicher nicht, weil du so charmant bist!"

„Oh, Baby, du hast keine Ahnung, wie heiß du aussiehst, wenn du sauer bist."

„Oh Mann! Ich werde ihn erwürgen!" Syssi trat gegen den Stuhl, auf dem er saß.

Hannah schüttelte lachend den Kopf.

„Das ist nicht witzig!", fauchte Syssi und ging hinaus.

Sie hasste Konfrontationen. Besonders, wenn sie so sinnlos wie diese waren. Aber wenigstens würde David ihre Programmierung korrigieren. Nur was würde es brauchen, um *ihn* zu korrigieren? Aus irgendeinem Grund sah sie auf einmal einen Tierarzt mit einem Skalpell vor ihrem inneren Auge.

Sie lehnte den Kopf an die Wand. Heute war einer dieser beschissenen Tage, an dem ihre Unzulänglichkeit und Unsicherheiten aufpoppten wie die Pickel eines Teenagers. Immer, wenn sie glaubte, sie endgültig los zu sein, zeigten sie wieder ihre weißen Köpfe.

Noch mehr als die Konfrontationen selbst hasste sie es, wie

schlecht sie darauf vorbereitet war. Warum zum Teufel fiel es ihr so schwer, sich durchzusetzen oder ihr Temperament zu zeigen?

Selbst jetzt zitterten ihr die Hände und sie musste tief und beruhigend durchatmen, bevor sie ihren Bruder zurückrufen konnte. Wenn Andrew ihre Aufregung bemerkte, würde er sie ausquetschen wie eine Zitrone. Und dafür war sie jetzt wirklich nicht in Stimmung.

Er meldete sich beim ersten Klingeln. „Hi, Syssi, wie läuft der neue Job?"

„Gut so weit, auch wenn ich wirklich mies im Programmieren bin. Darüber hinaus ist Amanda eine tolle Chefin und die Arbeit ist interessant." Syssi zögerte, bevor sie einen Vorstoß wagte. „Du solltest uns wirklich mal besuchen. Die Frau ist der Hammer und ich würde dafür bezahlen, um zu erleben, wie dir bei ihrem Anblick der Mund aufklappt. Der große Andrew Spivak wird sprachlos sein!"

Es war nur ein Witz. Nichts konnte Andrew umhauen. Aber er war Single und für Amanda galt dasselbe. Wer wusste, was passieren würde, wenn die beiden sich begegneten …?

„Jetzt hast du mich neugierig gemacht, auch wenn ich glaube, dass du übertreibst. Wie dem auch sei, ich habe heute mit Dad gesprochen."

„Ja? Wie geht es ihnen? Was treiben sie so?"

Ihre Eltern arbeiteten ehrenamtlich in Afrika. Ihre Mutter, Dr. Anita Spivak – eine sechsundsechzigjährige Kinderärztin im Ruhestand – absolvierte zwölfstündige Schichten unter härtesten Bedingungen in einem Kriegsgebiet, um den ansässigen Kindern die dringend benötigte medizinische Versorgung zu ermöglichen. Syssis Vater, der erst als Vertreter für einen Pharmakonzern und später als Geschäftsführer gearbeitet hatte, genoss seinen Ruhestand und fotografierte die Natur und die wilden Tiere, während er seine Frau unterstützte.

Sie riefen nur selten an.

Syssi wünschte, sie könnte Afrika die Schuld in die Schuhe schieben, aber das war nichts Neues. Ihre Eltern waren immer zu beschäftigt gewesen, mit ihren Karrieren, ihrem Gesellschaftsleben … und mit sich selbst.

Andrew war bei ihnen zu Hause der verantwortungsbewusste Erwachsene gewesen und hatte Syssi und ihren jüngeren Bruder Jacob praktisch großgezogen.

Ihre Mutter war achtundzwanzig gewesen, als sie Andrew bekommen hatte. Als sich nach ihm jahrelang nichts mehr getan hatte, hatte sie sich damit abgefunden, nicht mehr schwanger zu werden. Es hatte ihr nicht gerade das Herz gebrochen. Da sie viel arbeitete, war es sowieso schwierig gewesen, nur ein Kind großzuziehen. Zu Andrews Glück hatten ihre Großeltern eingegriffen und ihm die Fürsorge geschenkt, die er brauchte.

Syssis Geburt war ein Wunder gewesen. Die Schwangerschaft hatte die inzwischen zweiundvierzigjährige Anita vollkommen überrascht. Ein Jahr später hatte sich das Wunder wiederholt und sie mit Jacob gesegnet.

Die beiden Babys waren willkommen geheißen und geliebt worden, aber meistens der Fürsorge von Kindermädchen überlassen worden. Als sie geboren wurden, waren ihre Eltern schon zu festgefahren in ihren Routinen gewesen, um um ihrer Willen etwas daran zu ändern.

„Dad lässt lieb grüßen. Er hat erzählt, er hätte genug Material zusammen, um sein erstes Buch zu veröffentlichen, und er hat versprochen, uns die Dateien zu schicken, sodass wir sie uns anschauen können. Wir sollen die Fotos aussuchen, die wir am besten finden."

„Ich frage mich, wann es wohl so weit ist. Du kennst ihn ja: viele Versprechen, aber die wenigsten erfüllt er." Syssi konnte nicht anders als bitter zu klingen. Ihr Dad hatte auch versprochen, ihre Mutter ein paar Tage von der Arbeit wegzuholen und mit ihr nach Hause zu fliegen. Syssi wartete immer noch … und zwar seit zwei Jahren. Sie hatte gehofft, dass sie zumindest zu ihrer Abschlussfeier kommen würden, dass sie sie in letzter Minute überraschen würde. Aber das hatten sie nicht.

„Wie geht es dir, Andrew? Langweilt dich dein Schreibtischjob immer noch?"

Es war eine Weile her, dass er beruflich im Ausland gewesen war, und im Büro festzusitzen, ließ ihn normalerweise unruhig werden.

Syssi hatte sich schon oft gefragt, was hinter Andrews ständigen Reisen steckte. Seitdem er aus einer höchstgeheimen Spezialeinheit zurückgetreten war, hatte er sich der Abteilung für innere Antiterrorabwehr angeschlossen – angeblich als Analytiker. Aber warum war er dann monatelang im Ausland unterwegs? Was tat er dort? Nachforschungen anstellen?

„Ich versinke in Arbeit und ehrlich gesagt bin ich es leid, aus dem Koffer zu leben. Ich glaube, du musst meine nervige Präsenz dieses Mal ein bisschen länger erdulden."

Andrew klang froh, zu Hause zu sein … Faszinierend … Sollte er endlich jemanden kennengelernt haben?

„Da steckt doch eine Frau dahinter. Ich kann mir keinen anderen Grund denken, warum du so gut gelaunt dabei klingst, hierzubleiben. Also erzähl mal, wer ist sie? Jemand Besonderes?", fragte Syssi hoffnungsvoll.

Andrew lachte leise. „Nein, da ist niemand Besonderes. Wer ist denn schon verrückt genug, es mit mir auszuhalten?"

„Du bist ein toller Mann, Andrew. Eines Tages wirst du ein Mädchen sehr glücklich machen."

„Das bezweifle ich."

„Du wirst schon sehen. Ich habe da so ein Gefühl … Bald ist es so weit."

Wenn Syssi *so ein Gefühl hatte*, hörten die, die sie gut kannten, genau hin. Ihre Vorahnungen hatten die beängstigende Eigenart, wahr zu werden.

„Ich hoffe, das soll ein Scherz sein, denn falls nichts, jagst du mir eine Heidenangst ein. Du weißt, dass ich nicht für etwas Ernstes geschaffen bin!"

Es war witzig, wie verängstigt er klang. Ein tapferer Krieger, der sich davor fürchtete, von einer geheimnisvollen Frau eingefangen zu werden.

„Keine Sorge, ich zieh dich nur auf", log sie.

„Wow! Für einen Moment hast mir echt Angst eingejagt."

Andrew holte tief Luft und stieß sie kraftvoll wieder aus, um seiner Erleichterung Ausdruck zu verleihen … Oder vielleicht auch nicht.

„Ich muss dich abwürgen und zurück an die Arbeit, um mich um ein lästiges Problem zu kümmern."

„Soll ich vorbeikommen und dieses *Problem* zusammenschlagen? Du weißt, dass ich es tun würde."

„Vielleicht komme ich auf das Angebot zurück", erwiderte Syssi und wusste nicht, ob es ihr ernst war oder nicht. „Tschüss, Andrew."

Andrew lehnte sich auf dem Drehstuhl zurück und verschränkte die Finger hinter dem Kopf. Er fragte sich, was Syssi ihm verschwieg. Das lästige Problem war vermutlich ein Mann. Er lächelte wissend.

Das war nichts Neues.

Syssi war so hinreißend, dass sich immer ein armer Hund fand, der sich vor ihr zum Narren machte.

Vielleicht sollte er sie wirklich mal im Labor besuchen, und zwar nicht nur, um die berüchtigte Dr. Amanda Dokani zu bewundern.

7

AMANDA

„Versprich mir, dass du nicht wie eine Irre fahren wirst." Syssi stemmte die Hände in die Hüften und starrte sie an.

Amanda quetschte sich auf den Fahrersitz ihres Porsches, schnallte sich an und kurbelte das Fenster auf der Beifahrerseite hinunter. „Würdest du jetzt einsteigen? Es sind deine Albträume, die dich nervös machen. Nicht mein Fahrstil."

Stirnrunzelnd öffnete Syssi die Tür und lehnte sich hinein. „Wenn du es nicht versprichst, steige ich nicht ein. Da gehe ich lieber zu Fuß."

„Ich werde brav sein. Aber nur, bis ich dich abgesetzt habe. Hinterher werde ich fahren, wie dieses Baby es verdient."

Syssi stieg ein und wandte sich ihr zu. Sorgenfalten lagen auf ihrer Stirn. „Du solltest vorsichtig sein. Erinnerst du dich noch an meine Vorahnung?"

Amanda zuckte die Schultern. „Du kannst nicht sagen, wann es geschehen wird, geschweige denn was. Besser man lebt gefährlich als gar nicht."

Syssi fuhr zusammen und sah weg.

Oh Mist, das hätte sie nicht sagen sollen. Sie hatte nicht vorgehabt, die Gefühle des Mädchens zu verletzen. „Es tut mir leid. So war das nicht gemeint. Bitte nimm es nicht persönlich."

„Nein, du hast ja recht. Ich bin zu vorsichtig. Ich gehe nicht aus, weil ich Angst habe, dass die Männer sich als Idioten oder langweilig erweisen könnten. Was noch schlimmer ist: Ich fürchte mich schon davor, einem Mann zu sagen, dass ich kein zweites Dates mit ihm will, bevor das erste überhaupt stattgefunden hat. Das ist erbärmlich. Mein Geld liegt auf dem Bankkonto herum, ohne Zinsen zu erzeugen, weil ich nicht riskieren will, einen Teil davon auf dem Aktienmarkt zu verlieren. Ich hätte inzwischen das Doppelte angespart haben können, wenn ich meinem Bauchgefühl vertraut und *Apple*-Aktien gekauft hätte, obwohl sie bereits ziemlich hoch notiert wurden." Seufzend sackte sie in ihrem Sitz zusammen.

„Was du brauchst, ist ein Ausbruch aus deinem Schema. Etwas, das dich aus deiner Lethargie holt und dich zwingt, aktiv zu werden." Amanda wusste genau, was dieses Etwas war – eher wer –, aber er hatte sich ja geweigert.

Sie musste einen Plan schmieden, um die beiden in einen Raum zu bekommen. Kian war im Grunde in derselben Lage wie Syssi.

Seine Tage widmete er der Arbeit und seine Nächte bedeutungslosen One-Night-Stands. Tag ein, Tag aus. Er war noch nie in Urlaub gefahren, hatte sich nie ein Konzert oder Theaterstück angesehen und war genau einmal im Kino gewesen.

Kian lebte nicht, er funktionierte. Es war ihm nur nicht bewusst.

Amanda war bereit, darauf zu wetten, dass Kian und Syssi sich nur ein einziges Mal begegnen müssten. Dieses Treffen würde sie aus ihrer Starre reißen. Es war nur ein Gefühl, aber ein starkes. Sie wusste einfach, dass sie sich glücklich machen würden.

Aber sie preschte zu weit vor. Eins nach dem anderen.

Zuerst musste sie dafür sorgen, dass sie sich kennenlernten, dann die Dinge ihren Laufen nehmen lassen, bis sie auf der Überholspur zum nächsten Schlafzimmer sausten. Anschließend konnten sie nur noch abwarten, ob Syssi sich wandelte.

Amanda glaubte daran.

Sobald sie das Universitätsgelände verlassen hatten, beschleunigte sie und der Porsche glitt – ihrer Meinung nach – quälend langsam dahin. Es war schon spät und die Rushhour lag größtenteils hinter ihnen. Daher war es sinnlos, so langsam zu fahren.

Mit einem raschen Blick zu Syssi drückte Amanda das Gaspedal etwas weiter durch. Das Mädchen bemerkte es gar nicht. Sie war zu sehr damit beschäftigt, aus dem Fenster zu schauen und Trübsal zu blasen.

Amanda gab Gas, bis sie in einem etwas vernünftigeren Tempo dahinschossen.

Sie wandte sich gerade ihrer verloren wirkenden Beifahrerin zu, um Syssi wegen ihrer schlechten Laune aufzuziehen, als ein suizidal veranlagtes Eichhörnchen plötzlich auf die Idee kam, seinem Leben ein Ende zu setzen.

Das pelzige Tierchen sprang von einem tief hängenden Ast direkt vor ihr Auto. Amanda trat auf die Bremse und der Wagen geriet ins Schlingern und brach schließlich aus. Sie bekam den Porsche einen Bruchteil einer Sekunde zu später wieder unter Kontrolle, sodass sie frontal gegen einen Hydranten fuhr.

Metall ächzte, Syssi schrie auf und Amanda hielt den Atem an, während sie darauf wartete, dass sich die Airbags öffneten und der Hydrant sich in einen Geysir verwandelte. Aber der Einschlag war nicht heftig genug gewesen, um das eine oder andere auszulösen. Offensichtlich hatte sie es geschafft, weit genug abzubremsen, um weiteren, vielleicht ernsthaften Schaden zu vermeiden.

Amanda riss die Tür auf, löste den Sicherheitsgurt und sprang hinaus, um Syssis Tür zu öffnen. „Bist du verletzt?" Der Aufprall war glimpflich abgegangen, aber Menschen waren so verflixt zerbrechlich.

Syssi versuchte, den Kopf zu schütteln, zuckte zusammen und rieb die Stelle, an der sich der Gurt in ihren Hals gedrückt hatte.

„Warte, Süße, ich kümmere mich um dich." Amanda beugte sich ins Auto und schnallte sie ab.

„Was ist passiert?", fragte Syssi.

„Ein nutzloses, dämliches Eichhörnchen. Ich hätte es einfach überfahren sollen."

„Sag doch nicht so was!"

„War ein Witz. Aber ich bin stocksauer. Eigentlich habe ich

heute Abend noch etwas vor." Amanda ging nach vorn und begutachtete den Schaden. „Nicht so schlimm wie gedacht. Das ist alles nur oberflächlich." Sie stieg wieder ein und drehte den Schlüssel in der Zündung. „Gut, dass beim Porsche der Motor hinten sitzt. Steig wieder ein, Syssi."

„Was ist mit dem Hydranten?"

„Schon gut. Lass uns fahren."

Amanda wartete, bis Syssi sich wieder angeschnallt hatte, bevor sie sich rückwärts vom Hydranten entfernte und wieder in den Verkehr einordnete.

Sie sagte besser Onidu Bescheid, dass er ihr einen Mietwagen besorgen sollte. Sie drückte einen Knopf am Lenkrad und rief zu Hause an.

„Onidu, mein Lieber. Ich hatte einen hässlichen, kleinen Zwischenfall mit einem Hydranten. Du musst mir einen Mietwagen beschaffen."

„Natürlich, Herrin. Geht es Ihnen gut? Müssen Sie medizinisch versorgt werden?"

„Es geht mir bestens. Meinem herrlichen Wagen allerdings nicht. Kümmerst du dich für mich darum?"

„Selbstverständlich, Herrin."

„Danke." Amanda legte auf.

„Wer war das?", fragte Syssi.

„Onidu? Mein Butler."

„Das hätte ich mir ja denken können", murmelte Syssi leise und in dem Glauben, dass Amanda sie nicht hören konnte.

Als sie bei Syssi ankamen, parkte Amanda am Straßenrand ein und wandte sich an ihre persönliche Hellseherin. „So, das war's dann, schätze ich", meinte sie.

„Was war was?"

„Die üble Sache, die du vorhergesehen hast. Ich war in Gefahr, aber es war keine lebensbedrohliche Situation. Für keinen von uns." Sie zwinkerte. „Der Fall ist geschlossen."

Syssi schüttelte den Kopf und rieb sich erneut den Hals. „Ich glaube nicht. Es sei denn, es ist für dich ein monumentales, dein

Leben auf ewig veränderndes Ereignis, ein paar Tage ohne deinen Porsche auskommen zu müssen."

„Was rätst du mir also, mein weises Orakel?", fragte Amanda, als Syssi auf den Bürgersteig trat.

„Sei einfach vorsichtig und halt die Augen offen. Mehr kannst du kaum tun."

8

MARK

„Auf uns!", prostete Mark den anderen zu.

Sein Team feierte den jüngsten Durchbruch im *Rouges*. Die örtliche Bar zog ein gemischtes Publikum an: Studenten aus dem nahegelegenen Stanford, junge Berufstätige aus Palo Alto und ab und zu auch Gesindel. An den meisten Abenden sorgte eine Liveband für Unterhaltung. Nur heute nicht.

Dienstags hatte die Band frei, also war es nicht so voll und auch nicht so laut wie sonst. Deshalb hatten sie sich für diesen Abend entschieden, um zu feiern.

„Peace, love and rock n' roll!" Logan stürzte einen Shot hinunter.

Für Außenstehende stand SDPD für *Software Development Programming Department*. Nur Eingeweihte wusste von den Spezialaufträgen, an denen sie tatsächlich arbeiten und als Spieleentwicklung tarnten.

Genau genommen war die *Strategic Defense Programming Division* eine zivile Außenstelle der Regierung, deren Team hoch qualifizierter Genies mit der Entwicklung von Viren beschäftigt war, die feindliche Waffensysteme und insbesondere Massenvernichtungswaffen lahmlegen konnten.

Erstklassige Programmierer, begabte Hacker und brillante Mathematiker wurden im Geheimen für den Dienst rekrutiert.

Einige lockte man mit dem großen Geld, anderen mit der Chance, die Welt zu verändern, und einige wenige hatte man schlicht erpresst.

Sobald man einmal dazugehörte, gab es keinen Weg zurück. Nicht, dass irgendjemand wirklich gehen wollte.

Sobald sie einmal begriffen hatten, wie wichtig ihre Arbeit war, wurde ihnen bewusst, dass es keine höhere Berufung und keine bessere Verwendungsmöglichkeit für ihre Fähigkeiten gab.

Sie retteten wortwörtlich die Welt, wenn auch leider als anonyme Helden.

„Auf Mark!" Armando hob sein sechstes Glas Tequila. „Unser kleines Genie. Das einzig Wahre. Den Hackerkönig. Möge er weiterhin seine ausgezeichneten Programmcodes abliefern!" Er trank und seine jubelnden Freunde klopften auf den Tisch, als sie ihre Drinks hinunterstürzten.

Mark wurde von einer Woge der Nervosität erfasst. Der Toast war allgemein genug gehalten gewesen, um nicht viel preiszugeben, und doch konnte theoretisch jemand die richtigen Schlüsse daraus ziehen.

Die SDPD und insbesondere Mark hatten die Basis für einen der wichtigsten Computerviren der Geschichte erschaffen. Der Virus hatte die Atomkraftwerke eines Terrorstaats infiltriert und beschädigt.

Das war nur der Anfang.

Sie waren auf bestem Wege, etwas noch Großartigeres zu entwickeln. Bald würde es keine fortschrittliche Waffe mehr geben, die sie nicht stilllegen und damit ein Sicherheitsnetz für die USA und ihre Allianzpartner schaffen konnten.

Natürlich hielten einige Regierungen und Terrororganisationen nicht viel von ihrer Arbeit. Daher hing das Leben von Mark und seinen Mitarbeitern von ihrer Anonymität ab.

Sie sollten unsichtbar bleiben.

Verdammt, sie sollten nicht einmal existieren. Sie waren betrunken.

Na ja, außer Svetlana, die was den Alkoholkonsum anging, ein Fass ohne Boden war. Die winzige russische Mathematikerin hatte einen IQ jenseits von Gut und Böse und schwärmte auf nicht sonderlich gut verborgene Weise für Mark.

Mit dem Glas in der Hand richtete sie sich zu ihrer ganzen Größe von eins zweiundfünfzig auf und prostete ihm zu.

„Auf Mark!"

Anschließend stürzte sie einen Shot *Absolut* hinunter, ihrem Lieblingswodka, und ließ sich auf seinen Schoß fallen. Sie rutschte mit ihrem winzigen Hintern hin und her, um es sich bequem zu machen oder auch, um eine Regung bei ihm zu erzeugen.

Mark verkrampfte sich. Er legte ihr den Arm um die Taille, damit sie besser saß, und hielt sie fest, damit sie sich nicht fester an ihn drängte.

Sie verstand das als Ermutigung. Sie wandte ihm das Gesicht zu und drückte ihm einen feuchten Kuss auf die Lippen.

Die Jungs jubelten und pfiffen. „Svetlana! Svetlana! Svetlana!", feuerten sie sie an.

Dadurch ermutigt setzte sie sich rittlings auf ihn, legte ihre Hände auf seine Wangen und leckte mit ihrer kleinen rosigen Zunge über seine Unterlippe, damit er sie einließ.

Sanft, da er sie nicht verletzen wollte, schob er sie von sich und platzierte sie so, dass sie nur noch auf einem seiner Oberschenkel saß. Mit dem Arm um die Taille griff er nach seinem Drink und hob ihn in die Höhe. „Auf das Team."

„Auf das Team", riefen die Jungs zurück.

Entmutigt erhob Svetlana sich von seinem Oberschenkel und ihr trauriger Blick ließ ihn zusammenzucken.

Es war eine Schande, dass sie ausgerechnet ihn zum Objekt ihrer Begierde auserkoren hatte. Jeder der anderen Jungs hätte sich gefreut, wenn sie Frühlingsgefühle für ihn entwickelt hätte. Svetlana war ein hübsches, kleines Ding. Ihre Haut war so hell, dass sie beinahe durchscheinend wirkte, ihre blassblauen Augen waren riesig und ihr weißblondes Haar lang und lockig. Sie war kaum mehr als eine Jugendliche und gerade alt genug, um Alkohol zu trinken.

Mark mochte sie, aber nicht auf dieselbe Weise wie sie ihn.

Er zwinkerte ihr zu und verpasste ihr einen spielerischen Klaps auf den Po. Wie vorgesehen interpretierte Svetlana das als Erwiderung ihrer Flirtversuche. Als sie lächelte, verschwand der verletzte Ausdruck aus ihren großen, blauen Augen, und sie kehrte an ihren Platz zurück.

Mark stieß lautlos die Luft aus. Es war heutzutage kein großes Thema mehr, schwul zu sein, aber er stammte aus einer anderen Zeit und behielt es lieber für sich.

Niemand musste davon wissen.

Er flirtete nicht mit anderen Männern und ging auch nicht in einschlägige Bars. Stattdessen hatte er einen gut geführten Escortservice gefunden, der wohlhabenden Männern wie ihm Partner vermittelte. Wie alle diese Agenturen war sie diskret, teuer und bot ein gutes Angebot an erstklassigen, gesunden Hengsten.

Für Mark war das die perfekte Lösung. Er scheffelte tonnenweise Geld, das er nicht brauchte. Seine Anteile am Familiengeschäfte reichten vollkommen, um ihn ein angenehmes Leben zu ermöglichen. Also warum seine Einnahmen nicht für seinen unersättlichen Appetit nutzen? Sicher und umsichtig.

Er hatte sogar eine Verabredung für heute Abend ausgemacht und musste bald gehen, um sich vorzubereiten.

Mark war aufgeregt.

Jasons Profil war vielversprechend gewesen. Der Typ war jung, sah gut aus und studierte in Stanford, sodass er nicht vollkommen hohl sein dürfte. Mark hatte keine Geduld für dumme Männer. Für ihn war Dummheit ein ebenso größer Abtörner wie penetranter Körpergeruch oder ein Bierbauch.

Um neun entschuldigte Mark sich und behauptete, Kopfschmerzen zu haben. Nach einer Reihe fröhlicher, betrunkener Umarmungen seitens seiner Freunde und einer zu langen von Svetlana ging er.

Während er vor dem Club auf das Taxi wartete, das ihn nach Hause bringen sollte, versuchte er, in der kühlen Abendluft etwas zu sich kommen. Doch sein Rausch hatte mehr mit dem Nervenkitzel der Vorfreude zu tun als mit dem verbliebenen Alkohol im Blut.

Er kam zwanzig Minuten vor der Zeit zu Hause an. Das

reichte gerade noch, um schnell zu duschen, sich für eine gut sitzende Anzughose und ein Hemd zu entscheiden und im Wohnzimmer die richtige Atmosphäre zu schaffen. Da sein Gast für seinen Besuch bezahlt wurde, war der Aufwand eigentlich nicht nötig. Aber da sein Liebesleben nie mehr hergab als solche Abende, war Mark fest entschlossen, das Beste daraus zu machen.

Ungeduldig tigerte er im Wohnzimmer umher, während er an die sündhafte Verführung dachte, die er für heute Abend geplant hatte.

Als es klopfte, holte er tief Luft und mit einem letzten raschen Blick in den Spiegel neben der Haustür öffnete er.

Der junge Mann, der auf seiner vorderen Veranda stand, sah ganz anders aus als der auf dem Foto des Escortservices.

Marks Nacken kribbelte. Irgendetwas stimmte nicht.

„Du bist nicht Jason", sagte er und überlegte, ob er dem Fremden einfach die Tür vor der Nase zuschlagen sollte.

„Tut mir leid, Jason hat es heute Abend nicht geschafft. Ich bin Gideon, sein Ersatz." Der Mann zwang sich zu seinem falschen Lächeln, das seine Augen nicht erreichte.

Irgendetwas stimmte definitiv nicht.

Sicher, er sah ziemlich gut aus; groß mit breiten Schultern und muskulösen Armen, aber er war nicht eindeutig schwul. Mark hatte jahrhundertelange Erfahrung und ein angeborenes Gespür für diese Dinge. Er konnte einen schwulen Mann auf einen Kilometer Entfernung riechen.

Und Gideon, falls das überhaupt sein richtiger Name war, war eindeutig keiner.

Es ging jedoch etwas merkwürdig Vertrautes von den aggressiven Schwingungen dieses Mannes aus und Mark wurde zunehmend nervöser. Einen Augenblick später schoss ihm Adrenalin durch den Körper und er begriff endlich, was los war. Die natürliche Warnanlage seines Körpers war ausgelöst worden, und zwar von der Anwesenheit eines anderen Unsterblichen.

Nur gehörte dieser Mann nicht zu seinem Clan. Und da die einzigen anderen Unsterblichen, die Mark kannte, die Todfeinde seines Clans waren – die Doomer –, wollte dieser Mann ihm Böses.

Entsetzt versuchte er, die Tür zuzuschlagen, aber der Typ blockierte sie mit der Schulter und ein harter Schlag ins Gesicht ließ Mark rückwärts taumeln. Der Assassine stürzte sich mit seinem ganzen Gewicht auf ihn, sodass er zu Boden ging.

Als sie aufschlugen, versuchte Mark, sich zu befreien. Aber er hatte der Kraft und den Fähigkeiten seines Angreifers nichts entgegenzusetzen. Innerhalb von Sekunden lag er bäuchlings auf dem Boden, während sich die Fänge des Unsterblichen tief in seinen Hals gruben.

Sobald das Gift des Attentäters in sein System eindrang, erlahmte seine Gegenwehr. Euphorie vernebelte ihm den Verstand, dann breitete sich ein Gefühl der Mattigkeit in seinem Körper aus und lähmte ihn.

Er spürte, wie das Gift in seinen Blutkreislauf floss, stets im Gleichtakt mit seinem Herzschlag. Auch, wenn er klar genug bei Verstand war, um zu begreifen, dass er sterben würde, war er so betäubt, dass es ihn nicht scherte.

Irgendwann löste der Assassine die Fänge aus seiner Haut und leckte über die Stichwunden, um sie zu schließen. Mark wusste, dass sein nahezu unsterblicher Körper die Stellen innerhalb von Minuten heilen würde. Kurz darauf würde das lähmende Gift sein Herz erreichen und es zum Stillstand bringen, nur um sich anschließend zu zersetzen.

Es würden keinerlei Spuren zurückbleiben und man würde davon ausgehen, dass es sich um Herzversagen gehandelt hatte.

Die Familie würde natürlich Bescheid wissen. Abgesehen davon, es in Stücke zu sprengen, gab es nur eine Möglichkeit, das Herz eines der ihren zum Stillstand zu bringen, und das war eine hohe Dosis Gift.

In seiner Patientenverfügung, mit der er lebensverlängernden Maßnahmen widersprach, war Arwel als nächstes Angehöriger eingetragen

Die Sanitäter würden ihn verständigen. Arwel würde wissen, was geschehen war.

„Das ist dafür, dass du euren korrupten westlichen Schoßtieren gestohlene Technologie geliefert hast, du schwuler Bastard! Das ist für den Computervirus!", schleuderte ihm der Mörder entgegen, dann spuckte er Mark ins Gesicht. „Du hast den Krieg vor eure Haustür geholt. Jetzt wird nicht länger im Netz gekämpft", zischte er durch zusammengebissene Zähne.

Mark bekam nur am Rande mit, was der Doomer sagte. Er hörte seine Worte, konnte sie jedoch nicht richtig verarbeiten. Durch den Nebel in seinem Kopf hörte er, dass zwei weitere Personen sein Haus betraten. Die Männer besprachen sich in kurzen, abgehackten Sätzen in einer Sprache, die er nicht kannte.

Es war nicht wichtig. Nichts war mehr wichtig.

Während er davontrieb, fragte er sich, ob ihn jenseits dieser Wirklichkeit etwas erwartete. Würde seine Seele in eine Art Himmel gelangen? Lag irgendetwas anderes als die Dunkelheit des Vergessens vor ihm?

Falls ja, hoffte er, dass sich dort auch andere Seelen befänden, damit er nicht allein war. Die Vorstellung, eine Ewigkeit als körperloses Wesen zu verbringen und doch mit niemandem kommunizieren und nichts tun zu können, ängstigte ihn mehr als im Nichts zu vergehen.

9

KIAN

Kian fuhr aus dem Schlaf hoch. Sein schweißgetränktes Haar klebte ihm im Nacken und ihm raste von dem Albtraum immer noch das Herz. Abgesehen von einer intensiven Empfindung des Grauens konnte er sich nur erinnern, endlos gerannt zu sein. Er hatte sich einem Labyrinth merkwürdiger Treppenfluchten verloren, die ins Nirgendwo führten, und war von Korridoren umhergewirbelt worden, die sich auf unmögliche Weise um sich selbst drehten.

Wovor war er davongelaufen? Wer hatte ihn gejagt? Und warum?

Es war nur ein Traum. Kian versuchte, sein Unbehagen abzuschütteln. Sein Verstand hatte einfach nur Gedankenfetzen und Erinnerungen neu arrangiert und einen Horrorfilm mit ihm in der Hauptrolle erschaffen.

Ja, das war alles.

Anders als seine Mutter und seine Schwester maß er Träumen und Vorahnungen nicht viel Bedeutung zu. Die ganz normale, alltägliche Realität war auch ohne so etwas schon seltsam genug.

Kian warf die feuchte Bettdecke und die zerwühlten Laken beiseite und setzte sich auf die Bettkante. Mit den Ellbogen auf den Oberschenkel ließ er den Kopf nach vorn sinken, während er darauf wartete, dass sein Herz sich beruhigte.

Nach einer Weile wehte aus der Küche der Duft frischgebrühten Kaffees zu ihm hinüber und bot den Antrieb, den er brauchte, um den Traum hinter sich zu lassen und unter die Dusche zu springen. Anfangs wollte er es schnell hinter sich bringen. Aber als die heißen Wasserstrahlen aus allen sechs Duschköpfen auf seine Haut prasselten, fühlte es sich so gut an, dass er sich erlaubte, sich Zeit zu lassen.

Es war absurd, dass ein Mann, der von so viel Luxus umgeben war, so wenig davon hatte. Es war immer zu viel zu tun und nicht genug Zeit. Er beeilte sich ständig: unter der Dusche, beim Essen, wenn er mit anderen zu tun hatte. Und doch blieben letztendlich immer Aufgaben und Probleme liegen, um die er sich noch nicht gekümmert hatte.

Meistens hatte Kian nichts gegen die Eile und den schweren Mantel der Verantwortung einzuwenden. Sie hielten ihn viel zu beschäftigt, als dass er sich damit auseinandersetzen konnte, dass er einsam war, wenn auch selten allein. Oder damit, dass sich sein sehr langes und produktives Leben trotz aller Errungenschaften sinnlos anfühlte.

Nur ab und zu hätte er es gern langsamer angehen lassen. Das Leben genießen. Den Kaffeeduft inhalieren.

Kaffee. Den könnte er gerade wirklich gebrauchen, gefolgt von Okidus himmlischen Waffeln mit frischen Früchten und Kokosnuss-Schlagsahne. Es war nicht unbedingt das gesündeste Frühstück, aber was sollte es? Es war lecker!

Er hatte Glück, dass ihm Okidu als Koch, Butler, Putzhilfe, Chauffeur und Gesellschafter zur Verfügung stand. Das waren eine Menge Aufgaben für eine einzige Person, aber andererseits war Okidu im Grunde keine Person. Oft fiel es Kian schwer, sich zu erinnern, dass sein Butler kein lebender, atmender Mensch war.

Okidu war ein Wunder der Genialität; ein biomechanisches Meisterwerk, das sich als Mensch ausgab. Er brauchte weder Schlaf, noch musste man ihn instand halten. Er reparierte sich eigenständig und konnte sich sogar von Müll ernähren. Er konnte sogar sein Geschlecht von männlich in weiblich ändern und andersherum, indem er seine Gesichtszüge und seinen Körperbau anpasste. Manchmal sprang er aus Willkür zwischen beidem hin und her und manchmal, weil die Umstände besser zu einem bestimmten Geschlecht passten. Grundsätzlich war Okidu geschlechtslos. Er hatte weder Reproduktionsorgane noch Geschlechtsteile, die ihn auf die eine oder andere Weise definierten.

Niemand wusste, wer Okidu erschaffen hatte – oder wie und wann. So weit bekannt, gab es nur sieben seiner Art. Ein unbezahlbares Meisterwerk, das weder nachgebaut noch ersetzt werden konnte. Vor über fünftausend Jahren hatte man die sieben Kians Mutter zur Hochzeit geschenkt, eine Liebesgabe ihres Bräutigams. Selbst damals hatte man sie bereits für uralte Relikte gehalten.

Kian konnte sich an keine Zeit erinnern, an der Okidu nicht bei ihm gewesen war. Seitdem er ein kleiner Junge gewesen war, war Okidu an seiner Seite gewesen, um für seine Sicherheit zu sorgen, ihn zu ernähren, anzuziehen und ihm Gesellschaft zu leisten.

Auch, wenn er sich nicht wohl dabei fühlte, Okidu als Eigentum zu betrachten, war er doch Kians wertvollster Besitz. Leider konnte Okidu ihm kein Freund oder Vertrauter sein, so funktionierte er schlicht nicht. Seine Fähigkeit, Entscheidungen zu fällen, beruhte auf vorprogrammierten Befehlsstrukturen, auf deren Basis er lernen und sich anpassen konnte, aber er war unfähig, Gefühle zu entwickeln. Nichtsdestotrotz konnte er unwissende Beobachter in die Irre führen, indem er einen entsprechenden Tonfall anschlug und seinen Gesichtsausdruck anpasste.

„Guten Morgen, Meister“, verkündete Okidu mit fröhlicher Miene und in perfektem britischem Akzent, als Kian die Küche betrat.

In letzter Zeit spielte er seine Lieblingsfernserie von der BBC nach. Sie handelte von einer aristokratischen britischen Familie und ihrer Dienerschaft. Okidu gab abwechselnd den hochmütigen Butler, das gehetzte Dienstmädchen und den Londoner Fahrer. Da er selbst keine Persönlichkeit besaß, musste er zu dem Schluss gekommen sein, dass er eher als menschliches Wesen durchging, wenn er klischeebehaftete Charaktere imitierte.

Anfangs war es belustigend gewesen. Die übertriebenen Gesten, die unterschiedlichen Kostüme, die Akzente. Es war wie eine private Comedy-Serie; jeden Tag, vierundzwanzig Stunden lang und über Wochen. Allmählich wurde es anstrengend und heute Morgen ging er Kian wirklich auf die Nerven.

Außerdem waren nur noch zwei Waffeln übrig und Anandur und Brundar starrten sie an wie hungrige Wölfe.

„Ich habe Ihnen die letzten beiden aufgehoben, Meister", flötete Okidu.

Kian war danach, auf etwas oder jemandem, eher zwei Jemande, einzuschlagen. Er warf den beiden einen finsteren Blick zu. „Muss ich eure Hackfressen wirklich jeden Morgen sehen, noch bevor ich meinen Kaffee getrunken hab? Und dann fresst ihr mir auch noch die Waffeln weg? Habt ihr nichts zu essen im Haus?"

Die Brüder bewohnten zwei Stockwerke unter Kians Penthouse ein Apartment. Obwohl jedem Wächter eine eigene Wohnung im gesicherten Hochhaus der Familie zustand, zogen die beiden es vor, zusammenzubleiben und sich eine zu teilen.

Mitten in der Innenstadt von Los Angeles gelegen, war das Gebäude, das er für den amerikanischen Zweig des Clans erbaut hatte, eine verschwenderisch kostspielige Investition gewesen. Um den Schein zu wahren, wurden einige der Apartments auf den unteren Etagen zeitweilig an internationale Unternehmen vermietet, die eine Unterkunft für ihre auf Geschäftsreise befindlichen Manager brauchten.

Die oberen Stockwerke und die umfangreichen Einrichtungen im Keller waren dem Clan vorbehalten. Ein privates Parkdeck mit Fahrstühlen, die nur per Daumenabdruck aktiviert werden konnte, stellte sicher, dass seine Familie sicher und diskret kommen und gehen konnte.

Damit hatten sie den Begriff, sich in der breiten Masse zu verbergen, neu definiert.

„Tut mir leid, Boss, aber in unserer Küche gibt es keinen Okidu. Und um ehrlich zu sein: Brundar und ich können nicht mal ein Spiegelei braten." Anandur beäugte nach wie vor die verbliebenen Waffeln.

Kian seufzte. „Widerstand ist zwecklos", murmelte er und schenkte sich eine Tasse Kaffee ein. An den Tresen gelehnt nahm er den ersten genüsslichen Schluck des heißen Getränks.

„Bitte mach den Kleinen noch ein paar Waffeln, Okidu. Du hast ihren Appetit unterschätzt."

„Kommen sofort, Sir!"

„Hier riecht es ja himmlisch." Kri, die einzige Wächterin, steckte den Kopf in die Küche. Groß und sportlich, wie sie war, war seine junge Nichte ein Wahnsinnsmädchen, das sich die Anerkennung der übrigen Wächter verdient hatte. Und obwohl sie muskulös und breitschultrig war, wirkte sie dennoch feminin.

Wie üblich hatte sie sich ihr langes, dunkelblondes Haar aus dem hübschen Gesicht gekämmt und zu einem festen Zopf gebunden. Heute hing er schwer über die Vorderseite eines roten Sport-Shirts.

„Okidu hat Waffeln gebacken und niemand hat mir Bescheid gesagt? Ich bin zutiefst verletzt." Sie kam herein und platzierte ihren Hintern auf einem Stuhl.

„Komm ruhig rein. Warum auch nicht? Wir feiern hier eine verdammte Party!" Kian knallte einen Teller vor Kri auf den Tisch und schenkte ihr eine Tasse Kaffee ein.

Er konnte ihr kaum sagen, dass sie verschwinden sollte, oder? Es stand ihr genauso viel oder wenig zu, sich in seiner Küche breitzumachen wie den anderen beiden.

„Danke, Kian. Du bist freundlich wie immer." Kri nahm die Tasse entgegen. Sie hielt sie in beiden Händen und nahm einen Schluck. „Pfui, bitter. Ich brauche Zucker." Nachdem Kian ihr mit einem finsteren Blick zu verstehen gegeben hatte, dass er sie nicht weiter bedienen würde, stand Kri selbst auf. „Ich weiß, ich habe mein Kontingent an Gastfreundschaft schon aufgebraucht."

„Was tust du hier, Kri?"

„Ich dachte, ich schaue auf dem Weg ins Fitnessstudio mal

vorbei und frage, ob du dich mir anschließend willst." Sie wich seinem Blick aus und sah hinab in die Tasse. Kri schwärmte lächerlicherweise für ihn und nutzte jede denkbare Ausrede, um Zeit mit ihm zu verbringen.

Kian ignorierte das Ganze.

Da sie von der derselben Linie abstammten, waren sie zu nah miteinander verwandt, ungeachtet der vielen Generationen, die sie trennten.

Ein unantastbares Tabu.

Nicht, dass er auch nur ansatzweise darüber nachgedacht hätte, wenn das nicht der Fall gewesen wäre. Für ihn würde Kri immer seine kleine Nichte sein.

Er ging davon aus, dass sie irgendwann darüber hinwegkommen würde.

Mit ihren vierundvierzig Jahren war Kri in den Augen der Unsterblichen praktisch eine Jugendliche und er ging davon aus, dass sie ähnlich wie sterbliche Teenager eine Phase vorübergehender, kindlicher Vernarrtheit durchlief.

Irgendwann würde sie darüber lachen.

Kian warf ihr einen düsteren Blick zu, dann richtete er ihn auf die Brüder. „Von jetzt an taucht hier niemand vor neun Uhr morgens auf, *capisce?*" Er musterte ihre missmutigen Mienen. „Und ich will, dass ihr anklopft und wartet, bis ihr hineingebeten werdet. Es wird hier nicht mehr einfach reingestürmt, wie es euch passt. Meine Wohnung ist kein Bahnhof!"

Dieses Gespräch wiederholte sich alle paar Wochen. Wie verwöhnte Kinder benahmen sie sich danach eine Weile, aber bald gingen sie ihm wieder auf den Keks.

Das war das Problem, wenn man Teil eines Familienbetriebs war. Was sollte er tun? Er konnte sie weder feuern noch erwürgen. Dann würden sich nur ihre Mütter aufregen.

Kian seufzte.

„Aber die Waffeln, Kian! Die Waffeln!", jammerte Kri in aufgesetzter Verzweiflung.

„Lass dir das verdammte Rezept geben!"

Ein lautes Klopfen kündigte ein weiteres Mitglied des Teams an. Okidu eilte zur Tür, um Onegus, das Oberhaupt der Wächter, hineinzulassen.

Onegus sog nur einmal kurz den verlockenden Duft ein, dann zeigte er sein Hollywood-Lächeln und kam – welche Überraschung – auf direktem Weg in die Küche.

Wenigstens dieser Hurensohn war aus gutem Grund hier, da er heute Morgen einen Termin mit Kian hatte.

„Oh nein, wag es nicht! Alle raus hier! Verlegen wir die Party nach nebenan." Kian ging durch den Dienstbotenzugang ins Esszimmer, das nie für seinen ursprünglichen Zweck genutzt wurde. Kian aß stets in der Küche am Tresen und lud nie die Art Gäste ein, für die er ein formelles Dinner hätte ausrichten wollen.

Er arbeitete allerdings gern von zu Hause aus, sodass er das Esszimmer im Notfall für informelle Meetings nutzte. Nicht, dass sie jetzt ein Meeting abhielten.

Es handelte sich eher um Hausfriedensbruch.

Sein Büro in dieser Wohnung war sein Rückzugsort zum Arbeiten und er wollte nicht, dass die Gang einmarschierte und seine sorgsame Ordnung durcheinanderbrachte.

In gewisser Weise war es deprimierend, dass er die ganze Mannschaft mit Leichtigkeit in seinem Esszimmer unterbringen konnte. Die Zahl der Wächter hatte in den letzten Jahren abgenommen. Nun, da sie nur noch zu siebt waren, beschränkten sich ihre Pflichten darauf, als Personenschutz zu fungieren, in erster Linie für ihn als Regenten, und als interne Polizei zu agieren, die die Gesetze des Clans durchsetzte.

Damals im alten Land, als die Truppe noch die Ausmaße eines kleinen Bataillons gehabt hatte, war sie von Kian in mehr Schlachten geführt worden, als er sich erinnerte. In den Tagen des Kampfs Mann gegen Mann war es die Aufgabe der Wächter gewesen, die Ländereien des Clans zu verteidigen und zu bewachen. Damals waren sie noch sechzig bis achtzig Krieger gewesen.

Aber als sich die Zeiten geändert und die USA sich als relativ sicherer Ort zum Leben und Verstecken erwiesen hatten, war ihre

Zahl geschrumpft. Ihre Dienste als Verteidiger waren nicht länger nötig.

Kian als der amerikanische Regent des Clans stand sowohl den Wächtern als auch dem örtlichen Rat vor. Und das neben der Leitung des riesigen Firmenimperiums des Clans.

Er schnaubte bei der Erinnerung, dass er früher geglaubt hatte, es wäre eine leichte Aufgabe, eine Gruppe von inzwischen 283 Personen zu regieren. War es nicht.

Seitdem ihr Firmenimperium wuchs und sich auf verschiedene Industriezweige verteilte, arbeitete Kian härter und länger als je zuvor. Der Tag hatte einfach nicht genug Stunden, verdammt noch mal. War es da verwunderlich, dass er unbeherrscht und reizbar war?

Er konnte sich nicht entsinnen, wann er zum letzten Mal frei gehabt hatte.

Gerade als Onegus und seine ungeladenen Gäste auf den Stühlen rund um den langen Esstisch Platz nehmen wollten, vibrierte Kians Handy.

Er zog es hervor und schielte auf den Namen des Anrufers, bevor er ranging. „Arwel. Wie läuft es in der Bay Area?"

Für einen Moment herrschte Schweigen, dann war ein Seufzen zu hören.

Ein nervöser Schauer fuhr Kian über den Rücken. „Sprich mit mir!"

„Mark wurde heute Morgen tot in seinem Haus aufgefunden." Arwel zögerte. Auch Kian schwieg, zu überwältigt von dieser unglaublichen Nachricht. „Seine Putzfrau hat ihn im Wohnzimmer auf dem Boden entdeckt und den Notruf gewählt. In seiner Patientenverfügung war ich als nächster Angehöriger eingetragen."

Arwels Stimme zitterte. Es war eine Weile her, seitdem eines ihrer Familienmitglieder getötet worden war. Die Sicherheitsvorkehrungen und die Anonymität, die ihr Clan in ihrem selbst gewählten Zuhause genoss, hatten sie selbstgefällig gemacht. Der Schmerz des Verlusts war zu einer fernen Erinnerung verblasst.

Sich ihm erneut stellen zu müssen, war schwer; besonders für Arwel.

Der arme Kerl hatte sowieso schon genug Schwierigkeiten, sein Leben zu bewältigen. Sein allzu empfänglicher Geist wurde pausenlos von den Gefühlen anderer bombardiert. Um sich zu schützen, trank er oft zu viel. Im Augenblick klang er allerdings nüchtern.

„Sein Körper war unberührt. Der Notarzt hat Herzversagen als wahrscheinliche Todesursache eingetragen. Wir wissen natürlich, was das bedeutet: Zähne und Gift. Wir haben sein Haus auf Hinweise untersucht." Wieder legte er eine Pause ein. „Die Doomer haben ihn erwischt, Kian. Sie sind hier und irgendwie haben sie Mark gefunden."

Während Kians Verstand bereits mit den Konsequenzen beschäftigt war, verteilte sich die Kälte, die angesichts der verstörenden Nachrichten in sein Herz gekrochen war, in seinem ganzen Körper.

DOOM war die englische Kurzform für die Bruderschaft des Frommen Ordens von Mortdh, dem alten Erzfeind seines Clans. Sie hatten geschworen, jedes Mitglied seiner Familie auszulöschen, jeglichen Fortschritt zu vernichten, den die Menschheit mit Annanis Hilfe erlangt hatte, und die Welt zurück in ein Zeitalter der Unwissenheit und Dunkelheit stürzen.

Es war mehr als eine leere Drohung.

Immer wieder hatte der Orden die Angelegenheiten der Menschen manipuliert, indem sie den Samen des Hasses ausgebracht, Kriege ausgelöst und die Menschheit in die Knie gezwungen hatte. Allzu oft war es ihnen gelungen, den gesellschaftlichen und wissenschaftlichen Fortschritt zum Stillstand zu bringen und rückgängig zu machen.

Die Bruderschaft von DOOM war eine unermüdliche Geißel.

Mit ihrem Auftreten hatte sich Kians schlimmster Albtraum bewahrheitet. Er hatte geglaubt, dass er seine Familie vor diesem mächtigen Feind schützen könnte, indem er sie zwischen Millionen Sterblichen verschwinden ließ. Und doch hatten die Doomer Mark irgendwie gefunden.

„Bist du dir sicher, dass es Doomer waren?"

„Sie haben eine Nachricht an seinen Monitor geklebt."

„Was haben sie geschrieben?"

„Gar nichts und doch haben sie alles gesagt. Es war eine Zeichnung. Zwei sichelförmige Schwerter, die sich am Griff kreuzen und eine Scheibe flankieren. Ihr verdammtes Wappen. Ich habe es fotografiert."

„Schick es mir."

„Moment."

Kian wechselte die App. Das Bild der groben Zeichnung war verschwommen, aber es handelte sich unzweifelhaft um das Wappen von DOOM.

Während Trauer und hilfloser Zorn in ihm miteinander rangen, stand er auf und begann, hin- und herzutigern

Als Freund lösungsorientierter Handlungen hatte Kian das irrationale, überwältigende Bedürfnis, irgendetwas zu unternehmen, sodass all dies verschwand. Aber egal, was er tat, nichts würde Mark zurückbringen.

Er konnte nicht in der Zeit zurückreisen und auf die Entscheidungen Einfluss nehmen, die sie in diese Lage gebracht hatten. Er konnte nur die Toten betrauern und die Lebenden schützen.

„Bring unseren Jungen nach Hause ... Nimm den Jet und bring ihn her", sagte er zu Arwel, dann hielt er inne, um seine gedanklichen Zahnräder neu auszurichten und wieder in Gang zu setzen. „Überprüf vorher seine Leiche und stell sicher, dass sie ihm keinen Peilsender eingepflanzt haben. Den Scheißkerlen wird klar gewesen sein, dass wir Mark nach Hause holen, um ihn anständig zu bestatten. Wir können nicht riskieren, dass sie dir hierher folgen. Schau dir noch mal seine Wohnung an und finde heraus, ob etwas fehlt. Achte auf alles, wodurch sie eine Verbindung zu uns herstellen können: Briefe, Fotos, persönliche Andenken und so weiter. Falls du auf irgendetwas dieser Art stößt, bring es mit. Ich bin mir sicher, dass seine Mutter es gern hätte. Achte auf Kleinigkeiten. Ich muss wissen, ob sie etwas gefunden haben."

„Bin schon dabei." Arwel wollte offensichtlich auflegen.

„Arwel! Ich bin noch nicht fertig. Ich will, dass sämtliche Clan-

Mitglieder aus eurer Gegend evakuiert werden. Lass Bhathian Kontakt zu ihnen aufnehmen und ihnen den Ernst der Lage erklären. Jeder soll eine andere Route und ein anderes Verkehrsmittel nehmen. Ich will nicht, dass alle wie die Verrückten zum Flughafen rasen. Sie sollen nichts mitnehmen und auch niemanden informieren, sondern sofort aufbrechen. Wir kümmern uns um die Details, sobald alle in Sicherheit sind."

„Das wird ihnen nicht gefallen, Boss."

„Ich weiß, aber bis wir herausgefunden haben, was passiert ist, werden sie ihre Hintern hier bei uns parken. Ich sehe sie lieber sauer als tot."

Kian beendete den Anruf und wandte sich den Wächtern zu. Ihre ernsten Mienen verrieten ihm, dass sie sich auf schlechte Nachrichten eingestellt hatten. Dass sie darauf warteten, dass die Kugel ins Rollen geriet und auf sie niederkrachte.

Es war einer dieser Momente, vor denen sich jeder fürchtet. Eine unerwartete Katastrophe trifft einen wie aus dem Nichts und zerstört die Illusion, dass man alles unter Kontrolle hat, um einem die grausame Wahrheit ins Gesicht zu drücken.

Scheiße passiert! Kommt damit klar!

Mit gestrafften Schultern teilte Kian ihnen die schlechten Nachrichten mit. „Wie ihr euch vermutlich schon denken könnt, haben wir ein Problem. Mark, Micahs Sohn, wurde gestern Abend in seinem Haus ermordet." Er hob sein Handy, um ihnen das Wappen zu zeigen. „Das klebte am Bildschirm seines Computers."

„Scheiße!", lautete die einzige Reaktion. Sie stammte von Anandur. Brundar und Onegus sahen aus, als wollten sie jemanden umbringen, und Kri schniefte und versuchte, ihre Tränen zurückzuhalten.

Keiner von ihnen hatte Mark gut gekannt, aber sie wussten über ihn Bescheid: Er war der geniale Programmierer des Clans gewesen. Sein Verlust war nicht nur in persönlicher Hinsicht niederschmetternd, er war auch ein Aktivposten gewesen, der nur schwer zu ersetzen sein würde.

Kian setzte sich und stützte die Ellbogen auf den Tisch. Dann legte er den Kopf auf die geballten Fäuste. „Das ist alles meine

Schuld. Ich übernehme die alleinige Verantwortung", gestand er, während die Schuldgefühle an ihm nagten.

Fluchend knallte Onegus die Faust auf den Tisch. „Wie könnte es deine Schuld sein, Kian? Abgesehen von deiner üblichen Tirade, dass du der Regent bist und für alles und jeden die Verantwortung trägst. Bla, bla, bla."

„Es ist meine Schuld. Ich hätte genauso gut eine blinkende Neonanzeige über seinem Kopf aufhängen können: *Hier bin ich! Kommt und holt mich!* Jeder, der auch nur halbwegs klar denken kann, wäre darauf gekommen, dass ein so hochklassiger Code nicht ohne entsprechendes Know-how programmiert werden konnte."

Kian war bewusst gewesen, dass er viel riskierte, indem er Mark erlaubte, zu früh zu viele Informationen weiterzugeben. Aber er hatte das Gefühl gehabt, keine andere Wahl zu haben. Das Risiko, das von Massenvernichtungswaffen in den Händen machthungriger Despoten ausging, hatte die Gefahr einer Entdeckung überwogen.

Abgesehen davon hätte er niemals gedacht, dass die Doomer sich auf Mark stürzen würden. Er war davon ausgegangen, dass sie auf dieselbe Weise agieren würden, wie sie es immer getan hatten: indem sie die Sterblichen unter ihrem Einfluss gegen die Menschen einsetzten, denen der Clan half.

Kian fuhr fort: „Nach so vielen Jahren ohne Zwischenfälle sind wir selbstgefällig geworden. Und selbst vorher handelte es sich bei den wenigen Gelegenheiten, als die Doomer einen von uns in die Falle locken konnten, um Zufälle, bei denen ein Mann zur falschen Zeit am falschen Ort war. Sie waren noch nie in der Lage, uns erfolgreich aufzuspüren. Wir sind einfach zu wenige und verbergen uns zu geschickt. Doch jetzt kommt es mir vor, als hätte ich diesen Wichsern persönlich eine Wegbeschreibung zu uns in die Hand gedrückt."

„Vielleicht haben sie bei Mark einen Glückstreffer gelandet?", schlug Kri vor. Damit handelte sie sich herablassende *Du hast keine Ahnung, wovon du redest*-Blicke der anderen ein. „Nein, Jungs, jetzt hört mir mal zu. Denkt mal darüber nach, wie sich die Doomer sonst immer gerächt haben. Sie sind auf unsere Menschen losgegangen oder haben ihren geholfen, unsere zu bekämpfen. Stellt euch vor, sie wollten sich an dem Team rächen, das am Code gearbeitet hat. Irgendwie finden sie es, stellen fest, dass Mark der Topprogrammierer ist, und entscheiden, ihn umzubringen. Um uns eine Nachricht zu übermitteln. Ich wette, sie hatten keine Ahnung, dass er einer von uns war."

Gestenreich fuhr sie fort. „Wir haben noch nie so eng mit Sterblichen zusammengearbeitet. Früher haben wir ihnen nur hier und da ein paar Informationen zukommen lassen, mit denen sie arbeiten konnten. Den Rest haben sie selbst entwickelt. Dann haben wir ihnen mehr geliefert, damit es glaubwürdig wirkt, so, als hätten sie alles selbst entworfen. Die Doomer haben auf keinen Fall erwartet, einen Unsterblichen in einem Team mit Sterblichen vorzufinden. Auf gar keinen Fall!"

Kri starrte sie an und forderte sie heraus, ihre Logik zu widerlegen.

„Da könnte sie recht haben", gab Onegus zu.

„Selbst wenn Kri recht hat, ändert es nichts am Ergebnis. Die Doomer haben Mark trotzdem gefunden und ermordet. Und nun, da sie einen Ansatz haben, wonach und wo sie suchen müssen, könnten sie mehr von uns aufstöbern." Kian sprang auf die Beine und ging zu Kri. „Aber gute Überlegung. Du bist ein schlaues Mädchen." Er drückte ihre Schulter.

Zu jedem anderen Zeitpunkt und unter anderen Umständen wäre sie von Kians Lob begeistert gewesen. Jetzt nickte sie lediglich und griff nach der Hand auf ihrer Schulter, um sie ihrerseits zu drücken.

„Sir, die Waffeln sind fertig." Okidu wählte diesen Moment, um mit einer voll beladenen Platte hereinzukommen. Er stellte sie behutsam auf dem Beistelltisch und eilte in Erwartung eines Überfallkommandos beiseite. Aber das Essen wurde ignoriert.

„Danke, Okidu." Kian machte Anstalten, ihn wegzuschicken. „Oh, da wäre noch etwa, was du erledigen müsstest. Sorg dafür, dass vier saubere, freie Apartments bereitstehen und lüfte, falls möglich, bitte Amandas Penthouse. Wir werden Übernachtungsgäste haben."

„Sehr wohl, Meister!" Okidu verneigte sich.

„Danke." Kian nickte Okidu zu und wandte sich an die Wächter. „Onegus, ich möchte, dass du den Rat für heute Abend neun Uhr zu einer Notfallsitzung zusammenrufst. Sag ihnen nicht, worum es geht. Ich möchte nicht, dass irgendjemand Micah anruft, um ihr sein Beileid auszusprechen, bevor ich mit ihr geredet habe. Niemand sollte so etwas am Telefon erfahren. Wir treffen uns im großen Versammlungssaal. Richte allen aus, sie sollen ihre Zeremonienroben tragen. Ich werde verlangen, dass sich alle Mitglieder des Rats gemeinsam absondern. Zweifelsohne werden sie toben und jammern. Aber wir haben nicht genug Leute, um jeden einzelnen unter Personenschutz zu stellen. Ich muss sie hier haben, wo sie in Sicherheit sind. Hoffentlich beeindrucken die Formalitäten sie und verdeutlichen, wie ernst es mir ist. Das wäre alles."

Kians Blick folgte seinen Leute, als sie vom Tisch aufstanden und leise den Raum verließen. Onegus öffnete die Haustür und verließ mit einem Nicken und gefolgt von den ernsten Brüdern die Wohnung. Kri blieb zurück. Sie wirkte verloren.

Kian ging zu ihr, nahm sie in die Arme und ließ sie das Gesicht an seinem Hals vergraben. Er hielt sie lange fest. Jung, wie sie war, hatte sie noch nie den Verlust eines Freundes erdulden müssen. Und anders als bei den Männern, deren Gefühle in Jahrhunderten unzähliger Schlachten abgestumpft worden waren, war sie noch offen für Schmerz und Trauer. Als sie ihn seufzend losließ, sah er ihr in die Augen und versicherte sich, dass es ihr gut ging.

Aber er hatte Kri aus gutem Grund zur Wächterin ernannt. Sie straffte die Schultern und hob das Kinn. Die Entschlossenheit in ihrem Blick bewies, dass sie wirklich die eiserne Kriegerin war, als die er sie eingestellt hatte.

„Geh jetzt. Ich brauche Zeit zum Planen." Mit einem Klopfen auf den Rücken entließ er sie.

Sobald er allein war, gestattete Kian es sich, für einen kurzen Moment auf den Wellen aus Schuld und Angst zu treiben, seine

Gedanken in verschiedene Richtungen driften zu lassen und sich jede denkbare Gefahr auszumalen, bevor er über kreative, wenn auch nicht umsetzbare Lösungen nachdachte.

Es war eine alte und wiederholt von ihm erprobte Technik. Es war, als würde er den Eiter aus einer entzündeten Wunde ablassen. Irgendwann kam frisches Blut und die Heilung konnte einsetzen.

Leider fiel ihm neben den Schritten, die er bereits eingeleitet hatte, nichts ein.

Der erste Punkt auf seiner Liste lautete, seine Schwester zu überreden, in ihr wehrhaftes Bollwerk zu ziehen. Von allen Ratsmitgliedern erwartete er bei ihr am meisten Widerstand. Besser, er redete vor der Versammlung mit ihr und bereitete sie vor. Das würde ihm das öffentliche Drama ersparen. Abgesehen davon war es seine oberste Priorität, Amanda in Sicherheit zu wissen.

Viel Glück dabei.

Sich innerlich auf eine Schlacht einstellend holte er sein Handy hervor und rief sie an.

Nachdem sie den ersten Schock verdaut hatte und ihr Schluchzen versiegt war, legte sie sofort Protest ein. „Ich kann nicht einfach mein Labor verlassen oder nicht zu den Vorlesungen erscheinen."

Kian unterbrach sie. „Dann komm zur Versammlung und stimm dagegen!"

„Du weißt genau, wie die Abstimmung ausgehen wird", zischte sie.

„Ja, tue ich. Und wenn du auch nur einen Hauch Verstand im Kopf hast, würdest du nicht mit mir diskutieren. Es steht mehr als nur dein Leben auf dem Spiel. Wenn sie dich finden, werden sie dich nicht töten. Aber du wirst dir wünschen, sie hätten es getan."

Amanda schnaubte. „Du überschätzt das Risiko. Sie werden mich nicht finden. Und wenn du so sehr um meine Sicherheit besorgt bist, stell ein paar Wächter ab, die auf mich aufpassen."

„Du weißt genau, dass wir nicht genug Wächter haben. Deshalb rufe ich die Ratsmitglieder dazu auf, sich gemeinsam abzusondern.

Ich schaffe es einfach nicht, euch zu beschützen, wenn nicht alle an einem Ort sind."

„Find eine Lösung. Ich lasse meine Arbeit nicht im Stich." Sie legte auf.

Seufzend strich Kian sich mit beiden Händen durch die Haare und glättete die abstehenden Strähnen. Er würde selbst zu ihr fahren und sie überzeugen müssen, dass es das Beste für sie war.

Oder, was wahrscheinlicher war, sie beißend und kratzend mitzerren.

10

KIAN

Auf dem Weg zu Amandas Labor war es bedrückend still im SUV. Die fast schalldichte Innenausstattung des Lexus filterte nahezu jeglichen Verkehrslärm, sodass Brundars und Anandurs verbissenes Schweigen nicht gestört wurde.

Kian sehnte sich verzweifelt nach einer Zigarette und ein oder zwei Whiskey.

Er hatte das Rauchen vor Jahren aufgegeben, aber ab und zu fiel das Verlangen wieder über ihn her. Wie jetzt.

Er hatte sich diese Eigenart nicht aus Sorge um seine Gesundheit abgewöhnt. Schließlich konnte seinesgleichen weder Krebs bekommen noch an Herzerkrankungen leiden. Er hatte es schlicht gehasst, wie ein Aschenbecher zu riechen, und es hatte ihn angewidert, wie sehr sich der Gestank in Haaren und Kleidung festgesetzt hatte.

Aber jetzt könnte er für eine Zigarette töten.

Die am Boden zerstörte Micah zu trösten, war unerträglich gewesen, und nun fühlte er sich ernüchtert und leer. Es gab keinen guten Weg, einer Mutter solche Neuigkeiten zu unterbreiten. Man sprach sein Beileid aus, sagte, wie leid es einem tat und bot Hilfe für ausnahmslos alles an, was anfallen mochte.

Bla, bla, bla … Sie hatte seine Worte nicht einmal gehört. Letztendlich hatte er sie einfach gehalten, während sie geweint hatte.

Das Ergebnis war, dass er nun eigentlich keine Kraft mehr hatte, um sich mit Amanda herumzuschlagen.

Schwer seufzend sah Kian aus dem Fenster und betrachtete die Autos um sie herum. Er fragte sich, welche Sorgen deren sterbliche Insassen hinter ihren reglosen Mienen verbargen.

Sie erduldeten im Laufe ihres kurzen, elenden Lebens so viel Leid, und dass ihre Familienmitglieder starben, war ein so wesentlicher Teil ihres Daseins, dass er ihre ganze Existenz definierte. Kian vermutete, die Menschen wurden mit der deprimierenden Gewissheit ihrer Sterblichkeit fertig, indem sie es möglichst vermieden, darüber nachzudenken. Es war beschissen.

Jemanden zu verlieren, den man liebte, war die schlimmste Erfahrung, die man sich vorstellen konnte. Er würde nicht zulassen, dass ihm so etwas passierte.

Nicht noch einmal.

Er hatte Lilens Tod Jahrhunderte zuvor nicht verhindern können, aber er wollte verdammt sein, wenn er erlaubte, dass seiner sturen Schwester irgendetwas zustieß.

Nicht, solange er auf sie aufpasste.

Er ballte die die Hände zu Fäusten und spürte, wie sich um seinen Mund ein harter Zug bildete. Sein Entschluss stand fest. Er würde in dieses Labor marschieren, sich Amanda über die Schulter werfen und sie zum Wagen tragen. Und es scherte ihn einen Dreck, ob sie ihn den ganzen Weg lang anschreien und nach ihm treten würde. Er würde sie sogar in eine der Zellen im Keller sperren, um ihre Sicherheit zu gewährleisten.

Ja, das klingt gut. So komme ich am ehesten mit dieser Göre zurecht. Kian holte tief Luft. Okay … *Als würde das funktionieren.*

Er musste zur Ruhe kommen.

Geduld ist eine Tugend, sagte er sich wiederholt. *Geduld ist eine Tugend.* Ja, aber keine seiner herausragenden Eigenschaften. *Soll sich jemand anders ein Verdienstabzeichen dafür ans Revers stecken.* Kian hatte schließlich nicht vor, sich irgendwann in nächster Zeit heiligsprechen zu lassen.

Als er den Fahrstuhl zu Amandas Labor nahm, überlegte er, ob es ein Zufall war, dass es im Keller des Instituts lag, oder ob

Amanda sich bewusst dafür entschieden hatte, weil sie es vorzog, unterirdisch zu arbeiten.

Es schien eine natürliche Veranlagung, eine unbewusste Vorliebe ihrer Art zu sein, sich unter der Erde aufzuhalten. Die Älteren wie er hatten immer noch mit ihrer Empfindlichkeit hellem Licht gegenüber zu kämpfen, aber das war nichts, was eine hochwertige Sonnenbrille nicht beheben konnte. Die jüngeren Unsterblichen hatten in der Hinsicht keine Schwierigkeiten mehr.

Nichtsdestotrotz hatte die ursprüngliche Götterrasse das Sonnenlicht gescheut. Sie mussten ihre empfindlichen Augen mit Schutzbrillen abschirmen, um selbst den schwächsten Lichteinfall von den Seiten zu vermeiden, der normale Sonnenbrille umging.

Ihre Behausungen waren fensterlos gewesen. Stattdessen hatte man diagonale Schächte in die massiven Wände geschlagen, um für Frischluft zu sorgen, ohne gleichzeitig zu viel Licht hineinzulassen.

Die Kehrseite ihrer Beeinträchtigung war eine herausragende Nachtsicht gewesen, die Beinah-Unsterbliche bis zu einem gewissen Punkt mit ihren Vorahnen teilten. Die Götter waren nachtaktive Wesen gewesen, die sich in der relativen Dunkelheit wohler gefühlt hatten als im hellen Sonnenlicht. Das sanfte Licht von Mond und Sternen war für ihre empfindliche Haut und Augen erträglicher gewesen.

Nicht zum ersten Mal ging ihm durch den Kopf, dass seine Ahnen die Quelle der abscheulichen Vampirmythen sein mussten.

Kreaturen mit Fangzähnen, die Blut tranken und im Sonnenlicht zu Asche verbrannten … Genau. Die wilde Fantasie der Sterblichen lief vor Übertreibungen und Ausschmückungen geradezu Amok.

Was die Zähne und die Sonne anging, hatten sie recht. Selbst beim Thema Gedankenkontrolle lagen sie richtig, aber woher stammte der Teil mit dem Blutrinken? Oder die roten Augen? Weil die Augen eines Unsterblichen tränten, wenn sie zu hellem Licht ausgesetzt wurden? Weil irgendjemand sorglos gewesen war und vergessen hatte, über die Stichwunden zu lecken, damit sie heilten?

Wer konnte das schon sagen?

Fest stand, dass die alten Götter Quelle vieler faszinierender Geschichten waren. Der Vampirmythos war einer der einfallsreichsten. Seiner Meinung nach passten die Legenden über das Schlangenvolk jedoch besser zu ihnen.

Was hatten Fledermäuse nur an sich, dass die Sterblichen sie den Schlangen vorzogen? Nicht, dass er selbst besonders viel von Reptilien hielt. Allerdings konnten sie nicht fliegen und da diese Fähigkeit für viele Vampirgeschichten essenziell war, ergab der Querverweis auf Fledermäuse vielleicht doch Sinn.

Seine Leibwächter waren nach wie vor ungewöhnlich still, als sie den Flur entlang gingen. Das rhythmische Geräusch, das ihre Stiefel auf dem Betonboden verursachten, war der einzige Hinweis, dass sie noch hinter ihm waren.

Von Brundar erwartete er sowieso nicht, dass er viel redete, aber Anandurs Schweigen bereitete ihm Sorgen. Kian drehte sich zu den Brüdern um. Obwohl sie verbissen und konzentriert wirkten, hatten sie den Blick auf seine Füße gerichtet, statt die Umgebung im Auge zu behalten.

Das war nicht gut.

„Reißt euch zusammen, Jungs! Und bleibt wachsam. Oder glaubt ihr etwa, dass es hier sicher ist, weil wir von anderen Leuten umgeben sind?"

„Was ist dir eigentlich über die Leber gelaufen, Kian? Denkst du ernsthaft, ich passe nicht auf? Wie lange erledige ich diesen Job jetzt? Tausend Jahre? Ich kann das im Schlaf." Anandur klang eher wütend als beleidigt.

„Ja, ja. Du kannst mich mal am Arsch lecken, wenn es dir dann besser geht. Aber schön sauber machen!" Kian sprang beiseite, um Anandurs Schlag gegen seine Schulter auszuweichen.

Wenigstens lächelte er jetzt.

Brundar ging kopfschüttelnd weiter und ließ sie zurück.

An einer Abzweigung, von der der Flur zu Amandas Labors abging, rief Kian ihn zurück. „Bleibt hier. Das ist eine gute Stelle. Hier seht ihr jeden, egal, aus welcher Richtung er kommt." Er zeigte auf den Punkt, an dem sie Wache halten sollten.

„Ich gehe allein rein. Der Teufelsbraten will sicher kein Publikum."

Das stimmte nicht unbedingt. Amanda liebte Dramen. Es war Kian, der darauf verzichten konnte. „Versucht, keine Aufmerksamkeit zu erregen, und seid wachsam."

11

ANANDUR

Anandur lehnte sich neben seinem Bruder an die Wand und grinste in sich hinein, als Kian im Labor verschwand. Dem Boss stand ein verfluchter Krieg bevor, und wenn er dachte, dass Amanda ohne Publikum leichter nachgeben würde, machte er sich etwas vor.

„Mann, das würde ich gern miterleben", meinte er zu Brundar.

Sein Bruder ignorierte ihn. Wie üblich hatte er keine Lust, sich zu unterhalten.

Kopfschüttelnd richtete Anandur seine Aufmerksamkeit auf die wenigen Menschen in den Fluren. Ein Trio junger Frauen kam kichernd auf sie zu und er musste zugeben, dass es sich als ganz unterhaltsam erweisen könnte, im Flur zu warten.

Die Mädchen beäugten seinen Bruder und ihn mit unverhohlenem Interesse und wiegten beim Näherkommen lächelnd ihre Hüften.

Freche, kleine Biester.

Bewiesenermaßen war es für Brundar und ihn leichter gesagt als getan, keine Aufmerksamkeit zu erregen. Nicht, dass er ein Problem damit hatte.

Dank dem, was die Mädchen trugen – oder eben nicht trugen –, konnte er einen guten Blick auf ihre jungen Körper werfen. Zu den bemalten, zerfetzten Jeans, die alle drei trugen, stand das T-

Shirt der großen Brünetten seitlich so weit offen, dass ihr BH zu sehen war. Das Oberteil ihrer Freundin war so zerschnitten, dass es praktisch gar nichts mehr bedeckte. Und das Mädchen mit den stacheligen, kurzen Haaren trug ein winziges Ding mit Micky-Maus drauf, das aussah, als hätte sie es ihrem kleinen Bruder gemopst.

Man muss diese Generation lieben, dachte Anandur, als er ihnen zwinkernd sein verführerischstes Lächeln zuwarf.

Ihre Reaktion auf seinen offenen, männlichen Charme erfolgte ebenso plötzlich wie vorhersehbar. Seine Nasenflügel bebten, als er den unverwechselbaren, süßen Duft weiblicher Erregung wahrnahm und seinen Jagdinstinkt auslöste.

Brundar erging es nicht besser. Er knurrte leise an Anandurs Seite und spannte sich an, als bereite er sich auf einen Angriff vor.

Nachdem Anandur sich gesammelt hatte, legte er bremsend den Arm um Brundars Schulter, hielt ihn fest und drückte hart zu, während er den Mädchen zulächelte.

„Verdammt. Warum sind die gutaussehenden Männer immer schwul? Das ist so unfair", flüsterte die Große ihren Freundinnen zu.

Anandur lachte leise. Sein Gehör war wesentlich schärfer als sich die Mädchen jemals vorstellen könnten. Er zog seinen Bruder noch fester an sich und küsste ihn auf den Kopf.

„Ich werde dir den verdammten Arm brechen, wenn du mich nicht loslässt", zischte Brundar.

Anandur runzelte die Stirn und ließ seinen Bruder mit einem mitleidigen Seitenblick los. Der arme Kerl litt unter einem erbärmlichen Mangel an Humor.

Als das enttäuschte Trio um die Ecke gebogen war, wirkte Brundar hastig eine Illusion um Anandur und sich. Sie würde ihre Anwesenheit vor Sterblichen verbergen und sie wie einen Teil der Wand wirken lassen. Damit waren sie unsichtbar, solange niemand direkt in sie hineinrannte.

12

SYSSI

Syssi konzentrierte sich auf die Bilder, die in regelmäßigem Abstand auf dem Bildschirm erschienen: Rechteck, Kreis, Stern, Dreieck, Stern, Kreis, Dreieck, Rechteck …

Die Formen wurden wahllos und in endloser Reihe ausgeworfen. Ihre Aufgabe lautete zu erraten, welches als nächstes erscheinen würde, und den richtigen Knopf zu drücken, bevor das vorherige Bild verschwand.

Es war betäubend langweilig, vor allem, weil sie schon seit Stunden damit beschäftigt war.

An jedem anderen Tag hätte sie einfach aufgehört. Nachdem sie ihren Verstand schon so lange herausgefordert hatte, würde das Ergebnis sowieso fraglich sein, aber nicht heute.

Syssi hatte Amanda noch nie so schlechter Laune erlebt. Ihr Auftreten war beängstigend. Irgendetwas oder irgendjemand musste sie in der Mittagspause furchtbar verärgert haben, denn sie war in düsterer Stimmung zurückgekehrt und fuhr seither praktisch jeden an.

Hannah und David waren klug genug gewesen, vor einer Stunde zu verschwinden … Oder vielmehr, um ihr Leben zu rennen.

Aber nicht Syssi. Nein, Amandas bevorzugtes Versuchskaninchen musste bleiben.

Bald würde sie aufhören müssen. Ihre Augen tränten und ihre Kopfschmerzen drohten, in eine ausgewachsene Migräne überzugehen. In ein paar Minuten würde sie Amanda sagen müssen, dass sie nicht mehr konnte.

Sie rieb sich seufzend die müden Augen, als sich knarrend die Tür zum Labor öffnete. Neugierig, wer das sein mochte, sah Syssi zwischen zwei Symbolen auf und …

Ihr kam jegliche Konzentration abhanden. Sie wurde förmlich in Stücke gesprengt.

Der Mann, der gerade die Tür hinter sich schloss, sah atemberaubend gut aus: groß, breitschultrig und unter seinem konservativen, dunkelgrauen Anzug perfekt proportioniert. Letzterer wirkte teuer und war vermutlich maßgeschneidert, aber dennoch war Syssi überzeugt, dass sich kein Speck darunter verbarg. Der Mann wirkte, als würde er nur aus Muskeln bestehen.

Er hielt sich aufrecht wie ein König und wirkte daher etwas steif, als er sich im Labor umsah. Erst, als er Amanda entdeckte, entspannte er sich etwas. Er warf ihr einen düsteren Blick zu. Seine dunkelblauen Augen wirkten entschlossen und traurig. Er schien wütend oder frustriert zu sein.

Er strich sich das kinnlange, dunkelblonde Haar zurück – es wirkte wie eine nervöse Angewohnheit –, ordnete mit den Fingerspitzen die gelockten Spitzen und zwang sie aus seinem kantigen, hübschen Gesicht.

Syssi hielt die Luft an. Ihr war schwindelig, ihr Herz raste und ihre Beine hatten sich in Wackelpudding verwandelt. Mühsam sog sie Luft in ihre nach Sauerstoff lechzenden Lungen und rieb ihre kribbelnden Arme.

„Du kannst dir die Mühe sparen, Kian. Ich lasse mich nicht in deine Höhle verschleppen. Du kannst mir nichts sagen, was mich dazu bringen würde, meine Arbeit im Stich zu lassen. Dafür ist sie zu wichtig, also kannst du gleich umdrehen und wieder nach Hause gehen.“ Amanda ließ den Finger kreisen und deutete auf die Tür.

Als er nicht reagierte, verschränkte sie die Arme vor der Brust und verengte die Augen. Sie versuchte, ihn niederzustarren, während sie mit ihren hochhackigen Schuhen auf dem Betonboden tippte.

Das ist also Amandas Bruder Kian. Wow.

Er sah ganz anders aus, als Syssi ihn sich vorgestellt hatte. Bei den wenigen Gelegenheiten, als Amanda ihn erwähnt hatte, hatte sie ihn als alten Bock oder auch dämlichen alten Bock bezeichnet. Dadurch war in Syssis Kopf das Bild eines älteren Manns mit Ziegenbart und lichter werdendem, dünnem Haar entstanden.

Nicht einmal in ihren wildesten Träumen hätte sie sich ihn als das prachtvolle Abbild eines griechischen Gottes vorgestellt, das nun vor ihr stand. Doch da Amanda seine Schwester war, hätte sie es eigentlich besser wissen müssen. Eine so hinreißende Frau wie ihre Chefin konnte keinen unattraktiven Mann zum Bruder haben.

Syssi fühlten sich zwischen diesen wunderschönen Schwänen wie das hässliche Entlein. Kein sterbliches Wesen konnte diese Perfektion erreichen.

Sie zwang sich, den Blick abzuwenden und versuchte, sich unsichtbar zu machen, indem sie sich tiefer in den Stuhl sinken ließ und sich hinter dem Monitor versteckte. Zu schockiert, um das Experiment fortzusetzen, gab sie mechanisch vor, weiterzuarbeiten, und hatte damit eine Ausrede, außer Sichtweite zu bleiben.

Aufmerksamkeit zu erregen war ausgeschlossen. Wenn sie Glück hatte, würde Kian verschwinden, ohne sie auch nur zu bemerken. Syssi glaubte nicht, dass sie es überleben würde, ihm vorgestellt zu werden.

Ihre Reaktion auf ihn war so plötzlich und überwältigend gewesen, dass sie nicht wusste, wie sie damit umgehen sollte. So hatte sie noch nie auf einen Mann reagiert.

Syssi war nie die Art Mädchen gewesen, die für Filmstars oder Rocker schwärmte. Deren dicke Muskeln und hübschen Gesichter hatten sie nie interessiert. Äußerlichkeiten waren ihr schlicht nicht wichtig gewesen. Sie hatte sich immer nur einen netten, intelligenten Mann gewünscht, der halbwegs anständig aussah.

Und doch saß sie jetzt hier und sehnte sich in einem erschreckenden Ausmaß nach einem Mann, der ihr nie gehören würde. Männer wie ihn gab es in ihrer Welt nicht.

Er war wunderschön und dennoch ganz und gar männlich. Von seinen perfekt modellierten Zügen ging nichts Feminines aus. Und sein eleganter Anzug konnte ihr nichts vormachen. Kian strahlte eine Art primitive Macht und Überlegenheit aus, die ihr Angst einjagte. Denn sie hatte instinktiv das Bedürfnis, sich ihm zu unterwerfen.

Woher zum Teufel stammten diese Gedanken? Selbst der Begriff war ihr fremd. Was geschah hier mit ihr?

Oh Gott, bitte lass ihn endlich verschwinden.

Sie würde diese peinlichen Gedanken mit ins Grab nehmen. Niemand, wirklich niemand würde je von den Absurditäten erfahren, die ihr durch den Kopf geschossen waren. Sie mochte keine BHs verbrennende Feministin sein, aber sie würde auch niemals zulassen, dass jemand sie beherrschte.

„Warum musst du so stur sein? War es wirklich nötig, dass ich alles stehen und liegen lasse und herkomme, nur weil du nicht mit dir reden lässt? Wir haben es mit einer ernsthaften Gefahr zu tun und ich kann dich nicht ..." Kian unterbrach sich mitten im Satz, als Amanda den Finger hob, um ihn zum Schweigen zu bringen. Dann deutete sie in den hinteren Teil des Labors.

„Syssi, hör auf, dich zu verstecken, und komm her, um meinen Bruder kennenzulernen." Amanda näherte sich und winkte sie einladend zu sich.

Syssi blieb wie festgeklebt auf ihrem Stuhl sitzen und hoffte, der Boden würde sich auftun und sie verschlingen.

„Komm raus, Mädchen. Er beißt nicht ... allzu fest zu." Amandas Schnauben hatte etwas von einem Gackern.

Syssi machte sich klein. Der sarkastische Tonfall ihrer Chefin klang bestenfalls teuflisch. Vor ihrem innerem Auge stellte sie sich vor, wie sich die herrlichen Schwäne in hässliche Aasgeier verwandelten.

„Hör auf, Amanda. Du jagst dem Mädchen mit deinen dämlichen Bemerkungen nur Angst ein", knurrte Kian.

Syssi war nach Lachen zumute – nach einem verrückten,

hysterischen Lachanfall. Sie hatte doch keine Angst vor ihnen. Wie kam er nur darauf? Wovor sie sich wirklich fürchtete, war ihre Reaktion auf ihn. Sie war vollkommen eingeschüchtert und jetzt zwang Amanda sie, sich zu zeigen.

Noch nie hatte ein Mann ihr solche Angst eingejagt. Bei manchen hatte sie sich unsicher und ein bisschen unbehaglich gefühlt und dass sie verflixt noch mal ständig unkontrolliert rot wurde, war schon immer ein Hindernis für ihr Liebesleben gewesen. Aber das hier bewegte sich so weit außerhalb ihres Erfahrungsbereichs, dass es sie beinahe in eine Panikattacke trieb.

Als sich Kians Schritte näherten, brach ihr der Schweiß aus und ihr Magen probte den Aufstand. Und dann stand er direkt neben ihr und reichte ihr die Hand, um ihr aufzuhelfen.

Nein-nein-nein-nein!

Aber was hatte sie für eine Wahl?

Syssi hob den Kopf und dankte der Fügung, ihren verfluchten Vorahnungen oder was auch immer dafür verantwortlich war, dass sie sich heute Morgen etwas mehr Mühe mit ihrem Äußeren gegeben hatte. Sie hatte sich das Haar geföhnt, etwas Make-up auflegt und trug ein paar hübsche Pumps, dank denen sie sieben Zentimeter größer war.

So würde sie neben all der Perfektion wenigstens nicht ganz wie ein zwergwüchsiger Troll aussehen.

Doch dann, als sie zu seinem Gesicht aufsah, setzte ihr Herz einen Schlag lang aus. Dieser großartige Mann sah mit unverhohlener Bewunderung auf sie hinab.

Fasziniert vom Hunger in seinen Augen nahm sie die angebotene Hand. Der Blitz, der sie daraufhin durchfuhr, ließ ein so überwältigendes Verlangen in ihr aufsteigen, dass es sie gleichzeitig verblüffte und beschämte.

Wenn sich ihre Beine zuvor schon wie Wackelpudding angefühlt hatten, waren ihre Knie jetzt ganz verschwunden. Sie klammerte sich verzweifelt an seine Hand und stützte sich mit dem ganzen Gewicht auf seinen Arm.

„Tut mir leid, mir müssen vom langen Sitzen die Beine eingeschlafen sein", brachte sie heiser flüsternd hervor.

Im folgenden Schweigen kam die Gier in Kians Blick einem Inferno gleich, bevor es sie plötzlich in schneidende Kälte verwandelte.

Die Veränderung war erschreckend.

Steif richtete er sich auf, sein Blick verhärtete sich vor Abneigung und sein Mund wurde schmal.

Nun wirkte er wieder wütend. Nein, nicht wütend. Brutal und grausam. Doch dieses Mal galt sein Missfallen nicht Amanda, sondern ihr.

Syssi spürte, wie ihr Gesicht heiß wurde. Sie musste seinen Gesichtsausdruck missinterpretiert haben und ihre Verhalten war vollkommen unpassend. Schlimmer als das: Es musste für Kian offensichtlich gewesen sein, dass sie sich zu ihm hingezogen fühlte, und er war zu dem Schluss gekommen, dass er nichts mit ihr zu tun haben wollte.

Oh Gott.

Wahrscheinlich warfen sich einem Mann wie ihm ständig Frauen an den Hals. Frauen, die schöner, eleganter, kultivierter und selbstbewusster waren als sie. Er spielte in einer so viel höheren Liga, dass er sich genauso gut auf einem anderen Planeten hätte befinden können.

Gedemütigt senkte sie den Blick.

13

KIAN

Kian war kurz davor gewesen, Amanda den Kopf abzureißen, weil sie ihn zum Schweigen gebracht hatte. Doch dann hatte sie auf das Mädchen gedeutet, das sich hinter einem großen Computermonitor versteckt hielt.

Neugierig hatte er den Kopf schief gelegt.

Er hatte unter dem Schreibtisch nur die langen, in Jeans gekleidete Beine und die schmalen Füße in hohen Absätzen erkennen können, aber dank seiner geschärften Sinne hatte er den raschen Herzschlag des Mädchens und den beißenden Geruch ihrer Angst wahrgenommen.

Es musste sie erschreckt haben, als sie sich wie wilde Tiere gegenseitig an die Kehle gegangen waren. Und dann hatte Amanda es mit ihrem Sarkasmus umso schlimmer gemacht. Sie hatte wie eine böse Hexe geklungen und damit die Angst des Mädchens weiter angefacht, statt sie zu beruhigen.

In dem Vorhaben, die Situation richtigzustellen, hatte er die kurze Strecke zu dem Mädchen überbrückt. Erst da war ihm mit einem Mal aufgegangen, dass Amanda sie Syssi genannt hatte.

Sie war das Mädchen, von dem Amanda wollte, dass er sie verführte.

Unabhängig von den Intrigen seiner Schwester musste er etwas unternehmen, bevor das arme Ding in Ohnmacht fiel. Aber auf jeden Fall war er fasziniert.

Er bot ihr den Arm, um ihr aufzuhelfen, und war neugierig auf ihr Gesicht, doch es war hinter einem Vorhang lockiger blonder Haare verborgen. Es war jedoch nicht wirklich blond. Viel mehr setzte sich die Farbe aus unterschiedlichen Schattierungen in Hellbraun, Blond- und Goldtönen zusammen, die ein spektakuläres Gesamtbild ergaben.

Ein kurzes Riechen verriet ihm, dass ihre Haare nicht gefärbt waren. Es gab keinerlei Geruch nach chemischen Rückständen ab, nur den leicht blumigen Duft ihres Shampoos.

Nicht, dass er etwas gegen behandelte Haare gehabt hätte. Amanda färbte sich auch von Zeit zu Zeit die Haare, um ihr Erscheinungsbild zu verändern, und dabei ging es ihr nicht nur darum, ihre Identität geheim zu halten. Sie hatte einfach Spaß daran.

Mit einem kleinen Seufzen schien das Mädchen ihren Mut weit genug zusammenzukratzen, um zu ihm aufzusehen.

Kian war wie vor den Kopf geschlagen. Syssi war wunderschön.

Während er in ihr liebliches, gerötetes Gesicht sah, hielt ihn ihr argloser Blick gefangen. Der Mann, der mit tausenden Frauen geschlafen hatte, war angesichts eines errötenden Mädchens vollkommen sprachlos.

Kian hätte nicht erklären können, warum, selbst wenn er es versucht hätte.

Ja, sie war süß und wunderschön mit ihrer blassen, makellosen Haut, der kleinen, geraden Nase und den perfekt geformten, vollen, rosigen Lippen, die danach verlangten, dass man sie küsste.

Doch was ihm einen Schlag in die Magenkuhle versetzt hatte, waren ihren großen, hellen, blaugrünen Augen. In jenem kurzen Augenblick, in dem ihre Blicke sich begegnet waren, hatte er einen flüchtigen Blick in ihre Seele werfen können.

Überrascht musterte er sie. Er war vollkommen gefesselt und hatte das Gefühl, sie zu kennen. Es war, als würde er nach langer

Zeit der Verlorenheit bei ihr nach Hause kommen. Er sah ihrem aufrichtigen, offenen Gesicht alles an: ihre Intelligenz, ihre Freundlichkeit, den Schatten des Kummers, den es nicht geben sollte.

Dazu kam ein zögerlicher, hoffnungsvoller Ausdruck. Ungemein süß.

Das Mädchen fühlte sich zu ihm hingezogen und wünschte sich, dass er sie mochte.

Sie schloss die Wimpern über ihren ausdrucksstarken Augen und biss sich auf die Unterlippe, bevor sie die angebotene Hand nahm.

Bemerkenswerterweise ließ ihn selbst diese kleine, unschuldige Berührung erstarren. Sie entzündete ein loderndes, erotisches Feuer, das von ihren Fingern auf seinen Schritt zuschoss.

Was zum Henker?

Den Verräter in seiner Hose verfluchend war Kian froh, dass sein Jackett den Beweis seiner Reaktion verdeckte. Das Mädchen wirkte ohnehin aufgewühlt genug. Abgesehen hätte er es verabscheut, Amanda die Befriedigung zu gönnen, Recht gehabt zu haben.

Syssi war alles, was Amanda versprochen hatte, und mehr.

Nun, da sie stand, konnte Kian auch ihren herrlich kurvigen Körper bewundern, wie Amanda es so treffend ausgedrückt hatte. Eine hautenge Jeans schmiegte sich um lange, schlanke Beine. Die sanften Wölbungen ihrer Hüften gingen in eine schmale Taille über. Perfekt geformte Brüste – nicht zu übersehen, aber auch nicht zu groß – forderten ihr T-Shirt heraus, sodass es sich spannte. Und durch den Schlitz im Dekolleté war ihm ein herrlicher Einblick auf die gerundete Oberseite vergönnt.

Verdammt! Amanda hatte wirklich recht behalten. Syssi war genau sein Typ.

Und sie errötete!

Welches Mädchen wurde denn heutzutage noch rot? Keines, mit dem er in letzter Zeit zu tun gehabt hatte, und erst recht keines, das so hinreißend und köstlich war.

Ihre Zurückhaltung überwältigte ihn.

Aus dem leichten Duft ihrer Erregung vermischt mit dem ihrer

Angst entstand ein mächtiges Elixier, das seine Lust auf höchste Stufe schießen ließ und sie in brennendes Verlangen verwandelte. Seine Giftdrüsen begannen zu pulsieren und schwollen an, bis vereinzelte Tropfen über seine verlängerten Fangzähne in die Mundhöhle rannen. Die verfluchten messerscharfen Dinger drohten, über seine Unterlippe hinauszuragen.

Kian hielt den Mund fest geschlossen. Er konnte sich genau vorstellen, wie er aussah, wenn er diese Schönheiten zeigte: wie ein Monster aus einem Horrorfilm. Er wettete darauf, dass Syssis Erregung damit sofort vom Tisch wäre. Sie würde schreiend davonrennen und er würde ihren hoffnungsvoll vernarrten Blick nie wieder zu Gesicht bekommen.

Aber oh Mann, wie sehr er sie wollte.

Seine Fantasie lief auf Hochtouren, als er sich vorstellte, was er mit ihr tun wollte. Die erotischen Bilder rasten durch seinen Kopf.

Zuerst würde er fester ihre Hand nehmen und sie zu sich ziehen, bis sich ihre süßen Kurven an seinen Körper drückten. Dann würde er ihr in den Nacken greifen, um ihren Kopf nach hinten zu beugen und ihre Lippen vereinnahmen. Er würde sie um den Verstand küssen. Und wenn sie erstmals atemlos keuchte, würde er sie über den Schreibtisch lehnen und sie aus dieser engen Jeans befreien …

Oh ja.

Kian rief sich zur Ordnung. Er musste die drohende Katastrophe aufhalten, bevor sie sie ins Verderben riss. Er zügelte seine außer Kontrolle geratene Libido und legte sie in die stählernen Fesseln seiner Selbstbeherrschung.

Verdammte Unsterblichen-Hormone.

Die ganze Angelegenheit war absurd. Wenn dieses junge Ding etwas Besonderes an sich hatte, dann die Fähigkeit, sowohl seine Schwester als auch ihn in verwirrte, romantische Tölpel zu verwandeln. Er war zu alt und zu erfahren für Teenager-Fantasien dieser Art.

Zu glauben, dass er sie erkannt hatte … Das Gefühl, als würde er bei ihr nach Hause kommen …

Er konnte nicht fassen, was für ein Schwachsinn ihm durch

den Kopf gegangen war. Es musste schlicht die gute, alte Lust gewesen sein.

In den letzten Nächten war er nicht jagen gewesen. Sein nach Sex hungernder Körper hatte seine Hormone auf die Überholspur getrieben und ihn in einen Idioten verwandelt.

Syssi spürte seinen Sinneswandel, entzog ihm die Hand und senkte den Blick. Wieder röteten sich ihre Wangen.

Oh verflucht. Ihre schüchterne Reaktion goss Öl ins Feuer seiner Erregung und peitschte den Jäger in ihm auf.

Zischend sog Kian Luft durch die zusammengepressten Zähne.

Na wunderbar. Jetzt zischte er auch noch ... Wie charmant. Er musste hier raus.

Als er sich zu seiner grinsenden Schwester wandte, brannte ihm der verletzte Blick des Mädchens Löcher in den Rücken.

„Na na, wer ist jetzt ungnädig? Mein lieber Bruder", zog Amanda ihn mit seiner Verärgerung auf. „Ignorier seine miese Laune einfach, Syssi. Sie hat nichts mit dir zu tun. So ist er nun mal. Er ist ein alter, grummeliger Bock." Sie ging zu Syssi und legte ihr schützend den Arm um die Schultern.

Es war eine lächerliche Situation. Kian, der auf der einen Seite vor sich hin brütete, und die beiden Frauen, die ihm auf der anderen Seite eine geschlossene Front boten.

Wann war er zum Bösewicht in diesem Spiel geworden?

Er wollte es einfach hinter sich bringen, Amanda nach Hause schleifen und sich die Zigarette und den Drink genehmigen, nach dem er sich verzweifelt sehnte.

14

BRUNDAR

Im Flur lehnte Brundar die Schulter an die Wand und spielte mit dem Dolch in seinen Fingern, während er die wenigen Sterblichen beobachtete, die an ihnen vorbei gingen. Ihre Art zu reden, zu gehen, was sie trugen und bei sich hatten, war einem Muster unterworfen.

Sie passten in ein bestimmtes Profil.

Einige waren im Aufbruch und gingen plaudernd in Gruppen von zwei oder drei Leuten in die Cafeteria oder irgendwo anders hin, wo sie gemeinsamen essen konnten, und schmiedeten Pläne für später. Andere mit Kaffeebechern und Laptoptaschen in der Hand kamen erst an, um eine Spätschicht im Labor einzulegen.

Hinter ihm lachte Anandur in sich hinein.

Sein Bruder vertrieb sich die Zeit, indem er sich auf dem Handy dümmliche *YouTube*-Videos anschaute; ganz und gar blind für die Tatsache, dass er Wachdienst hatte und unsichtbar sein sollte.

Idiot.

Brundar verdrehte die Augen, als er an die Gespenstergeschichte dachte, die Anandurs körperloses Gelächter zur Folge haben könnte. Er schielte in beide Richtungen, um zu prüfen, ob die vorbeigehenden Studenten seinen dämlichen Bruder gehört hatten.

Ein Mädchen, das ihren Laptop umklammert hielt, ging an ihnen vorbei, ohne sie zu beachten. Ein weiteres verschwand in die andere Richtung und war zu sehr damit beschäftigt zu telefonieren, um sie zu beachten. Doch irgendetwas an den drei Männern, die nun in ihre Richtung kamen, sorgte dafür, dass sich die Haare in seinem Nacken aufrichteten.

Brundar nahm Haltung an und umfasste den Knauf seines Dolchs mit der Hand. Die Männer passten nicht in das Schema, das er bisher beobachtet hatte.

Sie hatten weder Kaffee noch Laptops bei sich, waren gebaut wie Linebacker und bewegten sich mit der Entschlossenheit ausgebildeter Krieger.

Sie kamen auf Anandur und ihn zu und sahen sie direkt an, als wären sie immun gegen seine Illusion. Sie hätten nicht in der Lage sein dürfen, seinen Schleier zu durchdringen … Es sei denn …

Brundar zog den zweiten Dolch und nahm Kampfhaltung ein. Neben ihm tat Anandur es ihm gleich, während er über Kurzwahl Kian anrief und bewies, dass er nicht so abgelenkt gewesen war, wie er gewirkt hatte.

„Doomer im Flur. Auseinandersetzung steht bevor", brachte er noch hervor, bevor die Hölle losbrach.

15

SYSSI

Nachdem Kian den Anruf beendet und das Handy wieder in die Tasche gesteckt hatte, wirkte er nicht mehr nachdenklich, sondern erst grimmig und dann entschlossen. Sein Körper schien vor Zorn anzuschwellen.

Irgendetwas stimmte nicht.

„Gibt es einen zweiten Ausgang?", bellte er und bestätigte Syssis Vermutung.

„Wir können durch die Küche ins Labor nebenan gehen. Dessen Tür führt zu einem parallel gelegenen Flur." Hastig holte Amanda Handtasche und Laptop. „Syssi, such deine Sachen zusammen. Wir gehen!" Sie war bereits in der Küche.

Kian drängte Syssi, ihr zu folgen.

„Was ist denn los?", fragte sie, während sie versuchte, so schnell zu gehen, wie es Kians Hand auf ihrem Rücken ihr aufzwang. Seine Schritte waren so lang, dass sie joggen musste, um mitzuhalten.

„Unerwünschte Gesellschaft, der ich gern aus dem Weg gehen würde", erwiderte er kryptisch.

Syssi fürchtete sich davor, weitere Fragen zu stellen.

Kian sah drein, als wäre er bereit, einen Mord zu begehen. Was noch schlimmer war: Sie spürte, dass es bei ihm nicht bei einer finsteren Miene bleiben würde. Das ergab überhaupt keinen Sinn bei einem Mann, der angeblich der Geschäftsführer eines internationalen Konzerns war. Doch ihr Bauchgefühl hatte eine eigene Meinung und sie passte ganz und gar nicht zu dem, womit ihr Verstand leben konnte.

Nun, da sie darüber nachdachte, erinnerte Kian sie an Andrew. Wenn ihr Bruder sich so benahm, wusste sie, dass sie sich besser von ihm fernhielt und schwieg. In seinem Beruf passierten oft schlimme Dinge und dann war es nicht weiter wichtig, dass er dienstfrei hatte. Das Letzte, was er gebrauchen konnte, wenn er sich des Problems annahm, war eine neugierige kleine Schwester, die ihn ablenkte.

Als sie Amanda folgte, fragte sie sich, in was sie sich hineinmanövriert hatte. Wer waren diese Leute? War sie wirklich in Gefahr? Oder bildete sie es sich nur ein?

Amanda wirkte eindeutig verängstigt. Das redete sie sich nicht nur ein. Und wenn sie dann noch die Eile ihrer Begleiter bedachte, spürte Syssi tief in ihrem Bauch – der ausnahmsweise mit ihrem Gehirn einer Meinung war –, dass ihnen eine Gefahr ins Haus stand.

Sie hasteten durch das Labor nebenan und traten auf der anderen Seite des Kellers hinaus in den Flur. Doch statt auf die Fahrstühle weiter hinten im Flur zuzusteuern, entschied sich Amanda für die Treppen des nahegelegenen Notausgangs. Sie riss die Tür auf und sie rannten nach oben.

Während Amandas und Syssis Absätze auf den Metallstufen klapperten, gelang es Kian irgendwie, sich vollkommen lautlos zu bewegen. Sein beachtliches Gewicht schien ihn dabei nicht zu behindern.

Interessant, auf was für Einzelheiten man sich in einem Notfall konzentriert.

Sobald sie draußen waren, eilten sie auf einen SUV zu, der praktischerweise vor dem Gebäude auf sie wartete. Zu dritt quetschten sie sich auf den Rücksitz.

Hatte Kian den Wagen gerufen? Wann? Sie hatte nicht mitbekommen, dass er jemanden verständigt hatte. War sie zu abgelenkt gewesen?

Tja. Wenn man vor einer unbekannten Gefahr davonlief, passierte einem so etwas wahrscheinlich.

Der Fahrer drehte sich zu ihnen um und schenkte ihnen ein merkwürdig falsch wirkendes Lächeln von der Art, die man normalerweise mit Schaufensterpuppen in Verbindung brachte.

„Wohin, Meister?"

Meister?

Ihre Lage wurde mit jeder Sekunde verstörender und Syssi wechselte in eine Art *Kampf-oder-Flucht*-Modus. Oder eher Panik *und* Flucht?

Was wusste sie denn schon über Amanda und ihren Bruder? Gar nichts. Die Gefahr mochte von ihnen ausgehen, nicht von denjenigen, vor denen sie davonliefen. Oder vielleicht sollte sie vor beiden Parteien Angst haben.

Es gab einfach zu vieles an Amanda und Kian, das nicht recht zusammenpasste. Auch wenn Syssi nicht einen einzigen Punkt hätte nennen können, der irgendjemandem sonst verdächtig vorgekommen wäre.

Sie sahen einfach zu gut aus, unnatürlich gut. Amanda hatte einen Butler, der sie Herrin nannte, und Kians Chauffeur bezeichnete ihn als Meister. Kian, der an die hundert Kilo wiegen musste, konnte lautlos eine Treppe hochsteigen und manchmal wirkte es, als würden Amandas Augen von innen leuchten.

Für sich betrachtet konnte jeder Punkt ihrer Liste erklärt werden, doch zusammengenommen ergaben sie ein leicht schiefes Bild.

Oder auch ein sehr schiefes.

„Fahr ein paar Blocks weit und halt dann an. Ich muss mich nach den Jungs erkundigen."

Syssi, die zusammengequetscht zwischen Kian und Amanda saß, hielt sich mit zitternden Fingern an ihrer Handtasche fest und versuchte zu verbergen, wie erschüttert sie war. Sie fühlte sich wie Alice, die gerade ins Kaninchenloch gestürzt war.

„Keine Sorge, Süße. Wir fahren zu Kian, trinken zusammen etwas und lachen dann über diese dumme Geschichte." Amanda legte ihr den Arm um die steifen Schultern und tätschelte ihr die Wange.

Warum zum Teufel behandelte Amanda sie wie ein Kind?

Aber statt beleidigt oder zumindest verstimmt zu sein, zeigten Amandas Worte aus irgendeinem unerklärlichen Grund Wirkung auf Syssi. Ihre Anspannung ließ nach und sie spürte, dass sie sich entspannte, es sich bequem machte, sich sogar wohlig matt fühlte.

Wie ist das möglich?

Ihr Verstand weigerte sich, die merkwürdige Veränderung zu akzeptieren.

Aber Amanda strich ihr über die Haare und das fühlte sich so gut an, dass Syssi die Augenlider schwer wurden.

Sie war so müde …

Wie kann das sein?, fragte sie sich erneut und versuchte, Widerstand zu leisten. Aber sie konnte sich dem plötzlichen Bedürfnis nach Schlaf nicht verwehren.

16

KIAN

Amanda schwieg, bis Syssi die Augen geschlossen hatte und an Kians Arm gelehnt im Sitz zusammengesackt war.

„Sie schläft. Also, was ist hier los? Und wenn das ein Trick war, damit ich dich begleite ..."

Kian würdigte ihre Unterstellung nicht mit einer Antwort, sondern warf ihr lediglich einen ungläubigen Blick zu. Dann neigte er den Kopf, um Syssi zu betrachten.

Sie lehnte an seinem Oberarm, ihre wilde Haarpracht bedeckte eine Hälfte ihres Gesichts und den größten Teil ihres Oberkörpers. Sacht strich er es beiseite und schob es hinter ihr Ohr. Behutsam legte er den Arm um sie und rückte sie zurecht, sodass ihre Wange an seiner Brust lag.

Syssi seufzte zufrieden, wachte jedoch nicht auf. Es fühlte sich an, als würde ihr weicher, kleiner Körper in seinen Arm gehören.

Aber Kian verlangte es nach mehr.

Im Schlaf hatte sie den eisernen Griff um ihre Handtasche gelöst und ihre zarten Hände ruhten graziös in ihrem Schoß. Er ergriff eine und legte ihre Handfläche auf seinen Oberschenkel, um das Gefühl zu genießen. Das musste für den Moment reichen.

Von wegen ...

Er schloss die Augen, senkte das Gesicht in ihr Haar und

atmete ihren frischen, süßen Duft ein, dann rückte er etwas tiefer, um an der weichen Haut ihrer Halsbeuge zu riechen.

Göttlich ... Und so einladend ...

Es war wenig überraschend, dass seine Zähne hervorschossen und unter dem Druck des Gifts pulsierten. Mit Macht kämpfte er gegen den überwältigenden Drang an, sie in der weichen, cremeweißen Kontur ihres Halses zu versenken, legte das innere Monster an die Kette und löste sich von ihr.

Verwegen grinsend beobachtete Amanda ihn von Syssis anderer Seite aus. Zweifelsohne rang sie mit sich, ob sie die Gelegenheit nutzen sollte, ihn aufzuziehen, oder ihn den Augenblick genießen lassen sollte.

Fürs Erste schwieg sie, aber so, wie er seine Schwester kannte, klopfte sie sich innerlich auf die Schulter. Da seine Reaktion auf Syssi genauso ausgefallen war, wie sie es vorhergesagt hatte, sonnte sie sich in ihrem Erfolg als erstklassige Kupplerin.

Da Geduld jedoch keine von Amandas Stärken war, fragte sie bereits ein paar Sekunden später erneut: „Im Ernst, was ist los?"

„Anandur hat mich angerufen. Ich hatte ihn mit Brundar im Flur zu deinem Labor Wache stehen lassen. Es sind Doomer aufgetaucht. Die beiden wollen sie abwehren, um uns Zeit zu verschaffen. Mehr weiß ich nicht. Und all das genau vor deiner Labortür, Fräulein *Ich bin nicht in Gefahr"*, sagte Kian bissig und warf ihr einen finsteren Blick zu. Nun, da allmählich sackte, was geschehen war – oder eher, was beinahe geschehen wäre –, kochte sein Ärger hoch. „Weil du dich querstellen musstest, kämpfen Anandur und Brundar jetzt um ihr Leben."

Ihr Vorwürfe zu machen war unfair, aber Kian war stocksauer. Wenn sie auch nur wenige Momente später angekommen wären, wäre Amanda entführt worden. Sich vorzustellen, was für grausame Dinge diese Monster mit ihr angestellt hätten, fühlte sich an, als würde ihm langsam Gift durch die Kehle und in den Magen sickern.

Amanda verschränkte die Arme vor der Brust und zuckte die Achseln, als würde sie das nicht tangieren. Aber sie konnte ihm nichts vormachen, nicht eine Sekunde lang. Kian kannte sie viel zu gut. Amanda war schlicht zu stolz, um es einzugestehen, aber ihre Miene verriet sie: Sie war verstört.

Er holte tief Luft und beruhigte sich, damit seine Stimme etwas menschlicher und weniger nach einem Knurren klang. „Hast du irgendetwas Wichtiges im Labor zurückgelassen? Etwas, womit die Doomer etwas anfangen könnten?"

Erneut zuckte sie die Achseln. „Sämtliche Daten zu meiner paranormalen Forschung sind auf meinem Laptop. Auf den Laborcomputern ist nur der übliche Universitätskram. Also nein, ich glaube nicht, dass sie irgendetwas Brauchbares finden werden. Ich frage mich allerdings, woher sie wussten, wo ich bin?" Sie versuchte, unberührt und sachlich klingen, doch das kaum merkliche Zittern in ihrer Stimme bewies, wie durcheinander sie war.

„Sie müssen in Marks Wohnung auf irgendetwas gestoßen sein. Es kann kein Zufall sein, dass sie einen Tag nach seinem Mord bei dir auftauchen. Vermutlich war es etwas über deine Arbeit. Es sei denn, sie sind auch bei dir zu Hause eingebrochen." Kian schielte auf sein Handy. Besorgt wartete er auf eine Rückmeldung seiner Männer.

„Dann hätte Onidu sich gemeldet." Amanda sorgte sich nicht um ihren Odu. Er war praktisch unzerstörbar. Aber sie holte ihr Handy hervor und rief dennoch an.

„Onidu, mein Lieber, hatten wir heute unangekündigten Besuch?

„Nein, Herrin. Erwarten wir jemanden?"

„Unser Feind ist im Labor erschienen. Ich wollte hören, ob es dir gut geht, und dich ins Bild setzen."

„Ihr möchtet mich in ein Bild setzen, Herrin? Was soll ich denn dort?"

Kian lachte leise. Die Odus nahmen alles sehr wörtlich.

„Egal. Sei einfach vorsichtig."

„Selbstverständlich, Herrin."

17

BRUNDAR

Der Kampf im Flur wäre Stoff für Legenden gewesen – wenn irgendjemand ihn bezeugt hätte.

Doch Brundar hatte den Bereich in eine so dichte Atmosphäre des Grauens gehüllt, dass sämtliche Passanten hastig vorbeieilten und den Zugang zu dem schmalen Nebenflur mieden, als wäre er der Vorraum zur Hölle.

Die Doomer griffen überraschend geschickt an. Die Scheißkerle waren stark und entschlossen. Aber Brundar und Anandur hatten ihre Kampftechniken jahrhundertelang ausgefeilt, sodass ihnen die jüngeren Unsterblichen nichts entgegenzusetzen hatte.

Der Zusammenstoß war fast vorbei, bevor er überhaupt richtig begonnen hatte. Dolche zuckten, stachen zu und fanden ihr Ziel. Die meisten Stiche wurden pariert, einige durchdrangen Haut, andere zerrissen nur Kleidung. Fausthiebe und Tritte fanden in dumpfen Aufschlägen ihr Ziel und lösten unterdrücktes Ächzen aus.

Letztendlich erwürgte Anandur einen der Angreifer, während Brundar seinen Dolch tief im Brustkorb eines anderen vergrub.

Der Dritte ergriff die Flucht.

Brundar ließ seinen keuchenden Gegner zu Boden fallen. Der Körper schlug so wuchtig auf den Betonboden an, dass er zurückfederte. Der Einschlag beendete das Gurgeln, das seinen verzweifelten Kampf um Luft begleitet hatte.

Für den Bruchteil einer Sekunde zog Brundar in Erwägung, den Fliehenden zu verfolgen. Aber stattdessen warf er ihm den zweiten Dolch hinterher und traf den Mann in vollem Lauf zwischen den Schulterblättern. Er wurde nur kurz langsamer, um sich die Klinge herauszureißen, dann rannte er weiter. Brundar musste ihn ziehen lassen.

Er konnte die Illusion um das Schlachtfeld nicht aufrechterhalten, während er gleichzeitig eine zweite erzeugte, um die Verfolgung zu verschleiern.

Unglücklicherweise reichten Anandurs dürftige Fähigkeit gerade so weit, dass er sich selbst verbergen konnte, und selbst darin war er nicht sonderlich gut.

Brundar untersuchte sich auf etwaige Verletzungen und stellte zufrieden fest, dass die zahlreichen Schnitte und Blutergüsse bereits heilten. In wenigen Augenblicken würden die trocknenden Blutspuren auf seiner zerrissenen Kleidung der einzige Hinweis auf den Kampf sein.

Ein kurzer Blick zu Anandur verriet ihm, dass sein Bruder ebenso zugerichtet war wie er, aber nicht schlimmer. Der Betonboden, auf dem ihre geschlagenen Gegner wie hässliche Puppen zusammengekrümmt lagen, war voller Blut, und auch wenn einiges von Anandur und ihm stammen musste, war der größte Teil von den Doomern.

Brundar sah hinab auf die kaltgestellten Unsterblichen und schätzte, dass es nicht mehr lange dauern konnte, bis ihre Körper sich selbst heilten.

Das brachte in ihn in Dilemma.

Das Gesetz des Clans verbot es ihm, einem besiegten Gegner eine tödliche Dosis Gift einzuflößen. Dieser Schritt wäre mit einer Hinrichtung gleichzusetzen gewesen und weder Anandur noch er waren dazu autorisiert. Natürlich sahen die Regeln etwas anders aus, falls es in der Hitze des Kampfgetümmels dazu kam. Solange man um sein Leben kämpfte, war alles erlaubt. Aber in dieser Situation musste der Boss ihnen grünes Licht geben.

Anandur holte sein Handy hervor. „Kian, wir haben zwei erledigt. Einer ist entkommen. Was sollen wir mit den beiden machen? Uns bleibt nicht viel Zeit, bevor sie wieder zu sich kommen."

„Bringt sie bis an die Schwelle des Todes und lasst sie dort verharren. Wie geht es euch? Alles in Ordnung?"

„Nett, dass du fragst, aber ehrlich, das ist eine Beleidigung, Boss." Anandur hatte recht: Brundar und er waren unbesiegbar. Die Doomer hatten keine Chance gehabt.

„Mein Angebot von vorhin steht noch: Du kannst mich mal am Arsch lecken. Bleibt, wo ihr seid. Ich schicke euch eine Putzkolonne." Kian legte auf.

Anandur steckte sein Handy ein und wandte sich mit einer Grimasse an Brundar.

„Du hast es gehört. Wir bringen sie bis kurz vor die Schwelle. Auch wenn ich verdammt noch mal nicht verstehe, warum er will, dass die Scheißkerle überleben. Vielleicht will er sich eine Kühlerfigur aus ihren hässlichen Kadavern machen lassen." Er lachte leise. „Ich frage mich, wen er zum Aufräumen schickt. Kannst du dir vorstellen, wie Okidu im Anzug und mit weißer Schürze auf dem Boden kniet und das Blut wegschrubbt?" Wieder lachte er auf.

Sein Lächeln verblasste, als er den fast toten Mann mit violett angelaufenem Gesicht zu seinen Füßen betrachtete. „Ich kann nicht fassen, dass ich diesen Abschaum mit dem Mund berühren muss." Angeekelt verzog er das Gesicht.

Er warf dem anderen Doomer einen schnellen Blick zu. Dessen blutendes Herz heilte bereits und drängte langsam den darin steckenden Dolch heraus.

„Du beeilst dich besser." Anandur kniete sich hin und drehte sofort den Kopf zur Seite. „Woah! Meiner stinkt."

Brundar war bereit. Dank der Hitze des Gefechts hatten sich seine Zähne bereits voll ausgebildet, tropften vor Gift und waren bereit. Er packte den Mann am Haar, verdrehte ihm den Kopf, sodass der Hals frei lag, und hob ihn an seinen Mund. Mit einem lauten Zischen stieß er seine Fänge in das Fleisch des Doomers und hielt sie dort, während das Gift aus ihm heraus- und in den Blutkreislauf des Mannes hineinschoss.

Jemanden an die Schwelle zu bringen war eine hohe Kunst. Zu wenig Gift war praktisch nutzlos und zu viel bedeutete, dass die neue Anschrift desjenigen zu einem Loch im Boden gehörte. Sorgsam auf den Herzschlag des Unsterblichen lauschend wartete Brundar, bis er sich verlangsamt hatte, bis fast nichts mehr zu hören. Dann zog er die Fänge zurück und versiegelte die Bisswunden.

Der Mann mochte immer noch sterben, aber falls ja, würde Brundar deswegen nicht ins Schwitzen geraten. Er hatte seinen Befehl ausgeführt. Falls er sich verkalkuliert hatte, dann ... Tja. Er hatte sein Bestes gegeben.

Anandur war immer noch mit der Kehle seines Opfers beschäftigt. Das unverletzte Herz des Mannes brauchte länger, um verlangsamt zu werden. Als Anandur fertig war, leckte er über die Wunde und spuckte aus.

„Nach diesem Mistkerl muss ich mir den Mund ausspülen!"

Wiederholt spuckte er auf den Boden und wischte sich zwischendurch den Mund am Ärmel ab.

Schließlich erbarmte Brundar sich seiner und reichte ihm den Flachmann mit Whiskey, den er in der Innentasche seines Jacketts versteckt hatte.

„Danke, Kumpel. Du rettest mir das Leben."

Anandur nahm einen großen Schluck des *Chivas*, gurgelte mehrfach damit und spuckte ihn aus. Nachdem ein zweiter und dritter Schluck in seiner Kehle verschwunden war, reichte er den Flachmann zurück.

Brundar legte den Kopf in den Nacken und leerte den Whiskey. Während der Adrenalinrausch nachließ, machte das eine oder andere Ziepen und Brennen auf sich aufmerksam und es wurde schwerer, die bezogenen Prügel zu ignorieren. Er sackte auf den Boden, drückte den Rücken gegen die kalte Betonwand und ließ den Kopf zurücksinken.

Nun, da ihre widerwärtige Aufgabe erledigt war, blieb ihnen nichts zu tun, als auf die Putzkolonne zu warten. Bis dahin mussten sie lediglich die Illusion aufrechterhalten und ihre Beute bewachen.

Brundar war müde und gleichzeitig aufgekratzt.

Es tat gut, wieder zu kämpfen, das Adrenalin zu spüren, die Fähigkeiten anzuwenden, die er über die Jahrhunderte trainiert und perfektioniert hatte.

In letzter Zeit war er sich praktisch nutzlos vorgenommen. Was hatte es für Sinn, eine perfekte Killermaschine zu sein, wenn man niemanden umbringen durfte?

Während er das Gefühl von Macht und Nützlichkeit genoss, empfand er neben all der Befriedigung auch einen Hauch von Schuld. Der Feind hatte es auf seine Familie abgesehen, aber statt Grauen zu empfinden, fühlte Brundar sich vom Rausch des Kampfes wie belebt.

Es tat gut, gebraucht zu werden, die Aufgaben zu übernehmen, die nur seine Wächter-Brüder und er erledigen konnten.

Vielleicht konnten sie nun, da dem Clan eine neue Gefahr drohte, die anderen zurückholen. Diejenigen, die die Wächter verlassen hatten, weil sie nicht länger gebraucht wurden.

Er warf Anandur einer seiner seltenen, liebevollen Blicke zu, als er sich an ihre stürmische Vergangenheit in der Truppe erinnerte. Die Schlachten, die brüderlichen Gelage, wenn sie siegreich nach Hause gekommen waren, der Stolz auf ihre Errungenschaften, die Dankbarkeit des Clans.

Brundar schloss die Augen und hieß die Visionen seiner glorreichen Vergangenheit willkommen. Wehmütig lächelte er in sich hinein.

Er vermisste jene glückliche Zeit.

18

SYSSI

Ihre Wange lehnte an etwas Hartem, Glattem, das großartig roch.

Kräftige Finger streichelte ihre Wange. „Aufwachen, Schlafmütze. Wir sind da."

Die tiefe, männliche Stimme vibrierte an ihren Rippen.

Wer …? Wo …? Plötzlich fiel ihr alles wieder ein. *Kian.*

Er hielt sie an sich gedrückt, streichelte sie und redete mit ihr, als würde sie ihm etwas bedeuten.

Sie versteifte sich und machte Anstalten, sich aufzusetzen und seinen Arm abzuschütteln. Doch von der plötzlichen Bewegung wurde ihr schwindelig und sie musste sich wieder im Sitz zurücklehnen … und an seinen Arm.

„Immer langsam, meine Schöne. Lass dir etwas Zeit. Wir haben es nicht eilig." Er strich ihr weiterhin mit dem Daumen über die Wange.

Sie schienen in einer Tiefgarage zu sein und saßen noch im Wagen – und befanden sich immer noch im selben Universum wie zuvor.

Wer bist du und was hast du mit dem griesgrämigen Kian angestellt?

Der Mann an ihrer Seite hatte üblere Stimmungsschwankungen als ein hormongetriebener Teenager. Sie musste ihm sagen, dass er das lassen sollte, aber es fühlte sich so gut an, von ihm gehalten zu werden. Syssi hielt still, um den surrealen Bruch der Realität noch für ein paar selige Sekunden zu genießen. Vielleicht träumte sie noch? Und in ihren Träumen war dieser gutaussehende Mann fürsorglich, freundlich, warmherzig und bezeichnete sie als schön.

Sie wollte nicht aufwachen.

Nur noch ein bisschen.

Dann musste Amanda mit ihrem Weckruf alles ruinieren. „Falls du noch müde bist, kannst du dich auf Kians Couch legen, Syssi. Ich habe genug davon, im Auto zu sitzen. Lass uns gehen!“ Sie öffnete die Tür und stieg aus.

Kein Traum also.

Kian nahm den Arm von ihren Schultern und öffnete die andere Tür. Er stieg aus dem SUV und streckte sich in ganzer Länge.

Sobald er weg war, vermisste Syssi ihn. Seine Wärme, seine Nähe, seinen Geruch. Wie ein Gentleman stand er neben der Tür und bot ihr die Hand an. Vielleicht glaubte er auch nur, dass sie Hilfe beim Aussteigen brauchte.

Tatsächlich brauchte sie diese.

Sie fühlte sich wackelig und schwach, als wäre sie zu früh aus tiefstem Schlaf hochgefahren. Oder als hätte sie zu viel getrunken. Aber nichts davon war der Fall.

Was war mit ihr passiert? Ihr war weder übel, noch hatte sie Hunger … Also warum fühlte sie sich so seltsam?

Wahrscheinlich lag es am Adrenalinabbau, dass sie sich so neben der Spur fühlte.

Sie nahm die angebotene Hand, stieg aus dem Auto und erlaubte ihm, sie zum Fahrstuhl zu führen.

Sobald sie das Obergeschoss erreicht hatten, traten sie mit Kians Fahrer hinaus in einen wunderschönen Vorraum. Ein runder Granittisch stand mittig auf dem mit Mosaiken geschmückten Marmorboden, darauf eine gewaltige Vase voll frischer Blumen. Rechts und links davon gingen zwei Flügeltüren ab, von denen sie vermutete, dass sie zu zwei voneinander getrennten Penthouse-Wohnungen gehörten.

Kians Fahrer öffnete die Tür zu ihrer linken und bat sie mit der Eleganz des erfahrenen Butlers hinein.

Die Wohnung war herrlich.

Wenn Syssi das Zuhause ihrer Träume entwerfen sollte, sähe es genauso aus.

Das Erste, was ihr auffiel, war die Glaswand gegenüber des Eingangs, durch die man einen majestätischen, unverbauten Blick auf die Stadt hatte. Zur rechten öffnete sich eine zweite Glaswand auf eine weitläufige Dachterrasse mit einem üppigen Garten, einem schmalen Langschwimmbecken und eleganten Terrassenmöbeln.

Die Einrichtung des Wohnzimmers war wie einer Zeitschrift entsprungen.

Auf dem dunklen Parkett lag ein heller Teppich, der den Sitzbereich eingrenzte. Drei espressofarbene Ledersofas standen um einen steinernen Couchtisch, dessen Seitenlänge jeweils mindestens zweieinhalb Meter umfasste. Große, lebhafte Kunstwerke bedeckten drei der cremefarbenen Wände, während an der vierten ein großer Fernseher über einem modern gestalteten Kamin hing.

Der perfekt arrangierte Raum wurde von strategisch platzierten Vasen komplettiert, die alle mit frischen Blumen gefüllt waren.

Syssi fiel nichts auf, an dem sie etwas geändert hätte. Sie fand es großartig, wie es Kian gelungen war, den Raum trotz seiner Größer und Opulenz warm und einladend wirken zu lassen.

Nun, wo sie darüber nachdachte, war es wahrscheinlicher, dass jemand anders sich um die Einrichtung gekümmert hatte …

Eine Frau …

Natürlich gab es eine Frau in Kians Leben, vielleicht wohnte er sogar mit ihr zusammen. Es gab keinerlei Grund davon auszugehen, dass er Single war.

Syssi rieb sich das Brustbein und schimpfte sich stumm ein dummes Huhn, während sie versuchte, dem plötzlichen Schmerz in ihrer Brust Herr zu werden.

Sie ging zur Glaswand, von der man auf die Stadt hinaussehen konnte, und entschied, diskret nach Informationen zu fischen.

„Wow, wie herrlich. Du hast einen fantastischen Geschmack, Kian", beglückwünschte sie ihn.

Kian schluckte den Köder. „Den Ruhm kann ich nicht einheimsen. Das beruht alles auf der Arbeit unserer Innenarchitektin Ingrid. Mein einziger Beitrag war zu verlangen, dass es nicht zu überfüllt sein soll und dass keine Museumsstücke herumstehen. Ich wollte einfach nur einen gemütlichen, wohnlichen Raum. Den Rest hat Ingrid erledigt und ich habe den meisten ihrer Vorschläge einfach nur zugestimmt." Er zuckte mit den Schultern und ging zur Bar. Nachdem er sich einen Scotch eingeschenkt hatte, fragte er: „Was kann ich euch anbieten, Ladys?"

„Ich nehme einen Gin Tonic", rief Syssi von ihrem Platz vor der Glaswand, wo sie vorgab, die Aussicht zu bewundern.

Es war schlicht dämlich, wie sehr sie seine Antwort erleichtert hatte. Selbst, wenn er sich mit keiner Frau die Wohnung teilte, bedeutete das noch lange nicht, dass er keine Freundin hatte. Und abgesehen davon gehörte er ihr nicht und würde es auch nie. Sie hatte kein Recht, eifersüchtig oder besitzergreifend zu sein.

Aber oh Gott, sie wünschte, es stünde ihr zu.

Kian machte ihr auf so vielen Ebenen zu schaffen, dass Syssi bezweifelte, ein vernünftiges Gespräch mit ihm führen zu können. Es war anstrengend zu verbergen, wie sehr sie sich zu ihm hingezogen fühlte. Sie war keine besonders gute Schauspielerin. Je eher sie sich verabschiedete, desto besser. Am Ende leistete sie sich noch einen Ausrutscher und machte sich zum Narren, indem sie ihr verrücktes Verlangen nach ihm offenbarte.

„Ich nehme dasselbe." Amanda trat zu ihr und warf ihr einen wissenden Blick zu.

„Haus! Terrassentüren öffnen", befahl Kian dem Smart-Home-System. Die mechanisch gesteuerten Glastüren verschwanden beinahe lautlos in der Wand.

Draußen entschied Syssi sich für einen der Liegestühle am Pool und setzte sich. So hoch oben verkamen die Geräusche der geschäftigen Stadt zu einem fernen Summen, das nur ab und zu von einem hupenden Auto gestört wurde.

Sie legte den Kopf in den Nacken und sah hinauf zum dunkler

werdenden Himmel. Die zarten Wolken wurden von den Orange- und Rottönen des einsetzenden Sonnenuntergangs ausgeleuchtet.

„Wunderschön, nicht wahr?" Amanda nahm neben ihr Platz. Sie legte sich auf den Rücken, schob die Handflächen unter den Kopf und tat es Syssi nach, das Farbspiel am Himmel zu betrachten.

„Ja, das ist es", stimmte Syssi ihr zu.

Mit je einem Glas in der Hand kam Kian auf die Terrasse und setzte sich seitlich auf den Liegestuhl, der Amandas und ihrem gegenüberstand. Selbst im Sitzen wirkte er so groß und so verdammt schön, dass es ihr den Atem raubte. Was noch schlimmer war: Nun, da er das Jackett ausgezogen und die obersten Knöpfe seines weißen Hemds geöffnet hatte, konnte sie die Umrisse all der wohldefinierten Muskeln erkennen, die sie im Wagen gespürt hatte.

Syssi starrte ihn an. Wenn ihr auch nicht der Mund offenstand, waren ihre Lippen doch leicht geöffnet, und sie spürte, dass sie rot anlief. Mühsam löste sie den Blick von ihm und sah hinauf zum Himmel, während sie Kian aus den Augenwinkeln weiterhin heimlich beobachtete.

Nachdem er Amanda und ihr die gekühlten Drinks gereicht hatte, holte Kian ein goldenes Feuerzeug und ein Päckchen *Davidoffs* aus der Hosentasche. Er nahm eine Zigarette zwischen Daumen und Zeigefinger, zündete sie an und inhalierte tief.

Seine Lider senkten sich, während er mehrere lange Züge nahm, und die Anspannung, die in sein gutaussehendes Gesicht geschrieben gestanden hatte, schien nachzulassen. Nun, da sein Verlangen gelindert war, hob er leicht die Lider und spähte durch eine Rauchwolke zu Syssi hinüber.

„Puh! Du hast doch gesagt, du hast aufgehört, Kian!" Angewidert zog Amanda die Nase kraus und wedelte vor ihrem Gesicht herum.

Kian ignorierte sie. Sein Blick war fest auf Syssi gerichtet. „Dir scheint es nichts auszumachen, oder?", fragte er, während er den Rauch ausatmete.

„Nein, ich mag den Geruch von Zigaretten, sogar von Zigarren.

Ich finde ihn entspannend." Kleine Schlucke ihres Drinks nehmend atmete Syssi ein und genossen den Duft des Tabaks, der sich mit dem von Kians Rasierwasser vermischt hatte.

Sie fühlte sich an ihren Großvater erinnert. Als sie klein war, hatte sie sich immer auf seinem Schoß eingekuschelt, während er ihr etwas vorgelesen hatte. Seine Kleidung hatte stets nach Zigarren und Rasierwasser gerochen. Kein Wunder, dass sie mit dieser Mischung ein Gefühl von Geborgenheit und Liebe verband.

Nachdem sie eine Weile in ihr Glas gestarrt und die Eiswürfel geschwenkt hatte, straffte sie die Schultern und wandte sich an Amanda. „Würde mir irgendjemand sagen, was hier eigentlich los ist?"

Amanda erhob sich von ihrem Liegestuhl und ging ein paar Schritte weg, um den Gestank der Zigarette hinter sich zu lassen. „Einige Leute sind der Meinung, dass das, was wir im Labor tun, böse oder unnatürlich ist. Ein Werk des Teufels oder sonstiger Schwachsinn. Eine gewisse religiöse Sekte hat unserer Arbeit den Krieg erklärt und uns hässliche Nachrichten und Drohungen geschickt. Zum Glück hat Kian sie ernstgenommen und entschieden, das Labor bewachen zu lassen. Er dachte, diese Irren wären vielleicht wütend genug, um zu tun, was sie angekündigt hatten. So sehr es mich schmerzt, es zugeben zu müssen, hat Kian recht behalten. Die Wachleute haben ihn angerufen, um ihm Bescheid zu geben, dass sie Verdächtige im Flur entdeckt haben. Kian wollte kein Risiko eingehen und eine Begegnung mit ihnen vermeiden. Unsere Wachleute haben inzwischen Bescheid gegeben, dass sie diese Idioten abschrecken konnten. Damit war's das hoffentlich."

Grinsend wandte sie sich an Kian. „Wie dem auch sei: Ich lasse euch zwei Turteltäubchen jetzt allein und gehe nach nebenan in meine Wohnung. Ich muss Onidu anrufen und ihm sagen, dass er mir meine Sachen bringen soll. Ich habe nichts hier." Sie warf Kian einen Luftkuss zu, zwinkerte Syssi zu und ging.

Syssi errötete bis unter die Haarspitzen.

Hatte sie das gerade wirklich gesagt? Turteltäubchen?

Sie schwor sich, Amanda nie zu vergeben, dass sie sie so blamiert hatte.

„Ich sollte vermutlich auch verschwinden. Es wird spät. Ich werde ein Taxi rufen. Normalerweise laufe ich vom Labor aus zu Fuß nach Hause, ich brauche nur zwanzig Minuten. Daher lasse ich mein Auto zu Hause, um die Parkgebühren zu sparen. Manchmal besteht Amanda morgens darauf, mich abzuholen und nach der Arbeit wieder nach Hause zu fahren." Syssi plapperte vor sich hin und konnte sich nicht bremsen.

Das war so peinlich. Jetzt hielt er sie für eine Idiotin.

Ganz zu schweigen davon, dass er nun vielleicht dachte, dass sie geizig oder arm war. Sie war weder das eine noch das andere. Syssi war lediglich sparsam und zog es vor, ein volles Bankkonto zu haben, statt ihr Geld zu verprassen. Ihre Freundinnen von der schicken Privatschule, die sie besucht hatte, verdrehten immer die Augen über das, was sie für verantwortungsbewussten Umgang mit Geld hielt. Einige waren sogar so weit gegangen, sie als Geizkragen zu bezeichnen. Doch während sie das Geld ihrer Eltern verschwendeten und sich gegenseitig mit den neuesten und teuersten Kreationen ausstechen wollten, hatte Syssi nie ein Interesse an so etwas gehabt.

Sie hatte keine Ahnung, woher diese Neigung stammte. Sie war in einem wohlhabenden Haushalt aufgewachsen und wusste, dass ihre Eltern sich alles leisten konnten, was ihren Freundinnen so wichtig war, und auch, dass sie ihr nie etwas verweigert hätten. Syssi hatte es nie an etwas gemangelt. Aber selbst als Kind hatte sie lieber Geld als Spielzeuge oder andere Sachen zum Geburtstag bekommen und hingerissen beobachtet, wie ihr Konto mit jeder neuen Einzahlung angewachsen war.

Vielleicht hatte der Widerwillen ihrer Mutter, shoppen zu gehen, sie beeinflusst. Anita hatte weder Zeit noch Freude an so etwas. Was sie brauchte, bestellte sie sich aus dem Katalog. Letztendlich hatte ihre Mutter den größten Teil ihres Lebens in einem Arztkittel verbracht und das, was sie darunter trug, für irrelevant gehalten.

Abgesehen davon glaubte Syssi nicht, dass es eine Art intellektueller Versnobtheit war, die sie über unnötige Ausgaben die Nase rümpfen ließ. Sie wusste nichts mehr zu schätzen als Unabhängigkeit und ein großer Teil davon war, ihr eigenes Geld zu besitzen – und zwar eine Menge. Geld, das man sich selbst verdient hatte.

Ihre Eltern hatten ihr während des Studiums und an der Architekturschule sowohl das Schulgeld als auch Kost und Logis bezahlt. Darüber hinaus hatte Syssi sich geweigert, etwas von ihnen anzunehmen. Sie hatte sich etwas dazuverdient, indem sie als Nachhilfelehrerin für Schulabgänger gearbeitet hatte. Sie war ziemlich stolz darauf, dass ihre Dienste sehr begehrt gewesen waren, und dass sie einen ordentlichen Teil ihrer Einnahmen auf ihr Sparkonto hatte legen können.

Während sie sich zum Narren machte, lächelte Kian. Doch es war kein freundliches, tröstliches Lächeln, eher der Ausdruck eines Jägers, der darauf lauerte, sich auf seine in die Ecke getriebene Beute zu stürzen.

Und was sagt man dazu! Das Verlangen überwältigte sie noch heftiger als zuvor.

Komm her und küss mich, flehte sie ihn stumm an. *Berühr mich. Unternimm etwas. Siehst du nicht, dass ich verbrenne?* Rasch senkte Syssi den Blick und hoffte, dass Kian ihre Miene nicht deuten konnte.

Sie wünschte, sie wäre der Typ Frau, der diese Gedanken aussprechen oder wenigstens nach ihnen handeln konnte. Aber dazu würde sie nie in der Lage sein. Selbst im betrunkenen Zustand wäre sie niemals so dreist.

Seufzend verfluchte Syssi ihre Schüchternheit, die jeden romantischen Anflug sabotierte. Innerlich konnte sie sich nach Kian sehnen, aber sie würde nie den ersten Schritt machen.

Sie wagte, Kian einen flüchtigen Blick zuzuwerfen, und erwartete, einen selbstzufriedenen Ausdruck vorzufinden. Männer wie er waren es gewöhnt, dass Frauen um sie herumscharwenzelten. Sie fühlten sich davon bestärkt, erwarteten nichts anderes. Doch Kian überraschte sie.

In seinen herrlichen Augen sah sie nichts als Bedauern.

Mit einem resignierten Seufzen stand er auf und bot ihr seine Hand an. „Komm, Schöne, ich bringe dich nach Hause“, sagte er leise.

Sie ignorierte seine Hand und sah aus weit aufgerissenen, fragenden Augen zu ihm auf. Seine widersprüchlichen Signale verwirrten sie. „Wieso nennst du mich so?“, platzte sie heraus.

Normalerweise war sie gut darin, andere Menschen zu lesen. Aber Kians wechselhaftes Verhalten war unmöglich zu verstehen. In einem Moment sah er drein, als wollte er alle möglichen schmutzigen und erregenden Dinge mit ihr anstellen, im nächsten behandelte er sie wie eine Belastung, mit der er nichts zu schaffen haben wollte. Und dann bezeichnete er sie wieder als schön.

Entscheide dich mal!, wollte Syssi ihm zurufen.

„Weil du wunderschön bist.“ Kians Miene wurde sanfter, aber sein Lächeln blieb schmal. Er half ihr auf und hielt ihre Hand fest, während er sie hinausführte. An der Wohnungstür blieb er stehen, um seinem Butler etwas zuzurufen.

„Okidu, ich fahre Syssi nach Hause. Ich bin bald wieder da.“

Der gedrungene Mann eilte aus der Küche. „Lassen Sie mich die junge Dame fahren, Meister. Sie müssen sich nicht damit belasten.“ Okidu setzte bereits seine Chauffeursmütze auf.

„Schon gut. Ich fahre Syssi gern selbst nach Hause.“ Kian hielt ihr die Tür auf.

„Aber Meister …“ Der Mann wirkte verstört.

Kian warf ihm einen strengen Blick zu. „Das reicht.“

Sie wollte Kian sagen, dass sie sich lieber von seinem Butler nach Hause fahren lassen würde, aber nach einem kurzen Blick in sein Gesicht überlegte sie es sich anders. Seine strenge, entschlossene Miene erinnerte sie an Andrew und sie wusste, dass Kian nicht nachgeben würde. Sie hatte genug Erfahrung in Streitereien mit ihrem Bruder, um zu wissen, wann es sinnlos war, mit ihm zu diskutieren.

Das wird eine Folter.

Angesichts des verlegenen Schweigens, das sich höchstwahrscheinlich während der Rückfahrt zwischen ihnen ausbreiten würde, zog Syssi eine Grimasse. Kian wirkte nicht wie der Typ Mann, der Small Talk mochte, und für sie galt dasselbe. Hoffentlich würde der Verkehr ihr gnädig sein und die Fahrt kurz ausfallen.

Sie behielt recht.

Angefangen beim Aufzug bis hin zur Autofahrt war es genauso unangenehm, wie sie es sich vorgestellt hatte. Kian fuhr mit steinerner Miene und schweigend. Sie war steif und nervös und konnte es nicht erwarten, dass es vorbei war.

Es fühlte sich an, als wären sie zum ersten Mal miteinander ausgegangen und alles wäre schiefgegangen. Dabei waren sie überhaupt nicht bei einem Date gewesen! Sie waren nur zwei Menschen, die im anderen das Schlimmste auslösten. Oder vielleicht das Beste, was noch beängstigender wäre.

Als sie sich ihrer Wohnung näherten, wurde sie nervös. Für sie stand fest, dass Kian darauf bestehen würde, sie zur Tür zu bringen. Er würde nicht verschwinden, bevor sie sicher im Haus war. Und nachdem sie gesehen hatte, wie herrschaftlich seine Wohnung war, würde er ihre winzige Wohnung für einen armseligen Schuppen halten.

Die umgebaute Garage hinter dem Haus ihrer Vermieterin war gemütlich und geschützt. Und sie kostete sie nicht mehr Miete als das, was sie in einem der Wohnheime bezahlt hätte, bot jedoch mehr Privatsphäre und Ruhe. Im Vergleich mit dem Penthouse sah sie jedoch aus wie eine Bruchbude.

Verdammt, manchmal ging es nach hinten los, sparsam und unabhängig zu sein. Wenn sie das Angebot ihrer Eltern, ihr eine vernünftige Wohnung zu bezahlen, angenommen hätte, müsste sie sich jetzt keine Sorgen machen, ob Kian einen falschen Eindruck von ihr bekam.

Er bestand nicht nur darauf, sie zur Tür zu bringen, sondern auch darauf, sich im Haus nach möglichen Gefahren umzusehen. Zum Glück schien er sich jedoch nicht an den alten Möbeln aus zweiter Hand oder dem Durcheinander zu stören. Vielleicht bemerkte er es nicht einmal. Syssis dagegen fügte diesen Moment ihrer langen Liste an Kian betreffenden Peinlichkeiten hinzu.

Sie stand wie ein Rindvieh in der Tür, während sie darauf wartete, dass er fertig war.

Kian brauchte rund dreißig Sekunden und das auch nur, weil er auch das Bad einer kurzen Inspektion unterzog.

Der Kater ihrer Nachbarin nutzte die Gelegenheit, durch die offene Tür zu schlendern und sich ebenfalls umzusehen. Mit hoch erhobenem Schwanz marschierte er durch das kleine Zimmer und war Kian eine ernsthafte Konkurrenz, was den überlegenen, königlichen *Ihr seid mir alle Untertan*-Blick anging.

Als sie sich über den Weg liefen, blieben die beiden Kerle stehen, um sich zu mustern, bevor sie sich gegenseitig die königliche Erlaubnis gaben, den Weg fortzusetzen.

Syssi platzte vor Lachen.

Setz auch noch schnaubendes Gelächter auf die Liste, schalt sie sich, aber es war einfach zu witzig. Es war eine Schande, dass sie diese Begegnung nicht aufgezeichnet hatte. Auf *YouTube* wäre sie sicher viral gegangen.

„Was ist so lustig?" Kian behandelte sie, als hätte sie eine Schraube locker.

Syssi legte die Hand auf dem Mund, um ihr Kichern zu unterdrücken, und deutete erst auf ihn, dann auf den Kater. Letzterer saß auf den Hinterbeinen, bewegte unruhig den Schwanz und hatte offensichtlich auch etwas gegen ihr Gekicher einzuwenden.

„Was immer dahintersteckt, ich bin froh, dass mein Katzenfreund und ich dich zum Lachen bringen konnten. Es war uns ein großes Vergnügen, dich zu belustigen." Kian verbeugte sich theatralisch und berührte mit der Hand fast den Fußboden.

Amandas Sinn für das Dramatische musste auf ihren Bruder abgefärbt haben.

Syssi vermutete, dass er sich nicht oft so geben konnte, und fand seine unerwartete Verspieltheit faszinierend. Sie ließ ihn offener wirken und minderte das Unbehagen, das er in ihr auslöste. Ihr ging auf, dass sie ihn mochte, und zwar nicht nur wegen seines fantastischen Körpers oder seines hübschen Gesichts.

Errötend senkte sie den Blick. Aber dann brachte sein Schweigen sie dazu, wieder aufzusehen, und ihr stockte der Atem.

Kian sah sie an, als würde er sterben, wenn er sie nicht küsste. Nur wirkte er dabei nicht so lüstern wie zuvor. Sein Blick war sanft und voller Verlangen, zeigte eine tiefe Sehnsucht, die aus irgendeinem Grund von dunklen Wolken der Sorge und Reue beschattet wurde.

Als sie in diese traurigen, blauen Augen sah, wusste sie, dass er es nicht tun würde, und dass sie sich für alle Zeit fragen würde, wie es sich angefühlt hätte, ihn zu küssen.

Besser man lebt gefährlich als gar nicht, hallten ihr Amandas Worte durch den Kopf.

Einem Impuls folgend legte Syssi die Hände an seine Wangen, berührte sie sanft mit den Fingerspitzen. Kian schloss die Augen und kam ihrer Berührung entgegen. Er neigte seine beeindruckte Größe gerade so weit, dass er sie förmlich einlud, auf die Zehenspitzen zu gehen und ihn zu küssen.

Ihr Kuss begann sanft, behutsam. Ihre Körper berührten sich kaum.

Kian hielt sie beinahe ehrfürchtig. Eine Hand lag auf ihrem Hinterkopf, die andere auf ihrer Taille.

Es war ein schöner, süßer Kuss, aber nicht das, was sie wollte. Was sie brauchte. Unter seiner Zurückhaltung und Zärtlichkeit spürte Syssi das wilde Tier, das er in sich gefangen hielt.

Sie wollte es entfesseln.

Sie drängte sich fester an ihn und spürte die Formen seines starken Körpers, wollte mehr. Mit den Fingern strich sie durch sein weiches Haar, dann vergrub sie die Hand darin und zog ihn näher. Ein leises Stöhnen löste sich aus ihrer Kehle.

Mehr Ermutigung brauchte er nicht.

Den Bruchteil einer Sekunde später fand Syssi sich an der Wand wieder. Die Hand an ihrem Hinterkopf umschloss ihre Haare, die andere schob sich unter ihren Po und hob sie hoch. Kian brachte sich in Position, sodass ihre Körper auf einer Linie waren, und rieb seine harte Länge an ihrem Becken.

Heiß, fordernd, kraftvoll.

Als er die Zunge zwischen ihre Lippen drängte – forschend und mit ihrer kämpfend, in einer offenen Imitation von Sex in sie hineinstoßend – spürte sie, wie ihr Innerstes für ihn zum Leben erwachte und feucht wurde.

Das ist mal ein Kuss!, stellten Syssis wenige verbliebene Gehirnzellen fest. Grob und intensiv entfesselte er ein Feuer in ihr, das zu einem Flächenbrand zu werden drohte.

Berühr mich, flehte sie Kian wortlos an. Ihre Brüste spannten und fühlten sich schwer an. Sie sehnte sich nach seiner Berührung.

Als er ihre stumme Bitte ignorierte, verlegte sie sich darauf, sich an seiner Brust zu reiben. Sie hoffte, der Druck würde ihr Erleichterung bieten. Aber doch allzu schnell zog er sich von ihr zurück und ließ sie sprachlos zurück.

Er legte beide Hände auf ihre Wangen und seine Stirn an ihre, bevor er die Augen schloss. Für einen Moment rangen sie beide nach Atem und warteten darauf, dass ihr rasender Herzschlag zu Ruhe kam.

Als Kian den Kopf hob und ihr mit demselben traurigen, resignierten Blick wie zuvor in die Augen sah, wurde ihr das Herz schwer. Das eigentümliche Gefühl in ihrem Magen sagte voraus, dass Kian gehen würde und nicht vorhatte, je zurückzukommen.

Ausgerechnet bei diesem einem Mal, da sie einen Mann in ihr Bett holen wollte, den sie gerade erst kennengelernt hatte, wollte er sie nicht.

Syssi schloss die Augen, um sich gegen den Schmerz abzuschirmen, und konzentrierte sich ganz auf das Gefühl von Kians Daumen, der ihre Wange streichelte. Er wartete, bis sie zögernd die Lider hob, um ihn anzusehen.

Seine dunkelblauen Augen leuchteten merkwürdig, während er sie mit seinem Blick gefangen hielt. „Gute Nacht, süße Syssi. Du hast einen langen Tag hinter dir und bist sehr müde. Du musst jetzt schlafen."

Sie war … so unglaublich müde … und so verwirrt.

Wankend schaffte Syssi es gerade noch bis zum Bett, bevor sie darauf zusammenbrach. Vollständig bekleidet und mit Schuhen.

19

KIAN

Syssi würde heute Nacht nicht mehr zu sich kommen. Kian stand neben ihrem Bett, betrachtete sie seufzend und strich sich mit beiden Händen durch die Haare.

Es erwies sich als schwierig, dem Mädchen zu widerstehen.

Sie hatte ihn von Anfang an gewollt. Selbst, wenn er nicht in der Lage gewesen wäre, ihr Verlangen zu riechen, hätte ihm ihr ausdrucksstarkes Gesicht alles verraten. In ihrer Schüchternheit wirkte sie süß und unschuldig, so jung und hoffnungsvoll, und damit ganz anders als er.

Er war in Versuchung geraten und hatte mit dem Protokoll gebrochen, als er seine Leibwächter nicht mitgenommen hatte, um mit ihr allein sein zu können. Für ein paar Sekunden hatte er sich sogar überzeugen können, dass er es für den Clan täte.

Ihre Zukunft hing davon ab, Schlummernde zu finden.

Nur hätte er es sich niemals verziehen, sie zu nehmen. Es wäre hinterlistig und unehrenhaft gewesen. Kian hatte genug für den Clan und die Familie geopfert. Doch eines weigerte er sich aufzugeben: seinen Selbstrespekt, seine Ehre.

So sehr es ihn nach ihr verlangte, konnte er nicht nehmen, was sie ihm aus freien Stücken anbot. Es wäre das Anständigste, sich von ihr fernzuhalten.

Aber wie könnte er?

Als sie ihm nach der lächerlichen Verbeugung zugelächelt hatte, hatte sie nicht länger süß und hübsch gewirkt, sondern hinreißend, und er hätte am liebsten geschworen, dass er sie für immer auf diese Weise zum Lächeln bringen wollte. Selbst wenn es bedeutete, sich zum Idioten zu machen, wäre es das wert, um sie lachen und kichern zu hören; sorglos und ohne jede Zurückhaltung.

Der Blick auf ihr bezauberndes Gesicht weckte in ihm den Wunsch zu bleiben. Nicht wegen Sex, obwohl er den ebenso wollte, sondern um sie umarmen und fest an sich zu ziehen, um ihre Haare zu streicheln und ihr süße Worte ins Ohr zu raunen. Um sie aufzuheitern und glücklich zu machen.

Nur ein Kuss, hatte er gedacht, kurz bevor sie ihn geküsst hatte. Sie würde sich sowieso nicht daran erinnern. Das konnte er nicht gestatten.

Zu wissen, dass er bald gehen und aus Syssis Erinnerungen verschwinden würde – höchstwahrscheinlich, um sie nie wieder zu sehen –, hatte etwas in seinem Innern verkrampfen lassen, gefolgt von einem Gefühl des Verlusts und schicksalsergebener Traurigkeit.

Aber es war das Richtige. Um Syssis Willen.

Er hatte ihre Erinnerung an die heutigen Ereignisse, angefangen von dem Moment, in dem er das Labor betreten hatte, verdreht und in ihr vergraben. Sie würde sich morgen lediglich daran erinnern, mit Kopfschmerzen nach Hause gegangen und auf dem Bett zusammengebrochen zu sein. Wenn überhaupt, würde die Erinnerung in ihren Träumen auftauchen, sonst nichts.

Seufzend zog er ihr die Schuhe aus und deckte sie zu. Er achtete darauf, dass ihre Füße bedeckt waren.

Und dennoch konnte er sich nicht dazu bringen zu gehen.

Mit einem Blick auf ihr liebreizendes Gesicht strich er ihr eine Strähne aus der feuchten Stirn.

Welch ein Inferno unter ihrem schüchternen, zurückhaltenden Auftreten lauerte. So heiß, dass Kian fast glauben mochte, dass Syssi ein paar süße, dunkle Sehnsüchte in sich verbarg – genau die Art, die er zu gern wirklich werden lassen würde.

Er würde es nie herausfinden, oder?

War er einfach nur ein sturer Narr, wie Amanda ihm vorgeworfen hatte? Warum wehrte er sich so sehr? Verhielt er sich wirklich anständig und galant?

Kian wünschte, er hätte mit jemandem reden können. Jemand, der ihm helfen könnte, seine Gedanken und diese widersprüchlichen, verwirrenden Gefühle zu sortieren. Es gab jedoch niemanden, bei dem er sich wohl genug gefühlt hätte oder dem er nah genug stand.

Mit einer Berührung seiner Fingerspitzen an ihrer weichen Wange ging er zur Tür. Und als er sie leise hinter sich schloss, hörte er den Text von Tim Currys *Sloe Gin* in seinem Kopf. *I'm so fucking lonely.*

Kian schüttelte den Kopf, als er über die lange Einfahrt zu seinem Wagen zurückkehrte. Die kühle Luft half ihm, wieder einen klaren Kopf zu bekommen. Er konnte es sich nicht leisten, sich in Selbstmitleid zu suhlen. Selbst wenn eine Beziehung mit Syssi vorstellbar gewesen wäre – und er hatte keine Ahnung, wie das mit einem Menschen funktionieren sollte –, hatte er keine Zeit dafür. Das internationale Firmenimperium des Clans zu leiten und seine Familie vor den Doomern zu schützen, verlangte seine ungeteilte Aufmerksamkeit.

Unaufgefordert kehrten seine Gedanken zu jenem Zeitpunkt zurück, an dem dieser endlose Krieg seinen Anfang genommen hatte.

20

KIAN

Seine Mutter hatte ihm die Geschichte oft erzählt. Mit jeder Wiederholung hatten sich die Einzelheiten etwas verändert, neue Kleinigkeiten waren hinzukommen, andere ausgelassen worden. Als Kind hatte er sie für vergesslich oder fantasievoll gehalten. Erst später war ihm aufgegangen, dass seine Mutter ihre Geschichte für das jeweilige Publikum anpasste.

Abgesehen davon hätte es niemand gewagt, einer Göttin Vergesslichkeit vorzuwerfen oder dass sie sich etwas aus den Fingern sog.

Inzwischen hatte er die Geschichte verinnerlicht.

Für viele Sterbliche mochte sie vertraut klingen, da sich ihre Abbilder in den Traditionen vieler Kulturen wiederfanden. Sie war in verschiedenen Sprachen aufgeschrieben worden, die Namen der Protagonisten hatten sich verändert und man hatte sie an unterschiedliche Absichten, Moralvorstellungen und Glaubenssysteme angepasst.

Sie war zur Legende geworden.

Aber wie alle Legenden besaß sie einen wahren Kern.

Einst hatten die Götter unter den Sterblichen gelebt und sie mit ihrer Fürsorge beschenkt, ihnen Zugang zu Wissen und Kultur gewährt und den Menschen geholfen, eine fortschrittliche, moralische und gerechte Gesellschaft zu werden.

In ihrer Dankbarkeit hatten die Menschen die Götter verehrt und ihnen ihre Liebe entgegengebracht, indem sie ihnen ihre erlesensten Waren opferten und auf freiwilliger Basis für sie arbeiteten.

Natürlich waren diese *Götter* nicht wirklich göttlicher Natur gewesen. Doch ob sie die Überlebenden einer frühen Hochkultur oder Geflüchtete von einem anderen Ort waren, hatte seine Mutter nicht erzählt. Entweder wusste sie selbst nicht oder sie behielt ihr Wissen für sich. Annani nahm ihren Status als Göttin sehr ernst und sorgte dafür, dass die anderen ihrem Beispiel folgten.

Vielleicht wollte sie eindrucksvoller wirken – als wäre das nötig oder auch nur möglich gewesen –, indem sie ihre Herkunft verschleierte.

Die Götter waren unvorstellbar mächtig. Sie konnten Illusionen beschwören, die den Verstand von Tausenden narrten. Ihre Macht über den menschlichen Geist war so gewaltig, dass ihre Illusionen nicht nur wahrhaftig wirkten und rochen, sondern sogar berührt werden konnten. Sie konnten Gedanken und Bilder in den nichtsahnenden, unterlegenen Geist der Sterblichen pflanzen und sie in jeder Hinsicht beeinflussen; angefangen bei ihren Launen über ihren Lebenswandel und Kriegsabsichten bis hin zu göttlichen Offenbarungen und Inspirationen.

In körperlicher Hinsicht waren sie perfekt. Umwerfend schön. Ihre Körper alterten und erkrankten nicht und heilten Verletzungen innerhalb weniger Augenblicke.

Aber sie konnten dennoch sterben.

Selbst die Götter konnten keine Enthauptung oder einen Atomschlag überleben, wie sie unglücklicherweise herausgefunden hatten.

Es gab nur wenige von ihnen.

Ihr begrenzter Genpool kombiniert mit einer extrem geringen Empfängnisrate führte dazu, dass die Götter unter den Sterblichen nach geeigneten Gefährten suchten. Diese Verbindungen erwiesen sich als fruchtbarer und viele nahezu unsterbliche Kinder wurden geboren. Aber als sich diese Kinder mit menschlichen Gefährten zusammentaten, erwiesen sich ihre Nachkommen als sterblich.

Durch intensive Forschungen entdeckten ihre Wissenschaftler eine Möglichkeit, die ruhenden, göttlichen Gene zu aktiveren, aber nur in den Kindern weiblicher Unsterblicher. Die Kinder der Männer waren traurigerweise zur Sterblichkeit verdammt.

Annani, eines der wenigen Kinder reinen Blutes der Götter und Tochter des herrschenden Paares, wurde zur begehrtesten jungen Göttin. Derjenige, der das Glück hatte, sie zur Gefährtin zu nehmen, würde ihr nächster Herrscher werden.

Die Geschehnisse, die ausgelöst wurden, nachdem sie das Erwachsenenalter erreicht hatten, waren keine Überraschung. Zwischen zwei Verehrern kam es zu einem verbissenen Wettstreit.

Mortdh, der der Sohn des Bruders ihres Vaters war und damit an erster Stelle für ihre Hand stand, war derjenige, dem sie versprochen war. Khiann, der Nachkomme einer weniger bekannten, wenn auch reichen Familie, hatte oberflächlich betrachtet keine Chance.

Aber Annani war sehr jung und ungestüm und entschied sich für den Mann, den sie liebte und der ihre Liebe erwiderte. Nicht denjenigen, dem sie versprochen war, der sich nie groß um sie geschert und bereits zahllose Konkubinen und Kinder hatte.

Mortdh verlangte aufgebracht, dass sie sich mit ihm vereine, wie es sein Recht sei. Aber sein Anspruch auf sie war durch ihre Wahl zunichtegemacht worden. Der Verhaltenskodex der Götter verlangte, dass jede Verbindung, auch die mit einem niederen Sterblichen, auf gegenseitigem Einvernehmen beruhen musste.

Die innig Verliebten Khiann und Annani wurden in einer großen Zeremonie getraut.

Sowohl die Götter als auch die Sterblichen waren von dieser wunderbaren Liebesgeschichte so hingerissen, dass sie Hymnen schrieben und Legenden verfassten, um die Erinnerung daran zu bewahren.

Jeder erzählte gern die Geschichte von Khiann und Annani, da sie vom Triumph der Liebe berichtete.

Das machte Mortdh verrückt. Seiner Meinung nach war hatte man ihm nicht nur die Chance genommen, Herrscher zu werden, sondern ihm jeglichen Respekt entzogen.

Und das war alles ihre Schuld.

Sein Hass auf Annani und bis zu einem gewissen Punkt auf alle Frauen brannte in ihm wie die Tollwut. Er verabscheute das Recht der Frauen, sich frei für einen Gefährten entscheiden zu können, und auch ihre matrilineare Abstammung. Er schwor, an Macht zu gewinnen und all das zu ändern. Unter seiner Regentschaft sollten Frauen keine Rechte mehr haben. Sie würden zu Eigentum werden, das man kaufen und wieder abstoßen konnte wie Vieh. Obwohl ihre Blutlinien weiterhin durch die Frauen erhalten bleiben mussten, würden sie in den Ketten der Macht eines Patriarchats liegen.

In seinem Hass und Wahnsinn tat Mortdh das Unvorstellbare, eine Gräueltat, die so gewaltig war, dass sie die damalige Welt erschütterte.

Er ermordete Khiann. Er ermordete einen Gott. Brutal nahm er Annanis großer Liebe das Leben.

Die Klagelieder, mit denen Khianns Tod und der tragische Verlust einer so großen Liebe betrauert wurden, wurden zu einem Ritual, das jedes Jahr zu seinem Todestag wiederholt wurde.

Annanis Vater berief eine große Versammlung ein, um über Mortdhs Schicksal zu entscheiden. Es gab kein furchtbareres Verbrechen als das, was er begangen hatte. Einen Gott zu töten war so unvorstellbar, dass ihr Gesetz nicht einmal eine ausreichend schwere Strafe für seine Tat vorsah. Da es ihnen nicht gestattet war, einen Gott hinzurichten, war das höchstmögliche Strafmaß eine lebende Bestattung. Und um einen der ihren zu diesem grausigen Schicksal zu verurteilen, musste alle Götter anwesend sein.

Ein Gott konnte in seinem Grab nicht sterben. Sein Körper würde nach und nach zur Ruhe kommen und in eine Art Schlaf übergehen. Aber es dauerte lange, sehr lange, bevor das Bewusstsein schwand.

Diese Entscheidung war so schwerwiegend, dass sie nur einstimmig getroffen werden konnte.

Mortdh floh in seine Festung im Norden. Gemeinsam mit seinem beinah-unsterblichen Sohn Navuh versammelte er eine Armee bestehend aus sterblichen Soldaten und seinen anderen Nachkommen zusammen. In seiner geistigen Umnachtung kam er zu dem Schluss, dass er die Götter vernichten musste, wenn er schon nicht über sie herrschen konnte.

Über die Sterblichen und Beinahe-Unsterblichen zu herrschen würde reichen.

Die Versammlung der Götter prüfte die unbestreitbaren Beweise und stimmte einstimmig für eine Beisetzung bei lebendigem Leib. Mortdhs Eltern hatten ursprünglich vorgehabt, für ihren Sohn zu sprechen. Doch nachdem sie die belastenden Aussagen gehört und von der kalten Grausamkeit des geplanten Mordes erfahren hatte, sahen auch sie ein, dass sie keine andere Wahl hatten, als sich den anderen anzuschließen. Ihr Sohn war gefährlich und verrückt geworden. Sie mussten ihm Einhalt gebieten.

Annani saß den Ausführungen des Rats starr vor Trauer bei. Das Einzige, was sie davon abhielt, in ihrer Niedergeschlagenheit zu versinken, war ihr Rachedurst. Sie musste sich zusammenreißen, bis die Abstimmung abgeschlossen war. Während sie dem Verfahren lauschte, liefen ihr Tränen über die Wangen und auf den Schoß. Aber als die letzte Stimme abgegeben war und das Urteil rechtsgültig war, empfand sie keine Befriedigung.

Sie spürte nur Schmerz.

Annani wünschte, sie könnte sterben. Ohne ihre Liebe hatte sie keinen Grund, weiterzuleben. Nichts konnte die grausige Leere in ihrem Herzen füllen und die Qualen der Trauer waren mehr, als sie ertragen konnte.

Der Tod wäre eine Gnade gewesen.

Doch als die ersten Bruchstücke der Diskussion im Saal zu ihr durchdrangen, zwang sie sich, sich zu konzentrieren. Was sie hörte, erschreckte sie. Offensichtlich hatte der Rat nicht die geringste Ahnung, wie man Mortdh ergreifen sollte, um das Urteil zu vollstrecken.

Gerüchten nach versammelte er unter seinem Banner Truppen. Es drohte Krieg zu geben und es hieß, dass sie ebenfalls Truppen einberufen müssten. Sie diskutierten, ob sie in die Offensive gehen und versuchen sollten, Mortdhs habhaft zu werden, oder ob sie lieber in ihrer Festung verbleiben und sie gegen seinen Angriff verteidigen sollten.

Annani wusste aus Erfahrung, dass dieses Gespräch endlos weitergehen würde, ohne zu einem Ergebnis zu kommen. Was hatte ein Urteil für einen Sinn, wenn es nicht vollstreckt werden konnte? Wie sollte ihr so Gerechtigkeit widerfahren? Wer würde Mortdh gefangen nehmen? Was, wenn er sie zuerst angriff und gewann?

Sollte er sie jemals in die Hände bekommen, erwartete sie ein schlimmeres Schicksal als der Tod. Daran hatte sie keinerlei Zweifel.

Wie es ihrem Wesen entsprach, zögerte Annani nicht lange, bevor sie eine Entscheidung traf: Sie würde davonlaufen. Sie würde ihre Flugmaschine nehmen und mit dem Geschenk ihres Liebsten, den sieben biomechanischen Dienern, in ein fernes Land fliegen, das kein Gott jemals betreten hatte.

Mortdh würde sie nie aufspüren.

Unberührt von den Göttern würde es sich um einen primitiven Ort handeln, an dem es weder Kultur noch eine bewährte Gesellschaftsordnung gab. Sie würde eine neue Zivilisation aufbauen müssen.

Um das zu erreichen, brauchte sie ein Gesetzbuch und einen reichhaltigen Fundus an Wissen. Aber Annani wusste genau, wie sie daran kommen konnte. Sie würde die Bibliothek ihres Onkels stehlen, in der ein Großteil des Wissens ihres Volks aufbewahrt wurde, gesichert in einer Speichereinheit, in der sie ihn oft hatte lesen sehen. Ab und zu hatte er sie ihr sogar ausgeliehen.

Diese Entscheidung und ihre sofortige Umsetzung retteten ihr das Leben und besiegelten die Zukunft der Menschheit.

In derselben Nacht, noch während die Götter debattierten, steuerte Mortdh seine Flugmaschine über die Festung des Rates und warf eine Atombombe ab. Die einzige Waffe, mit der man Götter töten konnte.

Die Vernichtung war so weitreichend, dass über die Hälfte der Bevölkerung der Region gemeinsam mit ihren Göttern starb. Der Wind trieb Ausläufer der radioaktiven Strahlung weit über das Land und vernichtete alles, was ihnen in den Weg geriet.

Inklusive Mortdh.

Aus der Asche und den Ruinen erhoben sich Menschen und Beinahe-Unsterbliche und versuchten, mit dem zu überleben, was ihnen geblieben war. Nichts wuchs mehr und diejenigen, die nicht von der radioaktiven Wolke erfasst worden waren, holte der Hunger.

Die menschliche Bevölkerung starb.

Die Beinah-Unsterblichen verfügten als Kinder der Götter über Körper, die länger überlebten, schneller heilten und damit besser zurechtkommen sollten. Einige von ihnen mussten ferne Länder erreicht und sich ein neues Leben aufgebaut haben.

Annani hoffte verzweifelt, dass dies der Wahrheit entsprach. Auch, wenn ihr im Verlauf der nächsten fünftausend Jahre keiner von ihnen begegnet war.

Die einzige Gegend, die nicht von der nuklearen Katastrophe erfasst worden war, war der Norden. Mortdhs Festung. Nach dessen Tod übernahm sein ältester Sohn Navuh die Herrschaft über sein Volk, mehrere Hundert sterbliche und beinah-unsterbliche Krieger mit ihren weiblichen Zuchtstuten.

Die meisten jener unglücklichen Frauen waren Sterbliche gewesen, aber einige wenige mussten Schlummernde oder Beinah-Unsterbliche gewesen sein, denn Navuhs unsterbliche Armee war über die Jahrtausende gewachsen und damit auch seine Macht und sein Einfluss.

Navuh hatte geschworen, die Vision seines Vaters von einer neuen Weltordnung umzusetzen. Und da sich die Führer jener Region fest in seinem Griff befanden, war es ihm gelungen, jenen Teil der Welt in eine Dunkelheit und Unterdrückung zu stürzen, wie man sie bisher nicht gekannt hatte.

Für die Frauen war es noch schlimmer gewesen.

Sie waren zu Vieh geworden, das von ihren Vätern und Brüdern verkauft, von Ehemännern gekauft und je nach Laune wieder ausgesondert wurde. Man hatte ihnen sämtliche Rechte entzogen. Im Grunde genommen waren sie nicht länger Menschen. Sie waren zu Besitz geworden. Das Patriarchat war geboren und sollte weiter bestehen.

Annani floh in den einsamen und kalten Norden. Sie blieb nie lange an einem Ort, da sie immer fürchtete, aufgespürt zu werden. Doch allmählich erreichten Gerüchte über die Vorgänge in Mesopotamien ihr eisiges Versteck und sie erfuhr, dass sie die letzte ihrer Art war.

Die einzig überlebende Göttin.

Inzwischen war die junge, sorglose Frau, die sie einst gewesen war, verschwunden. Ihr Herz war ebenso kalt wie ihr neues Zuhause. Sie fühlte sich taub und gefühllos und es mangelte ihr an jeglicher Motivation, um mehr zu tun als irgendwie zurechtzukommen.

Und doch musste sie überleben, denn sie war die Hüterin eines Schatzes: dem Wissen, um die Kultur und Werte ihrer Art.

Die Zukunft der Menschheit lag in ihren Händen. Ohne sie würde Navuhs Dunkelheit sich ausbreiten, bis sie alles Gute in der Welt vernichtet hatte.

Sie konnte und würde nicht erlauben, dass das geschah.

Fünf Jahre lang floh Annani und verbarg sich. Sie überlebte dank der Hilfe ihrer Diener, die dafür sorgten, dass sie zumindest Nahrung und Obdach hatte.

Irgendwann ließen ihre Trauer und ihr Schmerz weit genug nach, um weiterzumachen. Nicht um zu vergessen oder nicht länger zu leiden – dazu würde es niemals kommen –, aber um sich ihrer monumentalen Aufgabe zu widmen.

Während ihrer selbst auferlegten Isolation hatte sie viel Zeit zum Nachdenken gehabt und erkannt, dass sie es allein nicht schaffen konnte. Sie musste mehr der ihren versammeln. Annani sah nur einen Weg, dieses Ziel zu erreichen: Sie musste sich fortpflanzen.

Doch sie schwor sich, nie wieder zu lieben. Ihr Herz würde für immer ihrer wahren Liebe gehören. Ihre Seele würde der Erinnerung an Khiann treu bleiben. Um der Nachkommen willen würde sie ihren Körper mit ihren sterblichen Liebhabern teilen, aber nicht mehr.

Sie nahm sich viele, benutzte sie und rangierte sie rasch wieder aus. Nach dem Akt manipulierte sie den Verstand ihres Bettgefährten und hinterließ eine traumhafte Erinnerung an ein himmlisches Zusammensein.

Für die Männer war es kein Opfer, auf diese Weise benutzt zu werden. Immerhin war sie die schönste Frau der Welt. Und zu ihrer Überraschung stellte Annani fest, dass auch sie kein allzu großes Opfer bringen musste.

Ihr Herz mochte erstarrt sein, aber ihr Körper erwachte mit unersättlicher Gier zu neuem Leben.

In den nächsten fünf Jahrtausenden wurde Annani mit fünf Kindern gesegnet. Ihr erstes Kind wurde nach dreitausend Jahren geboren, in denen sie die Hoffnung, jemals schwanger zu werden, fast aufgegeben hatte.

Ihre Älteste, Alena, erwies sich als unermesslicher Segen. Für eine Unsterbliche war sie ein Wunder an Fruchtbarkeit und bekam innerhalb von fünfhundert Jahren dreizehn wunderbare Kinder.

Kian war der nächste und wurde nur wenige Jahrzehnte nach Alena geboren. Annani benannte ihn nach ihrer verlorenen Liebe. Sie änderte nur die Schreibweise ein wenig, um das Schicksal nicht herauszufordern.

Kian erwies sich als die größte Hilfe für ihre Aufgabe, die Menschheit zu erleuchten.

Tausend Jahre später kam der süße Lilen zur Welt. Er wuchs zu einem freundlichen und tapferen Mann heran, den jeder gern hatte. Sein tragischer Tod auf dem Schlachtfeld stieß Annani zurück in die Tiefen der Verzweiflung, wo sie verharrte, bis sie die Geburt ihrer Tochter Sari aus dem dunklen Strudel befreite.

Das letzte ihrer Kinder war Amanda. Das sehr junge und bis vor Kurzem wilde Party-Girl. Die Prinzessin, wie alle sie nannten.

Annani hatte ihnen nie die Identität ihrer Väter offenbart. Aber sie hatte sie ihnen in allen Einzelheiten beschrieben, um die Neugier ihrer Kinder zu befriedigen.

Es waren herausragende Männer gewesen. Sie hatte sich stets für diejenigen entschieden, die am stärksten und klügsten waren und am besten aussahen. Sie mussten fähige Krieger und natürliche Führungspersönlichkeiten unter den ihren sein.

Kian fragte sich, ob sie es mit dem Bild, das sie für ihre Kinder erschaffen hatte, nicht übertrieben hatte. So großartig waren normale Sterbliche nicht. Hatte sie es um ihrer Kinder willen getan? Oder für sich selbst? Wusste sie überhaupt im Einzelnen, wessen Samen sein Ziel gefunden hatte? Oder vielleicht hatte sie einfach glauben *müssen*, dass sie herausragend waren, weil sie nie lange genug geblieben war, um sie besser kennenzulernen.

Seitdem die menschliche Bevölkerung wuchs und sich in neue und ferne Länder ausbreitete, brauchte Annanis Clan zwei geografische Stützpunkte, von denen sie operieren konnten. Kian war mit einigen Mitgliedern des Clans von Schottland nach Amerika gegangen, während Sari den europäischen Stützpunkt übernommen hatte. Sie war damit sein Gegenstück im alten Land.

Annanis Einfluss in der westlichen Welt war gewachsen. Sie hatten den Sterblichen allmählich Wissen und Weisheit der Götter eingeflößt, um ihnen zu helfen, sich zu der fortschrittlichen Gesellschaft zu entwickeln, die sie eines Tages sein sollten. Aber sie machten nur langsam Fortschritte, da Navuhs zerstörerische Mächte ihre Pläne immer wieder durchkreuzten.

Der Fromme Orden von Mortdh, wie Navuh seine Armee

unbarmherziger Mörder nannte, war ein Respekt einflößender Feind.

Dass Annani ihnen die geistigen Grundlagen ihrer Kultur gestohlen hatte, musste ihnen schwer zu schaffen gemacht haben. Die Doomer hatten es zur Religion erhoben, jeglichen Fortschritt zu bremsen oder zu vernichten, den die sterbliche Gesellschaft mit Annanis Hilfe erreicht hatte. Sei es in wissenschaftlicher Hinsicht oder in moralischer. Ihre dunkle Sphäre der Beeinflussung hatte zeitweilig große Teile der zivilisierten Welt beherrscht. Und jedes Mal hatten Annani und ihr Clan Jahrhunderte gebraucht, um den Schaden wieder wettzumachen und die Dämonen der Ignoranz und des Hasses zurückzuschlagen.

Annanis Clan war klein. Es gab nur wenige hundert von ihnen und er wuchs nur langsam an, da sie nur über eine einzige weibliche Blutlinie verfügten.

Die Doomer hingegen waren unglaublich zahlreich.

So weit Kian herausfinden konnte, waren sie von Anfang an im Vorteil gewesen, da Navuh einige beinah-unsterbliche Frauen und Schlummernde von seinem Vater geerbt hatte.

Sie mussten diese Frauen eisern bewachen, da es nie einer von ihnen gelungen war, den Klauen der Doomer zu entkommen.

Der Himmel wusste, dass Kian und seine Neffen über die Jahrhunderte überall nach ihnen gesucht hatten. Sie waren den Gerüchten und fantastischen Geschichten von Hexen, Nymphen, Succubi und anderen mythischen Kreaturen auf die Spur gegangen; stets in der Hoffnung, dass der Ursprung dieser Legenden in einer Unsterblichen lag. Doch nachdem irgendwann alle Spuren im Sand verlaufen waren, hatten sie die Suche eingestellt und sich widerwillig in ihr Schicksal gefügt.

Da sie zahlenmäßig und damit letztendlich an Kampfkraft unterlegen waren, war es stets die beste Strategie des Clans gewesen, sich versteckt zu halten.

Sie hatten ein stilles, unverdächtiges Leben geführt und jegliche Aufmerksamkeit vermieden. Natürlich war ihnen ihre Fähigkeit, Illusionen zu erschaffen und Erinnerungen auszulöschen, von großem Nutzen gewesen.

Dank ihrer hoch entwickelten Datenbank hatten sie langsam, aber sicher ein verborgenes Wirtschaftsimperium aufgebaut. Unter einer Unzahl von Identitäten und Unternehmen führten sie die Holdings des Clans, zu der unter anderem Grundbesitz, Kohle- und Erzminen, Banken, Fabriken, Hotels und andere Immobilien auf der ganzen Welt gehörten, seit der Neuzeit auch eine größere Anzahl Patente und technologie-basierte Firmen.

Von Zeit zu Zeit gelang es den Doomern, ein Clanmitglied in die Falle zu locken, sodass sie schon mehrere Männer verloren hatten. Kian schauderte bei der Vorstellung, dass der Orden jemals ein weibliches Mitglied des Clans fassen könnte.

In ihren Händen würde sie sich nach einem Ende sehnen, das nie kommen würde.

Nun, da sich die Regeln des Spiels unwiederbringlich geändert hatten, würde Kian ihre lang erprobte Strategie anpassen müssen.

Annani war in ihrer geschützten Festung in Alaska in Sicherheit. Ihr Heim lag bestens versteckt unter einer künstlichen Kuppel aus Eis, die selbst Satelliten nicht aufspüren konnten. Die einzige Möglichkeit, sie zu erreichen, bestand in einem eigens für sie entworfenen Flugzeug, das von einem ihrer vertrauten Odu-Diener gesteuert wurde. Selbst Kian konnte die Festung ohne Hilfe nicht finden.

Sari und der europäische Teil des Clans sollten ebenfalls in Sicherheit sein. Sie lebten alle in ihrer Festung in Schottland, die vom besten Überwachungssystem der Welt geschützt und von seinen Bewohnern von einer dauerhaft aufrecht erhaltenen Illusion verhüllt wurde.

Damit blieben nur seine Leute übrig.

Sie lebten überall in Kalifornien verteilt und vertrauten ihre Sicherheit der Tatsache an, dass sie zwischen Millionen von Sterblichen unentdeckt leben konnten.

Das würde sich ändern müssen.

Kian zog eine Grimasse, als er sich ausmalte, was für Scherereien sie ihm machen würden, sobald er ihnen vorschlug, in seine sichere Festung zu ziehen. Zuerst die Mitglieder des Rates, dann die anderen.

Unglücklicherweise konnte er es ihnen nicht einfach befehlen. Jede größere Entscheidung verlangte eine Abstimmung. War das nicht eine Schande? Aber andererseits hatte er noch ein Ass im Ärmel, dank dem die Abstimmung nach seinen Vorstellungen verlaufen würde.

21

ANDREW

„Was meinst du?“ Andrews Chef lehnte sich über seine Schulter, um die Fotos in der Akte zu betrachten.

Andrew las. „Offensichtlich laufen die Geschäfte auf den Malediven ziemlich gut, gemessen am Anstieg an Besuchern in den letzten Wochen aus diesem Land.“

Im Abstand von wenigen Tagen waren gleich drei Gruppen von *Geschäftsleuten* aus dem winzigen Staat in die Vereinigten Staaten eingereist, alle über den Los Angeles International Airport.

Sein Chef tippte auf die oberste Reihe Fotos. „Was den Sicherheitsdienst alarmiert hat – abgesehen davon, dass die Malediven nur aus ein paar gottverlassenen, unwichtigen Inseln ohne nennenswerte Industrie bestehen -, ist, dass jede Gruppe aus vier jungen, männlichen Mitgliedern bestand. Zu jung, um Geschäftsleute zu sein, und zu muskulös. Abgesehen davon sind ihre dichten Bärte eine hervorragende Verkleidung. Sobald sie sich rasiert haben, sind sie nicht wiederzuerkennen.“

Der Sicherheitsdienst des Flughafens hatte diesen Umstand als Ausrede genutzt, die entsprechende Information an ihre Abteilung weiterzuleiten, ohne dass man ihnen Profilerstellung hätte vorwerfen können.

Andrew zog eine Grimasse, während er die Aufnahmen der

Überwachungskameras der zwölf jungen Männer betrachtete. Geschäftsleute. Was für Geschäftsleute sahen so aus? Keine von denen, mit denen er es bisher zu tun bekommen hatte. Nicht, dass es viele gewesen wären.

Wie dem auch sei, es war eine Schande, dass der Sicherheitsdienst des Flughafens eine Ausrede heranziehen musste, um Gestalten zu melden, die bei jedem mit halbwegs klarem Verstand Misstrauen geweckt hätten. Seiner Meinung nach war das Verbot von Profilerstellungen das beste Beispiel politischer Korrektheit, die zu weit gegangen war.

Die meisten Terroristen waren junge Männer zwischen achtzehn und fünfundzwanzig. Genau genommen wurden allgemein die meisten Gewaltverbrechen von Männern dieser Altersgruppe begangen. Siebzigjährige Großmütter und fünfjährige Mädchen stellten das geringste Sicherheitsrisiko dar, dasselbe galt für Familien mit kleinen Kindern. Homeland Security verschwendete seine begrenzten Ressourcen, indem es jeden als gleich gefährlich einstufte. Dadurch stieg das Risiko, dass ihnen eine echte Gefahr durch die Lappen ging.

Wie diese Jungs.

„Ich frage mich, was die im Schilde führen." Sein Chef richtete sich auf und zog sich die Hose über den gewaltigen Bauch. Es war kaum zu glauben, dass dieser Mann früher Soldat in einer Eliteeinheit gewesen war.

Andrew grinste. „Die Bande wäre nicht weiter aufgefallen, wenn die Malediven an einem internationalen Wrestling-Wettkampf teilnehmen würde und diese beeindruckende Gestalten zu ihrem Team gehört hätten."

Die Männer strahlten eine Gesundheit und Vitalität aus, wie sie nur mit striktem Training einherging, und ihre hoch aufgerichtetes, sicheres Auftreten passten zu gut ausgebildeten Soldaten.

Der Chef war derselben Meinung. „Sie sehen aus wie Marines."

Die Männer waren alle groß, schienen jedoch unterschiedlichen ethnischen Gruppen anzugehören. Ein hart aussehender Bursche war Asiate. Zwei andere mochten skandinavischen Ursprungs sein, beides gutaussehende blonde, blauäugige Teufel.

Sie erinnerten Andrew irgendwie an seine Kumpel aus der Spezialeinheit und wie ihre zusammengewürfelte Bande ausgesehen hatte, nachdem sie wochenlang auf einer Mission gewesen waren, die sonnengebräunten Gesichter von wochenlangem Bartwuchs bedeckt.

„Find raus, wo sie untergekommen sind und was sie treiben. Im Bericht werden drei unterschiedliche Hotels für ihren Aufenthalt erwähnt."

„Ich werde morgen überprüfen, ob sie dort eingecheckt haben."

Der Chef klopfte ihm auf die Schulter. „Tu das. Jetzt schaff deinen Arsch hier raus und fahr nach Hause."

Wie üblich war Andrew einer der letzten im Büro. Die anderen Agenten hatten Familien, zu denen sie nach Hause kommen konnten, aber auf ihn wartete niemand.

Heute Abend hatte er allerdings etwas vor: Er war mit seiner Sparringspartnerin unten im Fitnessstudio verabredet, und falls sie in Stimmung war, auch für eine Nummer danach.

Susanna war eine weitere *Analystin* in seiner Abteilung, was bedeutete, dass sie genau wie er nach wie vor auf Auslandseinsätze ging. Was als beiläufige Kameradschaft begonnen hatte, war mit der Zeit zu einem *Freunde mit Vorzügen*-Arrangement geworden.

Anfangs hatte er gezögert, ihre Freundschaft auf die nächste Stufe zu heben. Wie allgemein bekannt, war bei einer Affäre am Arbeitsplatz die Katastrophe vorprogrammiert. Aber bisher lief alles gut. Sie stellten keine Erwartungen aneinander oder taten, als wäre ihr Verhältnis exklusiv. Sie kratzten sich nur gegenseitig, wenn es juckte.

Mehr konnte Andrew sich nicht erlauben und für Susanna galt dasselbe. Nicht, solange sie noch aktiv an Missionen teilnahmen. Für ihn war der Spaß bald zu Ende. Er näherte sich der gefürchteten Vierzig. Susanna hatte noch etwas Zeit, bevor die Großmächtigen sie an den Schreibtisch fesseln würden.

Als er unten im Fitnessstudio ankam, war Susanna allein. „Du bist spät dran", sagte sie hinter dem Sandsack, an dem sie ihre Tritte trainierte. Die Frau war ein leidenschaftlicher Fan von Kampfsportarten.

„Tut mir leid. Mir ist gerade eine neue Akte auf den Schreibtisch gesegelt. Der Chef wollte, dass ich sie mir schnell anschaue."

Sie schlug zu und ließ einen Tritt folgen. „Irgendetwas Spannendes?"

„Weiß ich noch nicht. Morgen werde ich mehr wissen. Könnte nicht der Rede wert sein, nur ein paar junge Leute, die sich die Staaten ansehen wollen."

Sie warf ihm einen wissenden Blick zu. „Aber du hast in der Nase, dass mehr dahinterstecken könnte."

Andrew rieb sich den Hals. „Mein Bauchgefühl sagt Ja. So wie sie aussehen, sind sie entweder Sportler oder Soldaten, aber ich würde mein Geld auf letzteres setzen. Ihre Körperhaltung hat sie verraten. Steck sie in eine Uniform und sie gehen locker als Marines durch."

Sie kicherte. „Du meinst, sie sehen aus, als hätten sie einen Stock im Arsch?"

Andrew verengte die Augen. „Pass bloß auf. Ich war früher Marine."

Susanna führte eine schnelle Schlagfolge aus. „Und wie lange hast du gebraucht, um die stramme Haltung abzulegen, damit sie dich nicht verrät?"

Andrew schnaubte. „Monate. Ich habe keine Ahnung, warum sie überhaupt unter den Marines nach Leuten suchen, wenn sie jemanden wollen, der mit dem Rest der Welt verschmilzt."

„Wegen der Ausbildung und der Ausdauer, schätze ich." Susanna zog die Handschuhe aus und schlenderte auf ihn zu. „Wo wir gerade von Ausdauer reden, wie wäre es, wenn wir das Training ausfallen lassen und uns mal ansehen, wie es in der Hinsicht um dich bestellt ist?"

Andrew legte ihr grinsend den Arm um die durchtrainierten Schultern. „Ich bin voll und ganz dafür."

„Das dachte ich mir."

22

KIAN

Um kurz nach acht schloss Kian die Akte der Liegenschaft auf Maui, die er seit einer halben Stunde zu lesen versucht hatte, und verließ sein Arbeitszimmer.

„Liegt meine Robe bereit?", fragte er Okidu.

„Sie ist frisch gebügelt und hängt neben der Wohnungstür. Ich werde sie Ihnen holen, Meister."

„Vielen Dank."

Nachdem Okidu ihm die Robe gebracht hatte, legte Kian sie sich um die Schultern und machte sich auf den Weg in den unterirdischen Teil des Gebäudes.

Sobald er den großen Versammlungssaal erreicht hatte, schaltete er das Licht an und sah sich gründlich um. Seit der Inspektion des neu errichteten Gebäudes vor vier Jahren hatte er die im Stil eines Amphitheaters errichtete Aula nicht mehr betreten.

Die großzügige Gestaltung und schiere Größe des Saals waren eine Reminiszenz an ihre luxuriöse Vergangenheit und bildeten Kians verschwenderischste Ausgabe für das Hauptquartier des Clans. Er hatte die Erinnerungen an die Beschreibungen seiner Mutter in sich wachgerufen und versucht, die Ratskammer der Götter so gut wie möglich nachzubauen.

Mehrere Reihen aus bequemen, mit rotem Samt ausgekleideten Stühlen bildeten ein Hufeisen und hohe Säulen trugen elegante

Bögen mit Wandgemälden und Reliefs, die Szenen aus mythischer Zeit darstellten. Die Marmorböden waren mit edlen, detailreichen Mosaikarbeiten verziert und die Treppe, die zur Galerie hinaufführte, wurde von steinernen Zierleisten und Messinggeländern geschmückt.

Mit ihren vierhundert Plätzen bot die Ratskammer sämtlichen amerikanischen Mitgliedern des Clans Platz und war immer noch nicht voll. Und um ganz sicherzugehen, war auf der derzeit unmöblierten Galerie genug Platz, um zusätzliche zweihundert Stühle unterzubringen.

Kian hatte keine Ahnung, was in ihn gefahren war, einen Saal dieses Ausmaßes bauen zu lassen. Mit seinen 283, Saris 196 und den 72 Mitgliedern seiner Mutter bestand ihr gesamter Clan aus 551 Personen. Wie hoch war die Wahrscheinlichkeit, dass sie ihm alle gleichzeitig in seiner Festung die Ehre gaben?

Praktisch gleich null.

Aber er plante gern etwas größer, um auf alle Eventualitäten vorbereitet zu sein. Vielleicht würde irgendwann in der Zukunft eine große Veranstaltung, hoffentlich eine Feier, die Anwesenheit jedes einzelnen Clanmitglieds erfordern.

Die Kammer war genauso geworden, wie er sie sich vorgestellt hatte.

Na ja, abgesehen davon, dass die Stühle der Ratsmitglieder immer noch genauso hässlich waren wie beim ersten Mal, als er sie gesehen hatte. Sie bewiesen, dass er entgegen allgemeiner Auffassung in der Lage war, Kompromisse einzugehen.

Die dreizehn thronartigen Monstrositäten, die auf einer Plattform dem Publikum zugewandt standen, hatte Amanda ausgesucht. Irgendwie hatte sie ihre Innenausstatterin Ingrid dazu gebracht, ihr Rückendeckung zu geben, und so waren die pompös, kitschigen Dinger geblieben. Manche Schlachten waren es nicht wert, geschlagen zu werden.

Dennoch. Als er sich auf den Stuhl des Regenten setzte, die langen Beinen ausstreckte und die Unterarme auf den schweren Armlehnen ruhen ließ, musste Kian zugeben, dass das Ding vielleicht Augenkrebs verursachte, aber bequem war. Sein Stuhl stand in der Mitte. Die Plätze der sechs Ratsmitglieder befanden sich rechts von ihm, die sechs der Wächter zu seiner linken. Onegus als oberster Wächter saß beim Rat.

Er sah sich um, um sich zu vergewissern, dass die beiden großen, beweglichen Bildschirme hinten auf der Bühne perfekt für die Videoübertragung von Marks Beerdigung ausgerichtet waren. Nachdem er mit seiner Mutter und Sari gesprochen hatte, waren sie übereingekommen, dass heute Abend sämtliche Mitglieder des Clans an der Zeremonie teilnehmen würden.

Mit der Einstellung der Bildschirme zufrieden, richtete er seine Aufmerksamkeit auf die zahlreichen Reihen weicher Stühle. Verdammt, der Saal war riesig. Zu groß für die kleine Ratsversammlung, die er einberufen hatte.

Unter den üppigen Falten seiner Robe griff er in seine Hosentasche, holte das Handy hervor und rief seinen Sekretär an. „Shai, wir brauchen für zukünftige Ratsversammlungen einen kleineren Raum. Ruf Ingrid an. Sie soll einen passenden Raum aussuchen und einen Entwurf anfertigen. Ich will ihn morgen früh auf dem Schreibtisch haben."

„Wird erledigt." Shai legte auf.

Seufzend stand Kian auf und ging zu den sechs Lichtschaltern neben dem Eingang. Er legte sie nach und nach um, bis er herausgefunden hatte, welcher welche Lichter steuerte. Dann schaltete er die Lampen über dem Publikum aus, sodass die Sitzreihen im Dunkel versanken.

Auf dem Rückweg zu seinem Platz ging ihm auf einmal auf, dass er dazu neigte, alles bis ins kleinste Detail zu kontrollieren.

Kümmerte es ihn wirklich, wie die neue, kleinere Ratskammer aussehen würde? Er sollte Ingrid die ganze Angelegenheit übergeben und ihr freie Hand lassen, darauf vertrauen, dass sie alles richtig machen würde.

Ja, genau wie bei diesen grauenhaft hässlichen Stühlen.

Nur – und das war der Punkt – ging es letztendlich um etwas anderes. Wenn er sich Zeit freischaufeln wollte, musste er sich darum kümmern, unwichtige und nervige Kleinigkeiten wie diese abzugeben. Sein zwanghaftes Bedürfnis, alles und jeden zu kontrollieren, war in schlichteren Zeiten kein Problem gewesen. Nun bremste es ihn in seiner Leistungsfähigkeit.

Er musste überdenken, wie er gewisse Dinge erledigte.

Er würde einen Teil seiner Arbeit anderen überlassen müssen. Aber so, wie er sich kannte, würde es ihm schwerfallen, ihnen seine Aufgaben anzuvertrauen und mit den Konsequenzen, die sich darauf entwickeln mochten, zu leben.

Kian setzte sich auf seinen Thron und wartete im leeren Saal darauf, dass seine Leute ankamen. Nicht, weil sie spät dran gewesen wären, sondern weil er zu früh hergekommen war, um sicherzustellen, dass alles in Ordnung war. Noch ein Beispiel für sein zwanghaftes Verhalten …

Als hätte Shai das nicht für ihn erledigen können.

Mit den Fingern auf den Armlehnen trommelnd beobachtete er die Tür. Er erwartete, dass die Wächter zuerst erscheinen würden.

Traditionell musste der Versammlungsort des Rats gesichert und unter Schutz gestellt werden, bevor die verehrten Mitglieder erschienen. Auch, wenn Sicherheit in den Tiefen der Festung kein relevanter Faktor war, würden die Wächter sich an diese Tradition halten, sei es aus Respekt oder aus Gewohnheit. Kian hatte keinerlei Zweifel, dass sie bald auftauchen würden.

Im Gegensatz zu Kri, die einzige weibliche Wächterin und ihr jüngster Neuzugang, handelte es sich bei den sechs anderen um erfahrene Krieger, die seit Jahrhunderten diese Aufgabe erfüllten und dazu neigten, alles so zu erledigen, wie sie es schon immer getan hatten.

Anandur und Brundar waren die ältesten und dienten ihm seit über tausend Jahren. Die beiden hatten zwar dieselbe Mutter, aber zwei sehr unterschiedliche Erzeuger, sodass sie sich nicht im Geringsten ähnelten.

Abgesehen davon, dass beide eine tödliche Gefahr darstellten.

Oberflächlich betrachtet wirkte Anandur charmant und lässig. Er war immer für einen Scherz oder Streich zu haben. Aber als standhafter Verteidiger des Clans war er ein gnadenloser Schlächter ihrer Feinde. Seine Taktik, den Gegnern ein dämonisches Abbild seiner Selbst in den Kopf zu pflanzen und sie zu Tode zu erschrecken, war seine grausame Art von Humor. Sie rannten dann entweder um ihr Leben oder starben in dem Glauben, in die Hölle zu kommen.

Brundar war Kian selbst nach all den Jahren als sein Leibwächter nach wie vor ein Rätsel. Abgesehen von seinem Bruder kannte ihn niemand wirklich und Kian fragte sich sogar, wie gut Anandur ihn einschätzen konnte. Brundar war reserviert, verschlossen und finster. Gerüchten zufolge hatte er eine sadistische Ader, andere meinten, er wäre ein Masochist. Es war jedoch fraglich, wie er es genießen konnte, sich der Gnade eines anderen Menschen auszuliefern, wenn er es nicht einmal ertragen konnte, berührt zu werden.

Brundar sah aus wie ein Engel – ein tödlicher Racheengel. Seine Kampftechnik und Beweglichkeit waren beispiellos, sodass er mit Schusswaffen jeglicher Art zu hundert Prozent treffsicher war und alle Formen von Klingenwaffen meisterhaft beherrschte.

Wie erwartet erschienen die Brüder zuerst. Onegus folgte ihnen dichtauf.

„Guten Abend, Kian", grüßte Onegus. Die Brüder nickten.

Während Brundar direkt die drei Stufen erklomm und seinen Platz einnahm, blieb Anandur stehen, hob den Saum seiner Robe wie ein Kleid und machte mit klimpernden, roten Wimpern einen Knicks vor Kian.

Der Kerl konnte einfach nicht anders als herumzualbern, egal, wie unpassend es angesichts der Umstände, die sie hergeführt hatten, auch war.

Nichtsdestotrotz war Kian dankbar für die Auflockerung.

Onegus dagegen war nicht so nachsichtig und verpasste Anandur einen Klaps auf den Hinterkopf. „Zeig mal ein bisschen Respekt!" Er warf dem Rothaarigen einen strengen Blick zu, bevor er sich setzte.

Wahrscheinlich hatte Anandur die Berührung durch sein dichtes, lockiges Haar nicht einmal gespürt, doch er rieb sich den Kopf, während er seinen Vorgesetzten ansah. „Es ist nicht meine Schuld, dass du keinen Sinn für Humor hast."

„Ach, halt einfach die Klappe." Onegus war unübersehbar nicht in der Stimmung, um sich mit ihm herumzuschlagen, und das aus gutem Grund.

Anandurs Albereien endeten oft mit einem Sparringkampf im Fitnessstudio, wo der große Ochse der unangefochtene Champion war. Von daher war es klug, die Geschichte im Keim zu ersticken, wenn Onegus nicht seine Autorität ins Spiel bringen wollte.

Auch, wenn er ein paar Zentimeter kleiner war als Anandur, war er immer noch groß, aber nicht ganz so massig, sondern eher schlank und sportlich. Mit seinen freundlichen braunen Augen, dem lockigen blonden Haar und dem strahlenden Lächeln behauptete er, mehr der Liebe als dem Kampf zugetan zu sein, was natürlich vollkommener Schwachsinn war. Dennoch stimmte es, dass er in diplomatischen Belangen für Kian oft seinen Charme als Waffe nutzte und natürlich auch zu seinem eigenen Vorteil bei den Damen.

„Ich sag es dir, diese Arschlöcher hatten keine Ahnung, dass er einer von uns war!" Kris aufgebrachte Stimme entzog den Jungs Kians Aufmerksamkeit. Er schielte zur Tür, wo sie mit dem stoischen Yamanu diskutierte.

Neben ihm wirkte Kri praktisch unsichtbar. Yamanu hatte diese Wirkung auf Menschen. Mit seinem aufsehenerregenden Äußeren zog er sämtliche Blicke auf sich, sodass alles um ihn herum verschwand. Wahrscheinlich verließ er deshalb nur selten das Haus. Was eine andere wichtige Frage aufwarf: Wie zum Teufel befriedigte er seine sexuelle Begierde, ohne durch Clubs und Bars zu ziehen?

Nicht, dass er es besonders schwer haben würde mit seinen knapp zwei Metern und einem Körper, der der Fantasie eines Steinmetzes entsprungen zu sein schien. Und als ob das nicht genug wäre, fiel Yamanu sein glänzendes schwarzes Haar glatt bis zur Taille.

Doch sein auffälligstes Merkmal waren seine hypnotisierenden, blassblauen Augen, die in dem dunklen, kantigen Gesicht merkwürdig fehl am Platz wirkten.

Yamanu war ein meisterhafter Illusionist und kam in seinen

Fähigkeiten den alten Göttern gleich. Er konnte die Wahrnehmung der Realität tausender Sterblicher verändern und neben reinen Bildern auch Berührungen, Gerüche und Geräusche erschaffen. Diese einzigartige Befähigung hatte den Clan mehr als einmal vor ernsthaften Schwierigkeiten bewahrt.

Wenn sich Heerscharen von Sterblichen in ihren Weg geworfen hatten, hätte Kians kleiner Trupp Krieger ohne Yamanu keine Chance gehabt, und auch, wenn seine Männer nur schwer zu töten waren, trennte ein Schwerthieb den Kopf eines Unsterblichen ebenso leicht vom Körper wie den eines Sterblichen. Noch schlimmer war die Vorstellung, was dieser Abschaum mit den Frauen angestellt hätte, wenn sie die Verteidigung der Krieger durchbrochen hätten … und mit den Kindern …

Verdammt, darüber dachte er besser nicht nach, wenn er einen klaren Kopf behalten wollte.

Zuletzt erschienen die beiden düsteren Wächter der Bay Area, Bhathian und Arwel. Beide wirkten abgekämpft und unglücklich, aber die traurige Wahrheit war, dass das nichts mit den jüngsten Ereignissen zu tun hatte. Sie verstärkten den Effekt nur.

Bhathian blickte immer wütend drein. Ohne seine unangenehme Ausstrahlung hätte man den großen Mann als gutaussehend bezeichnen können. Mit seiner muskulösen Gestalt und dem markanten Gesicht war er zweifelsohne attraktiv. Doch so, wie die Dinge standen, ließen ihn seine wütende Miene und schiere Größe eher wie einen Oger wirken.

Und Arwel, dessen empathische Fähigkeiten ganz und gar außer Kontrolle geraten waren, sah immer gequält aus.

Ungeachtet ihres unterschiedlichen Körperbaus und Temperaments musste Kian zugeben, dass die sieben Wächter einen beeindruckend geeinten Anblick in ihrer formellen Zeremonienkleidung boten. Da Onegus sowohl Wächter als auch Mitglied des Rates war, war seine weiße Robe mit einem schwarzsilbernen Doppelsaum versehen, die der anderen waren schwarz mit silbernem Saum.

Seine eigene Robe fand Kian albern. Sie bestand aus blutrotem Samt und war in Schwarz, Silber und Weiß abgesetzt, sodass sie wie die Aufmachung eines geckenhaften Königs wirkte. Es fehlten nur eine Krone und ein Zepter. Aber wie dem auch sei, er würde sich mit seiner Mutter nicht über ihre Wahl der Roben streiten. Nicht, dass es ihm geholfen hätte.

Erneut öffneten sich die Türen und Shai führte die vier Mitglieder des Rates hinein. Als hätte er den Saal selbst entworfen, schaltete er sämtliche Lichter wieder ein. Stolz deutete er auf die Einrichtung. „... haben wir vierhundert Plätze. Weitere zweihundert lassen sich auf der Galerie hinzufügen. Der Saal ist in neogriechischem Stil ..."

Kian blendete Shais Erläuterungen aus und konzentrierte sich stattdessen auf die Mitglieder des Rates.

Bridget war vor Ort die einzige Ärztin des Clans. Ihre medizinischen Einrichtungen und ihr Labor lagen unterhalb des Gebäudes, sodass sie sich ab und zu über den Weg liefen.

Kian mochte und respektierte die hübsche Rothaarige mit der angenehmen, bescheidenen Art. Es verblüffte ihn immer wieder, dass eine so zarte Frau falsch zusammengewachsene Knochen mit Leichtigkeit neu brechen konnte. Das war einer der wenigen Fälle, bei denen Beinah-Unsterbliche medizinische Hilfe brauchten. Geburten und größere Wunden zu nähen waren die anderen beiden. Alles seltene Umstände, sodass Bridget viel Zeit hatte, die einzigartige Biologie ihrer Art zu ergründen.

Edna war eine brillante Anwältin und Expertin für die Gesetze des Clans. Sie kümmerte sich um rechtliche Seite ihrer geschäftlichen Transaktionen und führte den Vorsitz bei Gerichtsverhandlungen gegen Clanmitglieder.

Abgesehen von ihrem scharfen Verstand war Edna ein zäher Knochen und das war der Hauptgrund, warum Kian sie zu seiner Nachfolgerin erwählt hatte, falls ihm etwas zustoßen sollte. Er konnte sich darauf verlassen, dass sie mit der Aufgabe fertig werden würde. Das bedeutete jedoch nicht, dass der übrige Clan sonderlich glücklich damit wäre, sie am Ruder zu wissen. Sie war als schroffe und unerbittliche Richterin bekannt und wurde respektiert, aber sie war nicht unbedingt beliebt.

Kian konnte sich nicht erinnern, Edna jemals lächeln gesehen zu haben, und ihr Erscheinungsbild passte zu ihrer nüchternen Art. Sie vergeudete keine Zeit damit, sich hübsch zu machen. Wenn überhaupt, war das Gegenteil der Fall. Es musste sie einiges an Mühe kosten, so schlicht zu wirken. Sie trug ihr braunes Haar im Nacken zu einem Knoten gebunden, verwendete kein Make-up und ihre Zeremonienrobe war im Gegensatz zu ihren üblichen schlecht sitzenden Hosenanzügen ein echter Fortschritt.

Ednas Rettung waren ihre Augen. In ihnen zeigten sich Intelligenz und eine Art Einsicht, die tief in die verborgensten Winkel der Seelen ihrer Opfer drang, hinter deren geistige Schilde griff und all ihre hässlichen Geheimnisse offenlegte. Das war ziemlich unangenehm, wie Kian aus persönlicher Erfahrung wusste. Gleichzeitig war es eine seltene Fähigkeit. Normalerweise waren Unsterbliche nicht dazu in der Lage, die Gedanken der ihren zu lesen, nur die der Menschen.

Annani bildete die Ausnahme, aber sie war natürlich eine reinblütige Göttin.

Dank ihres einzigartigen Talents trug Edna den Spitznamen Fühlerfrau.

William, den alle nur den Wissenschaftler nannten, war das genaue Gegenteil. Gutmütig und lebendig erinnerte er an einen pummeligen Bären, was bewies, dass selbst überlegene Gene einem gewaltigen Appetit nichts entgegenzusetzen hatten. William aß gern und viel, während er vor dem Computer oder Fernseher saß und auch in Gesellschaft. An ihn wandte man sich, wenn es um etwas Technisches ging, und er war einer der wenigen, die klug genug waren, die technischen Informationen aus der Datenbank der alten Götter zu übersetzen und zu verstehen.

Neben Edna und William wirkte der weltmännische Brandon wie ein Pfau zwischen Enten. Er kümmerte sich um Kultur und Medien. Zu seinen Aufgaben gehörte es, Bücher, Filme, Fernsehserien und Zeitschriften zu bewerben, in denen die gesellschaftliche Agenda der Götter vertreten wurde, angefangen bei demokratischen Grundsätzen über die Gleichberechtigung bis hin zu Bildung und Forschung. Die Liste war lang.

Indem sie den angestrebten Zustand der Welt als ausdrückliches Ideal darstellten und in Geschichten, Theaterstücken und Filmen zeigten, nahmen die Sterblichen ihre Botschaft in sich auf. Um nach Höherem zu streben, musste den Menschen erst bewusst werden, welche Möglichkeiten sie hatten.

Daher verboten Unterdrückerregime ihrer Bevölkerung den freien Zugang zu diesen Quellen. Sie fürchteten, dass es zu Unruhen kommen könnte, wenn sie neuen und besseren Ideen ausgesetzt wurden. Die Kulturen zu verteufeln, die dieses gefährliche Material veröffentlichten, diente als Ablenkung für die ahnungslosen, gehirngewaschenen Massen, damit sie nicht auf die Idee kamen, sich vermeintlich korrupten, unmoralischen und bösen – und so weiter – Informationsquellen zuzuwenden.

Unglücklicherweise konnte Kian nur wenig tun, um jenen abgeschotteten Regionen der Welt Erleuchtung zu bringen, und ihre Bevölkerungen fielen immer weiter hinter der westlichen Welt zurück.

Er fragte sich oft, was zuerst geschah. Ob Navuh an diesen Orten bereits fruchtbaren Boden für seine Propaganda gefunden hatte oder ob er durch die Propaganda erst eine Atmosphäre erschuf, in denen Unterdrückerregime an die Macht kommen konnten.

Es blieb jedoch dabei: Wo immer Frauen an den Rand gedrängt, als minderwertig betrachtet wurden und man ihnen Rechte entzog, die Männern zustanden, geriet die Gesellschaft als Ganzes ins Hintertreffen.

Ausnahmslos.

„Würde mir bitte mal jemand aufmachen?“, rief Amanda, während sie gegen die Türen trat.

Als Shai zu ihr eilte, reichte sie ihm eins von zwei *Starbucks*-Tabletts, die sie bei sich hatte. Abgesehen davon schaffte sie es irgendwie, auch noch eine Papiertüte voller Flaschen, ihre Robe und ihre Handtasche festzuhalten.

„Tut mir leid, dass ich zu spät bin. Ich brauchte einen Kaffee und habe bei *Starbucks* angehalten, aber dann habe ich mir gedacht, es wäre unhöflich, die einzige mit einem Cappuccino zu sein. Daher habe ich euch auch etwas mitgebracht.“

Brandon befreite sie von dem zweiten Tablett und der Tasche, bevor er mit Shai die Getränke verteilte.

„Danke, Jungs." Amanda legte ihre Robe an und sah sich um. „Kian, das ist definitiv nicht der richtige Ort für eine kleine Ratsversammlung. Das Ding ist riesig. Wir brauchen einen kleineren Raum mit einem Tisch, auf dem wir unsere Getränke abstellen können." Sie nahm den letzten freien Stuhl neben Onegus ein.

Kian schüttelte den Kopf. Es war typisch für Amanda, alles und jeden zu ignorieren und einfach zu sagen, was ihr in den Sinn kam.

„Längst in Planung. Können wir jetzt anfangen?", fragte er, bevor er aufstand und sich umdrehte, um sich dem Rat zuzuwenden.

„Einen Augenblick noch, ich muss die Aufnahme starten!", rief Shai von seinem Kommandostand aus, über den er die moderne Ausrüstung des Raums kontrollierte.

Kian wartete, bis er ihm ein Zeichen gab, dann setzte er von Neuem an.

„Okay. Dies ist die … die wievielte Ratsversammlung?" Er hatte vergessen nachzusehen, welche Nummer die letzte getragen hatte.

„412", half Shai ihm aus.

„Danke." Einen Sekretär mit eidetischem Gedächtnis zu haben war definitiv von Vorteil.

„Dies ist die 412. Ratsversammlung. Alle Mitglieder sind anwesend", rezitierte Kian den üblichen Eröffnungssatz, der für die Aufnahme gedacht war.

Dann holte er tief Luft und wandte sich an den Rat. „Letzte Nacht ist Mark, der Sohn von Micah, von der Bruderschaft von DOOM in seinem eigenen Haus ermordet worden."

Er schwieg einen Moment und wartete, bis die ungläubigen und besorgten Ausrufe der anderen verstummt waren.

„Das ist ein furchtbarer Schlag für uns. Wir haben nicht nur ein geliebtes Familienmitglied verloren, sondern der Verlust seines unglaublichen Talents wird unseren Fortschritt bremsen, eine Software zu entwickeln, die Massenvernichtungswaffen stilllegen und damit unter Umständen die Welt retten kann." Er musterte ihre besorgten und bekümmerten Mienen und fügte etwas sanfter hinzu: „Bhathian und Arwel haben seinen Leichnam nach Hause gebracht. Die Trauerfeier zu seinen Ehren wird morgen um Mitternacht stattfinden.“ Er sah einen nach dem anderen an, bis alle mit einem ernsten Nicken ihre Zustimmung signalisiert hatten.

Sein nächstes Anliegen würde nicht so leicht durchgehen. Sich auf die unvermeidliche Diskussion vorbereitend ergriff Kian die Aufschläge seiner Robe und fixierte den Rat streng.

„Bis wir das Ausmaß der Bedrohung ermittelt haben, gedenke ich, alle Mitglieder dieses Rats in diesem Gebäude abzuschotten. Wir können es uns nicht leisten, einen von euch zu verlieren, und wir haben nicht genug Wächter, um jedem einzelnen Ratsmitglied Personenschutz zur Verfügung zu stellen. Ihr werdet fürs Erste sämtliche Termine absagen müssen. Die Unannehmlichkeiten tun mir leid, aber ich sehe keine andere Möglichkeit.“

„Ich wüsste nicht, wie man uns zwischen all den Sterblichen aufspüren sollte. Es gibt nichts, das auf uns hinweist“, protestierte Brandon. „Wir können nicht als Gefangene in deinem Glasturm leben. Du weißt doch, dass wir mit den Sterblichen verkehren müssen. Die Gründe sind offensichtlich.“

Kian hatte diesen Einwurf erwartet. „Zu diesem Zeitpunkt haben wir keine Ahnung, wie viel die Doomer wissen. Marks Laptop und Satellitentelefon sind verschwunden. Wir können nur beten, dass sie niemanden haben, der gut genug ist, um seine Firewalls zu durchbrechen. Und abgesehen davon könnten sich andere Hinweise in seinem Haus befunden haben, die zu einem von uns führen. Ich bin nicht bereit, mich auf unnötige Risiken einzulassen. Was eure angebliche Gefangenschaft angeht: Ihr könnt immer noch in Clubs, Bars, Restaurants oder an andere beliebige Orten gehen. Ich möchte euch nur nicht an Orten sehen, an denen ihr regelmäßig erscheint, oder auf der Arbeit.“

„Falls sie versuchen, seinen Laptop zu knacken, werden automatisch alle Daten zerstört. Dasselbe gilt für sein Telefon. Das machte mir keine Sorgen“, merkte William an.

„Was, wenn sie jemanden von Marks Kaliber haben?" Kian spielte weiterhin den Advocatus Diaboli.

William schnaubte. „Dann wären wir am Arsch. Haben sie aber nicht. Das hat niemand."

„Hast du Mutter und Sari informiert?" Amanda sah Kian aus großen, traurigen Augen an und ignorierte die Abschottungsdebatte. Sie hatte ihm ihre Meinung zu dem Thema bereits mitgeteilt. Hoffentlich würde sie keinen Ärger machen und ihn vor dem ganzen Rat blamieren.

„Ich habe sie angerufen, kurz nachdem Arwel mich informiert hat. Morgen werden sie sich uns beide mit ihren Leuten per Videoschaltung der Trauerfeier anschließen. Der ganze Clan wird Mark auf seiner letzten Reise begleiten."

„Danke", sagte sie mit dünner Stimme.

Er war froh, dass sie nicht mit ihm diskutierte, aber es schmerzte ihn, Amandas sonst so lebhafte Miene niedergeschlagen zu sehen, als sie sich in ihren Stuhl zurücksinken ließ.

„Ich glaube, du bist übervorsichtig, aber lasst uns abstimmen." Edna kam direkt zum Punkt, vermutlich in der Annahme, dass der Rat gegen Kian stimmen würde.

Aber er hatte ein Ass im Ärmel.

„Da es sich um eine Sicherheitsangelegenheit handelt, sind die Wächter bei dieser Wahl stimmberechtigt."

Auch dieser Vorteil war entstanden, weil er den Rat über den Grund ihrer Zusammenkunft im Dunkeln gelassen hatte. Edna war dadurch nicht dazu gekommen, die Notfallsatzung zu prüfen. Nicht, dass sie ihn hätte aufhalten können, wenn sie sich damit auseinandergesetzt hatte. Die Mitglieder des Rats hatten keine Chance: Sie saßen so gut wie fest. Die Wächter stimmten immer für dasselbe wie Kian.

„Schauen wir mal. Alle, die für eine Abschottung sind, heben bitte die Hand", rief er.

Die sieben Wächter und Kian hoben die Hand, dasselbe galt für Bridget. Keine große Überraschung, da sie bereits im Hochhaus lebte. Geschlagen schlossen Edna und William sich an.

Damit blieben nur noch zwei.

Brandon zuckte die Achseln. „Tja, was soll's? Dann habe ich eben Urlaub. So komme ich endlich dazu, mir alle Folgen von *Battlestar Galactica* anzuschauen."

Kian schielte zu Amanda. Er hatte erwartet, dass sie Einspruch erheben würde, aber sie schwieg. Offensichtlich hatten ihr die Ereignisse im Labor genug Angst eingejagt, dass sie sich fügte.

23

SYSSI

Der Albtraum war zurück.

Panisch rannte Syssi vor einem Rudel geifernder Wölfe davon. Der Mond war von dichten Wolken und dem Blätterdach hoher Bäume verdeckt, sodass nur wenig Licht auf den Weg fiel und er fast unsichtbar war.

Syssi folgte ihm und betete, dass sie nicht stolpern und stürzen würde.

Sie war ganz allein in der unheilverkündenden Dunkelheit. Die roten Augen der riesigen Monster glühten hinter ihr und ihre Zähne schnappten direkt hinter ihr zusammen. Sie war wehrlos.

Bald würde sie nicht mehr weiterlaufen können und dann würden sie sie kriegen. Sie in Stücke reißen.

Wie bin ich hierhergekommen?

Warum jagen sie mich?

Während sie rannte, liefen ihr Tränen der Verzweiflung über die Wangen, als sie in der Ferne etwas entdeckte, dass ihr einen Funken Hoffnung gab. Verborgen in den tiefen Schatten eines Baumes stand eine Gestalt, bei der es sich um einen hochgewachsenen Mann zu handeln schien.

„Hilf mir!“, rief Syssi ihm zu. Keine Reaktion.

War er überhaupt echt? Oder spielte ihr Verstand ihr einen

Streich? War sie so verzweifelt, dass sie in vage menschenförmigen Felsen und Büschen einen Mann erkennen wollte?

Aber welche Wahl hatte sie schon.

Entweder sie fand Hilfe oder sie würde eines grausigen Todes sterben.

Sie hatte nichts zu verlieren, wenn sie die Richtung wechselte und auf die Gestalt zulief. Falls sie sich geirrt hatte, würde sie einfach weiterrennen. Bis sie nicht mehr konnte.

Doch als sie näherkam, wurde deutlich, dass sie sich den Mann nicht eingebildet hatte. Hoffnung und Erleichterung durchfluteten Syssis Körper.

„Hilfe!", schrie sie erneut. Aber er ignorierte sie und fixierte stattdessen die sich nähernden, roten Augen.

„Hilf mir, verdammt noch mal!" Syssi schüttelte seinen Arm und zwang ihn, sie anzusehen.

Endlich wandte er sich ihr zu und richtete seinen durchdringenden Blick auf sie. „Du musst nicht schreien, Syssi. Tritt hinter mich." Er wandte sich wieder den rasch näherkommenden Wölfen zu.

Woher wusste er ihren Namen? Kannte sie ihn? An einen Mann wie ihn hätte sie sich sicher erinnert. Er war atemberaubend schön.

Wie seltsam, so etwas in einem Augenblick wie diesen zu bemerken. Egal. Er wird mir helfen.

Sie verbarg sich hinter seiner breiten Gestalt und sah zu, wie die Wölfe aus den Bäumen schossen und sie knurrend einkreisten. Von ihren grauenvollen, gelben Zähnen triefte übelriechender Speichel.

Der Mann hob die Hände und erwiderte das Knurren der Wölfe, wobei er ein paar gewaltige, vor Gift tropfte Fangzähne entblößte.

Gift?

Wie kam sie darauf, dass es sich um Gift handelte?

Oh, logisch. Dort, wo die Tropfen auftrafen, zischte der Boden.

Mit eingezogenen Schwänzen zogen die Wölfe sich sabbernd und ihren Retter anknurrend zurück.

„Haut schon ab, ihr räudigen, feigen Hunde! Jetzt seid ihr nicht mehr so mutig, was?“, verspottete sie die Wölfe von ihrem sicheren Platz hinter dem Rücken des Mannes.

Die Wölfe drehten sich um und flüchteten ins Dickicht, sodass sie mit dem Fremden allein zurückblieb.

„Danke. Du hast mir das Leben gerettet. Ich möchte nicht einmal darüber nachdenken, was passiert wäre, wenn du mir nicht geholfen hättest.“ Syssi lächelte ihn an. Der Mann war so groß, dass sie den Hals verrenken musste, um zu ihm aufzusehen.

„Du solltest weiterlaufen, Syssi. Die Wölfe fürchten mich aus gutem Grund. Ich bin selbst ein Monster.“ Er bleckte die Zähne.

Wollte er ihr etwa Angst einjagen? Sie fürchtete sich nicht vor ihm.

„Warum rennst du nicht weg?“, fragte er, als sie sich nicht rührte.

„Wie kannst du so etwas behaupten? Du bist kein Monster, sondern ein Held!“ Syssi reckte sich auf die Zehenspitzen und küsste ihn auf den Mund.

„Bist du verrückt? Was tust du da? Das Gift wird dich verätzen!“ Der Mann legte einen Daumen auf ihre Lippen und wischte sie energisch ab.

„Dein Gift schadet nur den dämonischen Wölfen. Ich finde es wundervoll.“

Sie leckte sich die Lippen und lud ihn schüchtern lächelnd ein, sie erneut zu küssen.

„Du hast keine Ahnung, was du da verlangst“, knurrte er mit drohendem Blick und zeigte erneut seine Zähne.

Dann legte sich ein schmales, schreckliches Lächeln um seine Lippen und er senkte halb die Lider. „Möchtest du diese Zähne in deinem Hals spüren? Möchtest du, dass ich dich beiße?“ Es klang mehr nach einem Versprechen als nach einer Drohung.

„Wird es wehtun?“, fragte Syssi kleinlaut.

„Ja, das wird es. Aber es wird dir auch intensive Lust schenken. Ist dir nach einem Abenteuer zumute?“ Er neigte den Kopf und brachte die Lippen dicht an ihren Hals. Er berührte sie nicht, sondern drohte nur.

„Dann will ich, dass du es tust“, flüsterte Syssi und strich sich das Haar beiseite, damit er besser an sie herankam. Und dennoch, ungeachtet ihrer tapferen Worte beschleunigte sich ihr Herzschlag und sie schloss die Augen. Ihre Erregung war durchsetzt von Angst.

„Warum?“, raunte er ihr ins Ohr und strich sacht mit den Lippen über ihren Hals.

„Weil ich möchte, dass du mich liebst“, platzte es zu Syssis Schock heiser aus ihr hervor.

Hey, immerhin ist es mein Traum …

Ja, ihr ging auf, dass es sich nur um einen Traum handelte.

Gut. In ihrer Fantasie konnte sie so dreist sein, wie sie wollte.

„Ich weiß nicht, wie.“ Er wandte sich ab.

Ungläubig keuchte Syssi auf. „Hast du das denn noch nie gemacht?“ Es war unvorstellbar, dass ein Mann wie er nicht ständig Angebote von Frauen bekam. Sein Zölibat konnte nur religiöse Ursachen haben, vielleicht war er Priester. Oder ein Mönch. Nur schien das nicht zu ihm passen.

„Es ist so lange her, dass ich vergessen habe, wie es geht.“ Er klang niedergeschlagen.

Zumindest war er keine Jungfrau. Aber sie war neugierig, warum er sich entschieden hatte, enthaltsam zu bleiben. „Hast du Enthaltsamkeit geschworen? Bist du in ein Kloster eingetreten?“

Aber dann, als sie darüber nachdachte …

Moment mal! Es gibt noch eine andere Erklärung. Was, wenn er nicht kann? Was, wenn er ein Problem hat und ich alles nur schlimmer für ihn mache?

Da war sie wohl ins Fettnäpfchen getreten.

Mit einem finsteren Lächeln auf seinem hübschen Gesicht neigte er den Kopf, um ihr in die Augen zu sehen. „Nein, ich habe nicht enthaltsam gelebt. Ich bekomme genug Sex, nur nicht von der Art, die man als *lieben* bezeichnen könnte“, antwortete er sarkastisch.

„Oh …“ Was sollte sie dazu sagen? Obwohl sie glaubte, die Antwort zu kennen, fragte sie dennoch. „Worin liegt der Unterschied?“

Sein lüsterner Ausdruck kam ihr aus irgendeinem Grund bekannt vor. Waren sie sich schon einmal begegnet? Sie hätte sich sicher an ihn erinnert. Er war nun wirklich nicht die Art Mann, die sie vergessen könnte.

„Das eine ist die verliebte Turteltäubchen-Variante, die einem Mädchen wie dir gefallen würde. Die Art, die man mit jemandem hat, der einem etwas bedeutet. Das andere ist nur ein Fick, grob und heftig, manchmal so heftig, dass es wehtut. Aber es ist dir scheißegal, weil der Schmerz so guttut. Nichts, was einem braven Mädchen wie dir gefallen würde oder was du dir wünschst." Er warf ihr einen hochmütigen, herablassenden Blick zu.

Für wen hielt er sich, einfach Vermutungen über sie anzustellen? Selbst wenn sie wahr waren? Er hatte trotzdem kein Recht dazu.

„Woher willst du das wissen? Du weißt nichts über mich", protestierte sie. „Du kannst nicht einfach Vermutungen anstellen, was ich weiß oder will."

„Schön und gut, auch wenn ich es wissen sollte, weil ich in deinem Kopf bin. Aber ich frage dich trotzdem: Was möchtest du, Syssi?"

War das nicht die große Frage? Was wollte sie? Nachdenklich biss sie sich auf die Unterlippe und sah hinab auf ihre Füße, als plötzlich eine Erinnerung in ihr hochstieg und sie mit brennendem Verlangen erfüllte.

Syssi entsann sich, an eine Wand gepresst zu werden. Wie ein Mann ihr Haar festhielt und gerade stark genug daran zog, um einen stechenden Schmerz zu erzeugen, der sie zur Raserei trieb. Er küsste sie, rieb sich an ihr, seine Wildheit und Kraft sorgten dafür, dass sie feucht wurde und nach ihm hungerte. Sie hatte ihn gedrängt, weiterzumachen, aber er hatte sich ihr entzogen und sie unbefriedigt zurückgelassen.

Er war es gewesen! Derselbe Mann …

Warum konnte sie sich nicht an seinen Namen erinnern? Cain? Kaen?

„Ich erinnere mich an dich. Du hast mich geküsst. Es war genauso, wie du es beschrieben hast: grob, heftig, ein wenig schmerzhaft. Es war ein fantastischer Kuss und ich wollte verdammt noch mal mehr. Aber du hast aufgehört und mich einfach stehen lassen. Trotzdem hast du geguckt, als würdest du es bereuen, mich gehen zu lassen. Und ich wusste, dass ich dir etwas bedeute."

Wow, wer war diese Frau, die von ihr Besitz ergriffen hatte, und sich so offen äußerte?

Cain, oder wie immer er hieß, musterte sie wie einen leckeren Happen und zeigte lächelnd seine Zähne. „Dir gefällt es, wenn sich ein bisschen Schmerz in deine Lust mischt, nicht wahr, du verdorbenes Mädchen?"

Syssi dachte kurz nach. „Ich schätze, es ist, als würde man eine Mahlzeit würzen, die sonst fade schmecken würde … Ich mag kein fades Essen."

Okay, diese Umschreibung rettete sie. Sie würde auf keinen Fall deutlicher werden. Nicht einmal im Traum.

„Das haben wir gemeinsam. Ich mag auch kein fades Essen."

Zog er sie auf? Sie blickte zu ihm auf und musterte seine Miene.

Nein, tat er nicht. Wenn möglich, schien es ihn sogar noch mehr nach ihr zu hungern als zuvor. Und seine offene Lust entfachte ein Feuer in ihr.

Syssi spürte, dass sie feucht wurde. Benommen kam ihr in den Sinn, dass sie nie verstanden hatte, warum einem vor Lust schwindelig werden sollte, bevor sie es selbst erlebte. Als ihr die Beine wegsackten, verhinderte er ihren Sturz, indem er sie um die Taille packte und fest an seinen Körper zog. Für einen langen Moment sah er ihr nur in die Augen. Sein Blick war so gierig und dennoch unsicher, seine Lippen geschlossen und fürs Erste außer Reichweite.

Sie würde sterben, wenn er sie nicht küsste. Oder ihm die Augen auskratzen, dass er sie so hinhielt. Oder zumindest eines.

„Wag es nicht …", begann sie.

Er verstand sie falsch und zog den Kopf weg. „Küss mich!", verlangte sie.

Ein kleines Lächeln erhellte seine beängstigende Miene. „Entscheide dich, Süße. Möchtest du jetzt geküsst werden oder nicht?"

„Wag es nicht, mich nicht zu küssen."

Er hob die Brauen und grinste. Nun, da seine langen Fangzähne ganz zu erkennen waren, sah er teuflisch aus. Sie hätte Angst haben sollen, hatte sie jedoch nicht. Wenn überhaupt, fühlte sie sich von ihrem Anblick zutiefst erregt.

Er sog die Luft ein und senkte für einen Moment die Augenlider, als wäre ihm ein köstlicher Duft in die Nase gestiegen. „Du bist ein lüsternes, kleines Ding, nicht wahr? Und so fordernd."

Oh, um Gottes Willen, wollte er sie zum Betteln bringen?

Egal, es war nur ein Traum, nicht wahr? Niemand würde es je erfahren.

„Bitte küss mich …", hauchte sie und öffnete einladend die Lippen.

Mit dem Arm nach wie vor um ihre Taille vergrub er die freie Hand in ihrem Haar. Er schloss die Faust darum, um sie festzuhalten, und senkte die Lippen auf ihre.

Wie in Zeitlupe sah Syssi ihn auf sich zukommen. Es war ihr unmöglich zu atmen und sie glaubte, ihr Herz wäre stehen geblieben. Sie würde sterben. Genau jetzt und hier, in diesem Traum. Aber es kümmerte sie nicht. Nichts zählte, nur dieser Mann und das, was er sie spüren ließ. Sie brauchte ihn dringender als den nächsten Atemzug. Oder Herzschlag.

Als sich ihre Lippen endlich trafen, war ihre Erleichterung so allumfassend, dass ihr schwindelig wurde. Allerdings merkte der Teil von ihr, der noch klar denken konnte, an, dass das auch mit dem Sauerstoffmangel zu tun haben konnte.

Anfangs nahm er ihren Mund ganz sanft in Besitz, sogar unerwartet zärtlich, aber dieser Zustand hielt kaum mehr als eine Sekunde an.

Sie spürte das hungrige Grollen in seiner Kehle mehr, als dass sie es hörte. Und als er es ausstieß, brach seine Selbstbeherrschung in sich zusammen und er fiel über sie her. Mit der Zunge eroberte er ihren Mund, der Griff um ihr Haar verstärkte sich, sodass sie ihn bis in die Wurzeln spürte, und die Finger seiner anderen Hand gruben sich tief in ihre Haut.

Sie hätte Schmerzen empfinden und sich unwohl fühlen, aber ihr Körper verwandelte seine Grobheit in sinnliche Hitze.

Syssi verdrehte die Augen und das atemlose Stöhnen, das ihr entfuhr, glich keinem Laut, den sie je zuvor ausgestoßen hatte. Es hätte ihr peinlich sein müssen, aber es war ihr vollkommen egal.

Ihr düsterer Fremder verwandelte sie in gedankenloses, reines Verlangen.

„Dann bringe ich besser zu Ende, was ich angefangen habe. Es wäre sehr unhöflich von mir, eine Dame zu enttäuschen, meinst du nicht auch?“, flüsterte er, als er sie auf … ein Bett? … sinken ließ.

Oh, die wunderbare Welt der Träume.

Auf einen Ellbogen gestützt ragte er über ihr auf und sah ihr in die Augen, während er die Hand unter ihr T-Shirt schob, eine schmerzende Brustwarze fand und sie langsam mit dem Daumen umkreiste.

Syssi wölbte den Rücken. Ihr T-Shirt und ihr BH lösten sich auf wundersame Weise auf, als sie ihm mehr von sich anbot.

Ohne den Blickkontakt zu unterbrechen, neigte er den Kopf und nahm einen ihrer Nippel zwischen die Lippen, saugte zärtlich daran, während er mit dem Daumen die andere Brustwarze umspielte.

Die Lust war so berauschend, dass sie sich wie eine auf Spannung stehende Spirale in ihr anfühlte, die jeden Moment explosionsartig auseinanderschnellen würde.

Syssi hob keuchend das Becken, ihre Säfte flossen. *Mehr*, flehte sie lautlos. *Ich brauche mehr.*

Als wollte er ihre stumme Bitte beantworten, spürte sie, wie er mit einem Zahn über die Brustwarze kratzte, bevor er sie sanft umschloss. Und trotzdem ertönten keine Alarmglocken in ihrem Innern. Sie fürchtete sich nicht. Sie vertraute darauf, dass ihr traumhafter Liebhaber ihr nicht wehtun würde … Na ja, das stimmte nicht ganz … Sie vertraute darauf, dass er ihr im besten Sinne wehtun würde.

Während er mit stumpfen Zähnen leichten Druck auf ihre empfindliche Brustwarze ausübte, nahm er die andere zwischen Daumen und Zeigefinger und zog.

Sie wimmerte. Der scharfe Schmerz öffnete die Fluttore zwischen ihren Beinen. Sie konnte sich nicht entsinnen, jemals so feucht gewesen zu sein, dass ihr Höschen durchnässt war und ihr die Säfte die Oberschenkel entlanggelaufen wären. Und doch schämte sie sich weder noch war sie nervös.

Stattdessen empfand sie unerwartete Freude.

Die Freude herauszufinden, dass sie solche Lust erleben konnte, dass es jemanden gab – und sei es auch nur in ihren Träumen –, der um das Geheimnis wusste, ihre innigsten Wünsche zu erfüllen.

Aus verschleierten Augen sah er auf sie herab, hielt den Druck konstant, bevor er ihn nach und nach verstärkte, bevor es fast zu viel wurde …

Schreiend kam Syssi. Ihr Becken hob sich zuckend vom Bett, als ihr Orgasmus machtvoll durch sie hindurchpeitschte und ihren ganzen Körper erschütterte.

Als das Beben nachließ, griff sie nach Kian. Sie versuchte, ihn dazu zu bringen, ihren zitternden Körper mit seiner Wärme und Stärke zu umhüllen.

Sich mit ihr zu verbinden.

Kian. So lautete sein Name. Sie erinnerte sich wieder.

„Shh … Schon gut." Er widerstand ihrem Griff, streichelte und leckte ihre empfindlichen Brustwarzen und vertrieb den Schmerz.

Als er den Kopf hob, wirkten seine harte Zügen weicher und in seinem Blick zeigte sich Bewunderung. Während er ihr feuchtes Haar streichelte, beugte er sich zu ihr und küsste sie zärtlich und liebevoll auf die Lippen.

„Du bist ein Schatz, mein wunderschönes Mädchen", sagte er. Dann verschwammen seine Züge, lösten sich auf …

„Warte! Geh nicht weg!" Syssi bekam es mit der Angst zu tun. „Lass mich nicht allein … Ich will dir auch Lust schenken …"

Er war schon fast verblasst … „Hast du doch, meine süße Syssi."

. . .

Keuchend fuhr sie hoch. Ihr Gesicht war heiß, sie war am ganzen Körper verschwitzt und ihr Höschen war nass.

Es war nur ein Traum gewesen. Es war nicht echt.

Ein verzehrendes Gefühl von Verlust und Enttäuschung brach über ihr zusammen, sodass Syssi sich zusammenrollte und ihre Knie mit den Armen umschlang.

Der herrlichste Sex, den sie je erlebt hatte, war nichts als ein Traum gewesen. Eine Fantasie.

Gott, wenn das Vorspiel bereits gereicht hatte, um ihr einen so erschütternden Orgasmus zu verschaffen, wie wäre der richtige Akt denn gewesen?

Konnte sie sich das auch nur vorstellen? Davon träumen?

Vermutlich nicht. Wie sollte sie?

Ohne diesen kleinen Vorgeschmack, wie es sein könnte, würde sie nicht einmal wissen, wonach sie sich sehnen sollte, geschweige denn nach mehr.

Gab es so etwas in Wirklichkeit überhaupt? Sie würde es nie erfahren, oder?

Oh Gott, wie sehr sie sich nach dem Liebhaber aus ihren Fantasien sehnte – nach dem Mann aus ihren Träumen.

Wenn sie Glück hatte, würde sie erneut von ihm träumen. Das war alles, was sie sich erhoffen konnte.

24

KIAN

Zurück in seiner Wohnung warf Kian die Zeremonienrobe auf einen der Stühle am Küchentresen und ging zur Bar. Zu aufgewühlt, um sich ins Bett zu legen, schenkte er sich einen Drink ein und ging damit hinaus auf die Terrasse. Nachdem er es sich auf einem der Liegestühle bequem gemacht hatte, nahm er eine Zigarette aus dem Päckchen, das er dort hatte liegen lassen, zündete sie an und inhalierte genüsslich.

Während er beobachte, wie der Rauch aufstieg und im dunklen Himmel verschwand, wanderten seine Gedanken zu Syssi. Ihren unschuldigen, hoffnungsvollen Gesichtsausdruck, als er zum ersten Mal ihr Gesicht hinter dem Vorhang ihrer wilden Mähne hatte auftauchen sehen. Wie sich ihr Körper an seinem angefühlt hatte, als sie im Wagen an ihn gelehnt geschlafen hatte, ihre Wange auf seiner Brust.

Dieser Kuss …

Obwohl er nur wenig Zeit mit Syssi verbracht und sie kaum einmal gekostet hatte, fühlte sich ihre Abwesenheit an, als würde etwas Entscheidendes in seinem Leben fehlen, und er ahnte, dass er nie wieder in jenen betäubten Zustand zurückkehren konnte, in dem er so lange verharrt war.

Aber welche Wahl blieb ihm schon? Er musste sich von ihr fernhalten und irgendwie versuchen, sie zu vergessen. Dummerweise würde ihm das weniger leichtfallen als ihr. Schließlich konnte er kaum seine eigenen Erinnerungen manipulieren.

Seufzend zog er erneut an der Zigarette und fragte sich, ob sie noch schlief, und falls ja, ob sie von ihm träumte.

Da Erinnerungen nie ganz ausgelöscht, sondern lediglich hinter die Barriere verdrängt wurden, die das Bewusstsein vom Unterbewusstsein trennte, mochte sie in ihren Träumen an ihn denken. Oder ihn vielleicht in ihren Fantasien wachrufen.

Er hoffte es.

Er würde an sie denken und von ihr träumen. So viel stand fest.

Einige Zeit später erwachte Kian. Ihm war bitterkalt und er war steinhart. Offensichtlich war er draußen auf dem Liegestuhl eingeschlafen.

Das war mal ein Traum.

Wie wenig gereicht hat, um sie explodieren zu lassen ...

Nur in deinen Träumen, Kumpel ... So gut bist du nun auch wieder nicht, dachte er belustigt. Aber es hatte sich so echt angefühlt ...

Sie hatte sich so echt angefühlt ... so gut.

Das Mädchen quälte ihn selbst in seinen Träumen.

Er musste sich von dieser Besessenheit von einer Frau, die er nie wiedersehen würde, befreien. Wenn er auch nur einen Funken Selbstrespekt und einen unbefleckten Punkt in seiner dunklen Seele behalten wollte, würde er sich von ihr fernhalten.

Verdammt, manchmal schien der Preis, das Richtige zu tun, einfach zu hoch zu sein. Aber seinem Verlangen nachzugeben und sie sich zu nehmen, wäre praktisch dasselbe wie Fahrerflucht. Oder besser gesagt: Vögelflucht.

Es lasteten schon genug Schuldgefühle auf seinem Gewissen. Verdammt, er hatte genug Schuld angehäuft, um einen ganzen See zu füllen.

Kian ließ den Kopf hängen und seufzte. Sein Atem zeigte sich in der kalten Luft als Nebel.

Wenn Syssi nur nicht so lieb und naiv wäre, wenn sie eines der Mädchen wäre, die sich in den von ihm besuchten Nachtclubs nach einem One-Night-Stand umsahen, hätte er sie sich ohne Reue genommen und am nächsten Tag vergessen. Aber andererseits war ihre liebliche Naivität genau der Grund, warum sie für einen Mann wie ihn unwiderstehlich war.

Für einen Mörder mit finsterer Seele.

Gott wusste, wie viele in seinen Händen ihr Leben ausgehaucht hatten. Und es war nicht von Bedeutung, dass er lediglich getötet hatte, um seine Familie zu beschützten.

Anfangs hatte er Albträume gehabt, doch je häufiger er getötet hatte, desto mehr von seiner Seele war in sich zusammengefallen und abgestorben. Eines Tages war ihm bewusst geworden, dass es ihm nichts mehr ausmachte, ein Leben zu beenden. Es kümmerte ihn nicht mehr.

In seiner Seele befand sich eine finstere Leere, die sich nach Syssis Licht sehnte. Das Problem war nur, dass dieses Vakuum so gewaltig war, dass es sie verschlingen und dennoch nach mehr verlangen würde. Und das lange, nachdem sie alles aufgezehrt hatte, was Syssi ihm geben konnte.

Er konnte das nicht tun.

Syssi war eine verbotene Frucht.

Eine frische, süße, wohlschmeckende Frucht.

Besser, er hielt sich an das leicht überreife, oft schon verdorbene Angebot, das er gewöhnt war. Das war weniger köstlich, brachte aber weniger Schuldgefühle mit sich.

Doch ein Blick auf seine Armbanduhr verriet ihm, dass es bereits zwanzig nach vier am Morgen war. Zu spät, um auf der Suche nach Sex durch Bars und Clubs zu ziehen.

Resigniert ging er hinein. Er freute sich nicht gerade auf die kalte Dusche, die ihm bevorstand.

25

DALHU

„Es tut mir leid, Sir. Ich habe mein Bestes gegeben. Die Wächter waren unbesiegbar. Ich habe noch nie jemanden so kämpfen sehen. Ich wäre geblieben, um bis zum Tod zu kämpfen, aber ich dachte, Sie würden gern erfahren, was passiert ist." Der Kerl war kurz davor, sich in die Hose machen, und das mit Recht.

Bei dem gescheiterten Versuch, der Professorin habhaft zu werden, hatte Dalhu zwei der drei Männer verloren, die er losgeschickt hatte. Und der wertlose Feigling, dem die Flucht gelungen war und nun von dem Fiasko berichten konnte, lebte nur noch, weil Dalhu nur noch zehn Krieger inklusive ihm selbst zur Verfügung standen. Er konnte sich keine weiteren Verluste leisten.

„Gut gemacht. Abtreten." Es gelang ihm zu sprechen, ohne dass sein Zorn mit ihm durchging, dann bedeutete er dem wertlosen Stück Scheiße, sich zu entfernen.

Er hätte mehr Männer schicken sollen. Verdammt, er hätte selbst gehen sollen.

Wenn du etwas erledigt sehen willst, tu es selbst, wie man so schön sagte.

Drei Männer hätten mehr als genug sein sollen, um eine einzige Frau gefangen zu nehmen.

Eine sehr schöne, unsterbliche Frau ...

Dalhu nahm den eingerahmten Artikel zur Hand, den seine Männer im Haus des Programmierers gefunden hatten. Während er das hinreißende Gesicht der Professorin betrachtete, lobte er den Redakteur des Wissenschaftsmagazins, dass er den größten Teil der Seite für ihr herrliches Bild genutzt und ihrer Forschung nur wenige Absätze gewidmet hatte. Kluger Mann.

Die Tatsache, dass das Foto mit den Worten *Für meinen Schatz Mark* signiert war, hatte Dalhu vermuten lassen, dass Dr. Dokani eine weitere Unsterbliche war. Eine schnelle Recherche im Internet hatte nur wenig Hinweise auf die kaum bekannte Wissenschaftlerin und ihr sehr spezielles und nicht sonderliches beliebtes Studiengebiet ergeben. Das bewies, dass Dr. Amanda Dokani keine Berühmtheit war.

Dadurch sah Dalhu seine Annahme bestätigt, dass sie dem Kerl in irgendeiner Weise wichtig gewesen sein musste. Sonst hätte es kaum Sinn ergeben, dass dem Programmierer ihr signiertes Foto genug bedeutet hatte, um es einzurahmen und auf seinen Schreibtisch zu stellen, wo er es bei der Arbeit ständig vor Augen hatte. Und der Scheißkerl war schwul gewesen, sodass sie garantiert nicht seine Freundin gewesen war oder er sich das Bild hingestellt hatte, weil er in ihr hübsches Gesicht vernarrt gewesen war.

Die Professorin gehörte zur Familie.

Auch, wenn das Auftauchen der Wächter im Labor eine hässliche Überraschung gewesen war, hatte es ihm gleichzeitig den Beweis geliefert, dass seine Annahme richtig war. Dr. Dokani war eine Unsterbliche aus Annanis Clan. Nicht nur das. Da sie unter dem Schutz der Wächter stand, musste sie wichtig sein.

Scheiße! Er hätte selbst gehen sollen.

Dalhu verzog das Gesicht zu einer hässlichen Grimasse, als der bittere Geschmack des Versagens ihm die ausgelassene Stimmung nach dem gestrigen Sieg nahm. Wenn ihm bessere Krieger zu Verfügung gestanden hätten, wäre sie jetzt in seinem Gewahrsam. Aber die minderwertige Truppe, mit der er arbeiten musste, hatte den zu ihrem Schutz abgestellten, überlegenen Kriegern nichts entgegenzusetzen gehabt.

Ach, scheiß drauf.

Immerhin war es noch nie jemandem gelungen, eine der Frauen des Clans gefangen zu nehmen. Kostbar wie sie waren, wurden sie von ihren Männern entschlossen beschützt, und da sie fast unmöglich aufzuspüren waren, hatte der Orden nie eine von ihnen ergreifen können.

Und es fühlte sich trotzdem nach Versagen an. Eine einmalige Gelegenheit, die sie verspielt hatten. Die Professorin in die Finger zu bekommen, wäre der ultimative Coup gewesen …

Verdammt!

Dalhus Ärger gewann Überhand und fachte die Glut, die stets in seinem Bauch glomm, zu einem lodernden Feuer an. Verdammt, er musste ihm Einhalt gebieten, bevor es zu rasendem Zorn anwuchs, der Logik und klares Denken auslöschte und ihn in eine hirnlose Bestie verwandelte.

Fluchend schlug er mit der Faust auf das Sitzkissen neben ihn. Der Bezug riss. Er atmete wiederholt tief durch, um das überwältigende Bedürfnis einzudämmen, erneut zuzuschlagen.

Durch die Nase einatmen, durch den Mund ausatmen, ein und aus … Er zählte bis zehn und während er sich auf seine Atmung konzentrierte, zwang er sich, seine Fäuste zu lockern.

Beruhige dich, nimm das Problem an, such eine Lösung, rezitierte er die drei Stufen der Zornbewältigung, die man ihn in einem Online-Kurs gelehrt hatte. Es dauerte ein paar Minuten, aber schließlich schwand der rote Nebel des Zorns und ein Anflug von Logik kehrte zurück. Ganz allmählich kam er wieder zu Verstand.

Es war nicht weiter wichtig. Es war nicht einmal ein Rückschlag gewesen.

Bereits jetzt hatte sich ihre Mission als weit erfolgreicher erwiesen, als er erwartet hatte. Was als schlichter Vergeltungsschlag geplant gewesen war, um den Fortschritt der Amerikaner in ihrem Krieg gegen die Waffenvernichtungswaffen in den Händen von Navuhs Günstlingen zu bremsen, hatte dem Orden den ersten Volltreffer seit Jahrhunderten gegen den Clan eingebracht.

Dass sie den unsterblichen Programmierer erwischt hatten, war pures Glück gewesen. Dalhus Triumpf. Seine Beute. Es war unter seinem Kommando geschehen.

Sein Stellenwert in der Bruderschaft des Frommen Ordens von Mortdh würde gewaltig steigen.

Selbstzufrieden lehnte er sich auf dem kunstvoll geschwungenen Sofa zurück und legte die Stiefel auf den zierlichen Couchtisch. Er konnte Navuhs Lob bereits auf der Zunge schmecken, auch wenn es ihn ärgerte, dass er sich nach der Anerkennung dieses verlogenen, manipulativen Scheißkerls sehnte.

Dalhu streckte die Arme aus und verschränkte anschließend die Finger hinter dem Kopf. Dann sog er so viel Luft in seine Lungen, dass es ein Wunder war, dass seine Hemdknöpfe nicht davonflogen. Nun, da das Pendel seiner Launen wieder im Aufschwung war, flog er abermals auf den Schwingen seines Erfolgs.

Verdammt, es fühlt sich gut an, das Sagen zu haben.

Nachdem er sich zufrieden in dem elegant ausgestatteten Zimmer umgesehen hatte, kam er sich nicht länger wie ein Eindringling zwischen all dem Luxus vor. Die Villa in Beverly Hills, die er für diese Mission gemietet hatte, war unfassbar exklusiv. Perserteppiche in jedem Raum, dazu beeindruckende Imitate berühmter Kunstwerke und feine Fälschungen französischer Antiquitäten, die mit allerlei Mist verziert waren. Definitiv nicht die richtigen Dimensionen für einen riesigen Kerl wie ihn, aber es gefiel ihm trotzdem. Er könnte sich daran gewöhnen, König seines eigenen Schlosses zu sein.

Es war eine nette Abwechslung von den Trainingsanlagen und Schlachtfeldern, die er gewohnt war. Leider war seine luxuriöse Unterbringung nicht von Dauer.

Nicht, dass es in ihnen in ihrer derzeitigen Basis an irgendetwas mangelte … Wenn er nur darüber hinwegsehen könnte, dass es keine verdammte Privatsphäre gab und dass ihm abgesehen von der Kleidung und seinen Waffen nichts wirklich gehörte.

Navuh sorgte für seine Söldnerarmee. Sie wurden anständig bezahlt, ordentlich untergebracht, bestens verpflegt und bekamen ausreichend Sex.

Die kleine tropische Insel, die sich kaum von den vielen anderen winzigen Inseln im Indischen Ozean unterschied, bot ihnen die perfekte Umgebung. Das dichte Blätterdach des Dschungels verbarg ihre Trainingsanlagen vor Flugzeugen und Satelliten. Da ihre Quartiere und die übrigen Einrichtungen unter der Erde lagen, ahnte niemand, dass auf der Insel tausende Krieger beheimatet waren.

Tiefe, felsige Klippen verhinderten, dass man ihre Seite der Insel mit dem Boot erreichen konnte, und der Dschungel machte einem Flugzeug die Landung so gut wie unmöglich. Der einzige Weg zu ihrer Basis bestand aus einem geheimen Tunnel, der sie mit der anderen Seite der Insel verband und zu einem kleinen Flughafen führte, der von Sterblichen betrieben wurde. Er diente den Männern als Ausgangspunkt für ihre Missionen und zugleich den nichts ahnenden Touristen, die die andere Seite der Insel besuchten.

Aus offensichtlichen Gründen standen die sterblichen Piloten zu hundert Prozent unter ihrer geistigen Kontrolle und Dalhu fragte sich oft, wie sicher es letztendlich war, mit ihnen zu fliegen.

Die Flugzeuge für den Passagier- und Warenverkehr hatten keinerlei Fenster und abgesehen von den Piloten kannte niemand außer Navuh und seinen Söhnen die genauen Koordinaten der Insel.

Ihr Geheimnis war bei den Piloten sicher. Der Bann, denen man ihnen auferlegt hatte, war so stark, dass es ausgeschlossen war, dass sie redeten. Egal, was man ihnen antat. Wenn man sie genug unter Druck setzte, würde in ihren Köpfen einfach eine Sicherung durchbrennen. Anschließend wären sie entweder hirntot oder auch ganz tot.

Genau so musste es sein. Da die Insel in zweifacher Weise genutzt wurde, musste ihre genaue Lage extrem gut verborgen bleiben. Ein paar wenigen Privilegierten war sie als Passion Island bekannt, da sich auf der anderen Seite ein sehr exklusives und luxuriöses Bordell befand. Junge, wunderschöne Prostituierte, Drogenabhängige und Ausreißer wurden auf der ganzen Welt gekidnappt und dienten dort den Reichen, Berühmten und Verdorbenen … und Navuhs Männern.

Der Plan war schlicht genial.

Navuh scheffelte tonnenweise Geld mit den Mädchen, während ihm gleichzeitig ein an die Basis angeschlossenen Bordell für die Bedürfnisse seiner Armee zur Verfügung stand.

Dalhu hasste es, es zugeben zu müssen, aber der Göttersohn war ein brillanter Geschäftsmann.

Um die Insel zu einem Erfolg zu machen, wurde sich gut um die *Aktivposten* gekümmert, die ihnen das große Geld einbrachten. Hervorragendes Essen und medizinische Versorgung, Alkohol- und Drogengebrauch unter Aufsicht sowie eine genaue Überwachung verlängerten die normalerweise begrenzte Lebensspanne der Mädchen.

Aber es war dennoch Sklaverei.

Die einzige Alternative der Mädchen zur Prostitution bestand darin, als Hausmädchen, Kellnerin oder Köchin zu arbeiten. Der einzige Weg, die Insel zu verlassen, war ein *One-Way-Ticket* Richtung Himmel oder Hölle, bei dem ihre Leichen zurückblieben.

Vor die Wahl gestellt, ob sie im Haushalt schuften oder sich prostituieren wollten, entschieden sich die meisten dafür, auf dem Rücken liegend zu arbeiten; verführt von den hübschen Privaträumen und den Geschenken ihrer Freier, dank denen sie sich ihre Drogen, Getränke und den ein oder anderen kleinen Luxus leisten konnten.

Das Service-Personal dagegen bekam nur das Nötigste, arbeitete zwölf Stunden am Tag und sechs Tage die Woche und schlief zu viert in einem Zimmer.

Gefangen zwischen der Illusion, eine Wahl zu haben, der Verlockung der Belohnungen und der Angst vor einer Bestrafung taten die Mädchen alles, um ihren Freiern Außergewöhnliches zu bieten. Damit hatten sie sich den Ruf erarbeitet, das Beste zu sein, was man für Geld bekommen konnte.

Navuh war ein Meister in der Kunst der Motivation oder eher Manipulation.

Wenn man genauer darüber nachdachte, erging es den Soldaten nicht viel besser als den Huren. Vermutlich sogar schlechter, da ihr Dienst endlos war. Ihr einziger Ausweg sah nicht anders aus als der der Mädchen. Nur, dass er dank ihrer nahezu unzerstörbaren Natur nicht leicht umzusetzen war. Der schnellste Weg für einen Doomer zu sterben, war auf Navuhs schwarzer Liste zu landen und hingerichtet zu werden; entweder, indem man wie ein Gladiator bis zum Tod kämpfte, durch eine tödliche Dosis Gift oder indem man enthauptet wurde.

Dalhu konnte sich nicht erinnern, dass sich jemals jemand bewusst für diesen Weg entschieden hätte. Auch wenn er über die Jahre oft genug erlebt hatte, dass erbarmungswürdige Bastarde diesem Schicksal erlegen waren.

Verdammt, ihnen waren allen bewusst, dass ihr Leben und Sterben von den Launen ihres Erhabenen Anführers abhing.

So war das nun einmal. So lange sie Navuh brav dienten und den Kopf gesenkt hielten, hatten die Soldaten keinen Grund, sich zu sorgen.

Und auch nichts vorzuweisen.

Wenn Dalhu an seine eigenen knapp achthundert Jahre Dienst dachte, bestand sein Lohn in erster Linie aus Kost, Logis und der Anwesenheit der Prostituierten.

In seinen Augen war seine wahre Belohnung das, was er sich selbst erarbeitet hatte. Das, was er erreicht und gelernt hatte. Das alles hatte er ohne Hilfe oder Anleitung erreicht. Selbst für seine Bildung hatte er selbst gesorgt, indem er sich vor nicht allzu langer Zeit Lesen und Schreiben beigebracht hatte.

Den größten Teil seines Lebens hatte Dalhu in Unwissenheit verbracht, doch damit war jetzt Schluss.

Die meisten Doomer hielten ihre Bezahlung für ihre Dienste für gewaltig, aber Dalhu war klüger. Auch, wenn auf seinem Konto auf der Bank des Ordens Millionen lagen, wusste er doch, dass diese Zahl bedeutungslos war. Er konnte das Geld nicht wirklich nutzen.

Er bezahlte seine Ausgaben mit der *American Express*-Karte der Bruderschaft, die mit seinem Konto geknüpft war. Aber da die Transaktionen regelmäßig überprüft wurden, konnte er sich nur schickes Zeug kaufen und für die Nutzung der Huren der Insel zahlen.

Barauszahlungen waren auf fünftausend Dollar beschränkt

und durften nur während Missionen erfolgen. Nach seiner Rückkehr musste er genau belegen, wie er das Geld ausgegeben hatte.

Den meisten von Navuhs Kämpfern reichte das. Die schlicht gestrickten, gehirngewaschenen Idioten konnten sich gar nicht vorstellen, ihr Geld anderweitig zu verwenden.

Navuhs System war brillant.

Er bezahlte seine Soldaten so gut, dass sie sich wertgeschätzt fühlten und ihm treu blieben. Aber indem er ihnen den Zugang zum eigenen Geld beschränkte, stellte er sicher, dass sie immer wiederkamen. Wenn nicht, ging man davon aus, dass sie tot waren, und das Geld kehrte zu ihm zurück.

Eine Win-Win-Situation für Navuh.

Dalhu hob die Hand und starrte auf die *Patek-Philippe*-Uhr an seinem Handgelenk und den fünfkarätigen Diamantring an seinem Zeigefinger. Allein diesen beiden Stücke waren hundertfünfzigtausend Dollar wert. Er hatte noch eine zweite *Patek-Philippe* und zwei *Rolex*, jede einzelne um die hunderttausend Dollar wert.

Indem er mit dem Kram herumstolzierte, gab er vor, ein großer Liebhaber erlesenen Schmucks zu sein ... Aber dieser angeberische Scheiß hätte ihn kaum weniger interessieren können.

Die Stücke sollten ich, einen Ausweg bieten, falls er einen brauchte.

Wie die gerissene Mätresse eines reichen Mannes häufte er unter dem Deckmantel der Eitelkeit Kostbarkeiten an. Er musste jedoch vorsichtig sein und manchmal jahrelang zwischen den einzelnen Käufen abwarten, um keinen Verdacht zu erregen. Navuh ließ jeden hinrichten, gegen den auch nur der vage Verdacht einer drohenden Desertation vorlag.

Es war nicht viel und Dalhu hatte auch keine konkreten Pläne. Aber er bereitete sich gern so gut wie möglich auf alles vor, was das Leben mit ihm vorhaben mochte, sei es eine unvorhersehbare Katastrophe oder eine großartige Gelegenheit.

Man wusste nie, was der nächste Tag bringen würde.

„Sir, wir sind bereit, den Anruf abzusetzen." Edward, der

Zweite in der Befehlskette, verneigte sich höflich und riss Dalhu aus seinen Gedanken.

Nachdem er sich von der Couch erhoben hatte, streckte er seinen gewaltigen Körper, dann drückte er die Brust raus und hob das Kinn. Dalhu war bereit für seine Belohnung: für eine der wenigen Lobpreisungen Navuhs.

Als er den aufwendig ausgestatteten Medienraum der Villa betrat, nickte er den versammelten Männern zu und ging zu ihrer technischen Ausrüstung. Er versicherte sich, dass alles richtig für die kommende Telefonkonferenz eingerichtet war.

Prüfen, nicht erwarten, war ein guter Rat für jede Führungspersönlichkeit, erst recht, wenn die Untergebenen aus Idioten bestanden.

Mit der Anlage war alles in Ordnung und auch alles andere war bereit. Seine Männer hatten einen großen, mit Teppich ausgelegten Bereich vor dem Bildschirm vorbereitet, indem sie die dick gepolsterten Sessel an die Wände geschoben hatten. Nun gingen sie auf die Knie, um ihrem Herrn Lord Navuh wie vorgeschrieben ihren Respekt und ihre Ergebenheit zu erweisen.

Dalhu ergriff die Tastatur und kniete sich mit seinen Männern im Rücken hin. Dann beobachtete er die Digitaluhr in einer Ecke des Bildschirms. Er schickte die Anfrage für eine Verbindung auf die Sekunde pünktlich ab und wartete darauf, dass sie akzeptiert wurde.

Lange Minuten verstrichen, bevor das Gesicht von Navuhs Sekretär auf dem Bildschirm erschien. „Seid gegrüßt, Krieger. Bitte nehmt für seine Hoheit Lord Navuh Haltung ein."

Die Männer ließen sich nach vorn sinken, bis sie mit der Stirn auf dem Boden lagen und platzierten ihre Hände seitlich des Kopfs, die Handflächen nach unten.

„Unser Erhabener Anführer, Lord Navuh", kündigte der Sekretär an und ließ sie damit wissen, dass sie mit ihrer Andacht beginnen konnten.

Zehn kräftige Stimmen verfielen in einen Sprechgesang.

Ruhm Lord Navuh, dem Weisen und Gerechten

Seiner Führung und Gnade vertrauen wir uns an
In seiner Großzügigkeit leben wir auf
Nach seinem Willen leben und sterben wir
Wir sind als Brüder geeint im Frommen Orden von Mortdh
In seinem Namen ziehen wir in den Heiligen Krieg.

Wie üblich wurde der Gesang dreimal wiederholt. Als er beendet war, rührten die Männer sich nicht, während Dalhu sich auf die Knie erhob und ihren Anführer ansah.

„War deine Mission erfolgreich, Krieger?", fragte Navuh. Dass er Dalhu mit einer Umschreibung ansprach, bedeutete vermutlich, dass er sich nicht die Mühe gegeben hatte, sich seinen Namen zu merken. Dalhus Wut regte sich, aber es gelang ihm, seine Miene reglos und seinen Tonfall respektvoll zu halten.

„Sie war ein beispielloser Erfolg, Herr. Wir haben die Geheimorganisation des Feinds infiltriert und konnte ihren wichtigsten Aktivposten ausschalten, sodass wir effektiv verhindert haben, dass ihr technischer Fortschritt in nächster Zukunft voranschreitet. Doch unser Sieg war ruhmreicher, als wir geplant hatten. Bei dem getöteten Programmierer handelte es sich um einen Unsterblichen. Endlich konnten wir erfolgreich einen unserer wahren Gegner auslöschen. Ich glaube, wir sind der Entdeckung des Hornissennests näher als jemals zuvor. Es wäre meinem Team und mir eine große Ehre, wenn Eure Hoheit uns erlauben würde, vor Ort zu bleiben und sie zur Strecke zu bringen."

Dalhu neigte den Kopf und berührte mit der Stirn den Teppich, während er aufgeregt das ihm zustehende Lob erwartete.

„Das habt ihr gut gemacht, so wie es meinen Nachkommen gebührt. Das ist ein großer Sieg in unserem uralten Krieg gegen die Korruption und Verderbtheit unserer Todfeinde. Für eure Tapferkeit und Treue zum dem Heiligen Krieg gebührt euch Anerkennung. Möge Mortdh eure Hände stärken und eure Herzen verhärten lassen, damit ihr ausziehen und seine Rache zu den Verdorbenen und Bösen tragen könnt."

Sich in Navuhs großzügigem Lob sonnend verfielen Dalhu und seine Männer wieder in Sprechgesang.

Ruhm Lord Navuh, dem Weisen und Gerechten
Seiner Führung und Gnade vertrauen wir uns an
In seiner Großzügigkeit leben wir auf
Nach seinem Willen leben und sterben wir
Wir sind als Brüder geeint im Frommen Orden von Mortdh
In seinem Namen ziehen wir in den Heiligen Krieg

Als der Bildschirm dunkel wurde, sprangen die Männer auf, umarmten sich und klopften sich gegenseitig auf den Rücken.

Dalhu schloss sich ihnen widerwillig an. Als ihr Anführer blieb ihm nichts anderes übrig, auch wenn er nicht an ihren Feierlichkeiten teilnehmen würde. Er dachte und plante bereits im Voraus, etwas, wozu diese Dummköpfe nicht in der Lage waren.

So entsprach es der Art der Doomer. Der Befehlshaber war das Gehirn und seine Untergebenen seine Arme und Beine. Er führte, sie folgten. Er war keiner von ihnen, weder im Herzen noch im Verstand. Sie standen unter ihm, sodass er sie benutzen oder befehligen konnte.

Navuh hatte sich nicht nach Verlusten erkundigt und Dalhu hatte ihm diese Information auch nicht geliefert. Es war auch nicht wichtig. Niemand scherte sich darum. Aber es mangelte ihm an Kriegern, wenn er die Unsterblichen aufspüren wollte.

Sie waren stets schwer zu finden.

Aus der Nähe waren männliche Unsterbliche relativ leicht zu erkennen, weil ein spürbares Kribbeln die Männer gegenseitig auf ihre Anwesenheit hinwies – eine natürliche Warnung vor einem drohenden Kampf.

Eine Frau hingegen war fast unmöglich zu erkennen.

Dalhu war noch nie einer begegnet. Aber er hatte Gerüchte gehört. Angeblich sonderte eine Unsterbliche bei Erregung einen einzigartigen Duft ab, der sich vage von dem sterblicher Frauen unterschied. Aber das setzte voraus, dass er ihr in einer passenden Situation begegnete, und wie hoch war diese Wahrscheinlichkeit schon?

Kein Wunder, dass sie nie eine hatten einfangen können.

Wie würde er vorgehen? Wo sollte er zuerst suchen?

Er war bereits zu dem Schluss gekommen, dass der Feind in Kalifornien untergekommen war, sowohl in der Bay Area als auch in LA. Der Programmierer und die Professorin mussten zu einem größeren Nest gehören. Aber beide Regionen waren riesig und von Millionen Sterblicher dicht bevölkert.

Er brauchte mehr Hinweise.

Morgen würde er das Labor der Professorin persönlich untersuchen. Nicht, dass Dalhu erwartete, sie dort vorzufinden. Aufgeschreckt vom fehlgeschlagenen Entführungsversuch würde die Professorin es nicht wagen, an die Universität zurückzukehren. Andere hingegen schon, die konnte er befragen. Vielleicht wusste jemand, wo sie wohnte.

Falls sie ihm keine Informationen liefern konnten, würde er auf menschliche Quellen zurückgreifen. Der Universität musste eine Adresse von ihr vorliegen, nicht nur die Postfachanschrift, auf die er überall gestoßen war.

26

SYSSI

Der Morgen kam für Syssi allzu früh. Nachdem ihr Traum sie mitten in der Nacht geweckt hatte, hatte sie sich stundenlang herumgewälzt und war erst wieder eingeschlafen, als die Sonne bereits aufging. Gefühlt nur wenige Minuten später hatte ihr Wecker geklingelt.

Sie fühlte sich benommen.

Die Kopfschmerzen, die im Labor eingesetzt hatten, mussten zu einer ausgewachsenen Migräne geworden sein, inklusive der symptomatischen Verwirrung, die sie manchmal begleitete. So sehr Syssi sich auch bemühte, sie konnte sich nicht entsinnen, wie sie nach Hause gekommen war.

Vage glaubte sie, sich zu erinnern, dass Amanda sie nach Hause gefahren hatte. Anschließend musste sie direkt ins Bett gefallen sein, denn sie trug noch die Kleidung vom Vortag.

Syssi schlurfte ins Bad, zog sie aus und warf sie zur Schmutzwäsche auf den Fliesen, dann stieg sie in die Dusche. Mit gesenktem Kopf ließ sie das Wasser durch ihre Haare rinnen.

Was zum Teufel stimmt mit mir nicht?

Die Benommenheit ließ sich nicht abspülen. Syssi fühlte sich ebenso kraftlos wie der Vorhang tropfnassen Haars, der ihr um den Kopf hing, und tat sich sogar schwer, nach dem Shampoo zu greifen. Mechanisch massierte sie es sich in die Kopfhaut und sah zu, wie der Schaum im Ausguss verschwand.

Der anstrengende Vorgang, sich die Haare einzuschäumen, musste zweimal erledigt werden, gefolgt von einer Spülung, dann einseifen, dann ein Handtuch. Sich die Haare zu föhnen, erschöpfte sie ebenfalls. Sie liebte ihre üppige Haarpracht, aber manchmal machte sie einfach zu viel Arbeit. Sie abzuschneiden, würde ihr das Leben deutlich leichter machen.

Genau. Als würde sie das jemals tun. Ihre Haare war das Einzige an ihr, von dem sie überzeugt war, dass sie schön waren. Der Rest? Das hing von ihrer Laune ab. An einigen Tagen fand sie, dass sie ziemlich gut aussah. An anderen eher nicht.

Ihre niedergeschlagene Stimmung verriet, dass heute einer dieser *Eher nicht*-Tage war. Keine große Sache, sie kam damit klar, nur okay auszusehen und nicht spektakulär.

Wie Amanda.

Syssi hätte nicht mit ihr tauschen wollen. Amandas Schönheit war eine Last. Sie war zu viel des Guten, zu einschüchternd, zu einschränkend, sonderte sie zu sehr von anderen ab. Mit ihrem Selbstbewusstsein und ihrer dramatischen Ader kam Amanda gut damit zurecht, aber Syssi hätte das nicht ertragen. Allein die Blicke hätten sie dazu getrieben, sich in einem Loch zu verkriechen.

Syssi schauderte. Wie kam Amanda mit den lüsternen Blicken und dem Neid zurecht? Wie ging es ihr damit, dass sie jeden, der ihr begegnete, zutiefst einschüchterte?

Irgendwo auf der Skala zwischen *Okay* und *Hübsch* zu stehen, war genau das, womit Syssi sich wohlfühlte.

Sie musterte den Stapel Jeans und verzog das Gesicht. Zu eng. Anschließend richtete sie ihre Aufmerksamkeit auf eine bequeme Yoga-Hose und griff danach. Nicht unbedingt stylisch oder passend fürs Büro, aber sie hatte nicht die Energie, sich in etwas Enges zu quetschen.

Sie komplettierte ihren unprofessionellen Aufzug mit einem schlichten T-Shirt und tapste barfuß zu dem Stück Arbeitstresen, der ihre Küche darstellte, und kochte sich einen Kaffee.

Als sie sich nach wie vor vollkommen übermüdet an den Tisch setzte, erschien ihr die Vorstellung, das Haus zu verlassen und zu Fuß zur Arbeit zu gehen, entmutigend. Sie konnte sich nicht dazu durchringen. Aus irgendeinem Grund köchelte ein unangenehmes Gefühl in ihrem Magen, das sie davor warnte, sich dem Labor zu nähern.

Es musste etwas mit Amanda zu tun haben. Vielleicht lag es an der miesen Laune ihrer Chefin gestern. Die Vorstellung, einen weiteren Tag mit einer grummeligen Tyrannin zu verbringen, war nicht verlockend.

Doch vielleicht hatte es gar nichts mit der Arbeit zu tun. Das Gefühl des Verlusts, das ihrem Traum auf den Fuß gefolgt war, hing ihr immer noch nach und zerrte an ihr wie feuchter, klebriger Schlamm.

Das erklärte jedoch nicht ihre Vorahnung. Das Einzige, was ihrer Meinung nach Sinn ergab, wäre eine Verbindung zu ihrer Vorhersage über Amanda.

Ihr Handy klingelte und Syssi fuhr sie zusammen. Sie meldete sich, ohne vorher auf das Display zu schauen. „Hallo?"

„Syssi, Süße, ich wollte dir nur sagen, dass ich heute nicht ins Labor komme." Amanda stieß ein sehr künstlich klingendes Husten aus. „Ich muss mir etwas eingefangen haben. Du müsstest dich für mich um meine Testpersonen kümmern. Ich schicke dir den Terminplan." Ein weiteres falsches Husten.

„Sicher, kein Problem. Ich hoffe, es geht dir bald wieder gut."

„Danke, Süße. Ich auch. Hoffentlich bin ich spätestens Montag wieder wie neu. Ein Wochenende im Bett wird sicher helfen. Zum Glück ist Freitag, nicht wahr?"

Syssi lachte. „Absolut. Erhol dich gut und denk dran, genug zu trinken."

„Natürlich. Hab dich lieb, Süße. Schönes Wochenende."

„Ich dich auch."

Amanda hatte ihr gewaltig etwas vorgespielt. Eine der Merkwürdigkeiten, die Syssi an ihrer Chefin aufgefallen waren, war, dass sie nie krank wurde. Verflucht, sie wurde nicht einmal müde. Sie war ein Arbeitspferd. Während der letzten Grippewelle hatte das ganze Labor nur dank *Wick Daymed* und Hustenbonbons überlebt, aber nicht so Amanda. Sie hatte ihre Widerstandskraft ihrer Grippeimpfung zugeordnet, aber die hatten auch alle anderen im Labor bekommen.

Wahrscheinlich plante ihre Chefin nur ein langes Wochenende für sich allein. Aber warum hatte sie Syssi deshalb belogen?

Wahrscheinlich, weil sie ein schlechtes Gewissen hatte. Syssi musste sich jetzt um doppelt so viele Testpersonen kümmern. Das war kaum der Rede wert, damit kam sie klar. Aber nicht, bevor sie eine weitere Tasse Kaffee getrunken hatte. Oder zwei.

An der Tasse nippend öffnete Syssi ihren Laptop und begann, ihre E-Mails durchzusehen, als plötzlich Erinnerungen an ihren Traum in ihr Bewusstsein drängten. Sie schob sie beiseite. Sie zu ignorieren war das Beste, was sie tun konnte. Welchen Sinn hatte es, sich mit etwas zu beschäftigen, das nie geschehen würde? Da war es besser, die Fantasie einfach zu vergessen. Sonst würde das wahre Leben im Vergleich immer blass wirken.

Der erotische Traum war wie aus dem Nichts gekommen und hatte sie in ihrer Überzeugung erschüttert, nicht allzu sehr an Sex interessiert zu sein.

Syssi seufzte. Sie wusste nicht mehr, wann sie zuletzt auch nur so etwas Ähnliches wie Leidenschaft für einen Mann empfunden hatte. War es möglich, dass sie ihre Bedürfnisse lediglich unterdrückt hatte, während sie sich unterbewusst doch nach Berührungen gesehnt hatte?

Wie dem auch sei, sie hatte keine Zeit für diesen selbstanalytischen Kram. Sie musste sich auf den Weg machen, wenn sie nicht zu spät kommen wollte.

Widerwillig klappte Syssi ihren Laptop zu und erhob sich. Sie spülte ihre Tasse aus und ging zum Schrank, um sich Schuhe zu holen. Aber als sie nach einem Paar griff, erstarrte sie, erschüttert von einem überwältigenden Gefühl des Grauens.

Etwas Dunkles und Gefährliches lauerte dort draußen. Aber was?

Was zum Henker? Ihr Herz schlug wie wild gegen ihre Rippen an.

In dem Versuch, die Panikattacke zu beenden, suchte sie nach einem vernünftigen Grund, was sie ausgelöst haben mochte. Die Wölfe, die sie im Traum verfolgt hatten, der schreckliche Arbeitstag gestern, die Kopfschmerzen …

Aber gleichzeitig wusste Syssi, dass der wahre Grund ein anderer war. Nur ein einziges Mal in ihrem Leben hatte sie bisher eine solche Panik empfunden.

An dem Abend, an dem ihr Bruder Jacob gestorben war.

Sie hatte damals im Wohnheim gelebt. Ihre Mitbewohnerin Jennifer und Gregg waren dabei gewesen, als die Panikattacke eingesetzt hatte.

Syssi wusste noch, dass sie den Kopf zwischen die Knie geschoben und Schwierigkeiten beim Atmen gehabt hatte, als das Telefon geklingelt hatte. In dem Wissen, dass die Welt nie wieder dieselbe sein würde, nachdem sie den Anruf entgegengenommen hatte, hatte sie es klingeln lassen, um das Unvermeidliche hinauszuzögern.

Irgendwann war Jen an ihrer Stelle drangegangen …

„Syssi, Schatz, es ist dein Bruder." Jen reichte ihr das Handy.

Andrews Stimme war schmerzerfüllt. „Es geht um Jacob", krächzte er mit erstickter Stimme. „Dieses verdammte Motorrad ... Er war sofort tot ..."

Syssi saß wie versteinert da, ohne seine restlichen Worte wahrzunehmen. Sie starrte ins Nichts. Das Leben schien aus ihr heraus zu rinnen und die Kälte breitete sich aus der Tiefe ihres Herzens in ihrem übrigen Körper aus.

Sie verfiel in einen Schock.

Es war nun vier Jahre her und die ersten beiden hatte sie einen Großteil ihrer Zeit mit Weinen verbracht.

Es tat immer noch höllisch weh. Seufzend wischte Syssi sich einige Tränen ab, die ihr aus den fest zusammengedrückten Augen entwischt waren.

Wenn Gregg nicht gewesen wäre, hätte sie es nicht geschafft. Er war während dieser Tortur wunderbar zu ihr gewesen, ein richtiger Lebensretter. Syssi zitterte bei der Vorstellung, dass sie sich ohne ihn all dem Schmerz allein hätte stellen müssen. Er hatte sie stundenlang festgehalten, während sie geweint hatte, hatte dafür gesorgt, dass jemand Notizen in ihren Kursen für sie anfertigte, ihr Essen gebracht, mit ihr geredet und es irgendwie geschafft, sie aus dem dunklen Strudel zu zerren, der sie mit sich gerissen hatte.

Sie fragte sich, ob das in seinem Alter vielleicht eine zu große Belastung gewesen war. Vielleicht war ihre Beziehung damals allmählich auseinandergebrochen.

Konnte sie ihm das wirklich vorwerfen? Welcher Zwanzigjährige wollte schon eine Freundin, die dauernd traurig war? War er vielleicht nur aus Mitleid so lange geblieben? Oder wegen unangebrachter Schuldgefühle?

Was immer dahinterstecken mochte, sie würde ihm ewig dankbar sein, dass er ihr zur Seite gestanden hatte, als sie ihn gebraucht hatte.

Das hatte Andrew nie begriffen, als er ihr vorgeworfen hatte, zu weichherzig zu sein. Nach der Trennung war sie so fertig gewesen, dass ihr Bruder überzeugt war, dass Gregg der übelste Drecksack war, den man sich vorstellen konnte.

Syssi war sich sicher, dass Andrew sich Gregg vorgenommen hätte, wenn sie nicht von ihm verlangt hätte, ihn in Frieden zu lassen. Aber anders als Andrew glaubte, lag das nicht daran, dass sie leicht kleinzukriegen war, sondern daran, dass Gregg für sie da gewesen war, als es darauf ankam. Alles, was zwischen ihnen nicht funktioniert hatte, all ihr Kummer, war dagegen weniger wichtig.

Also ja, er hatte sich manchmal wie ein Idiot benommen und sein Verhalten hatte Narben auf ihrer Seele hinterlassen. Aber nicht so tiefe, als dass sie nicht irgendwann heilen würden.

Das würden sie, da war sie sich sicher. Es gab sie sowieso nur, weil sie es zugelassen hatte. Wenn sie stärker gewesen wäre, wäre Greggs alberne Sprunghaftigkeit einfach an ihr abgeprallt.

Es war ihr nicht leichtgefallen, ihm zu vergeben, und es war auch nicht gleich geschehen. Es hatte eine Weile gedauert, um zu dieser Weisheit zu gelangen.

Sie war monatelang wütend auf ihn gewesen.

Aber diesen Ärger ziehen zu lassen, war einer der größten Gefallen, den sie sich je getan hatte. Es war ein therapeutischer

Vorgang gewesen. Und zu begreifen, dass Gregg sich ihre Vergebung auf bestmögliche Weise verdient hatte, war bei ihrer Heilung entscheidend gewesen.

Syssi wünschte ihm nur das Beste.

Hoffentlich fand er eines Tages die perfekte Frau und wenn es so weit war, hoffte Syssi, dass er sie zu ihrer Hochzeit einladen würde. Und sie würde mit Freuden hingehen und mit ihm feiern. Letztendlich hatten sie vier Jahre lang ihr Leben geteilt und sich als Freunde getrennt. Syssi hegte keinen Groll mehr gegen ihn und ging davon aus, dass für ihn dasselbe galt.

Würde sie ihn auch zu ihrer Hochzeit einladen? Vielleicht.

Syssi war nicht sicher, ob Gregg dieselbe Erleuchtung gefunden hatte wie sie.

Wütend zu sein vergiftete die Seele, und es war nicht leicht zu verzeihen. Aber sie hatte einen Weg gefunden, und zwar nicht nur, was Gregg anging.

Oft genug gab es irgendetwas, für das man dankbar sein konnte. Diese eine Sache zu finden und sich darauf zu konzentrieren, half sehr, um jede Verstimmung abzustreifen.

Syssi kicherte. Das war noch etwas, wofür sie Gregg dankbar sein sollte. Wenn er nicht gewesen wäre, hätte sie diese wertvolle Lektion nie gelernt.

Sie hatte das Gefühl, dass sie diese Technik erneut einsetzen würde. Dass sie ihren Zorn zukünftig wieder loslassen musste, um mit etwas fertig zu werden.

Dummerweise war das keine philosophische Schlussfolgerung. Eher eine Vorhersage.

Na toll.

Syssi ließ sich auf die Couch fallen und bedeckte die Augen mit den Händen. Sie holte tief Luft und dachte an ihre anderen Vorahnungen, sowohl an die großen als auch an die kleinen. Sie konnte sich nicht erinnern, dass eine jemals nicht auf die eine oder andere Weise wahr geworden war.

Sie stand wieder auf, ging zur Arbeitsplatte und nahm das Telefon in die Hand.

„Was ist passiert?", fragte Andrew augenblicklich.

Es war eine solche Erleichterung, seine Stimme zu hören, dass sie wieder auf die Couch sackte. „Noch nichts. Ich hatte nur ein mieses Gefühl und wollte rausfinden, ob es euch allen gut geht."

„Puh, jetzt hast du mir einen Schreck eingejagt. Ich dachte schon, du hättest etwas von Mom und Dad gehört, wenn du so früh anrufst."

„Nein, aber die beiden rufe ich als Nächstes an. Bist du schon bei der Arbeit?"

„Ja, wieso?"

„Wirst du den ganzen Tag dort sein?"

„Ja."

„Gut. Ruf mich an, bevor du nach Hause fährst. Denkst du dran?"

„Kein Problem. Tust mir einen Gefallen und schickst mir eine Nachricht, nachdem du mit Mom und Dad gesprochen hast?"

„Mach ich."

Anschließend rief sie auf dem Telefon ihres Vaters an. Auch in Afrika war alles in Ordnung. Ihre Eltern wollten gerade zu Bett gehen. Und nein, sie hatten nicht vor, in nächster Zeit zu Besuch zu kommen. Syssi schickte Andrew die versprochene Nachricht.

Okay, wer sonst noch? Amanda?

Die Vorahnung musste mit ihr zu tun haben. Vermutlich war sie gerade in Begriff, mit einem ihrer Liebhaber zu einem romantischen Ausflug aufzubrechen, und ihr würde irgendetwas zustoßen. Syssi musste sie anrufen, sie warnen und hoffen, dass ihre Chefin ihrer Warnung Beachtung schenkte.

„Ja, Süße?", meldete Amanda sich. Jeder Anschein ihrer vorgespielten Krankheit war aus ihrer Stimme verschwunden.

„Ich wollte dich nur erinnern, vorsichtig zu sein. Erinnerst du dich an mein mieses Bauchgefühl? Es hat mich gerade schon wieder eingeholt."

Amanda schwieg ein paar Sekunden und als sie sprach, klang sie nicht mehr so gut gelaunt. „Das Wochenende im Bett zu verbringen, scheint mir eine ziemliche gute Strategie zu sein, um Risiken aus dem Weg zu gehen, meinst du nicht?"

„Wenn es das ist, was du wirklich vorhast."

„Ich habe nicht vor, irgendwo hinzugehen."

„Versprochen?"

„Ja."

„Okay, dann pass auf dich auf und werde wieder gesund."

„Mach ich."

Die gute Nachricht war, dass die Panik nachgelassen hatte. Was immer Amanda vorhatte, Syssis Anruf würde dafür sorgen, dass sie in Sicherheit war. Sonst wäre Syssis Angst nicht so schnell verflogen, wie sie sehr genau wusste.

27

AMANDA

Amanda legte auf und verstaute ihr Handy in der Tasche. Syssis Vorhersage musste mit den Ereignissen gestern im Labor zu tun haben. Und ihr Bauchgefühl hielt sich, weil die Erfahrung sie traumatisiert hatte.

Amanda hatte nicht mit Kian gesprochen, seitdem sie ihn gestern mit Syssi allein gelassen hatte. Aber sie war sich sicher, dass er das Mädchen bezaubert hatte, bevor er sie von Okidu nach Hause hatte bringen lassen.

Syssi konnte sich nicht bewusst an die Ereignisse erinnern, aber ihr Körper und ihr Unterbewusstsein schon. Es dauerte eine Weile, bis die Hormone, die in einer gefährlichen Situation ausgeschüttet wurden, wieder abgebaut waren.

Sie würde Okidu fragen, in welcher geistigen Verfassung Syssi gewesen war, als er sie nach Hause gefahren hatte. Möglicherweise hatte ihr machtvoller Verstand ihr geholfen, dem Bann zu widerstehen. Vielleicht war es Kian zwar gelungen, die Erinnerung an das Erlebnis im Labor und sich selbst auszulöschen, aber unter Umständen nicht so gründlich, wie er gedacht hatte.

Amanda zog sich eine Leggings unter dem Schlaf-Shirt an und verzichtete auf Schuhe, als sie quer durch das Vestibül in Kians Penthouse ging. Sie klopfte auch nicht an.

Wenn er sie unbedingt direkt vor seiner Nase haben wollte, wollte sie auch sicher sein, dass sie ihn nervte.

Es befand sich niemand in Wohnzimmer oder Küche, aber sie wusste, dass Kian zu Hause war. Sein Büro war das letzte Zimmer am Ende eines langen Flures, aber auch, wenn sie ihn nicht hören konnte, spürte sie seine Gegenwart.

Allerdings suchte sie nicht nach ihrem Bruder. Noch nicht. „Okidu, mein Lieber, wo steckst du?"

Eine der Türen im Flur öffnete sich und der Butler eilte heran, um sie zu begrüßen.

„Wie kann ich Euch zu Diensten sein, Herrin?"

Gute Frage. Immerhin konnte Okidu Syssi emotionale Verfassung schlecht beschreiben.

„Als du Syssi gestern nach Hause gebracht hast, hat sie da noch irgendetwas gesagt?"

„Meister Kian hat Fräulein Syssi nach Hause gebracht. Ich habe ihm angeboten, es ihm anzunehmen, aber er meinte, er würde sie mit Vergnügen selbst fahren."

Oh, das war gut. Amanda lächelte. Sehr gut sogar. Kian gab sich nie die Mühe, seine bezauberten Partnerinnen nach Hause zu bringen. Genau wie sie Onidu ihre Beute nach Hause oder zu dem Club bringen ließ, in dem sie sie aufgegabelt hatte, erledigte Okidu diese Aufgabe für ihren Bruder. Kian musste etwas für Syssi empfinden.

„Weißt du, ob er sich ihres Verstands angenommen hat, bevor er sie weggebracht hat?"

„Nein, Herrin, ganz sicher nicht. Ich muss davon ausgehen, dass er sich später in ihrer Behausung darum gekümmert hat."

Fantastisch.

Ohne seinen überraschenden Besuch wäre Kian nie gezwungen gewesen, Zeit mit Syssi zu verbringen.

Was Amanda jedoch überraschte, war, dass Syssi Kian so schnell unter die Haut gegangen war – und das, ohne das geringste zu unternehmen, um ihn zu ermutigen oder ihm auch nur zu zeigen, dass sie Interesse hatte. Nicht, dass es nicht offensichtlich gewesen wäre.

Amanda hätte am liebsten einen Siegestanz in Kians Wohnzimmer hingelegt. Doch sie musste noch etwas wissen, bevor sie feiern konnte.

„Okidu, würdest du mir sagen, wann Kian Syssi nach Hause gebracht hat und wann er wieder da war?“ Die Odu verfügten über eine innere Uhr, die alles speicherte. Er konnte ihr den genauen Zeitpunkt von jedem Ereignis nennen, dessen Zeuge er gewesen war.

„Selbstverständlich. Meister Kian ist um sechs Uhr vierundzwanzig aufgebrochen und war um sieben Uhr fünfzehn zurück.“

Amanda tippte sich gegen die Lippen. Das reichte nicht für Sex, aber vermutlich für ein paar Küsse. Sie musste mehr erfahren. Wenn es Kian gelungen sein sollte, Syssi überhaupt nicht anzufassen, würde sie ihre Kompatibilität hinterfragen müssen.

Dass er sie nach Hause gefahren hatte, war ein guter Anfang. Aber zu erfahren, dass sie nicht die Hände voneinander lassen konnten, wäre noch besser.

Laut ihrer Mutter sehnten sich wahrhaft Liebende ständig nacheinander – noch mehr als andere dauerscharfe, normale Unsterblichen-Paare. Aber sie preschte zu weit vor. Kian würde behaupten, dass sie ihre romantischen Fantasien Oberhand über ihr Urteilsvermögen gewinnen ließ. Es gab keinerlei Garantie, dass Syssi eine Schlummernde war, geschweige denn Kians wahre Liebe.

„Danke, Okidu. Das wäre dann alles“, entließ sie ihn, bevor sie den Flur entlang ging.

Er hastete ihr nach. „Herrin, Meister Kian ist mit Meister Shai bei der Arbeit. Er hatte darum gebeten, nicht gestört zu werden.“

Sie legte ihm eine Hand auf die Schulter. „Danke, aber für mich gilt diese Einschränkung nicht.“

„Ja, Herrin.“ Okidu verbeugte sich.

Kians geschlossene Tür bremste sie in keiner Weise. Amanda drückte die Klinke runter und trat ein.

„Guten Morgen, meine Herren.“

Kian musterte ihren Aufzug oder eher das Fehlen desselben

und zog eine Grimasse. „Geh wieder in deine Wohnung und zieh dir etwas an, Amanda."

Vor dem Schreibtisch standen zwei Stühle. Einen besetzte Shai, Amanda nahm auf dem anderen Platz, während sie die beiden hochmütig musterte.

„Was ist los? Gefällt dir mein neuer Stil etwa nicht?"

Es fiel ihr schwer, eine ernste Miene zu bewahren, während die beiden sie verwirrt ansahen. Sie wussten nicht, ob ihre Bemerkung sarkastisch gemeint gewesen war oder ob es ihr ernst war.

Als kluger Mann, der Kian nun einmal war, wusste er, dass er nicht in seinem Element war, und wechselte das Thema. „Was kann ich für dich tun, Amanda?"

Sie lächelte. „Ich wollte mit dir über dein Date mit Syssi gestern reden."

Shais Kopf ruckte hoch und er sah Kian ungläubig an. „Ein Date?"

Kian winkte ab. „Es war kein Date. Das ist nur Amandas verdrehter Sinn für Humor. Würdest du uns kurz entschuldigen, Shai? Ich sage Bescheid, wenn ich hier fertig bin."

Seine Stimme klang kultiviert und höflich, aber sowohl sie als auch Shai hatten den drohenden Unterton bemerkt. Der Unterschied war nur, dass Shai nervös wurde und davonhastete, während Amanda sich süß lächelnd auf die Auseinandersetzung mit ihrem Bruder vorbereitete.

Lasst die Spiele beginnen.

Sie würde ihm Einzelheiten entlocken. Vorher würde sie nicht von ihm ablassen. Kian hatte keine Ahnung, worauf er sich eingelassen hatte, als er darauf bestand, dass sie ins Hochhaus zog.

Sobald die Tür hinter Shai zugefallen war, ließ Kian seine höfliche Maske fallen und knurrte: „Es ist mir egal, auf was für einem Modetrip du bist, aber das hier ist ein Büro. Du wirst dich entsprechend kleiden, wenn du während der Arbeitszeit hier auftauchst. Verstanden?"

Sie klimperte mit den Wimpern. „Natürlich. Aber dann wirst du einen Anschlag mit deinen Bürozeiten an der Tür anbringen müssen. Soweit ich weiß, ist für dich doch rund um die Uhr Arbeitszeit."

Kians Lippen hob sich zu einem kleinen Grinsen. „Dann schätze ich, du wirst immer anständig gekleidet sein müssen, wenn du hier reinschneist."

„Ich habe keine Ahnung, was du für ein Problem hast, Kian. Es ist niemand hier außer der Familie. Warum sollte es dich oder sonst wen kümmern, was ich anhabe?"

„Nach deiner Logik könnte ich in Unterhose oder besser gleich nackt arbeiten."

Amanda konnte nichts gegen das Lachen tun, das aus ihrer Kehle aufstieg. Die Vorstellung, dass ihr eingebildeter Bruder nackt arbeitete, war schlicht zu viel. „Oh, stimmt."

Kian hob die Hände. „Halleluja. Ausnahmsweise gewinne ich mal einen Streit mit dir."

Lass ihn das ruhig glauben. Umso zugänglicher würde er sein. „Siehst du? Man kann doch vernünftig mit mir reden. Übrigens, wie ist es gestern mit Syssi gelaufen?"

Sofort verschloss sich seine Miene. „Gut."

Verdammt, sie würde ihm alles einzeln aus der Nase ziehen müssen. „Ist sie noch länger geblieben, nachdem ich weg war?"

„Nein."

„Worüber habt ihr euch unterhalten?"

„Nichts. Ich habe sie ein paar Minuten später nach Hause gefahren."

Uff. „Warum hast du sie denn selbst hingebracht, statt es Okidu zu überlassen?"

„Worauf willst du mit deinen Fragen hinaus, Amanda? Ich habe zu arbeiten und du vergeudest meine Zeit."

Tja, wenn er wollte, dass sie sofort zur Sache kam, würde sie ihm den Gefallen tun. „Hat sie dir gefallen?"

Ein Anflug von Melancholie huschte über Kians harsche Züge. Er sah sie fest an, doch sein Blick hatte etwas Abwesendes. Amanda hielt die Luft an. Kian würde sie nicht anlügen, aber er war absolut in der Lage, ihr eine Antwort zu verweigern und sie rauszuschmeißen.

„Ja, hat sie." Er warf das Haar zurück und durchkämmte es mit den Fingern. „Ich habe mich aus ihrer Erinnerung gelöscht, inklusive allem, was gestern im Labor und danach passiert ist." Er seufzte. „Ich wünschte, ich könnte für mich dasselbe tun. Es wird mir schwerfallen, sie zu vergessen."

Armer Kian. Er fühlte sich zu Syssi hingezogen, kämpfte jedoch mit aller Macht dagegen an. Und wozu? Aus irgendeinem fehlgeleiteten Gefühl von Ehre? Um einer Definition von Gut und Böse gerecht zu werden, die er selbst festgelegt hatte?

Oder sollte ihr wunderbarer Regent sich davor fürchten, nach fast zweitausend Jahren ohne jegliche Gefühle endlich etwas zu empfinden? In denen er sich in Arbeit und Pflichten vergraben hatte, während er sich an einen Ehrenkodex klammerte, um sich an irgendetwas festzuhalten und nicht endgültig zu verschwinden?

Die Aufgabe, die Amanda sich gestellt hatte, würde schwieriger ausfallen als sie erwartet hatte. Sowohl Syssi als auch Kian hatten sich in eine Rüstung aus Routine und Gewohnheit gehüllt. Sie fühlten sich sicher und heimisch in den elenden kleinen Behausungen, in die sie gekrochen waren, sodass sie jetzt eine Heidenangst hatten, sie wieder zu verlassen.

Vermutlich gab es nur zwei Möglichkeiten, etwas dagegen zu unternehmen. Die eine wäre, ihre sichere Umgebung zu zerrütten. Die andere, sie einer Versuchung auszusetzen, der sie nicht widerstehen konnten.

28

DALHU

So sah also eine Universität aus.

Dalhu schlenderte über die gewundenen Wege zwischen Rasenflächen und Blumenbeeten und beobachtete die kleinen Gruppen junger Menschen, die im Gras lagen. Obwohl ihre Bücher geöffnet waren und Laptops auf ihren aufgerichteten Knien ruhten, unterhielten sie sich eher miteinander, als dass sie lernten.

Für einen kurzen Moment empfand er Neid. Er hatte nie die Gelegenheit erhalten, seine Zeit zum Lernen nutzen – auch nicht für geselliges Miteinander, um genau zu sein. Er wusste nicht, wie man mit Menschen außerhalb der Beziehung von Soldat zu Befehlshaber oder Befehlshaber zu Soldat umging. Er wusste, wie man Befehle entgegennahm oder erteilte, aber nicht, wie man ein Gespräch führte.

Das stimmt nicht ganz.

Das andere, was er meisterhaft beherrschte, war die Kunst der Verführung. Zu seinem Glück musste er dabei nicht viel reden. Seine Art verströmte wirkungsvolle Pheromone, der Frauen nur schwer widerstehen konnten. Er wusste es nicht mit Sicherheit, aber es ergab Sinn. Andernfalls wäre die Leichtigkeit, mit der er Frauen für sich einnehmen konnte, schwer zu erklären gewesen.

Selbst hier an der frischen Luft roch er die plötzliche Lust, die sein Erscheinen in den jungen Frauen auslöste, an denen er vorbeiging. Nachdem er erledigt hatte, wozu er hergekommen war, würde er sich vielleicht eine aussuchen und mit nach Hause nehmen.

Nein, das war eine ganz schlechte Idee. Stattdessen würde er mit ihr in ein Hotel gehen. Ein einzelnes Mädchen in ein Haus voll geiler Unsterblicher zu bringen, bedeutete Ärger. Menschliche Frauen waren zerbrechlich. Sie konnten kaum den Hunger eines einzelnen Unsterblichen befriedigen, ohne Schaden zu nehmen. Selbst Huren hatten Schwierigkeiten, mit ihnen mitzuhalten. Falls er je eine Frau in die Villa in Beverly Hills mitbringen sollte, würde er dafür sorgen, dass auch jedem seiner Männer eine zur Verfügung stand.

Indem er für eine Nacht ein ganzes verdammtes Bordell anmietete.

„Entschuldige." Er zwang sich, das Mädchen anzulächeln, das er angehalten hatte. „Könntest du mir bitte sagen, wo Dr. Amanda Dokanis Labor ist?"

Das Mädchen schob ihre Brille hoch, während sie zu ihm aufsah. Bis ganz nach oben. Er versuchte es erneut mit einem Lächeln.

„Bist du eine Testperson für ihre Testreihe zu übersinnlicher Wahrnehmung?"

„Ja, genau deshalb bin ich hier."

„Worin bist du denn besonders talentiert?"

Im Töten. Darin war er wirklich gut, aber so weit er wusste, hatte er keine weiteren Talente. „In gar nichts."

Sie zuckte die Achseln. „Oh, das weiß man nie. Egal, siehst du das graue Gebäude dort drüben?" Sie deutete mit dem Finger darauf.

Er nickte.

„Die Labore liegen im Keller. In der Nähe des Eingangs sollte ein Gebäudeplan hängen."

„Herzlichen Dank, mein Fräulein." Dalhu neigte den Kopf.

Sie warf ihm einen verwirrten Blick zu. „Gern geschehen."

Er hatte es schon wieder vermurkst. Auf Menschen wirkte er

nicht älter als Anfang dreißig. Er sollte besser aufpassen, wie sie miteinander interagierten, und darauf achten, dass er auf eine Weise reagierte, die seinem vermeintlichen Alter entsprach. Heute Abend würde er amerikanisches Fernsehen schauen und etwas über die gegenwärtige Kultur lernen. Offensichtlich waren die Filme, die er sich in Vorbereitung auf die Mission angeschaut hatte, nicht auf dem neuesten Stand gewesen.

Als er Professor Dokanis Labor erreichte, fand er es eher dürftig. Es war weder groß noch sah es sehr schick aus und es war nur eines von vielen. Das gesamte Untergeschoss des Gebäudes wurde von verschiedenen Laboren eingenommen und überall wuselten Menschen umher. In der Abteilung für Neurowissenschaften wurde viel geforscht und Dr. Dokani war nur eine von mehreren Wissenschaftlerinnen.

„Kann ich dir helfen?" Ein fülliges Mädchen mit hübschem Gesicht musterte ihn kurz. Er erwiderte ihren Blick. Da sie hinter einem Schreibtisch saß, war ihre Größe nur schwer einzuschätzen, aber sie war nicht klein. Ein großer Vorteil. Dalhu mochte große Frauen und hatte auch nichts gegen üppige Kurven einzuwenden. Im Gegenteil. Vielleicht würde sie diejenige sein, die er mitnahm, nachdem er seine Untersuchung beendet hatte.

„Ich bin auf der Suche nach Professor Amanda Dokani."

„Das tut mir leid, sie ist heute nicht da. Kann ich dir vielleicht weiterhelfen? Ich bin Hannah, ihre wissenschaftliche Mitarbeiterin." Sie bot ihm die Hand an. Er schüttelte sie kräftig und hielt sie fest, während er ihr in die Augen sah.

„Weißt du, wo sie wohnt?"

Das Mädchen geriet bereits unter seinen Bann und ihre Pupillen vergrößerten sich, aber sie wehrte sich dagegen. Hannah schüttelte den Kopf und entzog ihm ihre Hand. „Nein. Vielleicht kann dir die Personalabteilung weiterhelfen."

Er betrachtete sie mit zunehmender Anerkennung. Sie war sowohl hübsch als auch klug. Nur Menschen mit starkem Geist konnten seinem Bann widerstehen.

Dennoch konnte er nicht gehen, ohne ihr die Erinnerung an

sich zu nehmen. Er stützte die Hände auf ihren Schreibtisch und lehnte sich nach vorn, bis sein Gesicht dicht an ihrem war.

„Du bist ein sehr schönes Mädchen, Hannah. Aber ich muss dir etwas sagen." Er kam noch näher. „Deine Haare sind ganz durcheinander." Dalhu lächelte, als er sich mit aller Kraft in ihren Verstand drängte.

Hannah hob ruckartig die Hand zum Kopf und strich sich mit den Fingern durch die kinnlangen Locken.

„Du musst ins Bad gehen und dir die Haare kämmen."

Nun, da ihre Pupillen sich vollständig geöffnet hatten, waren Hannahs Augen beinahe schwarz. Nur ein schmaler brauner Ring war zu erkennen. „Entschuldige mich, ich muss mir die Haare bürsten."

Sie griff nach dem Riemen ihrer Handtasche, zog sie von der Stuhllehne und richtete sich auf.

In ein paar Minuten würde sie furchtbare Kopfschmerzen haben. Seine Bezauberung war gewaltsam und nicht gerade punktgenau erfolgt. Es würde mehr aus ihrer Erinnerung verschwunden sein als nur er.

Sobald er allein war, ging er zu dem kleinen Büro, das er auf der anderen Seite des Labors entdeckt hatte. Mehrere gerahmte Diplome schmückten die Wand. Dazwischen hing eine vergrößerte Kopie des Artikels, den seine Männer aus dem Haus des Programmierers mitgebracht hatten.

Dalhu stand fasziniert vor dem Foto der Professorin; unfähig, den Blick von ihr zu lösen. Sie war so schön, dass es wehtat. Er hob die Hand und rieb sich über das Brustbein.

„Entschuldigung, aber du hast hier nichts verloren."

Dalhu löste den Blick von dem gerahmten Artikel und fuhr auf dem Absatz herum.

Eine kleine Blondine mit Löwenmähne stand mit in die Hüften gestemmten Händen vor ihm und sah ihn aus blaugrünen Augen finster an. Doch sie konnte ihm mit ihrem energischen Auftreten nichts vormachen, denn er hörte ihr Herz in ihrer Brust hämmern. Sie fürchtete sich vor ihm. Das sollte sie auch, und zwar nicht nur, weil er sie um mehr als dreißig Zentimeter überragte.

„Es tut mir leid. Ich habe Professor Amanda Dokani gesucht und dachte, ich würde sie hier finden. Dann bin ich bei dem Artikel hängen geblieben." Er zeigte auf die Wand.

Sie folgte seinem Blick und grinste. „Ja, ich bin sicher, dass es am Artikel lag."

Dalhu schenkte ihr ein hoffentlich verlegenes Lächeln. „Okay, du hast mich ertappt. Ich habe das Foto angestarrt. Sie ist wunderschön."

Ihr Herzschlag verlangsamte sich, als sie sich entspannte und sein Lächeln erwiderte. „Ist sie. Aber sie ist heute nicht hier. Du kannst es Montag noch mal versuchen."

Dalhu verließ das Büro der Professorin, lehnte sich an die Wand und rutschte daran etwas tiefer, damit er ihr in die Augen sehen konnte. „Weißt du, wo sie wohnt?"

Sie runzelte die Stirn. „Warum? Bist du mit ihr befreundet?"

Was war mit den Jungspunden hier nur los? Waren sie alle Genies? Dieses Mädchen schien seiner Bezauberung sogar noch besser zu widerstehen als Hannah.

„Ja, bin ich. Wie heißt du?", versuchte er es mit einem anderen Ansatz. Wenn er ihr Fragen stellte, die sie für harmlos hielt, entspannte sie sich vielleicht genug, dass ihr Widerstand schwand.

„Syssi."

„Arbeitest du schon lange hier?"

„Nein, das ist erst meine zweite Woche. Warum?"

„Nur so. Ich wollte nur nett sein. Würdest du gern einen Kaffee mit mir trinken?" Er war nicht wirklich interessiert. Nicht, weil sie nicht hübsch gewesen wäre, denn sie war auf ihre ganz eigene Weise wunderschön, aber sie war ihm zu klein. Dalhu zog große Frauen vor. Abgesehen davon war sie blond, während es ihn nach einer Brünetten verlangte. Nach einer ganz bestimmten Brünetten. Nachdem er einmal das Gesicht der Professorin gesehen hatte, ließ sich keine andere Frau mit ihr vergleichen.

Er streckte ihr die Hand entgegen, aber sie sah sie nicht einmal an. Ihre Pupillen hatten sich vergrößert und sie konnte nicht den Blick von ihm lösen, auch wenn er merkte, dass sie es versuchte.

„Nein, danke. Ich kann nicht", lehnte sie flüsternd ab.

Offenbar konnte er sie nicht dazu bringen zu tun, was er wollte, aber vielleicht konnte er sie dazu bringen, die Wahrheit zu sagen.

„Warum nicht?"

„Weil du mir eine Scheißangst einjagst." Erschrocken riss sie die Augen auf und schlug sich die Hand vor den Mund. „Es tut mir leid. Ich weiß nicht, was über mich gekommen ist", murmelte sie hinter ihren Fingern.

Dalhu lachte. „Schon gut. Ich jage vielen Leuten Angst ein. Es liegt an der Größe." Er deutete auf seinen Körper.

Syssi schüttelte den Kopf. „Vielleicht. Soll ich Amanda sagen, dass du hier warst? Wie heißt du?"

„Nein, ich möchte sie überraschen. Ich komme Montag wieder. War schön, dich kennenzulernen, Syssi." Wieder bot er ihr die Hand und dieses Mal nahm sie sie. Während er sie festhielt, wiederholte er, was er bereits mit Hannah gemacht hatte.

Als Dalhu die Tür des Labors hinter sich schloss, stand sie immer noch dort, wo er sie zurückgelassen hatte, und rieb sich die Schläfen.

„Könntest du mir sagen, wo ich die Personalabteilung finde?", fragte er den erstbesten Typen, der ihm im Flur begegnete.

„Klar. Hier geht's lang."

Der junge Mann begleitete ihn zu dem Gebäude, in dem sich die gesuchte Abteilung befand.

„Vielen Dank. Ich weiß deine Hilfe zu schätzen."

„Kein Problem, Kumpel."

Im Büro stieß Dalhu auf eine ältere Frau, die er mit Leichtigkeit dazu bringen konnte, die Datenbank nach der Adresse der Professorin zu durchsuchen.

„Hier, mein Lieber." Sie reichte ihm ein Stück Papier, auf dem sie die Anschrift notiert hatte.

„Danke." Erneut bezauberte er sie, damit sie vergaß, dass er bei ihr gewesen war.

29

SYSSI

Syssi hielt eine Karte in die Höhe. Die Seite mit dem Bild war ihr zugewandt und die Rückseite der Testperson. „Was sehe ich auf dieser Karte?"

„Ein Kaninchen", antwortete Michael ohne Zögern. Die Antwort war korrekt.

Sie wählte eine weitere Karte aus dem Stapel und hob sie hoch. „Okay. Und jetzt?"

„Eine Lokomotive. Können wir jetzt aufhören? Ich glaube, ich habe meine telepathischen Fähigkeiten jetzt oft genug unter Beweis gestellt. Mir ist langweilig."

Sie konnte es ihm nicht vorwerfen. Michael war ein mächtiger Telepath, aber der Sinn dieses Experiments war es herauszufinden, ob seine Treffsicherheit im Lauf der Übung sank.

Das galt für die meisten Fähigkeiten, wie Syssi aus eigener Erfahrung bestätigen konnte. Sie konnte die ersten zehn Münzwürfe richtig vorhersagen, aber anschließend ließ ihre Genauigkeit mit jedem weiteren Wurf nach, bis sie nach dem hundertsten nicht mehr besser als jemand ohne übersinnliche Fähigkeiten war.

„Lass uns weitermachen, bis du die ersten Fehler machst. Ich möchte herausfinden, ab wann deine Konzentration nachlässt."

„Okay, leg los."

Sie wählte eine weitere Karte.

„Haus."

Es war eine Blume. Syssi verdrehte die Augen. „Ich weiß, dass das Absicht war. Komm schon, Michael, du wirst für die ganze Stunde bezahlt und in den nächsten 35 Minuten gehörst du noch mir."

Michael hob die Brauen. „Ich kann mir angenehmere Möglichkeiten vorstellen, die Zeit zu verbringen."

Er liebte es zu flirten. Michael war süß und wusste es, aber er war kaum mehr als ein Kind. Ein zwanzigjähriger BWL-Student, der zusätzlich im Football-Team war und entsprechende Muskeln hatte.

„Ich auch, aber ich werde ebenfalls pro Stunde bezahlt." Sie ergriff eine weitere Karte.

„Das Gesicht eines Mannes."

Nach fünfzehn Karten machte Michael die ersten Fehler – dieses Mal echte – und nach weiteren zehn landete er überhaupt keine Treffer mehr.

„Okay, ich glaube, wir sind fertig." Syssi schielte auf ihre Uhr. Michael schuldete ihr noch eine Viertelstunde, aber er war jetzt zu nichts mehr zu gebrauchen.

Er lehnte sich auf dem Stuhl zurück und streckte die langen Beine aus. „Wann versuchen wir es mit richtigen Gedanken? Ich habe die Bilder satt."

Es gab eine Prozedur, an die sie sich halten musste, aber Michael war erschöpft.

„Wir haben noch ein paar Minuten Zeit, aber ich bezweifle, dass du irgendetwas hinbekommen wirst. Dein Gehirn ist am Ende."

„Lass es darauf ankommen."

Syssi schloss die Augen und dachte an Kaffee. Sie war müde, hatte Kopfschmerzen und wollte nach Hause, um ein Nickerchen zu machen. Aber solange Amanda ausfiel, musste sie bleiben. Und später wartete ein weiterer Termin auf sie.

„Du möchtest eine Pause einlegen und einen Kaffee mit mir trinken gehen."

„Nah dran, ich habe an Kaffee gedacht, aber nicht daran, ihn mit dir zu trinken."

Syssi runzelte die Stirn. Irgendetwas an diesem Gespräch störte sie und es hatte nichts damit zu tun, dass Michael mit ihr flirtete. Sie hatte ein Déjà-vu. Ganz so, als hätte sie diese Unterhaltung heute schon einmal mit jemandem geführt. Ein Bild huschte durch ihren Kopf. Ein Riese von einem Mann, düster, beängstigend, der sie anlächelte und bat, mit ihm auszugehen.

Syssi schüttelte den Kopf. Sie verlor den Verstand. Als ob die Träume nicht schlimm genug wären. Nun litt sie auch noch an Halluzinationen. Vielleicht waren die Kopfschmerzen schuld. Sie hatte sie in letzter Zeit öfter und sollte sich untersuchen lassen. Oder vielleicht musste sie auch einfach nur aus dem Haus kommen, vorzugsweise, um etwas im Freien zu unternehmen. Die beiden Dinge, die ihr am meisten fehlten, waren Männer und frische Luft. Beides zu kombinieren, schien ein guter Plan zu sein.

„Weißt du was? Warum nicht? Lass mich dich auf einen Cappuccino einladen."

Michael riss überrascht die Augen auf. „Echt? Du sagst das nicht einfach nur so?"

Syssi lächelte. „Nee. Wie hättest du ihn gern? Mit viel Milch oder viel Schaum?"

Er wirkte verwirrt. „Willst du ihn bestellen?"

„Ich werde ihn sogar kochen. Wir haben eine Cappuccino-Maschine in der Küche. Also, wie trinkst du ihn?"

„Bereite ihn zu, wie du magst." Der enttäuschte Ausdruck auf seinem hübschen Gesicht versetzte ihr einen Stich. Sie hätte ihn nicht dermaßen aufziehen sollen. Aber sie spielten hier ein Spiel. Es war nicht so, als ob Michael ernsthaft glaubte, dass sie jemals Ja sagen würde.

„Komm, du kannst mir zuschauen."

Auf dem Weg in die Küche blieb sie neben Hannahs Schreibtisch stehen. Die Postdoktorandin saß zusammengesunken auf ihrem Stuhl. Sie hatte die Augen geschlossen und rieb sich die Schläfen.

„Hast du auch Kopfschmerzen?"

Hannah nickte.

„Wir müssen den Hausmeister anrufen und ihn bitten, die Belüftung zu überprüfen. Ich habe in letzter Zeit viel zu oft Kopfschmerzen."

Hannah schlug die Augen auf. „Ich glaube, du hast recht. Ich habe nie Kopfschmerzen und heute kamen sie wie aus dem Nichts. Direkt, nachdem dieser Typ gegangen ist."

Syssi verengte die Augen. „Welcher Typ?"

Hannah runzelte die Stirn. „Ich weiß es nicht mehr. Jetzt, wo ich darüber nachdenke, war niemand hier. Ich muss es mir eingebildet haben."

Unbehagen rührte sich in Syssis Bauch. „War der eingebildete Typ riesig?"

„Woher weißt du das?"

Das Unbehagen wurde stärker. „Nur geraten."

Syssi ging weiter in die Küche. Michael folgte ihr dichtauf.

„Was ist los, Syssi?"

Sie winkte ab. „Nichts." Selbst für einen Ort, an dem man sich mit paranormalen Phänomenen und übersinnlicher Wahrnehmung beschäftigte, war das ein bisschen zu verrückt.

Michael legte ihr die Hand auf die Schulter. „Ich kann deine Gefühle wahrnehmen, Syssi. Du kannst sie nicht vor mir verbergen. Du machst dir Sorgen. Nun spuck es schon aus. An diesem Punkt kann mich nichts mehr erschrecken."

Sie war in Versuchung. Schließlich würde er sie nicht für verrückt halten oder sich über sie lustig machen, da er selbst eine Begabung hatte. Und sie bekam nicht oft die Gelegenheit, mit anderen über ihre Vorahnungen zu reden.

„Es mag ein Zufall, aber ich glaube nicht daran. Wenn es nur um mich ginge, hätte ich es auf den Schlafmangel oder auf die schlechte Belüftung geschoben. Aber Hannah und ich haben beide Kopfschmerzen und wir haben beide vage den Eindruck, dass ein riesiger Fremder im Labor war, können uns aber nicht richtig daran erinnern. Je mehr ich versuche, mich auf dieses flüchtige Bild zu konzentrieren, desto mehr verblasst es."

Michael schloss die Augen und legte konzentriert die Stirn in Falten.

„Was tust du da?", fragte sie, nachdem eine Weile nichts passiert war und er nicht einmal gezuckt hatte.

„Fühlen." Seufzend öffnete er die Augen. „Manchmal kann ich eine Art Rückstand einer Absicht wahrnehmen. Hier ist etwas, ich kann es spüren. Aber es könnte von jedem stammen, auch von dir, Hannah oder Professor Dokani. Nicht von David. Seine Spur kann ich immer eindeutig zuordnen und zu ihm gehört sie nicht. Der Typ ist wirklich verdammt von sich überzeugt. Nichts in seinem Verhalten ist eine Maskerade."

„Was ist es dann, was du spürst?"

„Eine große Sehnsucht."

„Eine Sehnsucht nach was?"

Michael zuckte die Achseln. „Ich weiß es nicht. Es fühlte sich einfach nach einem Verlangen an. Es ist irgendwie traurig. Einsam."

Scheiße, stammte das von ihr?

Von Amanda garantiert nicht. Sie war meistens gut gelaunt und munter. Auch mit Hannah konnte Michaels Eindruck nichts zu tun haben. Die Postdoktorandin war ein geselliger Mensch mit einer Unmenge an Freundinnen und es waren so viele Jungs hinter ihr her, dass sie gar nicht wusste, was sie mit ihnen anfangen sollte. Und es war auch nicht David, der große Stücke auf sich hielt.

Also musste es eine der Testpersonen sein oder ihr geheimnisvoller Besucher, der hier gewesen war oder auch nicht.

Oder eben sie selbst.

Syssi war davon ausgegangen, dass sie die Melancholie abgestreift hatte, die am Morgen über ihr zusammengebrochen war. Aber vielleicht war die Sehnsucht nach dem Liebhaber aus ihren Träumen doch nicht verschwunden.

30

DALHU

Dalhu konnte fassen, wie leicht es gewesen war, an die Adresse der Professorin zu gelangen. Zu leicht.

Jahrhundertelang hatte sich der Clan vor Navuhs Rache verborgen, seine Existenz verheimlicht und keine Spur hinterlassen, die zu ihm führte. Bis zu ihrem Glückstreffer bei dem Programmierer war die Bruderschaft nicht in der Lage gewesen, ihre Verstecke ausfindig zu machen.

Es wäre leichtsinnig von der Professorin gewesen, ihre Adresse in eine so leicht zugängliche Datenbank eintragen zu lassen. Andererseits war auch der Programmierer einfach aufzuspüren gewesen. Solange sie ihre wahre Natur verbargen, konnten die Mitglieder von Annanis Clan zwischen den Menschen leben und arbeiten und darauf vertrauen, dass ihre Anonymität für ihre Sicherheit sorgte.

Sein Magen verkrampfte sich vor Aufregung, als Dalhu den gemieteten Mercedes vor dem Wohnkomplex in Santa Monica abstellte. Er sah genau aus wie ein Ort, für den sich ein reiches Clanmitglied entscheiden würde. Die luxuriöse Wohnanlage lag nur wenige Blocks vom Meer entfernt und war von einem mit einem Wachmann bemannten Tor versehen.

Ein schwacher Bann überzeugte den Kerl, Dalhu auf das Gelände zu lassen. Die Tür zum Heim der Professorin war natürlich verschlossen und so weit er es erkennen konnte, war auch niemand zu Hause. Vielleicht war die Professorin ausgegangen.

Er könnte warten, bis sie zurückkam.

Das Problem war, in die Wohnung zu gelangen, ohne die Tür oder das Schloss zu zerstören. Sie durfte nicht misstrauisch werden, wenn sie nach Hause kam. Jedes Anzeichen von Schwierigkeiten würde sie in die Flucht treiben.

Dalhu sah sich um und sprang mit Leichtigkeit über den zwei Meter hohen Zaun, der den Garten der Wohnanlage umfasste. Zuerst prüfte er die Fenster auf Alarmdetektoren. An den Jalousien war keine Verkabelung zu erkennen, aber das bedeutete noch lange nicht, dass sich keine Sensoren an den Fensterrahmen befanden. Seine beste Chance wäre ein fest verbautes Fenster. Dort würden keine Sensoren kleben und falls es von der Haustür aus nicht einsehbar war, konnte er die Scheibe einschlagen und dennoch den Überraschungsvorteil behalten.

Hinten gelangte man nur über eine Schiebetür ins Haus, die mit Sicherheit mit einer Alarmanlage verbunden war. Doch an der Wand, die seitlich dem Garten zugewandt lag, fand er, was er brauchte.

Eines der Schlafzimmer war mit einem dreiteiligen Fenster ausgestattet, von denen sich nur der mittlere Teil öffnen ließ. Die anderen beiden waren fest verbaut und auch, wenn sie schmal waren, waren sie doch groß genug, dass er sich hindurchzwängen konnte.

Er suchte sich einen Stein in passender Größe und schlug damit gegen das Glas. Er baute darauf, dass die schweren Vorhänge das Geräusch der fallenden Scherben abdämpfen würde.

Die Scheibe brach. Als kein Alarm ausgelöst wurde, kümmerte er sich mit einigen weiteren Schlägen um das übrige Glas. Der Rahmen war tief und als Dalhu hindurchkletterte, achtete er auf die scharfen Glassplitter, die aus dem Rahmen ragten.

Sobald Dalhu die Vorhänge beiseitegeschoben hatte, stellte er fest, dass das Schlafzimmer dahinter leer war. Es gab keinerlei Möbel. Im Zimmer nebenan dasselbe und als er ins Wohnzimmer kam, musste Dalhu seine Niederlage eingestehen.

Die Professorin war nicht leichtsinnig gewesen, sondern klug. Möglicherweise gehörte ihr die Wohnung, aber offensichtlich wohnte sie hier nicht.

Er musste zurück ins Labor und ihr Büro durchsuchen, bis er auf etwas stieß, das ihm weiterhalf. Auf irgendetwas. Er brauchte nur einen Beleg von der Reinigung oder aus einer Werkstatt, um ihre echte Adresse herauszubekommen finden. Es war gut möglich, dass die Professorin ihre Wäsche nach Hause liefern ließ und dass ihr Auto bei einer Inspektion abgeholt und wieder zurückgebracht wurde.

Heute Abend würde er die Männer das Labor durchsuchen und jeden Fetzen Papier überprüfen lassen, den sie entdeckten.

31

SYSSI

Um vier holte Syssi ihre Handtasche und winkte ihrer Kollegin zu. „Tschüss, Hannah, schönes Wochenende."

„Wie geht es deinem Kopf?", fragte Hannah.

„Besser, aber die Schmerzen sind noch nicht ganz weg. Wie sieht es bei dir aus?"

Sie zuckte die Achseln. „Ich werde es überleben. Fährst du jetzt ins Altenheim?"

„Natürlich. Es ist Freitag. Meine Mädels warten auf mich."

Die *Mädels* waren zwischen Ende Achtzig und Mitte Neunzig und dennoch sah sie sie eher als Freundinnen statt als Großmütter.

Syssi kicherte. Sie benahmen sich zumindest nicht im Geringsten wie irgendjemandes Großmutter.

Gegen Ende ihres Lebens hatte ihre Oma das Augenlicht verloren und Syssi hatte ihr jedes Mal vorgelesen, wenn sie sie besucht hatte. Bald hatten sich ihnen drei Freundinnen ihrer Oma angeschlossen und auf einmal hatte Syssi ihnen allen vorgelesen. Von wenigen Ausnahmen abgesehen hatte sie in den letzten drei Jahren jeden Freitag das *Golden Age Retirement Home* besucht, selbst, nachdem ihre Oma gestorben war.

Die drei verbliebenen Frauen waren ihr zu Ersatz-Großmüttern geworden. Hattie war die älteste und vollständig blind, aber sie ließ sich von ihrer Beeinträchtigung nicht bremsen und war die Anführerin der Gruppe. Als mutige, beherzte Holocaust-Überlebende wusste sie genug Geschichten um zwanzig Bücher zu füllen.

Clara war die jüngste. Sie sah noch gut genug, um sich allein zu bewegen, aber sie konnte nicht mehr lesen oder auch nur fernsehen. Leonora war lieb und mütterlich und sah bestens, aber sie liebte es, sich von Syssi vorlesen zu lassen, selbst wenn sie schlecht hörte. Was wiederum bedeutete, dass Syssi sehr laut lesen musste.

Angesichts der Bücher, die die drei sich aussuchten, war das tierisch peinlich. Meistens waren es anzügliche Liebesromane voll expliziter Sexszenen.

Sie hatten sie sogar dazu gebracht, ihnen *Fifty Shades of Grey* vorzulesen. Alle drei Bücher.

Doch Syssi musste zugeben, dass es Spaß gemacht hatte. Die alten Damen hatten so sehr gelacht, dass sie um ihr Leben gefürchtet hatte, aber irgendwann hatte sie sich entspannt und mitgelacht.

Es fiel ihr leicht, die zwei Generationen zwischen ihnen zu vergessen. Wenn sie in einem der Zimmer der Frauen saß und die Tür geschlossen war, hatte Syssi oft das Gefühl, in einem Studentenwohnheim zu sein und mit ihren Freundinnen Spaß zu haben.

„Hallo, Ladys." Sie versuchte, einen Blick auf das Buch in Leonoras Schoß zu erhaschen. „Was versteckst du denn da?" Es konnte kaum schlechter zum Vorlesen geeignet sein als *Fifty Shades of Grey*. Es sei denn, es handelte sich um offen pornografisches Material. So weit würden die alten Irren aber hoffentlich nicht gehen.

„Setz dich erst mal und erzähl uns, wie deine Woche war", sagte Clara und klopfte auf den freien Platz neben sich auf Hatties Bett.

Syssi legte ihre Handtasche auf den Nachttisch und ließ sich seufzend neben Clara fallen. Manchmal hatte sie den Verdacht, dass die Mädchen sich auf diesen Teil ihres Zusammenseins mehr freuten als auf das Vorlesen. Neugierige Topfgucker.

„Es gab nichts Besonderes. Der neue Job ist aufregend und eine Herausforderung. Ich lerne jeden Tag etwas Neues."

„Wie behandelt dich deine Chefin? Ist sie nett?“, fragte Hattie. Von den dreien schien sie den letzten Wunsch von Syssis Oma am ernstesten zu nehmen: auf Amelias Enkelin achtzugeben, als wäre sie ihre eigene.

„Ich kann mich nicht beklagen. Den größten Teil der Zeit gibt sie mir das Gefühl, ich wäre ihr größter Schatz. Doch neulich habe ich sie von einer anderen Seite kennengelernt. Wenn jemand Amanda ärgert, kann sie verdammt zickig werden.“

Clara tätschelte ihr das Knie. „Jeder hat mal schlechte Laune. Du musst immer daran denken, dass es vermutlich gar nichts mit dir zu tun hat und dass es keinen Grund gibt, sich deshalb zu ärgern. Am besten gehst du einfach aus der Schusslinie. Du willst schließlich nicht, dass jemand auf dich einhackt, nur weil du zufällig da bist und ein leichtes Ziel abgibst.“

„Amen“, meinte Leonora.

„Ich weiß und ich habe es auch nicht persönlich genommen. Es ist mir nur aufgefallen, weil es so gar nicht zu ihrer fröhlichen, gut gelaunten Natur passen wollte.“

Clara seufzte. „Lass dich nicht von der äußeren Erscheinung täuschen, Mädchen. Viele Menschen verbergen hinter einer fröhlichen Miene ein trauriges Herz.“

„Hm-hm.“ Hattie nickte zustimmend.

Ob Amanda traurig war? Unwahrscheinlich.

Ihre Chefin war viel zu motiviert und optimistisch, was ihre Forschung anging, zu sehr mit ihren dramatischen Auftritten beschäftigt und zu sehr auf Sex aus, um auch nur ansatzweise melancholisch zu wirken.

„Ich glaube nicht, dass sie ein trauriger Mensch ist. Sie war nur wütend wegen irgendetwas. Keine große Sache.“

Als Leonora sich lächelnd näher beugte, wusste Syssi, was als Nächstes kommen würde.

„Nun, da wir das Thema Arbeit abgehakt haben, möchten wir wissen, ob du einen netten jungen Mann kennengelernt hast. Oder noch besser einen verdorbenen.“ Leonora zwinkerte so übertrieben und inklusive schiefen Mund, dass sie an einen Charakter aus einem alten Gangster-Streifen erinnerte.

„Irgendjemand aufgetaucht, der dein Herz zum Dröhnen und dein Blut zum Kochen bringt?“, fügte Clara hinzu und hob die Augenbrauen.

Syssi schüttelte den Kopf.

„Irgendjemand?“, fragte Hattie.

Sie würde sie enttäuschen müssen. Wie jeden Freitag, seitdem sie sich von Gregg getrennt hatte. „Nein.“

Die drei seufzten im Chor auf und sanken in sich zusammen.

Leonora schüttelte den Kopf. „Ich war mir so sicher, dass du diese Woche endlich jemanden kennenlernen und deine selbstauferlegte Enthaltsamkeit beenden würdest. Zu meiner Zeit musste ein Mädchen heiraten, um Spaß zwischen den Laken zu haben. Aber heutzutage haben die Frauen die Pille und andere Mittel zur Empfängnisverhütung, um hässliche Überraschungen zu verhindern. Zieh los und hab Spaß, Mädchen. Es ist Zeit.“ Letzten Freitag hatte Leonora Syssi wie so oft die Tarotkarten gelegt und war zu dem Schluss gekommen, dass Syssi bald jemanden kennenlernen würde. „Alle drei Karten waren da. Du hattest die Liebenden, die zwei der Kelche und die zehn der Kelche.“

Syssi hatte sich zum Spaß auf Leonoras Lesungen eingelassen, nicht weil sie glaubte, dass die Karten ihr die Zukunft vorhersagen konnten. Aber offensichtlich war Leonora anderer Meinung. Und mit einer Neunzigjährigen über diesen Punkt zu streiten, war nicht nur sinnlos, sondern auch unter Umständen eine Katastrophe für die Gesundheit der alten Frau. Da war es besser, einfach mitzuspielen.

„Vielleicht war das Timing falsch oder vielleicht bin ich ihm begegnet, ohne zu merken, dass er der Richtige war. Und abgesehen davon ist die Woche noch nicht vorbei.“

Das schien Leonora zu beruhigen, die die Hand über ihr Herz gelegt hatte, als litte sie Schmerzen. Nun verschränkte sie die Arme vor ihrer üppigen Brust. „Das muss es sein. Meine Karten lügen nicht.“

Syssi schielte zu den anderen und erwartete, sie über Leonoras Verkündung kichern zu sehen, aber sie nickten lediglich ernst. Sie liebte die drei, aber sie waren alle verrückt.

„Bist du dir sicher, dass kein hübscher Junge dein Herz zum Flattern gebracht hat?", fragte Clara und fuchtelte mit ihren alten Händen auf und ab.

Zählte ein Traum-Flattern?

Wie dem auch sei, damit konnte sie die drei glücklich machen. Wenn die alten Fledermäuse an Tarotkarten glaubten, war es vorstellbar, dass sie auch an Träume glaubten. Sie würde nur die Stellen auslassen, die nicht so unschuldig waren.

„Ich bin quasi einem gutaussehenden Mann begegnet, aber er war nicht echt. Ich habe von ihm geträumt."

Hattie kicherte. „Von was für einer Art Traum reden wir?"

Ausnahmsweise war es Syssi nicht peinlich, dass sie rot wurde. Nicht nur, dass zwei der Frauen schlecht oder gar nicht sehen konnte, sie hätte auch nichts dagegen gehabt, wenn sie es bemerkt hätte. Während ihrer langen Leben hatten die drei mehr erlebt, als Syssi sich auch nur ansatzweise vorstellen konnte. Ihr schmutziger Traum hätte sie allenfalls amüsiert. Nicht, dass sie ins Detail gehen würde.

„Ich erinnere mich nicht genau", log sie. „Es war ein Albtraum und ich bin vor einem Rudel Wölfe weggerannt. Der Mann, der mir geholfen hat, sie zu vertreiben, sah sehr gut aus."

Die drei lächelten wissend.

Syssi unterdrückte ein erleichtertes Seufzen. Nun, da sie ihnen etwas geliefert hatte, über das sie sich freuen konnten, würden sie sich nicht mehr nach ihrem nicht existierenden Liebesleben erkundigen.

Leonora zog das Buch hervor, das sie in den Falten ihres Rocks verborgen hatte, und reichte es Syssi. „Sicher hast du genug davon, dass wir alten Krähen auf dir herumhacken. Wie wäre es, wenn du uns jetzt etwas vorliest?"

Als Syssi das Buch entgegennahm, stockte ihr der Atem. Auf dem Cover war ein Paar zu sehen, das sich vor einem dunklen, unheimlichen Hintergrund leidenschaftlich küsste. Blasses Mondlicht fiel auf den großen Mann und die zarte Frau, während die knorrigen Äste, die die kleine Lichtung umgaben, wie Monster mit scharfen Klauen aussahen.

Es war jedoch der Titel, der an ihrem ganzen Körper eine Gänsehaut entstehen ließ. In dicken, weißen Buchstaben stand dort: *Träume von meinem dunklen Liebhaber.*

32

KIAN

Kian sah zu, wie die Trauergäste nach und nach in den Versammlungssaal strömten. Alle blieben kurz bei Micah, ihrem Bruder Otto und ihrer Mutter stehen. Die drei saßen auf einem erhöhten Podest neben Marks herrlich geschnitzten Sarkophag.

In ihren traditionellen Trauerroben aus brauner Jute warteten die Clanmitglieder darauf, sich der kleinen trauernden Familie nacheinander zu nähern, sich neben sie zu knien, sie zu umarmen oder ihnen die Hand zu reichen.

Es wurde nicht geredet. Es gab ohnehin keine Worte, die den Kummer von Marks nächsten Verwandten lindern konnten. Es ging eher darum, Kraft, Wärme und Liebe mit jenen zu teilen, die sie am dringendsten brauchten.

Die Bildschirme an den Wänden zeigten, wie die Clanmitglieder in Schottland und Alaska in ihren eigenen Versammlungsräumen ankamen und ihre Plätze für die Zeremonie einnahmen.

Kian wartete auf Annanis und Saris Ankunft. Er war dankbar, dass es die moderne Technologie allen Mitgliedern des Clans ermöglichte, an der Trauerfeier teilzunehmen, und dass seine Mutter den Klagegesang leiten würde.

Die Stimme der Göttin würde Mark auf seiner Reise auf die andere Seite begleiten und seine Erinnerung mit ihrem Lied ehren.

Sobald alle saßen und sich die Türen der drei Kammern geschlossen hatten, war es Zeit für Annanis großen Auftritt. Und obwohl sie sie alle kannten und früher bereits gesehen hatten, keuchten einige dennoch auf oder stießen ein *Oh* aus, bevor sich respektvolles Schweigen über alle legte.

Die Bewunderung und Ehrfurcht, die der Clan seiner Matriarchin entgegenbrachte, waren spürbar.

Sie war klein und schlank, kaum größer als eins fünfundsechzig, und dank ihrer delikaten, überirdischen Schönheit wirkte sie irreführenderweise sehr jung. Aber was ihre überwältigende Präsenz anging, gab es keinerlei Missverständnisse. Feuerrotes Haar fiel ihr in dichten Locken über die Schultern und bis zu den Hüften und jeder Zentimeter ihrer sichtbaren Haut schien weiß zu strahlen. Ihre großen, grünen Augen, die so alt und weise waren, glühten heute in einem Licht, das hell genug war, um einen ganzen Hörsaal auszuleuchten und die Anwesenden in Ehrfurcht verharren zu lassen.

Annani hob die leuchtenden Arme und zog die braune Kapuze ihrer Trauerrobe über den Kopf, dann schob sie die Hände in die Ärmel, um jede Spur von Lumineszenz als Respektsbekundung für den Verstorbenen im Keim zu ersticken.

Mit gesenktem Kopf stimmte sie die Wehklage an.

Ihre Stimme war die eines Engels, rein und kräftig. Sie hallte in den Herzen und Seelen ihres Publikums wider, berührte sie in ihrer Trauer und zerrte daran. Als sich ihr weitere Stimmen anschlossen, wurde die Klage von Hunderten Kehlen aufgenommen. Sie stieg aus einem Meer brauner Roben auf, die sich zu dem traurigen Gesang wiegten.

Als Annani die letzten Takte ihrer Wehklage erreicht hatte, aktivierte Shai die schwebende Plattform unter dem Sarkophag, um ihn einige Zentimeter über den Boden zu heben.

Zusammen mit den sieben Wächtern betrat Kian die Bühne. Sie bildeten zwei Reihen, vier an jeder Seite, und geleiteten den geschmückten Sarg die Stufen hinab. Die übrigen Gäste schlossen sich der Prozession hinter der Familie an und begleiteten Mark auf der Reise zu seiner letzten Ruhestätte in den Katakomben.

Sobald sie dort angekommen waren, ließ Shai den Sarkophag höher schweben, und die Wächter halfen, ihn in die Nische in einer der größten Kammern zu bringen, die man für ihn ausgewählt hatte. Derselbe Künstler, der den herrlich gestalteten Sarkophag erschaffen hatte, war damit betraut worden, die Inschrift im Stein unterhalb der Nische anzubringen.

Kian wartete, bis die Kammer sich gefüllt hatte, und die letzten Trauernden angekommen waren, bevor er sich an die Menge wandte.

„Nicht nur seine nächsten Verwandten werden Mark vermissen und sich an ihn erinnern, sondern jeder von uns." Er deutete auf die Inschrift. „Dort steht: *Hier ruht Mark, der geliebte Sohn von Micah, Neffe von Otto, Enkel von Jade und Urgroßenkel von Annani.* Doch in Wirklichkeit befindet Mark sich nicht in diesem wunderbaren Sarg. Was hier ruht, ist lediglich das Gefäß, das Marks unsterbliche Seele bewahrt hat, solange er auf Erden wandelte. Ich hoffe, dass seine Reise zur anderen Seite friedlich war und dass ihn hinter dem Schleier Liebe und Freude erwarten. Und auch, wenn wir daran glauben müssen, dass Marks neue Wirklichkeit dem mythischen Himmel gleichkommt und dass es ihm gut geht, ist das nur ein kleiner Trost für diejenigen, die er zurückgelassen hat. Wir vermissen ihn und seine Abwesenheit wird stets eine Leere in uns zurücklassen, eine offene Wunde, die nicht heilen kann, bevor wir uns ihm eines Tages auf der anderen Seite anschließen werden. Bis dahin ist der Schleier, der uns von ihm und den anderen, die wir verloren haben und vermissen, leider unmöglich zu durchdringen.

In der Zwischenzeit müssen wir, die wir auf dieser Seite verblieben sind, Kraft und Mut voneinander beziehen. Unsere Aufgabe, der Welt Erleuchtung zu bringen und das Böse und die Dunkelheit zurückzudrängen, wird nie enden, solange die Bruderschaft des Frommen Ordens von Mortdh existiert. Wir sind eine Familie, wir stehen zusammen und man wird uns nicht schlagen. Schlicht deshalb, weil wir das nicht zulassen dürfen. Ohne uns ist die Menschheit zu ewiger Finsternis verdammt."

Während seine Leute grimmig nickten und leise zustimmend

murmelten, veranschaulichte Kian seine Botschaft, indem er zuerst Micah, dann ihre Mutter und schließlich Otto umarmte. Nachdem die Familie die Kammer verlassen hatte, nahmen Kian und die Wächter ihre Plätze neben der nun leeren Schwebeplattform ein und geleiteten sie nach draußen. Man machte ihnen Platz, dann bildete sich hinter ihnen erneut die Prozession.

Nachdem alle Gäste fort waren, zog Kian seine Robe aus, faltete sie ordentlich zusammen und legte sie sich über den Arm. Sobald er im Fahrstuhl für die Penthouse-Wohnungen allein war, konnte er endlich seine entschlossene Haltung und aufmunternde Miene ablegen, die er den ganzen Abend lang aufrecht gehalten hatte.

Seufzend ließ er die Schultern sinken und senkte den Kopf.

33

SYSSI

Gefesselt vom Buch war Syssi gar nicht aufgefallen, wie lange sie schon gelesen hatte, als ihre trockene Kehle protestierte. Ein Blick auf die Armbanduhr bestätigte, dass es schon spät war. Sie hob den Kopf, um aus dem Fenster zu sehen.

Es wurde bereits dunkel.

An jedem anderen Freitag hätte sie eine Pause eingelegt, um eine Tasse Tee zu trinken und ein wenig mit ihren Mädels zu plaudern, um anschließend noch eine Stunde weiterzulesen. Heute hingegen fühlte sie sich bei der Vorstellung, nachts allein nach Hause zu fahren, nicht sicher. Das unbehagliche Gefühl, unter dem sie in letzter Zeit litt, war hartnäckig und mahnte sie, vorsichtig zu sein.

Sie klappte das Buch zu und sah auf. „Ich fürchte, das war's für heute. Es wird dunkel und ich möchte nach Hause, bevor die Sonne ganz untergegangen ist."

Enttäuschtes Murmeln war zu hören, doch niemand protestierte. Es gefiel ihnen auch nicht, wenn sie im Dunkeln nach Hause fuhr.

„Dann musst du morgen wiederkommen. Ich kann nicht bis Freitag warten, um den Rest zu hören", sagte Hattie.

Syssi stimmte zu. Sie wollte selbst nicht warten. Das Buch war fantastisch und dabei kamen sie gerade erst zu den guten Stellen. „Ich weiß. Ich will unbedingt wissen, wie es endet. Ich komme morgen Vormittag, aber nicht allzu früh. Am Wochenende schlafe ich gern aus."

Clara tätschelte ihr den Rücken. „Keine Sorge. Es ist immerhin nicht so, als würden wir irgendwo hingehen. Und nimm das Buch ruhig mit. Dann kannst du es heute Abend zu Ende lesen."

Syssi geriet in Versuchung. Immerhin hatte sie nichts anderes vor und Lesen war besser, als in die Glotze zu starren. „Aber das ist euch gegenüber nicht fair. Ihr müsst ja auch bis morgen warten." Sie hielt Leonora das Buch hin, die es ihr jedoch wieder in die Hand drückte. „Schon gut, Kind, wir wissen, wie die Geschichte ausgeht." Sie zwinkerte. „Und sie lebten glücklich bis an ihr Lebensende. Das ist das Schöne an Liebesgeschichten. Man bekommt immer sein Happy End."

Das stimmte. Deswegen gefielen sie Syssi ebenfalls. Sie lieferten leichten Lesestoff, bei dem man sich wohlfühlen konnte, und Gott wusste, dass sie das gebrauchen konnte, solange ständig dunkle Wolken an ihrem Horizont lauerten.

„Danke." Sie küsste erst Leonora auf die Wange, dann Hattie und schließlich Clara. „Wir sehen uns morgen. Gute Nacht."

Fünfundzwanzig Minuten später stellte Syssi ihren Wagen vor dem Haus ihrer Vermieterin ab. Es war noch nicht vollständig dunkel, aber kurz davor. In der einen Hand die Schlüssel, in der anderen das Buch hastete Syssi die lange Einfahrt entlang zum Gästehaus. Sie öffnete die Tür, schloss sofort hinter sich ab und legte die Kette vor.

Das Ding war ein Witz, das war ihr bewusst. Ein kräftiger Tritt und die Kette würde aus ihrer Verschraubung im Holz fliegen. Aber sie fühlte sich durch sie etwas sicherer.

Ihr Abendessen bestand aus einem gemischten Salat mit gebratenem Tofu. Mit einer *Cola Zero* spülte sie alles hinunter, das einzige Gift, das sie sich in ihrer ansonsten gesunden Ernährung erlaubte.

Ständig brav zu sein, war langweilig. Manchmal musste man auch ein böses Mädchen sein.

Aufgeregt machte sie sich bettfertig und kroch mit dem Buch unter die Decke. Es war wirklich erbärmlich, dass sie dieser Tage nichts anderes hatte, das sie in Aufregung versetzte.

Aber das war nicht wichtig. Schließlich musste sie niemandem etwas beweisen. Ein Abenteuer zu erleben, indem man sich in einem Liebesroman vergrub, war so viel sicherer als den echten Kitzel zu suchen, und das passte ihr gut.

Nach Zweidrittel des Buchs wurden ihre Augenlider schwer und sie schlief ein, ohne herauszufinden, ob die Liebenden einen Weg gefunden hatten, zusammen zu sein.

Ihre Fantasie lieferte ihr von selbst ein alternatives Ende.

Der Wald war so finster wie in jedem ihrer Albträume, doch dieses Mal waren keine Wölfe hinter ihr her. Furchtlos schlenderte Syssi den vertrauten Pfad entlang, den Blick auf den gewaltigen Baum in der Ferne gerichtet. Ihr Liebhaber erwartete sie dort und sie konnte sich sicher fühlen, weil er niemals zulassen würde, dass ihr etwas zustieß.

Sie war kostbar für ihn.

Das hatte er ihr gesagt.

Der weiche Stoff ihres langen, weißen Kleids strich im Gehen über ihre Oberschenkel und Waden. Syssi fühlte sich sexy, begehrenswert. An den Füßen trug sie schlichte, flache Sandalen, aber in ihrem Träumen störte es sie nicht, dass sie klein war. Auch ohne hochhackige Schuhe, die sie größer machten, war sie selbstbewusst. Ihr Liebhaber fand sie wunderschön. Genau so, wie sie war.

Stirnrunzelnd versuchte sie, sich an seinen Namen zu erinnern, aber auch wenn er ihr auf der Zunge lag, entwischte er ihr immer wieder. Sie wusste noch, dass sie sich in der vorherigen Nacht an ihn erinnert hatte. Also warum um Gottes willen entglitt er ihr nun?

Wie sollte sie ihn begrüßen? *Hallo, mein traumhafter Liebhaber?*

Syssi kicherte, als ihr weit witzigere Ideen in den Sinn kamen. Sie könnte ihn als ihren hübschen Kerl oder als heißes Gerät bezeichnen. Oder sie könnte sie bei Amandas Ausdrucksweise bedienen und ihn einfach Liebling, Schatz oder Süßer nennen. Männer machten das dauernd, wenn ihnen der Name einer Frau nicht mehr einfiel. Da konnte sie es ihnen gleichtun.

Aber es fühlte sich geschmacklos an.

Sie war fest entschlossen, dort weiterzumachen, wo sie in der letzten Nacht aufgehört hatten – mit einem Mann, dessen Namen sie nicht kannte.

Böses Mädchen. Schäm dich.

Als sie näherkam, sah sie, dass er genauso dastand wie in der Nacht zuvor. Reglos beobachtete er etwas, das sich in ihrer Richtung befinden musste, aber sie konnte nicht erkennen, was es war.

„Hallo." Nun, da sie ihm nah genug war, um seinen Geruch wahrzunehmen, fiel ihr Selbstbewusstsein in sich zusammen und ihre Stimme bebte. Der Mann roch absolut großartig. Nach frischer Pinie und etwas Wildem, das ihr trotzdem ein Gefühl von Sicherheit vermittelte.

Er drehte sich um. Seine tiefblauen Augen hypnotisierten sie. „Hallo, meine Schöne. Warum bist du hier? Habe ich dich gerufen?"

Das war peinlich. Hatte er sie denn nicht erwartet? „Bist du enttäuscht, mich zu sehen?"

Schneller, als sie für möglich gehalten hätte, legte er den Arm um sie und zog sie an seinen großen, harten Körper. „Nein, ich bin froh, dass du da bist. Du bist tapferer als ich. Ich hatte Angst, zu dir zu kommen."

Er? Angst? Unmöglich. Er war so groß und stark. Bei ihm fühlte sie sich gut aufgehoben.

Sie hob den Kopf, legte eine Hand an seine Wange und umfasste sie sanft. „Ich kann mir nichts vorstellen, was einem Mann wie dir Angst einjagen könnte."

Er senkte die Lippen auf ihre und küsste sie sacht. „Du zum Beispiel."

Sie riss die Augen auf. „Ich? Niemand fürchtet sich vor mir. Ich bin ein netter Mensch. Ich würde nie jemandem schaden."

„Ich weiß, süßes Mädchen. Nicht mit Absicht. Aber du bist sehr gefährlich. Ich fürchte, du wirst mir das Herz aus der Brust reißen und in Händen halten. Mein Leben wird dann deiner Gnade ausgeliefert sein."

Uff, nicht gerade romantisch. Ganz und gar nicht.

„Das klingt grauenhaft."

Er lächelte. Dieses Mal wirkten seine Zähne nicht so lang und beängstigend. „Siehst du? Ich bin schlecht in so was. Ich weiß nicht, wie man das Richtige sagt."

Das jagte einem großen Mann wie ihm also Angst ein. Er konnte nicht gut mit Worten umgehen. Na ja, das, was sie von ihm wollte, erforderte nicht viel Reden. Mit Taten mochte er besser zurechtkommen.

Zum Glück war dies ein Traum und ihre überwältigende Schüchternheit behinderte sie nicht. Es war ein herrliches Gefühl zu sagen, was ihr in den Sinn kam. Einfach raus damit.

„Lieb mich. Darin bist du gut."

Er lachte leise. „Das bin ich."

Das Bett erschien aus dem Nichts. Ein gewaltiges Himmelbett voll weißer, flauschiger Kissen und mit einer Decke, die zwanzig Zentimeter dick zu sein schien.

Sollte sie einfach raufklettern?

Das wäre nicht sehr elegant. Die Matratze erhob sich knapp einen Meter über dem Boden und Syssi würde entweder hinaufspringen oder -klettern müssen. Weder das eine noch das andere würde sie sexy oder verführerisch hinbekommen.

Was Träume anging, war sie nicht sehr gut darin, die richtige Umgebung für eine romantische Atmosphäre zu schaffen.

Er löste ihr Problem, indem er sie mit einer fließenden Bewegung auf die starken Arme nahm und aufs Bett setzte, ohne sie loszulassen. Nicht sicher, was sie als Nächstes tun sollte, griff Syssi nach der Reihe kleiner Knöpfe vorn an ihrem Kleid und kämpfte mit dem ersten.

Er ergriff ihre Hände und führte sie an seinen Mund, um sie zu küssen. „Lass mich das erledigen, Süße. Du legst deine Hände einfach auf die Seite."

Der unmissverständliche Befehl in seiner Stimme zeigte

Wirkung auf sie. Syssi spürte, wie ihre Brustwarzen hart und ihr Höschen feucht wurden. Röte bildete sich auf ihrem Gesicht und ihrer Brust, die vom weißen Kleid betont wurde. Aber es steckte keine Verlegenheit dahinter. Es war das Feuer der Erregung.

Nur ein einziges Mal hatte Syssi eine so intensive Leidenschaft empfunden: in der Nacht zuvor und bei demselben Mann, ihrem Traumliebhaber.

Sie sollte sich nach seinem Namen erkundigen.

Später.

Nachdem er die ersten Knöpfe geöffnet hatte, schob er ihr Kleid auseinander und nahm ihr die Fähigkeit, klar zu denken, geschweige denn, Fragen zu stellen.

Ihr Rücken wölbte sich wie von selbst und drückte sie nach oben. Sie konnte es nicht erwarten, seine großen Hände auf ihren nackten Brüsten zu spüren. Wie schade, dass sie einen BH trug. Anders als in einem anderen Traum hatte sie ihn nicht mit einem Gedanken verschwinden lassen. Sie wollte, dass er das Tempo bestimmte. Ihm ihre Lust zu überlassen, war genau das, was sie wollte.

In einem Traum kam es nicht auf gesellschaftliche Konventionen an. Auch ihre Vorstellungen, wie eine Frau sich betragen sollte, waren egal.

Es ging um reines Vergnügen.

Sie konnte nicht anders als frustriert zu wimmern, als er sacht über ihren Spitzen-BH strich und die aufgerichteten Knospen fast unmerklich berührte.

Mit einem Blick, in dem die Leidenschaft loderte, widmete er sich wieder den Knöpfen und öffnete jeden einzelnen, bis die beiden Hälften ihres Kleids auseinanderfielen. Ihr Körper lag vor ihm, hüllenlos abgesehen von dem hauchdünnen, weißen Spitzen-BH und dem passenden Höschen.

„Du bist wunderschön", flüsterte er, als er ihr die Handfläche auf den weichen Bauch legte. Wenn er die Finger spreizte, konnte er ihn ganz umfassen.

Ihr kam der Gedanke, dass ein Mann seiner Größe mit Sicherheit auch entsprechend ausgestattet war. Das ließ sie zögern. Was, wenn sie zu klein war? Sie hatte etwas für große Männer übrig, aber dieser Mann war riesig.

Vielleicht war das Missverhältnis zwischen ihnen zu viel des Guten?

Doch dies war ein Traum. *Ihr* Traum. Und sie konnte dafür sorgen, dass alles perfekt passte.

Die Hand auf ihrem Bauch glitt tiefer und Syssi hielt erwartungsvoll die Luft an. Sie brannte vor Verlangen und biss die Zähne zusammen, um das sehnsüchtige Wimmern zu unterdrücken, das aus ihrem Mund zu dringen drohte. Als seine Handfläche endlich ihre heiße Körpermitte berührte, sie vollständig umfasste, schloss sie die Augen und ließ den Kopf zurücksinken.

„Schau mich an, schönes Mädchen", verlangte er. „Sieh zu, wie ich dir Lust verschaffe."

Sie gehorchte und hob halb die Lider. Sah zu, wie er ihr Höschen beiseiteschob und über ihre geschwollenen Schamlippen strich.

„Du bist so feucht, nur für mich", zischte er und plötzlich glühte sein Blick nicht länger. Seine Augen leuchteten tatsächlich. Er warf sein eigenes Licht auf sie.

Sie hatte so etwas schon einmal erlebt. Amandas Augen waren genauso. Vielleicht hatte sich ihr Gehirn dieser Idee bedient.

Die letzten Überbleibsel von Verstand kamen ihr abhanden, als sie spürte, wie sich seine Fingerspitze gegen ihre Öffnung drückte. Behutsam nahm er ihre Feuchtigkeit auf, bevor er den Finger etwas tiefer gleiten ließ, nur um sich zurückzuziehen und alles zu wiederholen.

Er behandelte sie wie eine Jungfrau und in gewisser Hinsicht war sie das auch. Es war so lange her, dass sie genauso gut wieder eine geworden sein könnte.

Langsam, quälend langsam, gewöhnte er sie an seine Berührung. Von einem so dominanten Mann wie ihm hatte sie nicht so viel Zärtlichkeit und Rücksicht erwartet. Sissys Herz schwoll vor Dankbarkeit an.

Verdammt, es war mehr als das.

Ihr Herz öffnete sich vor Liebe für den Mann aus ihrem Traum. Einen Mann, den sie in ihren Gedanken heraufbeschworen hatte.

Wie furchtbar traurig war das?

34

AMANDA

Amandas Handy legte einen Stepptanz auf dem Küchentresen hin, summte und klingelte gleichzeitig. Sie griff danach und lächelte, als sie Onidus ulkiges Gesicht auf dem Display sah.

Sie hatte das Foto letztes Jahr auf einer Reise nach Hawaii aufgenommen und perfekt seine widerwillige Miene eingefangen, als sie darauf bestanden hatte, dass er statt seines üblichen Anzugs Shorts und ein T-Shirt trug. Es war das beste Bild, das sie von ihm hatte. Seine Miene kam der Realität so nah, dass man ihn fast für menschlich halten konnte.

„Ja, mein Lieber?"

„Ich habe schlechte Nachrichten, Herrin. Offenbar ist Ihr Labor von Vandalen heimgesucht worden. Alles ist in Unordnung, die Ausrüstung ist durch den Raum geworfen worden, und von dem, was noch an seinem Platz steht, hängen lose Kabel herunter. Jede einzelne Schublade ist hervorgeholt worden und der Inhalt liegt zerrissen auf dem Boden. Aber das Schlimmste sind die entwürdigenden, hasserfüllten Worte, die überall an den Wänden stehen und die ich als Gentleman nicht wiederholen werde. Es ist furchtbar! Was soll ich unternehmen, Herrin?"

Onidu klang ernsthaft verstört und Amanda musste sich daran

erinnern, dass es einzig seiner Programmierung geschuldet war, dass er den zur Situation passenden Tonfall anschlug.

„Onidu, Schatz, könntest du das, was du siehst, mit dem Handy aufnehmen und mir schicken?" Amanda wusste, dass jeder Versuch, ihn dazu zu bringen, die Schmierereien vorzulesen, sinnlos war. Seine Programmierung verhinderte, dass er Schimpfworte benutzte. Sicherlich dank der Bemühungen ihrer Mutter.

„Ja, Herrin, sofort."

Hure, Schlampe, Nutte, Fotze, Stirb … lauteten einige der Nettigkeiten, die mit schwarzem Edding an der Wand geschrieben standen. Eine schlampige Zeichnung des Wappens der Doomer ließ sie wissen, von wem die Nachricht stammte.

Sehr kreative Jungs. Netter Wortschatz.

Angewidert verzog Amanda das Gesicht, machte das Handy aus und ließ es auf die Granitarbeitsplatte fallen. Kopfschüttelnd ging sie durch die Küche, um sich Kaffee nachzuschenken. Aber dann, als sie die Kanne hob, erstarrte sie mitten in der Bewegung.

Was, wenn sie etwas zurückgelassen hatte? Der Gedanke jagte ihr einen kalten Schauer über den Rücken. Was, wenn die Doomer etwas entdeckt hatten?

Sie kaute auf ihrer Unterlippe und versuchte sich zu erinnern, ob die Doomer im Labor auf irgendetwas gestoßen sein könnten, dass sie nutzen könnten. Die Ergebnisse ihres Lieblingsprojekts lagen sicher auf ihrem Laptop, den sie glücklicherweise mitgenommen hatte. Und das kleine Notizbuch mit hastig niedergeschriebenen Ideen und Überlegungen war immer in ihrer Handtasche, sodass sie es zur Hand hatte, egal wo und wann die Muse sie küsste …

Plötzlich gewann das mulmige Gefühl die Oberhand und Amanda rannte ins Schlafzimmer, um die zahlreichen Innentaschen ihrer Handtasche zu durchwühlen. Schließlich drehte sie sie frustriert um und verteilte den Inhalt auf ihrem Bett.

Das Notizbuch fehlte.

Sie lief ins Wohnzimmer und wiederholte den Vorgang bei ihrer Laptoptasche.

Dort war es auch nicht.

Oh, Mist, Mist, Mist ...

Amanda hastete in die Küche, um nach ihrem Telefon zu greifen.

„Kian, wir haben ein riesiges Problem", sagte sie kaum, dass er sich gemeldet hatte.

„Was ist los?" Er hatte ihre Eindringlichkeit sofort bemerkt und klang angespannt.

„Ich habe etwas im Labor gelassen und falls die Lakaien von allem, was böse ist, es gefunden haben, sitzen wir tief in der Scheiße!" Sie stützte sich auf Onidus Bericht, als sie Kian vom Einbruch und den Schriftzügen erzählte.

Die Einzelheiten interessierten ihn nicht. „Was hast du im Labor gelassen, Amanda?"

„Es tut mir leid! Ich dachte, es wäre in meiner Handtasche, aber ich habe ... Ich muss es irgendwo liegengelassen haben." Sie war kurz davor, in Tränen auszubrechen.

„Sag mir einfach, um was es verdammt noch mal geht!" Natürlich hatte Kian die Geduld verloren.

„Ich kann mein Notizbuch nicht finden. Das, in dem ich alle meine guten Ideen aufschreibe und anderen Kram, den ich gern schnell zur Hand habe. Das Problem ist, dass ich darin auch die Vornamen und Handynummern meiner Testpersonen festgehalten habe." Sie seufzte. „Und auch den Rang, den ich ihnen zugewiesen habe. Die meistens liegen zwischen eins und drei, aber Syssi ist eine Zehn und es gibt einen Jungen, der eine Acht ist. Wenn die Doomer halbwegs schlau sind, werden sie hinter den beiden her sein. Falls sie Idioten sind, werden sie jeden auf der Liste jagen."

Amanda hielt inne und wartete, dass Kian explodierte. Als sie nichts außer seinem schweren Atem hören konnte, lieferte sie ihm das, was ein kleiner Hoffnungsschimmer sein mochte. „Es sind nur die Vornamen und die Handynummern. Vielleicht können die Doomer nicht genug damit anfangen?"

„Oh, das ist mehr als genug. Vielleicht kostet es sie etwas Zeit und Geld, um jemanden zu finden, der die Anruflisten durchgeht, aber wenn sie erst so weit sind, wird es ein Kinderspiel sein, die Handyverbindungen deiner Testpersonen einzukreisen und sie ausfindig zu machen. Wahrscheinlich geht uns schon jetzt die Zeit aus. Ruf Syssi an und sag ihr, dass sie nicht das Haus verlassen soll. Ich werde sie selbst abholen. Schreib mir die Adresse des Jungen. Ich schicke die Wächter zu ihm."

Die Verbindung wurde getrennt.

„Verdammt." Amanda suchte Syssis Nummer heraus und drückte auf Anrufen, bevor ihr aufging, dass ihre Mitarbeiterin vermutlich noch schlief. Sechs Uhr morgens war zu früh, um einen Menschen anzurufen.

Nachdem es mehrmals geklingelt hatte, meldete Syssi sich. „Hallo?" Wie erwartet klang sie verschlafen.

„Guten Morgen, Süße. Es tut mir leid, dass ich dich geweckt habe. Ich wollte, dass du etwas für mich erledigst, und mir war gar nicht klar, wie früh es ist. Musst du in den nächsten Stunden irgendwohin?"

„Nein. Aber später fahre ich ins Altenheim. Warum? Wozu brauchst du mich?"

Syssi das ganze Durcheinander zu erklären, obwohl sie sich an nichts erinnern konnte, wäre zu viel gewesen. Das überließ sie besser Kian. Scheiße, an ihn würde sie sich ebenfalls nicht erinnern.

„Ich rufe dich später noch mal an, nachdem du ein paar Tassen Kaffee getrunken hast. Ich weiß, dass du vor der dritten nicht richtig wach bist."

Syssi gähnte. „Danke."

35

KIAN

„Wir treffen uns unten in der Garage und bringt eure Waffen mit“, bellte Kian ins Handy, bevor er es in die hintere Hosentasche schob und zur Tür eilte.

Es war ihm nie in den Sinn gekommen, dass die Doomer eine Gefahr für Syssi darstellen könnten. Er hatte immer nur um Amanda gefürchtet. Verrückt vor Sorge drückte er immer wieder den Knopf des Fahrstuhls und als er die Kabine endlich betrat, konnte er es nicht abwarten, dass sie sich in Bewegung setzte.

Sein Körper pulsierte vor aufgestauter Wut. Er war nicht überrascht, als sein Blick auf sein Spiegelbild fiel. Er sah aus wie ein Mörder. Mit glühenden Augen und den Fangzähnen, die über die Unterlippe ragten, hatte sein Gesicht nichts Menschliches mehr und seine grausame Miene passte zu seinen mörderischen Absichten.

Verdammt, er musste sich beruhigen, bevor er vor Syssis Tür erschien. Ein Blick auf ihn und sie würde in Ohnmacht fallen. Was genau genommen ein Vorteil sein könnte. Dann würde sie sich nicht wehren, wenn er sie in die Arme nahm und sich mit ihr davonmachte.

Das wäre kaum die beste Vorgehensweise, aber Kian bezweifelte, dass er sich während der kurzen Fahrt weit genug beruhigen würde, sodass ihm gar keine andere Wahl blieb.

Während er durch das Parkdeck auf den Lexus zurannte – Anandurs und Brundars schwere Stiefel trommelten hinter ihm auf den Boden – überfluteten ihn grausige Bilder von Syssi in den Händen seiner Feinde. Wie Fetzen eines Albtraums erschienen sie vor seinem inneren Auge und einer war schlimmer als der nächste.

„Was ist los, Boss?“, rief Anandur hinter ihm.

„Die Doomer haben die Liste mit Amandas Testpersonen. Sie werden hinter mindestens zwei von ihnen her sein. Wir holen ihre Assistentin Syssi ab. Sie steht ganz oben auf der verfluchten Liste.“

Grollend zog er die Lippen hoch und entblößte seine langen Eckzähne. Er schwor sich, wenn irgendeiner dieser kranken Scheißkerle Hand an sie legte, ihr irgendetwas zustieß, würde die Hölle ein Scheißdreck gegen das sein, was er ihnen in seiner Wut antat.

Als er den Zündschlüssel drehte, kam eine Nachricht von Amanda. Sie versicherte ihm, dass Syssi zu Hause war und nicht vorhatte, es in nächster Zeit zu verlassen. Das beruhigte ihn kaum. Er würde nicht zur Ruhe kommen, bevor sie sich in der Sicherheit seines Bollwerks befand.

LAs verdammten Verkehr verfluchend fuhr Kian wie ein Wahnsinniger, viel zu schnell und sich zwischen anderen Wagen hindurchdrängend. Es war ein Wunder, dass man ihn nicht herauswinkte. Er betete, dass sein Glück anhielt, nicht, weil ein Strafzettel ihn gekümmert hätte, sondern wegen des Zeitverlusts, der damit einhergehen würde.

Mit jeder Sekunde nahm seine Angst um Syssi zu, übte Druck auf seine Brust aus und verkrampfte seinen Bauch. Der Schmerz, den er empfand, war allerdings nicht nur körperlicher Natur. Es ging um jenes wenig vertraute Gefühl, von dem er gehofft hatte, dass er es nie wieder ertragen müsste.

Erschüttert vom Ausmaß seiner Reaktion war Kian gezwungen, sich einzugestehen, dass sie etwas in ihm wiedererweckt hatte, dass er für tot gehalten hatte. Gefühle, denen er vor langer Zeit abgeschworen hatte, weil die Erfahrung ihn gelehrt hatte, dass sie nur auf eine Katastrophe hinauslaufen konnten.

Kian hatte einmal geliebt.

Es war so lange her, dass die Erinnerung an die genauen Geschehnisse verblasst war, aber er entsann sich noch genau an den Schmerz, mit dem es zu Ende gegangen war.

Ihr Name war Lavena. Sie eine wunderschöne siebzehnjährige Sterbliche. Er war gerade neunzehn. Zu jung und unerfahren, um es besser zu wissen, hatte er sich Hals über Kopf in sie verliebt. Und wie alle jungen Liebenden hielt er sich für unverwundbar. Es gab keine Hürde, die er nicht überwinden konnte, kein Problem war so groß, als dass es ihn von seiner Liebe hätte abbringen können.

Er ignorierte das Machtwort seiner Mutter, lief davon und heiratete das Mädchen. Sie liebten sich leidenschaftlich und während er sich um den kleinen Bauernhof kümmerte, den er ihnen gekauft hatte, und sie ihr bescheidenes Heim versorgte, führten sie für eine kleine Weile ein seliges Leben.

Doch allmählich nahm Lavenas Verstand Schaden durch die ständigen Bezauberungen, die er ihr auferlegen musste. So unüberlegt er auch vorging, war ihm doch bewusst, dass sie niemals herausfinden durfte, wer er war.

Lavena wurde zunehmend verstörter und glaubte, den Verstand zu verlieren. Immer wieder lief sie verwirrt umher und vergaß, wo sie war oder was sie gerade getan hatte.

In seinem Bemühen, den Schaden zu begrenzen, feilte Kian an seiner Technik, bis er zum Meister wurde. Er gab sein Bestes, um so wenig Banne wie möglich zu nutzen, aber Lavena verfiel immer wieder in Phasen der Verwirrung. Als ihm klarwurde, dass dieses Märchen enden musste, war es zu spät. Sie erwarteten ein Kind.

Ihr gemeinsames Leben verwandelte sich in einen Albtraum.

Anfangs versuchte er, so weit wie möglich enthaltsam zu bleiben. Als ihm dämmerte, dass er die tobenden Hormone der Unsterblichen nicht im Zaum halten konnte, wich er auf Prostituierte aus.

Kian hasste sich, hasste, was er dem Mädchen antat, das er liebte, hasste das verdrehte Leben, das er führen musste.

Lavena entzog sich ihm und wurde misstrauisch. Nun, da ihre Vernarrtheit sie nicht länger blendete, fiel ihr auf, dass er nie krank wurde und dass seine Kratzer und blauen Flecken verschwanden, kaum dass er sie sich zugezogen hatte. Sie begann sich vor ihm zu fürchten und zu glauben, dass er schwarze Magie beherrschte.

Er musste gehen.

Es war leicht, seinen Tod vorzutäuschen. Lavena und die Dorfbewohner mussten nur seine zerrissene, blutige Tunika im Wald finden, um zu glauben, dass er von wilden Bestien zerrissen worden war. Da es keine Leiche gab, beerdigte seine Frau stattdessen die Tunika.

Umgeben von einer schützenden Illusion beobachtete er aus der Ferne, wie Lavena ihn betrauerte, wie sie ihre wunderschöne, gesunde Tochter zur Welt brachte, wie sie sich erholte und schließlich einen Witwer heiratete, der vier Kinder hatte.

Kian kehrte immer wieder zurück. Er sah zu, wie seine Tochter heiratete und selbst Kinder bekam. Er wurde Zeuge, wie sie ihr Leben lebten, alt wurden und starben, während sich für ihn nichts änderte. Ihre Lebenszeit maß kaum mehr als einen Wimpernschlag seiner eigenen.

Jahre um Jahre nervenzerfetzender Sorge und Reue.

Kian hatte sich geschworen, nie wieder so dumm und unvorsichtig zu sein und sich seit 1976 Jahren daran gehalten.

36

SYSSI

Fluchend vergrub Syssi das Gesicht im Kissen. Amandas Anruf hatte sie aus dem wunderbarsten aller Träume gerissen, bevor sie dafür bereit gewesen war. Verflixt, wenn es nach ihr gegangen wäre, würde sie für immer in jener Traumwelt bei ihrem Liebhaber bleiben.

Wie in der Nacht zuvor hatte er ihr einen weltbewegenden Höhepunkt verschafft, bevor der Traum abrupt unterbrochen worden war. Dieses Mal durch ein nerviges Klingeln.

Was noch schlimmer war: Sie hatte immer noch keinen Namen zu der Erinnerung an sein hinreißendes Gesicht.

Und doch war heute Morgen der große Unterschied, dass sie nicht in Melancholie verfallen war. Die Hoffnung, dass sie erneut von ihm träumen würde, hielt die Trauer in Grenzen. Zwei Nächte in Folge mussten der Anfang eines neuen Musters sein.

Während sie duschte und sich anzog, fragte Syssi sich, was die Träume verursacht hatte. Gestern Abend hatte offensichtlich die übersinnliche Liebesgeschichte dahintergesteckt, die sie gelesen hatte. Das hätte auch die Fangzähne erklärt. Allerdings passte die Beschreibung der Hauptfigur oder vielmehr des Vampirs nicht zu dem Mann aus ihren Träumen.

Abgesehen davon konnte das Buch nicht die Erklärung für die

Nacht davor sein. Es gab keine. Höchstens, dass ihr Unterbewusstsein ihr dasselbe mitteilen wollte wie die drei weisen alten Damen. Dass es Zeit war, ihre selbst auferlegte Enthaltsamkeit zu beenden und dem Leben eine Chance zu geben. Nur wurde sie schon beim Gedanken daran nervös.

Sie war nicht bereit für die Welt des Datings. Verdammt, sie war es nie gewesen.

Syssi hasste es, sich mit einem Mann nach dem anderen zu verabreden in der Hoffnung, dass sich einer als der richtige erweisen würde. Sie hasste die peinlichen Verabredungen und zu sagen: „Es war nett, aber nein danke."

Wie aus dem Nichts erschien das Bild eines riesigen, beängstigenden Mannes vor ihrem inneren Auge. Sie erinnerte sich vage, von jemandem um ein Date gebeten worden zu sein, aber es fühlte sich nicht nach einer echten Erinnerung an, eher nach einem weiteren Traum, wenn auch nicht nach einem angenehmen. Vielleicht hatte sie von ihm geträumt, bevor sie ihren Liebhaber heraufbeschworen hatte.

Aber sie hatte das dumme Gefühl, dass mehr dahintersteckte. Es ging nicht um eine Vorahnung, aber ihr Bauchgefühl sagte ihr, dass etwas Dunkles und Gefährliches dort draußen lauerte und darauf wartete, dass sie einen falschen Schritt tat. Dasselbe Gefühl hatte sie dazu getrieben, das Altersheim verfrüht zu verlassen und es zu vermeiden, im Dunkeln nach Hause zu fahren. Und sie war ziemlich überzeugt, dass es in irgendeiner Form mit ihrer Vorahnung über Amanda zu tun hatte.

Na prima. Jetzt war sie nervös und da sie ihre Angst mit ihren Gedanken gefüttert hatte, nahm sie an Fahrt auf. Sie musste sich ablenken, bevor erneut eine ausgewachsene Panikattacke daraus wurde.

Syssi schaltete den Fernseher ein, kochte sich einen frischen Kaffee und streckte ihn mit Kahlúa, um sich zu beruhigen.

Nach zwei weiteren gepimpten Kaffees und einer alten Folge *Friends* ließ ihre Unruhe nach.

Bis das Kreischen von Bremsen sie zurückbrachte. Syssi lief zum Fenster, um nachzusehen, ob jemand verletzt war.

Dummerweise stand das Gästehaus ganz am Ende der Einfahrt im hinteren Teil des Gartens und sie konnte von ihrem Standort hinter den Vorhängen aus nur einen kleinen Bereich der Straße einsehen. Der Rest wurde vom Haupthaus blockiert.

Sie konnte kein Auto entdecken, aber es kamen drei große Männer am Haus entlang. Einer lief zu ihrer Einfahrt, während die anderen beiden auf dem Gehweg zurückblieben.

Was ging hier vor?

Angst erfasste sie. Sie ließ den Vorhang fallen und trat einen Schritt beiseite, damit man sie nicht sehen konnte. Als der Mann näherkam und das Trommeln seiner Stiefel durch die Stille des friedlichen Morgens donnerte, wurde die Angst zu Panik.

Groß und muskulös, wie er war, wirkte er wie ein gemeingefährlicher Jäger, der auf Beute aus war. Doch nur, bis sie sein wunderschönes Gesicht sehen konnte.

Als sie ihn erkannte, schlug Syssi sich keuchend die Hand vor den Mund.

Das kann nicht sein. Sie entfernte sich vom Fenster und berührte ihre Stirn.

War es möglich, dass es sich bei ihrem Traum um eine Vorahnung gehandelt hatte? Oder war ihr all der Kahlúa zu Kopf gestiegen, sodass sie sich etwas einbildete und das Gesicht ihres Traumliebhabers auf das eines Fremden projizierte?

Nicht sicher, ob sie mutig genug war, es herauszufinden, ging Syssi einen weiteren Schritt rückwärts.

Der Mann musste gesehen haben, dass sie sich zurückzog, und zu dem Schluss gekommen sein, dass er ihr Angst eingejagt hatte. Er wurde langsamer und blieb einige Meter von ihrer Haustür entfernt stehen.

„Syssi, ich bin es, Kian …“, rief er. „Amandas Bruder. Hab keine Angst. Bitte mach die Tür auf.“

Mit einer Hand auf der bebenden Brust ging Syssi wieder ans Fenster und schob den Vorhang beiseite, um besser sehen zu können.

Kian? Amandas Bruder?

Ihr rasendes Herz beruhigte sich etwas, aber ihre Hände waren nach wie vor feucht und zitterten.

Was hat Amandas Bruder in meinen Träumen verloren? Was tut er hier? Geht es Amanda gut? Warum hat sie ihn nicht erwähnt, als sie mich angerufen hat?

Plötzlich in Sorge um ihre Freundin öffnete Syssi hastig die Tür.

„Was ist passiert? Ist mit Amanda alles in Ordnung?"

„Amanda geht es bestens. Es tut mir leid, dass ich dich erschreckt habe, aber wir haben ein kleines Problem. Wir haben alles unter Kontrolle, also kein Grund, in Panik zu geraten. Aber ich muss mit dir reden. Darf ich reinkommen?", fragte er und trat näher.

Nun, da er direkt vor ihr stand, konnte sie erst seine wahre Größe bewundern. Um in sein überwältigend schönes Gesicht zu schauen, musste sie den Kopf in den Nacken legen. Aber auch, wenn ihre Sorge um Amanda sich zerschlagen und sie sich beruhigt hatte, hatte sie immer noch Angst vor diesem Mann. Oder eher davor, was es zu bedeuten hatte, dass er morgens um halb sieben vor ihrer Tür stand.

Syssi schluckte nervös.

Kian war sogar noch beeindruckender als der Mann aus ihren Träumen. Mit all den angespannten Muskeln sah er aus wie ein Killer, der jeden Moment zuschlagen würde. Seine grimmige Anspannung war ein sicherer Hinweis, dass die Lage nicht so trivial war, wie er es hatte klingen lassen.

Gott, all diese herrliche Männlichkeit verwandelte ihr Gehirn in Brei.

Er sah sie eindringlich an, als erwartete er, dass sie etwas sagte.

Oh, genau. Sie sollte ihn hineinbitten. Verdammt, Syssis spürte, dass ihre Wangen heiß wurden. Nicht nur, dass sie sich wie ein verknallter Teenager aufführte, ihr Haus war auch nicht so ordentlich, wie sie es gern sah, wenn sie Besuch bekam. Aber das ließ sich nicht ändern. Sie konnte ihn kaum vor der Tür stehen lassen, nachdem er sie höflich gefragt hatte, ob er hereinkommen durfte.

„Ja, natürlich, bitte." Syssi brachte ein dünnes Lächeln zustande und bedeutete ihm, ihr zu folgen. Gleichzeitig gab sie ihr Bestes, so zu tun, als wäre sie in seiner Gegenwart weder nervös noch furchtbar verlegen.

Ein Fremder, der kein Fremder ist ...

Er folgte ihr hinein und schloss die Tür hinter sich. Mit ihm im Raum schien ihre Wohnung in sich zusammenzuschrumpfen. Auf einmal fühlte sie sich gefangen und hatte Schwierigkeiten, Luft zu bekommen, als hätte Kian sämtlichen Sauerstoff für sich beansprucht. Und doch ... Als sie seine Wärme in ihrem Rücken wahrnahm, überkam sie eine Woge der Erkenntnis. Ihr Körper verkrampfte sich an den einen Stellen, an den anderen entspannte er sich. Sie musste durchatmen und sei es nur, um seinen Geruch zu inhalieren.

Unfähig, die Anspannung länger zu ertragen, wirbelte sie herum, nur um kaum einen Zentimeter vor seiner festen Brust wiederzufinden. Nervös, was sie sehen würde, zögerte sie einen Moment, bevor sie zu ihm aufsah.

Syssi sog scharf die Luft ein. Seine Augen waren von dem intensivsten Blau, das sie je gesehen hatte. Sie fühlte sich von ihnen bezaubert. Hypnotisiert.

Wow, dass sie am Morgen aufgewacht war, musste ein Traum innerhalb eines Traums gewesen sein und sie schlief noch, träumte noch, und beschwor diesen wunderbaren Mann, diese fantastischen Augen in sich herauf.

Sie fragte sich, ob er sich echt anfühlen würde, wenn sie ihn berührte. Aber wenn sie daran dachte, wie real er sich in ihren Träumen angefühlt hatte ... Na ja, das bewies offensichtlich gar nichts.

Syssi wartete darauf, dass er etwas sagte – oder sie wenigstens um den Verstand küsste –, aber er tat weder das eine noch das andere. Stattdessen sah er ihr fest in die Augen und hielt sie mit seinem Blick gefangen.

Es fühlte sich an, als würde er gegen eine geistige Barriere in ihrem Kopf drängen. Der Druck in ihren Schläfen wurde immer schlimmer, bis die Barriere in sich zusammenbrach und eine Flutwelle unterdrückter Erinnerungen in ihr Bewusstsein schoss.

Während Syssi darum rang, den Zustrom zu verarbeiten und in sich aufzunehmen, war sie sich Kians unnachgiebigem Blick bewusst.

Anfangs fühlte es sich an, als müsste ihr Kopf unter dem enormen Druck explodieren, aber sobald er nachließ und die Erinnerungen über sie herfielen, war sie überzeugt, den verflixten Verstand zu verlieren.

Kian im Labor, die Gefahr, die Flucht zum Auto, das Penthouse, der Kuss, die Träume.

Was war real? Was ein Traum?

Als Syssi in Kians Augen nach Antworten suchte, fand sie ein Spiegelbild ihres eigenen brennenden Verlangens. Nur wirkte seines eher wie der Hunger eines Raubtiers. Sie hatte das schon einmal gesehen. Sie erinnerte sich, dass er an genau derselben Stelle gestanden und sie mit dem gleichen gierigen Ausdruck auf seinem gutaussehenden Gesicht angestarrt hatte.

Das war nicht Teil ihrer Träume gewesen. Es war tatsächlich geschehen. Überwältigt trat sie einen Schritt zurück.

Kian wirkte bedrohlich, wie er über ihr aufragte, der Inbegriff eines sexhungrigen Mannes. Und doch fürchtete sie sich nun, da sie sich erinnerte, nicht mehr vor ihm. Sie war aufgeregt, nervös, begierig, verlegen … ja. Aber nicht verängstigt. Aus irgendeinem Grund wusste sie, dass sie ihm vertrauen konnte. Kian würde sie beschützen.

Syssi sah keinen Grund, ihrem unfehlbaren Instinkt zu misstrauen. Er hatte sie noch nie im Stich gelassen.

Was die Frage aufwarf, wovor zum Teufel er sie beschützen musste und was hier eigentlich los war?

„Was …?“, begann sie.

Kian unterbrach sie mit einer Geste. Er räusperte sich, als wollte er seine ausgetrocknete Kehle anfeuchten. Seine Stimme war kratzig. „Du musst eine Tasche packen und mich begleiten“, befahl er. Dann wartete er unübersehbar darauf, dass sie gehorchte.

„Wirklich? Einfach so?“ Syssi hob eine Augenbraue.

„Ich werde dir unterwegs alles erklären. Die Situation, von der ich gerade sprach, macht es für dich gefährlich, hierzubleiben. Wir müssen so schnell wie möglich verschwinden. Bitte beeil dich und pack nur das ein, was du in den nächsten Tagen wirklich brauchst.“

Kian ergriff ihre Schultern und drehte sie um Richtung Schlafzimmer, bevor er einen spielerischen Klaps auf den Po gab, um sie zur Eile zu treiben.

Überrascht riss Syssi den Kopf herum und warf ihm einen *Was zum Teufel glaubst du, was du da tust?*-Blick zu, bevor sie ins Schlafzimmer marschierte. Doch sobald sie sich abwandte, lächelte sie.

Was hatte dieser Mann an sich, dass sie ihm so etwas gestattete? Eine Berührung, die sie von jedem anderen als anstößig eingeordnet hätte, hatte ihr ein köstliches Prickeln der Erregung beschert.

Aber er hatte ganz schön Nerven. Einfach herumzualbern, als wären sie ein Paar und als ob nichts Besonderes los wäre – und ohne eine Erklärung abzugeben, was wirklich vor sich ging.

Hastig öffnete sie eine Schublade nach der anderen und warf Kleidungsstücke aufs Bett. Die bizarren Erlebnisse vom Vortag und die Panikattacke vom Morgen waren überzeugend genug, dass sie verschwinden musste. Aber vor was oder wem lief sie davon?

Sie würde es bald erfahren. Kian hatte versprochen, es ihr zu erklären.

Während sie ihre Reisetasche unter dem Bett hervorzog, dachte Syssi über ihren merkwürdigen Gedächtnisverlust und die plötzliche Rückkehr ihrer Erinnerungen nach. Sie schüttelte den Kopf. Wenigstens ein Rätsel war gelöst. Die erotischen Träume waren nicht aus dem Nichts gekommen. Sie waren ein Ergebnis von Kians Anziehungskraft. Bewusst hatte sie sich nicht an ihn erinnert, aber ihr Unterbewusstsein hatte hervorragende Arbeit geleistet, indem es diesen unglaublich schönen Mann zum Star ihrer heißen Träume erklärt hatte.

Sie hatte den Eindruck, dass Kian etwas mit ihrem Gedächtnisverlust zu tun hatte. Aber inwiefern? Hatte er sie hypnotisiert? Und falls ja: Wann? Wie? Warum?

Und falls er es getan hatte, konnte sie ihm dann vertrauen? Wäre es nicht vollkommen idiotisch, ihm zu trauen?

Innerhalb weniger Minuten hatte Syssi alles gepackt und war bereit zum Aufbruch. Hastig kämmte sie sich die Haare, trug etwas Eyeliner auf und trat in ihre Plateau-Sandalen. Sie wollte schon das Schlafzimmer verlassen, als ihr Blick auf den Roman fiel, der mit dem Cover nach unten auf ihrem Nachttisch lag. Sie öffnete ihre Tasche und legte das Buch zu den wenigen Dingen, die sie mitnehmen würde.

Nun, da sie acht Zentimeter größer war und ihr Haar ihr in dicken glänzenden Wellen über den Rücken fiel, fühlte sie sich beim Verlassen des Schlafzimmers deutlich selbstbewusster, was ihre äußere Erscheinung anging. Nicht aber in Bezug auf ihre geistige Gesundheit.

Es war es wert gewesen, die zusätzliche Minute zu investieren.

Sobald sie mit der Reisetasche über der Schulter das Wohnzimmer betrat, riss Kian die Augen auf. Die Hitze in seinem Blick gab ihr das Gefühl, weiblich und stark zu sein. Sexy. Begehrenswert.

Sie schwang leicht die Hüften, während sie auf ihn zuging. Aber dann brach ihr Selbstbewusstsein in sich zusammen und sie sah ihm zögernd in die Augen, um seine Reaktion einzuschätzen.

Als ahnte er, worauf sie aus war, musterte Kian sie bewundernd von oben bis unten. Sein verschleierter Blick ließ sie wissen, wie sehr ihm gefiel, was er sah.

Sie lächelte und dankte ihm stumm für seine wortlose Bewunderung. Doch dann verlor sie die Nerven und senkte wieder den Blick. Ihr kurzzeitiger Mut wurde von einem peinlichen berührten Erröten ersetzt.

In zwei schnellen Schritten kam Kian auf sie zu und griff nach der Reisetasche. Er warf sie sich über die Schulter, legte Syssi den Arm um die Taille und zog sie fest an seine Seite.

Syssi versteifte sich kurz; nicht sicher, was sie von diesem besitzergreifenden Verhalten halten sollte. Es war definitiv keine lässige Berührung zwischen Freunden. Es war mehr. Und auch, wenn sie nicht zu viel hineininterpretieren wollte, fühlte es sich unglaublich gut an, einfach mitzuspielen und sich an ihn zu lehnen, als wäre es die natürlichste Sache der Welt.

Als sie Arm in Arm aus der Tür gingen, spürte sie, dass etwas Neues begann. Aber was? Während sie die lange Einfahrt hinter sich ließ, nahm das Gefühl zu und wuchs sich zu der machtvollen Vorahnung aus, dass sie nie zurückkehren würde.

Sie wusste nicht, wieso oder warum, ob das etwas Gutes oder Schlechtes war. Leider lag es in der Natur von Vorahnungen, vage zu sein und nur einen Hinweis auf das Ergebnis zu liefern, kaum jedoch einmal Einzelheiten.

Syssi überlegte, ob es irgendetwas gab, das ihr schrecklich fehlen würde. Die Möbel gehörten ihrer Vermieterin, ihre Fotos lagen alle sicher auf dem Laptop und ihre übrigen Habseligkeiten ließen sich mit weniger als tausend Dollar ersetzen. Abgesehen natürlich von ihrem Liebling.

Ihr BMW-Cabrio war der einzige Luxus, den sie von ihren Eltern angenommen hatte, und sie liebte diesen Wagen. Liebling würde sie begleiten, wo immer sie hinging. Ihn unbeaufsichtigt auf der Straße zurückzulassen, war ausgeschlossen.

„Was ist mit meinem Auto?" Sie wandte sich an Kian.

Sie hatten inzwischen den Bürgersteig und die beiden beeindruckenden Männer erreicht, die dort Wache standen. Einer war ein riesiger Rothaariger, der andere etwas kleiner, gutaussehend und blond. Beide musterten sie mit einer Mischung aus unverhohlener Neugier und männlicher Bewunderung.

Kian zog sie fester an seine Seite. „Gib mir die Schlüssel." Er streckte die Hand aus und erdolchte seine Begleiter förmlich mit seinem Blick.

Verwundert von seiner Grobheit sah Syssi auf in sein wütendes Gesicht. „Willst du uns nicht vorstellen?"

Er deutete nacheinander abweisend auf die Männer und bellte: „Der rote Ochse heißt Anandur und Rapunzels Name ist Brundar." Ihren Körper teilweise mit seinem abschirmend beendete er die

Vorstellung. „Und das ist Syssi, Amandas wissenschaftliche Mitarbeiterin."

Der Mann namens Anandur trat an Kian vorbei und hob ihre angebotene Hand lächelnd an die Lippen, um sie zu küssen. „*Enchanté*."

Hatte sie es ich eingebildet oder hatte Kian gerade gezischt?

Brundar neigte wortlos den Kopf. Aber seine Lippen zuckten leicht und wiesen darauf hin, dass er ein Lächeln unterdrückte.

Dieses Mal ertönte kein Zischen.

„Welcher ist deiner?", fragte Kian und nahm die Schlüssel von ihr entgegen.

„Der blaue BMW da." Sie zeigte in die entsprechende Richtung.

Kian warf Anandur die klimpernden Schlüssel zu, der sie auffing und mit einem übertriebenen Salut zu ihrem Auto ging.

„Du fährst, Brundar", befahl Kian und öffnete die hintere Tür für Syssi. Nachdem er ihr bedeutet hatte zu rutschen, schloss er sich ihr auf dem Rücksitz an. Er setzte sich dicht neben sie und legte ihr besitzergreifend die Hand auf den Oberschenkel.

Hinter dem dichten Vorgang ihrer Haare grinste Syssi. Sie wusste nicht, was sie von Kians Benehmen halten sollte. Er führte sich auf wie ein eifersüchtiger Freund.

Auf der anderen Seite war es durchaus denkbar, dass er immer unhöflich zu den anderen Männern war oder es gerade böses Blut zwischen ihnen gab. In beiden Fällen hätte das nichts mit ihr zu tun.

Dennoch hatte Syssi aus irgendeinem Grund nichts dagegen, ihn an sich gedrängt zu spüren oder dass er die Hand auf ihr Knie legte. Im Gegenteil, es fühlte sich gut an. Es war so lange her, dass sie diese Form von Nähe genossen hatte.

Plötzlich sehnte sie sich so sehr danach, dass ihr Bauch sich verkrampfte, als ihr bewusst wurde, wie unpassend es wäre, etwas Ernsthaftes miteinander anzufangen.

Sie war eine Närrin.

Auf der Basis eines heißen Kusses und zwei sinnlicher Träume entstand noch lange keine Beziehung oder auch nur eine Affäre.

Was dachte sie sich nur dabei?

Syssi seufzte. Nur, weil man sich etwas wünschte, wurde es noch lange nicht real.

Aber in der Zwischenzeit konnte sie ein bisschen so tun, als ob, und die Wärme ihres Zusammenseins genießen. Selbst wenn es nur eine Illusion war. Während dieses Abenteuer, entschied sie, würde sie einfach alles fließen lassen und sich später um die Konsequenzen kümmern.

37

KIAN

Kian hielt Syssi fest und genoss es, ihre Nähe zu spüren. Nach wie vor besorgt, wie abgespannt sie bei seiner Ankunft ausgesehen hatte, schielte er zu ihr hinab. Aber ihr Gesicht lag hinter ihrem Haar verborgen.

Verdammt! Sie war kreidebleich gewesen, als wäre sie krank oder nach einer schlaflosen Nacht übermüdet. Ihr hübsches Gesicht war vor Sorge und Angst verkniffen gewesen.

Es war seine Schuld.

Irgendwie musste er ihr mit seinem Bann geschadet haben und heute Morgen hatte er sie zu Tode erschreckt, als er im Stechschritt ihre Einfahrt entlang marschiert war. Die Tatsache, dass er keine andere Wahl gehabt hatte, änderte nichts an seinem schlechten Gewissen.

Er wollte, dass der müde Ausdruck verschwand, wollte sie in die Obhut seiner Arme ziehen und ihre Ängste und Nöte lindern, sie in einen sicheren, warmen Kokon hüllen und den Schaden wieder gutmachen, den er unabsichtlich angerichtet hatte.

Aber dies war nicht der richtige Zeitpunkt. Abgesehen davon würde er sie vermutlich erneut in Panik versetzen. In ihrer aktuellen Lage hatte sein Körper noch nicht verstanden, dass er sich beruhigen durfte, und kampfbereit, wie er war, konnte Kian sich nicht ansatzweise vorstellen, wie bedrohlich er auf sie wirken musste.

Er zwang sich, tief durchzuatmen, und versuchte, seine angespannten Muskeln zu lockern.

Er war so dankbar, dass er rechtzeitig vor Ort gewesen war. Ursprünglich hatte er vorgehabt, Syssi erneut zu bezaubern, damit sie mitkam. Aber er war froh, sich dagegen entschieden und stattdessen ihr Gedächtnis wiederhergestellt zu haben. Es hatte sie furchtbar verwirrt, aber wenigstens hatte er ihrem Gehirn keinen weiteren Schaden zugeführt.

Klar, red dir das nur ein.

In Wirklichkeit wollte er, dass Syssi sich an ihn erinnerte, und sämtliche Pläne hatten sich erledigt, sobald er sie wiedergesehen hatte. Seine Hormone hatten die Kontrolle und das Denken für ihn übernommen.

Kian grinste. Als er ihr ins Haus gefolgt war, hatte er nichts als ihre wohlgeformte Kehrseite wahrgenommen.

Zum Glück hatte sie ihn nicht dabei ertappt.

Aber Junge, ihre eng anliegenden Leggings umrissen ihren Po perfekt und überließen nur wenig der Fantasie. Er hatte sich mit Macht zwingen müssen, nicht die Hände darum zu legen und kräftig zuzudrücken, bevor er mit den Fingern über die Naht bis zu ihrer Körpermitte strich.

Als sie sich umgedreht und sich dicht vor ihm wiedergefunden hatte, hatte er sie verzweifelt küssen wollen. Es war gut, dass er über die Jahre gelernt hatte, sich zu beherrschen. Denn so, wie sie zu ihm aufgeblickt hatte, war ihr anzusehen gewesen, dass sie genau das wollte. Er hatte sich daran erinnern müssen, dass sie keine Zeit hatten, dass er zuerst ihr Gedächtnis wiederherstellen und sie wegbringen musste. Das Küssen musste warten, auch wenn er mit dem kleinen Klaps auf ihren herrlichen Po davongekommen war. Zum Glück, ohne Ärger zu bekommen.

Vielleicht hatte es ihr sogar gefallen.

Perfekt, sie war absolut perfekt. Sexy, süß und wunderschön.

Sein.

Während er neben Syssi saß und ihre Wärme durch die Kleidung spürte, ihren wunderbaren Duft in sich aufnahm, überlegte Kian, was sie an sich hatte, das diese unvertraute Sehnsucht in ihm auslöste. Die Lust war zu erwarten gewesen: Syssi war wunderschön und aufregend und es lag in seiner Natur, ihren Körper vereinnahmen zu wollen. Aber diese Sehnsucht, sie zu besitzen, die Fürsorge, die Zärtlichkeit, die er für sie empfand, das war neu.

Er zog sie dichter an sich und streichelte sacht ihr Knie. Etwas in ihm sträubte sich dagegen, den Augenblick zu verderben und sie mit der versprochenen Erklärung aufzuregen. Aber er musste es tun.

Mit einem tiefen Atemzug drehte er sich zur Seite, sodass er ihr in die Augen sehen konnte, und ergriff ihre Hand. Er drückte sie behutsam.

„Erinnerst du dich an die Leute, denen wir neulich im Labor ausgewichen sind?" Kian sprach so beruhigend, wie es ihm möglich war. Er hasste es, ihr erneut Angst einzujagen. „Sie sind letzte Nacht zurückgekommen und haben im Labor randaliert – und schreckliche Dinge an die Wände geschrieben."

Syssi hob hastig die Hand zur Brust und jede Farbe verschwand aus ihrem Gesicht. „Oh mein Gott! Arme Amanda, sie muss vollkommen fertig sein!"

Verdammt, das war nicht wie geplant gelaufen. Syssi war kreidebleich.

Und er war noch nicht einmal beim Kern des Problems angekommen.

„Sie ist verstört, aber nicht wegen des Schadens. Der lässt sich leicht beheben … Amanda hat ein Notizbuch. Darin befindet sich neben anderen Dingen eine Liste ihrer Testpersonen, inklusive Vorname, Handynummer und Rang, den sie euch zugewiesen hat. Dieses Notizbuch ist verschwunden und wir glauben, dass die Vandalen es gefunden haben und versuchen könnten, den Leuten auf der Liste zu schaden."

„Warum?" Syssi rieb sich die Brust, während die schlechten Nachrichten sich auftürmten.

„Warum sie diese üblen Sachen machen? Hass, Angst, Ignoranz, Gier, Neid. Such dir etwas aus. Möglicherweise halten sie übersinnliche Fähigkeiten für etwas Böses, für ein Geschenk des Teufels oder so einen Schwachsinn. Das Wieso ist nicht wichtig. Dir muss nur klar sein, dass sie es tun werden. Du stehst auf Amandas Liste an erster Stelle, was dich zu ihrem Hauptziel machen dürfte." Darüber zu reden, hatte seine mühsam erkämpfte Fassung wieder in sich zusammenfallen lassen.

Die Vorstellung, dass irgendetwas oder irgendjemand Syssi bedrohen könnte, ließ ihn vor Zorn kochen. „Darf ich dein Handy haben? Wir müssen es loswerden. Diese Idioten können dein Signal verfolgen." Er streckte die Hand aus. „Keine Sorge. Ich kaufe dir ein neues."

Syssi reichte ihm das Gerät und rutschte beiseite, sodass sich etwas Abstand zwischen ihnen bildete. Kian war klar, dass seine kleine Ansprache sehr eindringlich ausgefallen war, und da sie sich sowieso fürchtete, musste seine düstere Verfassung ihrer Nervosität die Krone aufgesetzt haben.

Er zog sie wieder zu sich, drückte sie fest an sich und rieb ihr aufmunternd die Schultern, bevor er die Finger um ihre kalte, feuchte Hand schloss. „Keine Sorge, Schöne. Ich würde nie zulassen, dass dir etwas passiert. Ich würde diese Bastarde eher in Stücke reißen als zuzulassen, dass einer von denen auch nur einen Finger an dich legt. Bei mir bist du in Sicherheit."

Kian beendete seinen grausigen Schwur, indem er sie auf den Kopf küsste.

Ihre Ängste schien er damit jedoch nicht ausgeräumt zu haben. Das arme Mädchen saß steif da und schwieg.

Super, wie du sie beruhigt hast, du Idiot.

Zum jetzigen Zeitpunkt musste sie sich genauso sehr vor ihm fürchten wie vor der lauernden Bedrohung.

Er öffnete das Fenster einen Spalt breit und warf ihr Handy auf direktem Weg in den Müllcontainer einer Baustelle.

Sollten die Wichser es doch zur Müllhalde verfolgen.

38

SYSSI

„In diesen verrückten Schuhen wirst du noch stolpern und dir den Knöchel verknacksen", grollte Kian, als Syssi ins Straucheln geriet und sich an seinem Arm festhielt.

Auf dem Weg vom Auto zu den Fahrstühlen war ihr leicht schwindelig. Lag das am Kahlúa? Möglich. Aber es mochte auch mit dem zu tun haben, was Kian mit ihrem Kopf angestellt hatte. Allerdings konnte es auch schlicht daran liegen, dass sie panische Angst hatte.

„Das liegt nicht an den Schuhen. Eigentlich sind sie sogar ziemlich stabil. Mir ist nur ein bisschen schwindelig. Vielleicht bin ich von dem ganzen Kahlúa, den ich heute Morgen getrunken habe, etwas beschwipst. Oder, was noch wahrscheinlicher ist, die Schwäche und mein schlechtes Gleichgewicht sind ein Ergebnis all der Aufregung. Ich hatte solche Angst …" Peinlich berührt schielte sie zu ihm hoch, bevor sie zu Boden sah.

Einige der finsteren Schatten waren aus seinem Gesicht verschwunden und er wirkte nicht mehr so furchteinflößend wie im Auto. Seiner steifen Haltung nach war er aber immer noch in Alarmbereitschaft.

„Beschwipst? Noch vor dem Mittagessen? Das scheint gar nicht zu dir zu passen." Ein Lächeln legte sich um seine Lippen, als er ihr den Arm um die Taille legte und sie stützte, sodass sie beinahe schwebte. Ihre Füße berührten kaum noch den Boden.

„Tut es auch nicht. Ich trinke nur selten. Aber in den letzten Tagen war ich ständig nervös. Zuletzt wurde es so heftig, dass ich es nicht mehr abschütteln konnte." Mit einem traurigen Lächeln sah sie zu Kian auf und entschied, ihm die Wahrheit über sich zu erzählen. Vermutlich hatte Amanda ihm sowieso schon von ihr und ihrem fragwürdigen Talent berichtet. „Ich habe die Erfahrung gemacht, meine verfluchte Hellsichtigkeit besser nicht zu ignorieren oder abzutun. Wenn ich das Gefühl habe, dass etwas Schlimmes passieren wird, trifft es fast immer zu. Wie dem auch sei: Ich habe Kahlúa in meinen Kaffee gekippt, um mein angeschlagenes Nervenkostüm zu beruhigen."

Kian küsste sie auf den Scheitel und drückte ihr die Schulter. „Ich bin dankbar für deine Vorahnungen, und du solltest es auch sein. Sie sind ein gutes Warnsystem, das dich vielleicht vor etwas sehr Schlimmen bewahrt hat. Aber genug davon, ich will nicht, dass du dir weiter Gedanken darüber machst. Du bist jetzt in Sicherheit."

Nachdem sie sich vor den Fahrstühlen von Brundar verabschiedet hatten, betraten sie die Kabine, die zum Penthouse hochfuhr.

„Wie viele Tassen Kaffee mit Likör hast du getrunken?", fragte Kian, als die Türen zum Vorraum aufgingen.

„Drei, aber es war nicht viel Alkohol drin. Ich bin nicht besonders standfest." Sie zog eine Grimasse. „Ein halbes Glas Wein und mir wird duselig."

„Es wird dir besser gehen, wenn du es erst einmal etwas gegessen hast. Der Schwindel kommt vermutlich vom Stress und dem Alkohol auf leeren Magen. Ich lasse dir von Okidu etwas zurechtmachen." Kian ließ ihre Reisetasche neben der Tür fallen und ging in die Küche.

Syssi zögerte. Sie war sich nicht sicher, ob sie ihm folgen oder neben der Tür warten sollte. Händeringend sah sie sich um, während sie sich wieder mit der Wohnung vertraut machte und sich fragte, ob Kian vorhatte, sie hier unterzubringen.

Sie hätte ihn bitten sollen, sie bei Andrew absetzen. Doch stattdessen war sie ihm wie in einer Trance gefolgt, ohne weiter nachzudenken. Offenbar setzte ihr Verstand komplett aus, sobald Kian in der Nähe war, war der Meinung, dass sie ein Paar waren, und überließ es ihm, sich um sie zu kümmern, als gehörte sie ihm. Doch das tat sie nicht, was die Erklärung sein dürfte, warum sie so verlegen war und sich in seinem Heim so fehl am Platz vorkam.

Abgesehen davon war sie eine unabhängige Frau, die niemandem brauchte, der sich um sie kümmerte. Nur hatte das bis vor Kurzem bedeutet, dass sie ein anständiges Einkommen hatte und ihre Rechnungen selbst bezahlte. Sie hatte nicht erwartet, sich jemals gegen verrückte Sektenmitglieder verteidigen zu müssen.

Syssi war keine Kämpferin. Sie hatte nicht einmal einen Selbstverteidigungskurs besucht und sie hatte das Gefühl, dass es nicht gut für sie wäre, die Polizei zu rufen. Sie brauchte jemanden wie Kian oder ihren Bruder, um sie zu beschützen. Auf ihre Unabhängigkeit zu pochen und darauf zu bestehen, zu Hause zu bleiben, wäre schlicht dumm gewesen. Manchmal musste eine Frau ihre Grenzen akzeptieren und Hilfe annehmen.

Sie atmete tief durch und folgte Kian, einen Schritt nach dem anderen, in die Küche.

39

KIAN

Kaum, dass Kian die Wohnungstür geöffnet hatte, hatte er gehört, dass Okidu in der Küche Gemüse schnitt. Das Problem war, dass sein Butler diese einfache Aufgabe in einem solchen Tempo bewältigte, dass es selbst einem erfahrenen Sushi-Meister unheimlich gewesen wäre.

Er hastete in die Küche und legte Okidu die Hand auf die Schulter. „Gut. Ich habe Hunger und Syssi auch", ließ er Okidu wissen, dass sie Gesellschaft hatten, die es zu beachten galt.

Sofort wurde Okidu langsamer.

„Wie es aussieht, haben wir beide das Frühstück ausgelassen." Er drehte sich um und bedeutete Syssi, ihm in die Küche zu folgen, dann griff er unter die Arbeitsplatte und zog einen Stuhl für sie hervor.

Okidu hielt inne und drehte sich mit einem breiten, einladenden Lächeln auf dem Gesicht um. „Natürlich, Meister, und ich wünsche Ihnen und der hinreißenden Dame einen schönen Tag. Es ist mir eine Freude, Sie wiederzusehen, Madame."

Er wischte sich an einem Geschirrtuch die Hände ab und verneigte sich.

„Darf ich das Frühstück im Esszimmer servieren, Meister?", unterbrach er Kian, der sich gerade selbst einen Stuhl nehmen wollte.

„Ja, das ist eine gute Idee. Das Esszimmer …“ Kian schob den Stuhl beiseite und führte Syssi in das formelle Esszimmer.

Gerade noch gerettet.

Dankbar für Okidus Eingreifen schüttelte Kian den Kopf. So lächerlich es für jemanden seines Alters war, hatte er nicht viel Übung als Gastgeber. Abgesehen von den Wächtern hatte er nie Besuch. Nicht, dass die Jungs als Besuch galten, oder eine besondere Behandlung verlangten.

Ohne seinen Butler wäre Kian überhaupt nicht darauf gekommen, dass es falsch sein könnte, Syssi zu einem Brunch am Küchentresen einzuladen. Im Grunde war es das ja auch nicht, aber sie verdiente ein bisschen Höflichkeit, und ehrlich gesagt wollte er sie beeindrucken.

Auch wenn das, was man Okidu als Maßstab für Etikette einprogrammiert hatte, nicht länger aktuell war, war Kian ein Kind einer anderen Zeit.

Verdammt, es war lange her, dass er eine Frau wie eine richtige Dame behandelt hatte. Das Problem war, dass man ihn auslachen würde, sollte er das bei einer der Sterblichen versuchen, mit denen er normalerweise zu tun bekam, in welchem Wortsinn auch immer.

Kian zog eine Grimasse, als ihm aufging, wie empört seine Mutter über sein Benehmen wäre. Falls sie je sein Heim mit ihrer Anwesenheit beehren sollte, würde er die guten Manieren auspacken müssen, die sie ihm vor all den Jahrhunderten eingebläut hatte.

Bedauerlicherweise halfen sie ihm bei seiner üblichen Gesellschaft nicht im Geringsten. Seltsamerweise hatte ihn das bisher nie gestört. Seine nächtlichen Jagden erforderten wenig Mühe oder Finesse von seiner Seite. Er tauchte irgendwo auf, konzentrierte sich auf seine Beute und von da an übernahmen normalerweise die Frauen.

Ganz einfach.

Er hatte nie eine von ihnen mit nach Hause genommen.

Wenn er sie nicht direkt an die Wand gelehnt in einer dunklen Gasse oder in einer anderen stillen Ecke fickte, ging er mit ihnen in eine der Wohnungen auf der unteren Ebene oder in ein Hotel. Später sorgte Okidu dafür, dass seine bezauberten, verwirrten Partnerinnen sicher nach Hause gelangten.

Er hatte noch nie eine ganze Nacht mit einer von ihnen verbracht.

„Ich habe nichts dagegen, in der Küche zu essen“, sagte Syssi mit dünner Stimme.

Kian beugte sich zu ihrem Ohr hinab. „Ich auch nicht, aber es wird Okidu furchtbar aufregen und er wird für den Rest des Tages mies gelaunt sein. Ich halte ihn lieber bei Laune“, flüsterte er. Er war ein verdammter Lügner. Aber Syssi wirkte, als wäre es ihr unangenehm, und er wollte sie beruhigen.

Sie lächelte. „Ich möchte den armen Kerl natürlich nicht aufregen. Geh vor.“

Auf dem Weg zum Esszimmer legte Kian ihr die Hand ins Kreuz. Seine Berührung ließ sie leicht schaudern. Syssi fühlte sich zu ihm hingezogen, aber das galt für die meisten Frauen, denen er begegnete. Er wollte mehr von ihr, auch wenn er es nicht haben konnte. Zwischen ihnen konnte es nicht mehr geben als einen harmlosen Flirt und selbst, was das anging, forderte er das Glück bereits heraus.

Als er ihr den Stuhl zurechtrückte, wurde ihm bewusster denn je, wie sehr sie sich von seinen nächtlichen Eroberungen unterschied.

Die Frauen, die sich auf ihn einließen, gehörten zur abgehärteten, desillusionierten Sorte, die auf der Suche nach etwas Spaß in Clubs und Bars herumhingen. Genau wie er. Sie stellten keine Fragen und hatten keine Erwartungen. Meistens erkundigte er sich nicht einmal nach ihrem Namen.

Syssi dagegen wirkte unschuldig und zerbrechlich, saß da wie eine richtige Dame mit geradem Rücken und den Händen im Schoß. Sie wirkte nervös. Ihr Blick huschte umher, sie betrachtete alles und nichts im Raum, um ihm nur nicht in die Augen sehen zu müssen.

So schüchtern ... so zurückhaltend ... so süß ...

Sie würde es ihm nicht leicht machen. Sie würde von ihm

erwarten, dass er sie umwarb und sich von seiner romantischen Seite zeigte.

Kian legte die Stirn in Falten, als ihm dämmerte, dass er nicht wusste, wie er das anstellen sollte. Er hatte noch nie das Bedürfnis gehabt, sich solche Mühe zu geben.

Dank seines Lebenswandels, bei dem ihm kaum Zeit oder Geduld blieb, etwas Romantisches zu lesen oder anzusehen, konnte er nicht mal durch Fiktion lernen.

Er war so geschickt wie eine Bulldogge und ebenso charmant.

Er würde improvisieren müssen und hoffentlich nicht allzu viel Mist bauen. Denn auch, wenn er davon ausging, dass Syssi nur für ein paar Tage bei ihm sein würde, wollte er, dass diese etwas Besonderes waren. Anders.

40

SYSSI

Kian benahm sich wie ein perfekter Gentleman. Es begann damit, dass er ihr den Stuhl zurechtrückte, dann wartete er, bis sie sich gesetzt hatte, bevor er ihn sanft an den Tisch schob. Als Okidu ihnen einen Krug Orangensaft brachte, bestand Kian darauf, ihr einzuschenken, und als der Salat kam, füllte er ihr den Teller.

Kein Mann hatte sich je so um sie bemüht. Genau genommen hatte sie ein solches Benehmen bisher nur in historischen Filmen gesehen oder in entsprechenden Büchern davon gelesen. Obwohl Kian Anfang dreißig zu sein schien, war er so altmodisch wie ein Mann, der doppelt so alt war.

Was sie an etwas erinnerte.

„Ich habe vergessen, Anandur zu bitten, mir meine Autoschlüssel zu bringen. Würdest du ihn bitte anrufen?“ Sie warf einen Blick auf die Uhr. „Ich habe nachher einen Termin, den ich nicht ausfallen lassen kann.“

Kian runzelte die Stirn. „Kannst du ihn verschieben?“

Syssi schüttelte den Kopf. „Könnte ich, aber das fände ich schrecklich. Ich habe drei lieben alten Freundinnen versprochen, dass ich sie besuche und ihnen ein Buch zu Ende vorlese. Sie wären sehr enttäuscht, wenn ich nicht komme. Wir sind gestern gerade an den guten Stellen gewesen, aber es wurde spät und ich wollte nicht im Dunkeln nach Hause fahren."

Er warf ihr einen zweifelnden Blick zu. „Ist das jetzt in? Dass sich Freunde gegenseitig etwas vorlesen?"

Syssi kicherte. „Nein. Die drei waren mit meiner Großmutter befreundet. Im Alter ist sie blind geworden. Daher habe ich ihr immer vorgelesen, wenn ich zu Besuch kam. Jeden Freitagnachmittag. Ihre Freundinnen haben sich uns immer angeschlossen und nachdem meine Oma gestorben ist, hatte ich nicht das Herz, mit den Besuchen aufzuhören. Sie haben mich praktisch als Enkeltochter adoptiert. Ich bin gern mit ihnen zusammen. Sie sind lustig."

Während sie an die Bücher dachte, die sich die alten Damen von ihr vorlesen ließen, spürte Syssi, dass sie rot wurde. Nach all dieser Zeit hätte sie sich dieses verfluchte Erröten wirklich abgewöhnen können. War es möglich, dass die Freundinnen ihrer Großmutter ihr darüber hinweghelfen wollten, indem sie sie absichtlich in Verlegenheit brachten?

Falls ja, funktionierte es nicht. Der Fluch ihrer Existenz war nicht zu brechen.

Vielleicht sollte sie einfach dickes Make-up auflegen, wie Schauspieler es auf der Bühne nutzen. Nichts anderes könnte die Röte verbergen. Es war so peinlich, dauernd Gefühle zu verraten, die sie lieber für sich behalten hätte.

Für einen zurückhaltenden Menschen wie sie war es furchtbar, sich so zu entblößen. Inzwischen war sie so weit, dass sie es vermied, mit jemandem zu reden, der sie in Schwierigkeiten bringen könnte. Dummerweise bezog das auch Männer ein, an denen sie interessiert war. Nicht, dass ihr viele begegnet wären. Aber bei ein oder zwei Gelegenheiten hätte sie gern das Gespräch gesucht, es jedoch gelassen, weil ihre flammend roten Wangen ihr Interesse verraten hätten können.

Kian bildete keine Ausnahme. Der einzige Unterschied war, dass sie bei ihm festsaß und nicht weglaufen konnte.

Er nahm ihre Hand. „Das ist sehr nett von dir."

Sie versuchte abzuwehren. „Nicht der Rede wert. Es ist nicht gerade ein Opfer. Es macht mir Spaß."

Kian nickte. „Ich lasse dich von einem meiner Jungs hinfahren."

„Ich möchte niemandem zur Last fallen. Ich habe ein Auto und es weiß niemand, dass ich das *Golden Age Retirement Home* besuche. Ich werde dort vollkommen sicher sein."

„Vielleicht. Aber ich würde vor Sorge durchdrehen. Ich würde mich so viel besser fühlen, wenn ich wüsste, dass im Fall von Problemen jemand da ist, der auf dich aufpasst."

Syssi verengte die Augen. Es war ziemlich geschickt, ihr ein schlechtes Gewissen einzureden, damit sie zustimmte. „Ich weiß genau, was du da treibst."

Er grinste. „Funktioniert es?"

„Was glaubst du denn?"

„Gut. Das erleichtert mich sehr. Ich meine es ernst." Er klang aufrichtig. „Wann musst du da sein und wie weit entfernt liegt es?"

„Wir haben keine feste Uhrzeit ausgemacht, aber gegen zehn wäre ideal, denke ich. Die Fahrt sollte nicht länger als zwanzig oder fünfundzwanzig Minuten dauern."

Kian wirkte zufrieden. „Sehr gut. Das heißt, wir haben noch jede Menge Zeit, um auf der Terrasse einen Kaffee zu trinken. Es ist ein herrlich sonniger Tag und es wäre eine Schande, ihn im Haus zu verbringen."

„Sehr gern."

Okidu bereitete ein Tablett für sie vor und Kian trug es ungeachtet der Proteste seines Butlers nach draußen.

„Er ist ziemlich herrisch, oder?", meinte Syssi, als sie ins Freie traten.

Kian stellte das Tablett auf den mit Mosaiken ausgelegten Kaffeetisch. „Nicht unbedingt herrisch, aber er ist darauf programmiert, für alle häuslichen Tätigkeiten die Verantwortung zu übernehmen. Wann immer ich etwas tue, was seiner Meinung nach in seinen Aufgabenbereich gehört, gerät er durcheinander."

Syssi hob eine Braue. „Programmiert?"

Kian hielt im Einschenken der kleinen Porzellantassen inne.

„Festgefahren, meine ich. Wir haben alle unsere Gewohnheiten, an die wir uns klammern. Zucker?“

„Ja, bitte. Einen Würfel.“

Kian ließ ihn hineinfallen. „Sahne?“

„Ein klein wenig ... Das reicht.“

Er rührte für sie um und reichte ihr die Tasse. „Hast du irgendwelche Angewohnheiten, die du nicht aufgeben möchtest?“, fragte er.

Syssi nahm einen Schluck, erleichtert, dass der Kaffee nach ihrem Geschmack war. „Ich bin sehr heikel, was meinen Kaffee angeht. Ich habe mit den Zähnen geknirscht, während du ihn zubereitet hast. Aber er ist gut geworden.“

„Warum hast du das nicht gesagt?“ Kian schenkte sich selbst eine Tasse ein, ohne etwas hinzuzugeben. „Dann hätte ich es dir überlassen, dir deinen Kaffee zuzubereiten.“

Sie zuckte mit den Schultern. „Das wäre unhöflich gewesen. Aber du hast ja gefragt.“

„Ich ziehe Ehrlichkeit vor.“

Sie nickte. „Das ist eine der Eigenschaften, die ich am meisten schätze. Besser, jemand ist unhöflich und ehrlich als höflich und verschlagen. Aber ich weiß, ich bin in der Hinsicht seltsam. Die meisten Leute ziehen Höflichkeit vor, selbst wenn das einige Notlügen nach sich zieht.“

Kian zuckte zusammen, als hätte sie ihn beschimpft. Glaubte er etwa, sie unterstellte ihm, gelogen zu haben?

Vielleicht hatte er das ja sogar. Aber in Bezug auf was?

Er schien sich schnell zu erholen. „Ja, die meisten Leute sind zu empfindlich, um sich der hässlichen Wahrheit zu stellen.“

Vermutlich war er deshalb zusammengefahren. Er hatte sich daran erinnert, wie er jemandes Gefühle verletzt hatte. Der Mann gab sein Bestes, aber er wirkte wie ein Mensch, der sich nicht besonders gut auf andere einlassen konnte. Unter seinen guten Manieren und seiner zivilisierten Erscheinung erahnte sie raue Kanten. Sogar etwas Gefährliches.

Interessanterweise machte ihr das keine Angst. Im Gegenteil, es war angenehm erregend.

Syssi schüttelte den Kopf. Irgendetwas stimmte nicht mit ihr. Sie hatte noch nie verstanden, was andere an den bösen Jungs fanden, und hatte geglaubt, dass sie über solchen Albernheiten stünde. Und hier saß sie nun und sehnte sich nach einem Mann, der etwas Gefährliches unter seiner Maskerade verbarg.

Der Punkt war, dass sie dennoch spürte, dass Kian ein guter Mensch war. Er war nicht so eingenommen von sich, wie sie es von einem so gutaussehenden und erfolgreichen Mann erwartet hätte, aber er zeigte das Selbstbewusstsein und den Selbstrespekt eines ehrenwerten Menschen. Eines anständigen Menschen. Diese Mischung war praktisch unwiderstehlich. Er könnte sich nur etwas lockerer geben. Er war zu ernst, zu düster. Sie wollte ihn öfter lächeln sehen.

„Ich war gerade nicht ganz ehrlich." Sie grinste.

Kian hob eine Braue. „Ach ja? Inwiefern?"

„Wenn ich einen riesigen Pickel auf der Nase habe und ich dich frage, ob ich damit schrecklich aussehe, erwartete ich von dir, dass du mich anlügst und sagst, dass nichts von meiner Schönheit ablenken kann." Sie zog eine Grimasse, rümpfte die Nase und schielte.

Kian lachte nicht, nicht einmal leise. Stattdessen lehnte er sich in seinem Stuhl zurück und musterte sie mit einem schwer zu entschlüsselndem Blick. „Ich werde es mir merken. Aber es wäre keine Lüge."

„Oh, du bist gut, sehr gut sogar."

Erneut wirkte er, als hätte sie ihn beleidigt. „Es ist nichts als die Wahrheit. Du könntest über und über voller Pickel sein und wärst für mich trotzdem wunderschön."

Und ... da lief sie wieder rot an.

Was sollte sie dazu sagen?

Dumme Nuss, bedank dich einfach, erklang Hatties Stimme in ihrem Kopf. „Danke, das ist sehr lieb."

Kian lachte. „Glaub mir, Syssi, ich bin alles Mögliche, aber nicht lieb."

41

KIAN

Kian hätte sich in den Hintern treten können. Syssi sah drein, als würde sie sich am liebsten unter dem Tisch verkriechen, und das war allein seine Schuld. Alles war gut gelaufen, sie hatte sich entspannt und in seiner Gegenwart mehrere Male gelächelt. Aber dann hatte er diese Bemerkung machen müssen und nun war sie wieder nervös.

Sie war so leicht zu lesen. Ein entzückendes Erröten war stets der erste Hinweis, dass sie sich unbehaglich fühlte, anschließend neigte sie den Kopf und ließ ihr langes Haar nach vorn fallen, sodass es ihr Gesicht verbarg.

Nach seiner letzten Bemerkung hatte sie beides getan.

Er musste das Thema wechseln. Über etwas Harmloses reden. „Wie gefällt dir die Arbeit im Labor?"

Syssi zuckte die Achseln und sah ihn nach wie vor nicht an. „Ich mag die Forschung und es gefällt mir, für Amanda zu arbeiten, aber es ist nur eine Übergangslösung, bis ich einen neuen Praktikumsplatz gefunden habe."

„Du hast Architektur studiert, oder?"

Sie nickte. Endlich hob sie den Blick und lächelte ein wenig. Das war ein Fortschritt.

„Ich kenne mich ein bisschen damit aus. Nicht als Architekt, sondern was die Entwicklung und den Bau betrifft. Unserer

Familie betreibt mehrere Baufirmen. Genau genommen gehören uns die meisten Hochhäuser in dieser Straße."

Warum zum Teufel erzählte er ihr das? Es war nur ein weiterer Punkt, den er aus ihrem Gedächtnis löschen musste, sobald es für sie sicher war, in die alte, umgebaute Garage zurückzukehren, die ihr Zuhause darstellte. Er musste mit Amanda über das Gehalt reden, das sie Syssi zahlte. Soweit er sich erinnerte, war das Budget für die Gehälter ihrer wissenschaftlichen Mitarbeiter großzügig bemessen. Syssi sollte in der Lage sein, sich ein anständiges Apartment zu leisten.

„Ich bin noch nicht dazu gekommen, mich gründlich umzuschauen. Aber nach allem, was ich bisher von diesem Gebäude gesehen habe, ist es herrlich. Wer ist der Architekt? Jemand Bekanntes?"

Kian lachte leise. „Eher nicht. Der Entwurf stammt von einer unserer Cousinen. Ich könnte sie fragen, ob sie eine Praktikantin gebrauchen kann." Amanda würde ihn umbringen, wenn er Syssi half, von ihr wegzukommen, aber er würde ihnen damit allen einen Gefallen erweisen. Das Mädchen hatte ein Händchen dafür, Amanda und ihm den Kopf zu verdrehen.

Syssi errötete erneut. „Ich war nicht auf eine Empfehlung aus. Abgesehen davon interessiere ich mich eher dafür, Einfamilienhäuser zu entwerfen, und würde gern bei jemandem Praktikantin sein, der sich mit so etwas beschäftigt."

„Ich werde mich mal umhören. Ich bin mir sicher, dass ein Praktikum dir mehr einbringen wird als das, was meine Schwester dir bezahlt." Es passte gar nicht zu Amanda, das Mädchen auszunutzen und ihr weniger zu bezahlen, als für die Stelle zur Verfügung stand. Und das nur, weil sie nicht im richtigen Studiengang gewesen war.

Ein leises Schnauben löste sich aus Syssis Kehle. „Das bezweifle ich. Amanda bezahlt mich hervorragend. Als Praktikantin werde ich mit wesentlich weniger auskommen müssen."

Warum zum Henker hauste sie dann unter diesen Umständen? Kian strich sich durch die Haare. Möglicherweise musste sie ein Studentendarlehen abzahlen. Er hatte letzte Woche einen Artikel über dieses Thema gelesen. Darin hieß es, dass sich die Ausbildungskosten in den letzten zehn Jahren verdoppelt hatten und Studenten in Schulden ertranken. Oder vielleicht wollte sie ihre Lebensumstände nicht ändern, weil ihre gut bezahlte Arbeit befristet war.

„Vielleicht wäre es gut, noch eine Weile im Labor zu bleiben und dein Studentendarlehen zurückzuzahlen, bevor du einen schlecht bezahlten Praktikumsplatz annimmst."

Sie warf ihm einen verwunderten Blick zu. „Ich habe keine Schulden. Meine Eltern haben mein Studium finanziert."

Das bedeutete, dass ihre Eltern vermögend sein mussten, und das teure Auto wäre damit auch erklärt. Er hatte sich schon gewundert, wie sie sich so etwas leisten konnte, wo sie doch so bescheiden lebte.

„In dem Fall könntest du etwas ansparen für eine Zeit, in der das Geld knapper ist."

Kian erkannte genau, wann sie begriff, was es mit den Vorschlägen auf sich hatte.

Syssis Ohren wurden knallrot. Sie sah ihn nicht an und ohne sein hervorragendes Gehör hätte er auch nicht verstanden, was sie flüsterte. „Mein Häuschen liegt nah der Uni und ich habe dort meine Ruhe. Deswegen habe ich es gemietet. Ich brauche nichts Schickes. Ich ziehe es vor, mein Geld auf der Bank zu lassen, statt mein Einkommen auszugeben."

Er war ein solcher Arsch. Nun fühlte sie sich schon wieder unwohl.

Dreimal verfluchte Scheiße, das musste er wieder in Ordnung bringen. „Natürlich, das versteh ich. Sehr weise von dir."

Sie hob ein wenig den Kopf und spähte ihn hinter dem Vorhang ihrer Haare an. Er musste ihren Test bestanden haben, denn anschließend hob sie den Kopf ganz und reckte das Kinn. „Ich bin froh, dass du das so siehst. Die meisten Leute halten mich für geizig und ich bin es furchtbar leid, meine Entscheidungen verteidigen zu müssen. Es ist nicht falsch, sparsam zu sein. Es verschafft mir Seelenfrieden."

Kian konnte nicht anders als nach ihrer Hand zu greifen. „Ich bewundere deinen Scharfsinn in Finanzfragen. Das ist selten bei so jungen Leuten. Außerdem bewundere ich dich dafür, dass du an deinen weisen Entscheidungen festhältst, selbst wenn sie unpopulär sind. Dafür braucht man Mut."

Das zauberte ein richtiges Lächeln auf ihr wunderschönes Gesicht. „Danke." Es wirkte, als hätte jemand ein Licht in ihr entzündet und sie strahlte wie ein glänzender Stern. Ihre innere Schönheit übertraf sogar ihre körperliche.

Kian wollte sie so verzweifelt küssen, dass es wehtat. Verdammt, er wollte viel mehr als Küsse. Aber er hatte sich versprochen, dass er es nicht noch einmal tun würde. Der Geschmack des einen Kusses, den er sich gestattet hatte, weil er davon ausging, Syssi nie wiederzusehen, war ihm zum Verhängnis geworden. Ein weiterer und er wäre für immer verloren.

Dieses wunderschöne Mädchen, diese großartige Frau, konnte nie ihm gehören, nicht einmal für eine Nacht der Leidenschaft. Abgesehen von der moralischen Seite war ihm klar, dass ihm eine einzige Nacht mit ihr nie reichen würde.

Er verschwand besser, bevor er die Selbstbeherrschung verlor.

„Ich muss mich jetzt um etwas Geschäftliches kümmern, aber ich gebe dir einen meiner Männer als Eskorte zum Altersheim mit. Kommst du ein paar Minuten allein zurecht?"

„Natürlich. Ich möchte dir nicht noch mehr Zeit stehlen."

Sie war enttäuscht, er konnte es riechen, aber er musste etwas Raum zwischen sie bringen. Und zwar schnell. „Wir sehen uns, wenn du wiederkommst." Er drückte sanft ihre Hand und stand auf.

„Danke, Kian. Ich weiß zu schätzen, was du für mich tust. Aber ich möchte mich nicht aufdrängen. Ich kann auch bei meinem Bruder oder in einem Hotel unterkommen."

„Lass uns später darüber reden. Ich muss mich beeilen." Er zwang sich zu einem dünnen Lächeln und ging davon. Sobald er die Tür hinter sich geschlossen hatte, holte er sein Handy hervor.

Er würde sie nirgendwohin gehen lassen. Sie war dort draußen nicht sicher. Aber er würde diese Schlacht erst schlagen, wenn er sich besser im Griff hatte.

Als er darüber nachdachte, wen er zu ihrem Leibwächter erklären sollte, entschied er sich sofort gegen Anandur. Er flirtete gern und war ein Frauenheld. Sobald er mit Syssi allein wäre, würde er sie verführen. Brundar war die bessere Wahl. Kian rief ihn an.

„Ja, Boss."

„Du musst Syssi zu einem Termin begleiten. Sie erwartet dich auf der Terrasse. Sie wird dir die Einzelheiten mitteilen, sobald du da bist."

„Kein Problem. Wann?"

„Jetzt."

„Bin unterwegs."

Kian schob das Handy zurück in die Hosentasche und fragte sich, was er nun mit sich anfangen sollte. Es gab immer Papierkram, der seine Aufmerksamkeit verlangte – Berichte, die er durchsehen sollte, Gewinnanalysen für neue Immobilien, die er studieren musste. Die Liste war lang. Genau genommen war sie sogar endlos und er war nicht in Stimmung, irgendetwas davon anzufassen. Abgesehen davon befanden sich die Akten in seinem Büro. Die Alternative wäre, Shais Büro im Keller aufzusuchen. Sein Sekretär hielt immer Kopien bereit.

Leichter gesagt als getan. Die rund fünfzig Schritte, die ihn von Syssi trennten, fühlten sich jetzt schon zu weit an.

Kian rieb sich das Brustbein. Es fühlte sich an, als wäre sein Herz ein Magnet, der von einem Gegenstück in Syssis Brust angezogen wurde. Der Unterschied war nur, dass der Sog nicht schwächer wurde, wenn er sich von ihr entfernte, sondern stärker.

Verdammt. Er wollte nicht, dass sie ohne ihn das Haus verließ, und das hatte nichts mit ihrer Sicherheit zu tun. Brundar war eine Ein-Mann-Armee und ein wesentlich besserer Kämpfer als Kian. Ein wahrer Meister.

Kian wollte einfach in ihrer Nähe sein. Ihre Beziehung platonisch zu halten, würde die Hölle sein, aber ihm ging auf, dass es noch schlimmer war, wenn er sich von ihr fernhielt.

Er verlor noch seinen verfluchten Verstand.

42

SYSSI

Syssi nahm einen weiteren Schluck ihres kalten Kaffees und knabberte an einem Keks. Sie war froh, dass Kian zu beschäftigt war, um ihr Gesellschaft zu leisten. Allein die Vorstellung, dass er ihr beim Vorlesen des Liebesromans zuhören konnte, ließ sie fast schreiend davonrennen. Unter diesen Umständen hätte sie nicht weiterlesen können und die Mädels wären enttäuscht gewesen.

Abgesehen davon: Was hatte sie erwartet? Dass er ihr als Chauffeur dienen würde? Als Leibwächter? Dafür hatte er Personal.

Kian fühlte sich wegen ihrer Verbindung zu Amanda für sie verantwortlich und war ein großzügiger Gastgeber, aber das bedeutete nicht, dass er mehr Zeit mit ihr verbringen wollte als zwingend nötig.

Als Geschäftsmann dieses Kalibers war Kian sehr beschäftigt. Ein Geschäftsmann, der aus irgendeinem Grund vor ihr Reißaus genommen hatte, als stünde seine Hose in Flammen, und sie mit seinem Butler allein gelassen hatte.

Hatte sie ihn irgendwie beleidigt? Oder hatte er den Eindruck gehabt, sie beleidigt zu haben?

Vermutlich zweiteres.

Um ehrlich zu sein, war sie eher verlegen als beleidigt gewesen.

Er hatte recht. Sie war keine Studentin mehr und das Gästehaus war ein bisschen schäbig für jemanden, der gutes Geld verdiente. Sie sollten sich etwas Hübscheres suchen.

Genau genommen hatte er ihr sogar einen Gefallen getan. Über ihre miese Wohnung zu reden war definitiv besser gewesen, als Kians verführerische Lippen und stechenden Augen anzustarren und daran zu denken, welche Gefühle er in ihren Träumen in ihr weckte. Sie hätte wie eine verflixte Tomate ausgesehen.

Gott, wie sie sich wünschte, es gäbe ein Mittel gegen dieses scheußliche Ärgernis.

Wenn die Röte auf ihren Wangen sie nicht verraten hätte, hätte sie sich gelassen und kultiviert geben können. Sie beneidete Frauen, die Desinteresse vorspielen konnten, obwohl ihnen bei einem Mann praktisch das Wasser im Mund zusammenlief. Dass ihr diese elementare Fähigkeit fehlte, die andere für selbstverständlich hielten, machte ihr andauernd Kummer.

Syssi stand auf, ging zum gläsernen Geländer und sah zu den benachbarten Gebäuden. Sie versuchte zu erraten, welche Kians Familie gehörten. Die beiden gegenüber waren stilistisch ähnlich, aber es fiel ihr schwer, die Gebäude auf ihrer Straßenseite richtig zu sehen.

„Fertig zum Aufbruch?"

Syssi fuhr zusammen und wirbelte herum, nur um gegen Kians harte Brust zu stoßen. Rasch legte er die Arme um sie, damit sie nicht stürzte. „Tut mir leid, dass ich dich erschreckt habe."

„Wie machst du das nur? Hast du Schalldämpfer an den Schuhen, oder was?" Sie sah zu Boden, um das plötzlich aufkeimende Verlangen zu verbergen, das seine Hände auf ihrem Körper auslösten.

Er lachte. „Du warst einfach abgelenkt. Deshalb hast du uns nicht kommen hören."

Verflixt, sie hatte nicht einmal bemerkt, dass Brundar nur wenige Schritte entfernt stand. Er sah aus wie ein stummer Meuchelmörder.

Syssi schüttelte den Kopf. Manchmal ging die Fantasie mit ihr durch und ließ die seltsamsten Gedanken in ihr aufblühen.

Ein Meuchelmörder? Echt jetzt?

„Lass mich nur meine Handtasche holen." Sie versuchte, sich aus Kians Armen zu befreien, aber er hielt sie fest und ließ sie erst eine Sekunde später gehen.

Der Mann sendete definitiv widersprüchliche Signale und sie hatte keine Ahnung, was sie damit anfangen sollte. In einem Augenblick schien er sich zu ihr hingezogen zu fühlen, im Nächsten behandelte er sie wie eine entfernte Bekannte. Und da die zweite Variante eher zu ihrer Lage passte, war es besser, davon auszugehen, dass sie das Ausmaß seiner Gefühle für sie beschrieb. Aber dann tat er wieder so etwas wie gerade und hielt sie etwas zu lange fest, als wollte er sie nicht loslassen.

Aber wenn Kian Interesse an ihr hatte, was bitte sehr hielt ihn davon ab, einen Schritt auf sie zuzugehen? Ein Mann wie er war mit Sicherheit nicht schüchtern und solange er nicht blind und dämlich war, was er beides nicht war, musste er bemerkt haben, dass sie sich zu ihm hingezogen fühlte. So rot wie sie ständig anlief, wäre selbst ein Zwölfjähriger darauf gekommen.

Wartete er darauf, dass sie den ersten Schritt wagte?

Hätte sie kein Publikum gehabt, hätte Syssi geschnaubt. Da konnte Kian warten, bis er schwarz wurde, denn das würde nie passieren. Nicht, weil sie nicht wollte, sondern weil sie nicht konnte.

Seufzend holte Syssi das Buch aus ihrer Reisetasche und verstaute es in der Handtasche.

„Ich bin so weit." Sie wandte sich den beiden Männern zu.

Kian nahm sie am Ellbogen. „Dann lass uns gehen."

Sie warf ihm einen Seitenblick zu. „Bringst du mich zum Wagen?" Er nahm seine Aufgabe als Gastgeber viel zu ernst.

„Ich bringe dich zum Altersheim und bleibe vor Ort, bis du fertig bist." Kian blieb vor dem Fahrstuhl stehen und drückte den Daumen an den Scanner.

Syssis Herz erbebte kurz. „Ich dachte, du musst arbeiten."

„Muss ich auch." Er zuckte mit den Schultern. „Aber ich verbringe lieber Zeit mit dir als mit meinem Papierkram."

Er hat es schon wieder getan. Wie war das noch mit den widersprüchlichen Signalen?

Ein leises *Ping* kündigte die Ankunft des Fahrstuhls an und einen Moment später glitten die Türen auf. Als sie zu dritt eintraten, war Syssi dankbar für Brundar und seine gelassene Präsenz. Ohne ihn wäre sie vielleicht aus einem ihrer Schuhe geschlüpft und hätte ihn Kian über den Schädel gezogen, weil er sie verrückt machte.

Vielleicht würde ihm das eine Reaktion entlocken, sodass er ausblenden konnte, was ihn bremste. Dann würde er endlich auf sie zukommen. Sie küssen und berühren, wie er es in ihren Träumen getan hatte.

Ein schneller Blick in den Spiegel bestätigte, dass ihre Wangen glühten, und sie wandte sich ab, um ihr Gesicht zu verbergen.

Denk nicht daran. Denk an etwas Verstörendes.

Kein Problem. Da fiel Syssi genug ein, aber es war ihr letztes Mittel und es graute ihr davor, es einzusetzen. Sie musste nur die Fluttore öffnen, hinter denen sich der üble Kram verbarg, der ihr durch den Kopf ging. Erdbeben, Kriege, Hungersnöte. Der dunkle Strudel lauerte stets in ihrem Hinterkopf und wartete darauf, sie mit sich zu reißen. Es erforderte dauerhafte und bewusste Anstrengung, die grauenhaften Bilder im Zaum zu halten.

Sie hasste es, die Dunkelheit an sich heranzulassen, aber sie war das Einzige, das ihr beinahe sofort die Farbe aus dem Gesicht trieb. Der schwierige Teil war, die Bilder später wieder loszuwerden.

„Was ist los?" Kian legte den Arm um sie und zog sie an sich. Seine Geste war nicht anzüglich. Er wollte sie trösten.

Wie zum Geier konnte er wissen, worüber sie nachdachte? Wirkte sie aufgebracht?

„Warum fragst du?"

„Du kommst mir auf einmal traurig vor. Kann ich dir bei irgendetwas helfen?" Er streichelte ihr behutsam den Rücken

Ja, du kannst mich für immer festhalten.

„Es ist nichts. Mir ist nur gerade ein trauriger Artikel in der Zeitung eingefallen." Widerwillig löste sie sich aus seiner Umarmung und warf Brundar einen verstohlenen Blick zu.

So reglos wie sein Blick auf die Fahrstuhltüren gerichtet war, wirkte er, als wäre er aus Stein. Er war so unauffällig, dass man seine Anwesenheit leicht vergessen konnte.

Für die Fahrt galt dasselbe. Brundar saß still und wachsam auf dem Rücksitz, während Kian und Syssi sich unterhielten.

„Hast du auch vor der Begegnung mit Amanda schon einmal versucht, deine übersinnlichen Fähigkeiten zu ergründen?", fragte Kian.

Wie hätte sie nicht? „Natürlich. Ich habe alles gelesen, was ich zu dem Thema in die Finger bekommen konnte."

„War irgendetwas Brauchbares dabei?"

„Einiges, aber nur wenig, das auf solider Forschung beruht hat."

„Erzähl mal."

Sie dachte an die Bücher, die sie gelesen hatte, und überlegte, was ihn wohl interessieren könnte. „Wusstest du, dass einige Hunde eine telepathische Verbindung zu ihren Besitzern haben?"

Er sah sie von der Seite an. „Nein, wusste ich nicht."

„Man hat ein Experiment gemacht, bei dem die Besitzer ihre Hunde in einer Tierpension untergebracht und sie zu zufällig gewählten Zeitpunkten besucht haben. Sobald ihre Besitzer unterwegs waren, haben die Hunde angefangen, sich zu freuen. Manche sogar schon vorher. Sie haben gespürt, dass ihre Besitzer sie besuchen werden, sobald diese bewusst die Entscheidung gefällt haben. Noch bevor sie auch nur im Auto saßen."

„Faszinierend. War noch von anderen Tieren mit besonderen Fähigkeiten die Rede?"

„Ja, von Papageien. In einem Fall konnte ein sprechender Papagei sagen, was sein Besitzer im Nebenraum sich ansah."

„Was ist mit Menschen?"

„Darüber kann Amanda dir vermutlich mehr erzählen als ich. Wir haben alle möglichen Experimente durchgeführt. Wie das Erraten von Formen, was ich hasse. Sie hat mich das einmal zwei Stunden lang durchziehen lassen. Ich dachte, ich würde durchdrehen, wenn ich auch nur noch ein einziges Quadrat oder Dreieck zu sehen bekomme."

Er wand sich. „Klingt langweilig."

„Ist es auch."

Kian fuhr auf den Parkplatz des Altersheims und ein paar Minuten später standen sie am Empfang.

„Hallo Syssi, wer sind denn deine Freunde?" Die Empfangsdame Gilda starrte Kian an und sabberte beinahe. Fred, einer der Pfleger, musterte Brundar.

Syssi stellte sie vor. „Können wir reingehen?"

Gilda schüttelte den Kopf. „Du schon. Aber nicht die Herren. Ich muss erst Leonora anrufen und sie fragen, ob es ihr recht ist, wenn sie Männerbesuch in ihrem Zimmer bekommt."

Kian lehnte sich über den Tresen und lächelte ihr zu. „Ich bin mir sicher, dass die Ladys nichts gegen unseren Besuch einzuwenden haben werden. Syssis Freunde sind immer willkommen."

Gildas Augen wurden trüb und sie nickte. „Natürlich. Syssis Freunde sind immer willkommen."

Was war das denn? Hatte er Gilda gerade hypnotisiert? Und hatte er bei ihr dasselbe getan, damit sie den Vorfall im Labor vergaß?

Sobald sich die Tür hinter ihnen geschlossen hatte, flüsterte Syssi: „Was hast du mit ihr angestellt? Und sag nicht *nichts*, denn Gilda hätte nie einen Fremden hineingelassen, ohne ihn vorher zu überprüfen."

Kian hob die Schultern, aber sie wirkten verkrampft. „Ein kleiner mentaler Vorschlag, das ist alles."

„Wie Hypnose?"

„Quasi."

„Wo hast du das gelernt? Und hast du das bei mir auch eingesetzt?"

Er wand sich. „Es ist ein nützlicher Trick, das ist alles. Ich dachte, du würdest besser schlafen, wenn du diese Irren vergisst. Ich bin davon ausgegangen, dass es dir helfen würde. Aber ich lag offensichtlich falsch."

Als sie zu Leonoras Zimmer kamen, klopfte Syssi an.

„Komm rein", rief Hattie.

Syssi öffnete die Tür einen Spalt breit und spähte hinein. „Ich habe zwei Bekannte bei mir. Ich glaube, es wäre besser, wenn ihr rauskommt und euch mit uns im Salon trefft."

Die Tür schwang auf und Leonora erschien im Rahmen. Sie musterte Kian und Brundar von oben bis unten und wieder nach oben. „Aber hallo, ihr hübschen Jungs." Sie drehte sich um. „Ich wünschte, ihr könntet sie sehen. Hm-hm, hinreißend."

„Tut mir leid", flüsterte Syssi. „Ab einem gewissen Alter scheinen die Leute zu glauben, dass sie alles sagen können, was ihnen in den Sinn kommt."

Kian lachte leise und tätschelte ihr den Rücken. „Das ist schon in Ordnung. Es ist nur ein harmloser Spaß. Brundar und ich spielen gern die Objekte ihres Interesses und liefern den Ladys einen Grund zum Tratschen. Stimmt's, Brundar?" Kian gab seinem Freund einen Klaps auf den Rücken.

Brundar grunzte statt einer Antwort.

Leonoras Zimmer war nicht groß genug für sie alle, schon gar nicht für die beiden hochgewachsenen Männer, aber sie arrangierten sich. Brundar ging zurück auf den Flur und holte zwei zusätzliche Stühle.

Hattie stand auf und marschierte in so direkter Linie auf Kian zu, als stünde mit ihren Augen alles zum Besten. „Ich bin blind, aber ich kann mit den Händen sehen. Haben Sie etwas dagegen, wenn ich Sie berühre?"

„Ganz und gar nicht, nur zu." Er ergriff ihre Hand und führte sie an sein Gesicht. Hattie umfasste seine Wange, dann hob sie auch die zweite Hand, um ihn zu erforschen.

Schließlich nickte sie. „Ich bin einverstanden."

Kian lachte leise in sich hinein. „Ich bin froh, dass ich Ihren Test bestanden habe, My Lady."

„Oh, er hat dich als Lady bezeichnet." Clara klatschte in die Hände. „Was für ein höflicher, junger Mann."

Brundar rutschte auf seinem Stuhl umher. Syssi ertappte ihn, wie er die Stirn runzelte, bevor er rasch wieder seine übliche stoische Miene aufsetzte.

„Brundar sieht auch sehr gut aus, Hattie. Möchtest du ihn nicht auch sehen?"

Kian sah aus, als könnte er sein Lachen kaum unterdrücken. „Ja, Lady Hattie. Sie sollten ihn sich auch ansehen."

Hattie schüttelte den Kopf und drohte Kian mit dem Finger, als wäre er ein verzogener Junge. Als sie zu ihrem Stuhl zurückschlurfte, hielt sie bei Brundar an und berührte leicht seine Schulter. „Du lässt dich nicht gern anfassen, mein Sohn, das verstehe ich." Wie zum Henker konnte sie das wissen?

Syssi warf Brundar einen raschen Blick zu. Hattie hatte recht. Er wirkte erleichtert, um ihre Berührung herumgekommen zu sein. Sie hatte seine gerunzelte Stirn falsch gedeutet. Er hatte sich nicht ausgeschlossen gefühlt, sondern befürchtet, einbezogen zu werden.

Leonora schenkte Tee ein und reichte jedem eine kleine Porzellantasse. „Hast du das Buch mitgebracht, Liebes?"

Syssi zog es aus der Handtasche und reichte es Leonora. „Ich glaube, ich werde euch heute nicht vorlesen. Die Jungs würden sich bei einem albernen Liebesroman zu Tode langweilen."

„Lass mich mal sehen." Kian nahm Leonora das Buch aus der Hand. *„Träume von meinem dunklen Liebhaber,* ein romantischer Vampirroman. Klingt faszinierend. Ich würde gern etwas davon hören. Was ist mit dir, Brundar?"

Der Angesprochene zuckte die Achseln.

„Dann ist es entschieden." Kian drückte Syssi das Buch in die Hand. „Alle möchten dir zuhören."

Sie würde sterben.

„Ich kann nicht. Das ist zu peinlich. Hast du jemals einen Liebesroman gelesen?"

„Kann ich nicht behaupten. Deshalb bin ich ja neugierig. Aber wenn es dir zu schwerfällt, könnte ich an deiner Stelle vorlesen."

Das wäre eindeutig besser. „Du bist mein Held", platzte sie heraus, bevor sie bedacht hatte, wie das klang. „Ich meine danke. Ich weiß das zu schätzen." Sie verdrehte die Augen. „Mehr als du dir vorstellen kannst."

Mit einem breiten Grinsen schlug Kian das Buch an der markierten Stelle auf. „Ist mir ein Vergnügen."

43

KIAN

Nach zwei Kapiteln entschuldigte Brundar sich und meinte, er würde lieber draußen warten. Nach fünf Kapiteln musste Kian die Beine überschlagen, um seine gewaltige Erektion zu verbergen.

„Als Bernard über Vivians Brüste strich, schoss ein Blitz des Verlangens in ihre Körpermitte. Hitze breitete sich in ihrem zitternden Körper aus…"

Er hatte keine Ahnung gehabt, dass die Geschichte so explizit ausfallen würde. Doch die Beschreibung des heißen Sex zwischen Vampir und Frau vorzulesen, war nur ein Teil des Problems. Was ihn beinahe umbrachte und mit jeder Minute quälender wurde, war der Duft von Syssis Erregung. Wenn er sich über die Jahrhunderte keine eiserne Selbstbeherrschung erarbeitet hätte, wäre er über sie hergefallen und hätte sie auf dem Bett genommen, auf dem sie gerade saß. Inklusive Publikum.

Den zufriedenen Mienen auf ihren runzligen Gesichtern nach entging den drei Krähen nicht, was los war. Er hatte bemerkt, wie sie zwischen Syssi und ihm hin- und herspähten, grinsten und sich gegenseitig zunickten. Es war, als wäre all dies Ergebnis eines großen Plans, den sie ausgeheckt hatten, und sie freuten sich zu sehen, dass er Früchte trug.

Zum Glück waren die letzten Kapitel einer großen Hochzeit

und der Auflösung einiger loser Fäden der Handlung gewidmet, sodass er eine Atempause von all der sexuellen Spannung bekam.

Als er das Buch schloss, atmete er tief aus und zwang sich zu einem dünnen Lächeln. „Enden Liebesromane nicht immer mit einem *Und sie lebten glücklich bis an ihr Lebensende*? Das muss mir entgangen sein." Er blätterte die letzten Seiten durch und gab vor, nach dem fehlenden Satz zu suchen.

Clara begann zu klatschen und die beiden anderen Damen schlossen sich ihr an. „Bravo, Kian. Das haben Sie großartig gemacht", sagte sie. „Vielen Dank."

Kian neigte den Kopf. „Es war mir eine Ehre." Eher Folter.

Leonora tätschelte Syssis Rücken. „Den solltest du behalten. Gut gemacht, Mädchen."

Syssi errötete. „Kian und ich sind nur Freunde. Er ist der Bruder meiner Chefin."

„Natürlich, Liebes", meinte Hattie anzüglich.

Kian erhob sich und gab Leonora das Buch. „Meine Damen, ich bedanke mich für das Privileg, Ihnen vorlesen zu dürfen, aber Syssi und ich müssen los."

Als Syssi Leonora zum Abschied umarmte, schlurfte Hattie zu ihm und legte ihm die Hand auf die Brust. „Pass gut auf sie auf, Kian. Sie bedeutet uns sehr viel."

„Das mache ich." Er griff ihre knotige, kleine Hand und spürte die Kraft in ihr pulsieren. Unfähig zu widerstehen, tauchte er in ihren Geist ein, um herauszufinden, was dahintersteckte, aber irgendwie blockierte sie ihn. Die Frau war entweder hochintelligent oder von Natur aus misstrauisch. Vermutlich beides.

Einige Menschen konnten seiner Bezauberung widerstehen, allerdings war er besonders mächtig. Kian begegnete selten Menschen, die sich ihm so rasch und gründlich widersetzen konnten.

Es dauerte mehrere Minuten, bevor Syssi sich mit Umarmungen von allen Freundinnen verabschiedet hatte, und er versprach jeder einzelnen von ihnen, gut auf Syssi achtzugeben. Sobald sie im Flur waren, ergriff er Syssis Hand.

„Die drei sind schon was." Er lachte.

Sie senkte den Kopf. „Ich weiß. Und heute haben sie sich selbst übertroffen. Ich hätte nicht zugelassen, dass du mich begleitest, wenn ich geahnt hätte, wie sie sich aufführen. Es tut mir leid, falls sie dich in Verlegenheit gebracht haben."

Kian hob ihre Hand, um sie zu küssen. „Haben sie nicht. Ich möchte mich um dich kümmern." Er war ein Masochist, auch nur ihre Hand zu halten, geschweige denn, sie zu küssen. Jede Berührung war wie ein elektrischer Schlag und doch konnte er sich nicht helfen. Er brauchte wenigstens diesen kleinen Kontakt zu ihr.

Sie warf ihm einen fragenden Blick zu. „Wie meinst du das?"

Er wollte verdammt sein, wenn er das wusste. Sein Herz riet ihm, Syssi mit nach Hause zu nehmen und nie wieder gehen zu lassen, alles zu tun, damit sie in Sicherheit leben konnte und glücklich war. Aber genauso gut hätte er sich den Mond wünschen können. Er konnte sie nicht bei sich behalten, weil sie ein Mensch war, und selbst, wenn er einen Weg finden würde, sie bei sich zu behalten, könnte er sie nicht glücklich machen. Was er jedoch konnte, war, für ihre Sicherheit zu sorgen.

„Ich werde sicherstellen, dass nichts und niemand dir schadet. Und ich möchte dir helfen, einen tollen Praktikumsplatz in einem Architekturbüro zu finden, das deine Art Projekte bearbeitet."

„Danke. Das ist sehr lieb von dir." Sie schnaubte. „Entschuldigung, nicht lieb, sehr männlich." Sie senkte die Stimme, um ihn zu imitieren.

Hinreißend. Besonders, wenn sie so verspielt war, statt sich zu fürchten.

Draußen lehnte Brundar an der Tür des Lexus und beobachtete den Eingang. „Soll ich fahren?", fragte er, als sie erschienen.

Kian warf ihm die Schlüssel zu. Sich mit Syssi den Rücksitz zu teilen, war nicht besonders klug, aber er hatte ja bereits bewiesen, wie dumm er war, wenn es um sie ging. Er zwang sich, etwas Platz zwischen ihnen zu lassen.

Ein paar Minuten fuhren sie schweigend dahin.

„Kian." Sie wandte sich ihm zu. „Würdest du mich bitte zu

Andrew bringen? Zu meinem Bruder? Ich sollte wirklich besser bei ihm wohnen."

Er schüttelte den Kopf. „Sie werden dich bei ihm suchen. Es ist nicht allzu weit hergeholt, dass du dich im Haus des einzigen Verwandten in der Nähe verstecken könntest."

„In diesem Fall doch. Andrew arbeitet für die Regierung und seine Adresse ist unter einem anderen Namen hinterlegt."

Sie hatte keine Ahnung, wie schnell die Doomer an diese Information gelangen würden. „Diese Leute haben unglaubliche Möglichkeiten."

Sie hob die Brauen. „Eine Gruppe verrückter Fanatiker?"

„Es steckt mehr dahinter. Es geht um eine internationale Organisation und sie haben gewaltigen finanziellen Rückhalt."

„Wie wäre es stattdessen mit einem Hotel?"

Brundar nickte zustimmend, als hielte er das für eine gute Idee.

Vielleicht war es das auch. Syssi in ihre Festung zu bringen, war nicht die klügste Entscheidung gewesen. Er hatte heute Morgen nicht klar denken können, die Sorge und der Zorn hatte sein Urteilsvermögen getrübt.

Es ging nicht nur darum, dass er kaum die Hände von ihr lassen konnte, wenn sie in der Nähe war. Selbst wenn er Syssi in Amandas Wohnung schickte, würde es ihr wahrscheinlich schaden, die Erinnerungen an einen längeren Aufenthalt bei ihnen auszumerzen. Je mehr Erinnerungen es gab, desto stärker und umfassender musste der Bann sein. Besonders im Fall einer hochintelligenten Frau wie Syssi.

„In Ordnung. Bring uns zum *Vier Jahreszeiten*, Brundar."

Erst überrascht, dann entsetzt riss sie die Augen auf. „Nicht das *Vier Jahreszeiten*. Ich dachte eher an ein *Sheraton* oder ein *Holiday Inn*. Ich kann mir das *Vier Jahreszeiten* nicht leisten."

Kian brummte missbilligend. „Sei nicht albern. Ich übernehme die Kosten. Wir brauchen eine Suite mit zwei Schlafzimmern. Ich möchte, dass Brundar bei dir bleibt. Ich lasse dich nicht ohne Schutz zurück. Abgesehen davon: Wie wolltest du denn bezahlen? Mit deiner Kreditkarte? Die hätte sie direkt zu dir geführt."

Das brachte sie wortwörtlich zum Schweigen. Syssi öffnete den

Mund, um etwas zu sagen, schloss ihn wieder und verschränkte mit gerunzelter Stirn die Arme vor der Brust.

Unglaublich, er hatte tatsächlich eine Debatte mit einer Frau für sich entschieden. Seine Mutter und Schwestern, außer vielleicht Sari, die am vernünftigsten war, gaben nie so schnell nach.

Er nahm Syssis Hand. „Danke."

„Wofür?"

„Dafür, dass du nicht mit mir diskutierst."

Sie kicherte. „Das liegt daran, dass ich immer noch nach einer anderen Lösung suche. Es gefällt mir nicht, dass du mein Hotelzimmer bezahlst. Ich habe dir sowieso schon genug Unannehmlichkeiten bereitet."

„Hast du nicht. Du bist das Opfer in dieser Geschichte und nichts davon ist deine Schuld. Wenn jemand schuld ist, dann Amanda. Und falls es dir dann besser geht: Ich kann das Zimmer auch auf ihre Kreditkarte buchen lassen."

„Willst du, dass sie mich feuert?" Die Vorstellung schien Syssi zu entsetzen. „Und inwiefern sollte es ihre Schuld sein?"

„Wenn sie nicht ihr Notizbuch im Labor hätte liegen lassen, hätte niemand von dir erfahren. Aber es war ein Scherz, dass ich ihr die Rechnung überlassen würde. Das ist keine große Sache für mich. Können wir es dabei belassen?"

Sie nickte. „Fürs Erste."

Das reicht mir.

„Was ist mit meinen Sachen? Ich habe sie bei dir gelassen."

Kian holte sein Handy hervor. „Ich lasse dein Gepäck von meinem Butler holen. Brauchst du sonst noch etwas?"

„Nein. Solange ich meinen Laptop habe, kann ich mich beschäftigen."

„Gut. Sobald wir zu Mittag gegessen haben, werden deine Sachen vor Ort sein."

Kian schrieb Shai und bat ihn, die Präsidentensuite und einen Tisch im *Culina,* dem Restaurant des *Vier Jahreszeiten,* zu reservieren.

44

SYSSI

Syssi hielt sich die Speisekarte vors Gesicht, während sie sie zum dritten Mal studierte. Es war nicht so, dass sie besonders wählerisch mit dem Essen war, sie brauchte nur etwas Zeit, um sich zu sammeln.

Dass sie den Besuch bei den drei bösen Hexen überlebt hatte, die sich als nette, alte Damen ausgaben, war der Beweis, dass sie stärker war als sie dachte.

Zwischen Kian, der mit tiefer Schlafzimmerstimme Sexszenen vorlas, und der Betrachtung seiner herrlichen Lippen, die in ihr Fantasien weckten, die nichts mit Vorlesen zu tun hatten, war Syssi so kurz vorm Höhepunkt gewesen, dass eine einzelne Berührung sie hätte kommen lassen.

Ab einem gewissen Punkt war sie versucht gewesen, sich ein Beispiel an Brundar zu nehmen und sich zu entschuldigen. Aber nicht, um draußen zu warten.

Sie hätte auf der Toilette nur eine Minute gebraucht, um sich Erleichterung zu verschaffen und anschließend bedeutend ruhiger zu den anderen zurückzukehren. Das Problem war, dass Syssi ahnte, dass die drei Hexen gewusst hätten, was sie getrieben hätte, und dann wäre sie vor Verlegenheit gestorben.

Es hatte dieses Mal nicht einmal funktioniert, an etwas Trauriges zu denken. Verzweifelt hatte sie die Augen geschlossen und sich vorgestellt, dass sie mit einem Stapel Bilder und einem Projektor ihre hellseherischen Fähigkeiten testete. Nach einer Weile hatten die Abfolge von Quadraten, Dreiecken und Kreise Wirkung gezeigt und sie war wieder fähig gewesen, normal zu atmen. Halbwegs.

Bis sie mit Kian ins Auto gestiegen war, war Syssi in der Lage gewesen, ihre Fassung zu wahren, aber so dicht neben ihm zu sitzen, hatte sie in einen verzweifelten Kampf gezwungen. Den ganzen Weg vom Altersheim bis zum Restaurant über hatte sie gegen ihren hormongesteuerten Körper ankämpfen müssen. Hoffentlich würde Kian sie in dem Zimmer, das er für sie gebucht hatte, allein lassen, sodass sie kalt duschen und sich frische Unterwäsche anziehen konnte.

Sie lehnte sich leicht zur Seite, um an der Speisekarte vorbei in Kians Richtung zu spähen, und bemerkte, dass er die Stirn runzelte. Armer Kerl. Vermutlich hatte er Hunger und sie ließ sich verdammt viel Zeit.

„Was kannst du mir empfehlen?"

„Sag mir, was du gern isst."

„Ich kann mich nicht entscheiden. Auf Italienisch klingt alles köstlich." Nicht, dass sie die Sprache beherrschte, aber sie hatte genug Zeit in italienischen Restaurants verbracht, um die Namen der Gerichte und Zutaten zu lernen. „Der *Pera Vegana* oder die *Pomodoro e basilico,* was ist besser?"

„Wenn du nicht ganz so viel Hunger hast, dann *Pera Vegana.* Das ist ein Salat, also nicht so reichhaltig."

„Perfekt."

Sobald sie ihre Speisekarte zugeklappt hatte, eilte der Kellner herbei, um ihre Bestellungen entgegenzunehmen. Kian bestellte das Pasta-Gericht, das ihre zweite Wahl gewesen war, und Brundar entschied sich für den Hamburger *Italiano* mit *patate prezzemolate* als Beilage.

Syssi fragte sich, was es mit Brundar auf sich hatte. Es war nicht zu übersehen, dass Kian ihn nicht wie einen Angestellten behandelte, auch wenn er ihm ständig Befehle zurief. Abgesehen davon gab es eine gewisse familiäre Ähnlichkeit zwischen ihnen. Brundars Gesicht war zarter und auf beinahe feminine Weise hübsch, aber auch doch wieder nicht. Jenseits seiner engelhaften Züge und dem langen, hellen Haar war er ein ganzer Mann.

Ein gefährlicher Mann.

„Wie lange arbeitest du schon für Kian, Brundar?", fragte sie, um ins Gespräch zu kommen.

Er warf seinem Chef einen Seitenblick zu. „Ewigkeiten."

Syssi lachte. Brundar schien in ihrem Alter zu sein. Er konnte nicht länger als ein paar Jahre für Kian arbeiten, wenn er nicht schon als Kind angefangen haben wollte.

„Brundar und Anandur sind meine Cousins. Wir sind unzertrennlich, seitdem wir ganz klein waren", löste Kian das Rätsel für sie.

„Das erklärt es."

Als das Essen kam, schien den Männern nicht nach einer Unterhaltung zumute zu sein. Syssi ließ sie in Frieden und sah ihnen beim Essen zu. Beide hatten makellose Tischmanieren. Das war bei Männern ihres Alters selten.

Nach dem Mittagessen brachte Kian sie in die schickste Hotel-Suite, die sie je gesehen hatte.

„Kian, die muss ein Vermögen kosten." Sie wollte nach ihrer Reisetasche greifen, die irgendwann während des Mittagessens geliefert worden war, und hinausgehen.

Er winkte ab. „Wenn du dir nicht mit Brundar das Zimmer teilen willst, brauchen wir zwei Schlafzimmer."

Sie öffnete den Mund, um zu sagen, dass sie nichts dagegen einzuwenden hätte, aber Kian legte ihr einen Finger auf die Lippen. „Drücken wir es so aus: *Ich* möchte nicht, dass du dir mit Brundar ein Zimmer teilst."

Es hatte keinen Sinn, mit ihm zu diskutieren. Sie würde eine Nacht bleiben und morgen auschecken. Eine Suite dieser Größe in einem so edlen Hotel musste tausende Dollar kosten. Allein beim Gedanken daran bekam sie Herzrhythmusstörungen und nicht die von der guten Art. Wenn jemand so viel Geld verschleudern wollte, sollte er es lieber spenden.

Er streichelte ihre Wange. „Versuch einfach, es zu genießen. Ich wünschte, ich könnte bleiben, aber ich habe heute noch Arbeit zu erledigen. Ich komme morgen früh vorbei."

„Du arbeitest am Wochenende?"

Sein Auflachen wirkte traurig. „Ich arbeite immer. An den Wochenenden vielleicht ein bisschen weniger."

„Das ist ungesund."

„Ich weiß." Er beugte sich hinab und berührte ihre Lippen in einem kaum spürbaren Kuss. Als er den Kopf hob, hatte er die Augen geschlossen, als wollte er ihn in sich aufnehmen und in seinem Gedächtnis verankern.

„Auf Wiedersehen, Syssi." Er drehte sich um und verließ den Raum.

Brundar setzte sich auf die Couch und griff nach der Fernbedienung. Er zappte durch die Sender, bis er ein Wrestling-Match gefunden hatte.

Syssi ergriff ihre Tasche und warf sie sich über die Schulter. „Ich nehme das da." Sie zeigte auf eine der Türen.

Brundar nickte.

Sie betrat das Schlafzimmer und ging sofort weiter in das dazugehörige Bad. Dort ließ sie ihre Tasche zu Boden fallen. Nachdem sie kurz die Einrichtung bewundert hatte, entschied Syssi sich gegen die Badewanne, so schön tief sie auch war, und für die Dusche. Sie musste sich erst mal etwas abkühlen.

In Filmen und Büchern taten die Leute das ständig, aber es stellte sich als bemerkenswerte dumme Idee heraus. Das eiskalte Wasser zeigte keine Wirkung auf sie. Schließlich war das Durcheinander in ihrem Kopf, nicht auf ihrer Haut. Sie drehte die Armatur auf die andere Seite und wartete bibbernd darauf, dass das Wasser heiß wurde.

Besser.

Okay, Zeit nachzudenken.

Sie fühlte sich heftig zu Kian hingezogen und er sich auch zu ihr, aber nicht so sehr. Was durchaus Sinn ergab. Er war fantastisch. Nicht nur, dass er gut aussah und klug war, er war auch großzügig und freundlich. Auf einer Skala von eins bis zehn war er eine Zwanzig.

Im Vergleich dazu war sie eine Acht. Na ja, vielleicht eine Achteinhalb. Sie war hübsch, wenn auch nicht auf eine so spektakuläre Weise wie Kian. Und sie war klein, beinahe dreißig Zentimeter kleiner als er. Was die Intelligenz anging, wollte sie gern glauben, dass sie ebenbürtig waren. Sie war in der Schule immer hervorragend gewesen. Dann wäre da noch das Thema des Altersunterschieds, aber so groß war er auch wieder nicht. Mindestens sechs Jahre, höchstens zehn.

Am meisten unterschieden sie sich, was ihren Erfolg anging. Sie stand noch ganz am Anfang ihrer Karriere, während Kian einen Multimillionen-Dollar-Konzern leitete.

Leider spielte sie nicht in seiner Liga.

Solange er nicht auf einmal nicht nur Interesse, sondern eindeutige Absichten zeigte, würde sie versuchen, in seiner Gegenwart locker zu bleiben.

Aber was, wenn er auf sie zukäme? Würde sie sich darauf einlassen, auch wenn sie wusste, dass nur eine Affäre dabei herauskommen konnte?

Syssi schüttelte den Kopf. Wenn sie Kian an sich heranließ, würde er ihr das Herz brechen. Natürlich nicht mit Absicht – er schien ein anständiger Kerl zu sein –, sondern weil er darin ein zwangloses Vergnügen sehen würde und sie nicht. So funktionierte sie einfach nicht.

Ihn durch ihre Verteidigung zu lassen, war ein Risiko.

Kian in ihre Träume zu lassen, wo sie sich ihm in sexueller Hinsicht unterwerfen und doch Herrin der Lage bleiben konnte, war das eine; ihn im wahren Leben zu haben eine andere. Eine solche Verletzlichkeit konnte sie sich nicht erlauben. Abgesehen davon konnte kein Mann aus Fleisch und Blut mit einer Fantasie Schritt halten und die Enttäuschung war fast garantiert.

Du Feigling, sei nicht so vorsichtig. Im Leben muss man Chancen ergreifen.

Syssi wünschte, sie könnte sich etwas von Amandas Courage

leihen. Wenn sie ihre Chefin um etwas beneidete, dann um ihr Selbstvertrauen. Die Schönheit dieser Frau war fast ein Handicap, sie ging einfach zu weit, und mit Geld konnte man Syssi nicht beeindrucken. Es gefiel ihr, welches zu haben, weil es ihr Sicherheit bot, aber sie hatte sich nie ein Vermögen solchen Ausmaßes wie Amandas oder Kians gewünscht.

Gott, sie war so langweilig.

45

KIAN

Das Hotel zu verlassen, hatte Kians Willenskraft auf die Probe gestellt. Irgendwie war Syssi zu einer allumfassenden, ungesunden Sucht geworden. Wie eine Krankheit, die rasant ausgebrochen war. Und er hatte nicht einmal mit ihr geschlafen, verdammt noch mal.

Vielleicht war das das Problem. Er sollte sie ins Bett und damit die Spannung aus der Welt schaffen.

Verdammt, er fühlte sich wie das Letzte, auch nur über so etwas Ehrloses nachzudenken. Es war eines, Frauen zu verführen, die auf einen bedeutungslosen One-Night-Stand aus waren und darüber hinaus nichts von ihm erwarteten. Aber es war etwas ganz anderes, sich ein Mädchen zu nehmen, das anderen Werten folgte und unübersehbar Gefühle für ihn entwickelte. Ganz zu schweigen von der damit einhergehenden Unehrlichkeit.

Wenn er sie liebte – denn mit Syssi wäre es nicht nur ein Fick wie bei den anderen –, würde er Amandas Anordnung Folge leisten. Er würde seine Zähne in sie schlagen und sein Gift in sie hineinleiten, um ihr Erwachen herbeizuführen, ohne dass sie zugestimmt hatte oder wusste, was geschehen könnte. Und es kam nicht darauf an, dass er überzeugt war, dass gar nichts geschehen würde. Es wäre dennoch unethisch und unmoralisch.

Zu gestatten, dass sich diese Sache zwischen ihnen hinzog,

würde ihrer beider Elend nur verlängern. Er würde ihnen unnötigen Kummer ersparen, indem er das Pflaster einfach von der Wunde riss. Zu verschwinden und ihr fernzubleiben war das Richtige.

Eine Sucht zu bekämpfen, war hart, aber es musste getan werden. Die einzige Möglichkeit, seiner mysteriösen Verbindung zu ihr Herr zu werden, war eiskalter Entzug.

Vier Stunden und zweiundzwanzig Minuten später schloss Shai die Akte, an der sie gearbeitet hatten. „Ich denke, wir sollten Feierabend machen."

Kian musste zustimmen. Er konnte sich nicht konzentrieren, weil er mit den Gedanken meilenweit fort war und über eine Entscheidung nachdachte, die längst gefällt sein sollte.

Zum ersten Mal, solange er sich erinnern konnte, hatte Shai für ihn die Ergebnisse einer Kostenanalyse wiederholen müssen. Bei der geplanten Fabrik für militärisch einsetzbare Drohnen handelte es sich um eine Investition im hohen achtstelligen Millionenbereich. Eine solche Entscheidung sollte er in seiner derzeitigen geistigen Verfassung nicht fällen. Das Problem war nur, dass Kian vermutete, dass er in nächster Zeit allgemein nur wenig zustande bringen würde, solange Syssi nicht direkt neben ihm saß.

„Ja, du hast recht. Machen wir morgen weiter."

„Kein Problem." Shai wirkte erleichtert.

Kian war nur zu bewusst, dass er seine mangelnde Konzentration als Ausrede missbrauchte, zu ihr zurückzukehren. Nichtsdestotrotz rief er Anandur an.

„Triff dich in zehn Minuten mit mir am Wagen und bring alles für eine Übernachtung mit."

„Oh, danke, das ist so lieb von dir. Machst du mit mir einen romantischen Ausflug?", fragte Anandur mit hohem Tonfall und Akzent eines Mädchens aus dem Valley.

Kian seufzte. „Genau. Brundar, du und ich. Pack für deinen Bruder auch Sachen zum Wechseln ein."

Unglücklicherweise verlangte das Protokoll, dass er ihr Bollwerk nicht ohne zwei Leibwächter verließ. Oder eben einen, wenn er keine andere Wahl hatte. Kian hatte diese Regel bereits verletzt, als er Brundar im Hotel zu Syssis Schutz abgestellt hatte und allein nach Hause gefahren war.

Seine Strafe bestand darin, dass er jetzt diesen Frauenhelden mitnehmen musste.

Vielleicht sollte er Shai auch mitnehmen und mit ihm im Hotel weiterarbeiten. Vielleicht würde er dort etwas zustande bekommen.

Keine schlechte Idee, aber Shai war so froh gewesen, dass sie fertig waren, dass Kian nicht das Herz hatte, ihn zurückzurufen. Stattdessen suchte er die Akten zusammen, die Shai für ihn vorbereitet hatte, und stopfte sie in die antike Aktentasche, die er nur selten benutzte. Sie diente eher als Schmuckstück für sein Büro, als dass er Arbeit damit umhergetragen hätte. Glücklicherweise waren die Metallscharniere und Gurte noch in Ordnung.

In gewisser Hinsicht war es gut, dass Brundar und Anandur mit ihm und Syssi in der Suite sein würden. Ihre Gegenwart würde ihm helfen, sich zu benehmen und sich von ihrem Schlafzimmer fernzuhalten. Schließlich würde er sie kaum verführen, solange sich die Brüder im Nebenraum aufhielten.

An seinem Schrank angekommen verstaute er eine Unterhose, eine brandneue, neue Schlafanzughose – die er ebenfalls nie trug – und einen der Reisekulturbeutel mit Toilettenartikeln darin, die Okidu stets für Kians kurzfristige Geschäftsreisen bereithielt.

„Wo fahren wir hin, Boss?", fragte Anandur, als Kian ihm die Schlüssel zuwarf.

„Zum *Vier Jahreszeiten*."

Anandur nahm hinter dem Lenkrad Platz. „Oh, prima, also wird es wirklich ein romantischer Ausflug."

„Kaum." Kian stieg ein und schloss die Beifahrertür. „Ich habe

Syssi eine Hotelsuite gebucht und Brundar zu ihrem Schutz bei ihr gelassen."

Anandur hob eine buschige Augenbraue. „Und du meinst, ein Wächter reicht nicht? Auch nicht Brundar, der praktisch eine Armee für sich ist?"

Es fiel Kian schwer, sich zu erklären. Er hatte auch keine Lust, seine Gründe – oder eher den Mangel daran – mit Anandur zu diskutieren. „Ich habe meine Gründe und sie gehen dich nichts an."

„Aha. So ist das also." Anandur wirkte viel zu zufrieden mit sich.

Scheiß drauf. Sollte er denken, was er wollte.

Die restliche Fahrt über gab Kian vor zu arbeiten, sodass Anandur sein Schandmaul hielt.

„Kian?" Brundar öffnete die Tür der Präsidentensuite.

„Guten Abend." Kian drängte sich an ihm vorbei, ohne die unausgesprochene Frage, was er hier zu suchen hatte, zu beantworten. In erster Linie, weil er ihm keine vernünftige Antwort bieten konnte.

„Hallo, Bruder." Er hörte Anandur Brundar auf den Rücken klopfen.

Syssi war nicht im Wohnzimmer. „Wo ist sie?" Kian drehte sich zu Brundar um.

„In ihrem Schlafzimmer."

„Schläft sie?"

„Nein."

Kian folgte ihrem Geruch und klopfte an ihre Tür. „Syssi? Schläfst du?"

„Einen Moment", antwortete sie.

Er hörte das Tapsen nackter Füße und kurz darauf das Klappern von Absätzen auf dem Parkett.

Syssi öffnete die Tür. „Ich habe dich heute Abend gar nicht mehr erwartet, Kian. Was ist passiert?"

Er würde ihr antworten, sobald sich seine Zunge gelöst hatte. Sie war atemberaubend. Interessanterweise war sie immer schöner, als er sie in Erinnerung gehabt hatte, und überraschte ihn dadurch bei jeder Begegnung von Neuem. Statt den eng anliegenden Leggings, die sie vorhin angehabt hatte, trug sie nun eine Jeans, die sich genauso eng an ihre Beine und Hüften schmiegte wie die andere Hose. Außerdem hatte sie sich ein weißes T-Shirt mit tiefem Ausschnitt übergezogen, der die oberen Rundungen ihrer Brüste erkennen ließ.

Da läuft einem das Wasser im Mund zusammen.

Kian zuckte mit den Schultern und tat so, als hätte sie ihn nicht für einen Moment sprachlos gemacht. „Ich dachte, ich komme rüber und leiste dir Gesellschaft." Er lehnte sich zu ihr und flüsterte ihr ins Ohr. „Brundar ist kein großer Redner. Zeit mit ihm zu verbringen, ist genauso spannend, wie Farbe beim Trocknen zuzusehen."

Syssi unterdrückte ein Kichern. „Wie ich sehe, hast du Verstärkung mitgebracht", sagte sie, als sie Anandur mit Brundar auf der Couch entdeckte.

„Ja. Falls ich nicht unterhaltsam genug sein sollte. Auf Anandur kann man sich verlassen. Der Mann hat seinen Beruf verfehlt. Er hätte Comedian werden sollen." Kian nahm ihre Hand und führte sie zum Esstisch, wo er seine Aktentasche gelassen hatte.

Sie schüttelte den Kopf. „Für einen Comedian ist er zu groß und zu muskulös. Auf der anderen Seite wird er dadurch selbst dann ein Publikum haben, wenn er nicht lustig ist. Die Mädchen würden auf ihn fliegen."

Kian gelang es kaum, das Knurren zu unterdrücken, das von einem primitiven Punkt in seinem Innern aufstieg. Wenn Syssi nicht aufhörte, von Anandurs gutem Aussehen zu schwärmen, würde er ausflippen.

Ahnungslos fuhr sie fort. „Sein Bruder sieht auch toll aus. Wenn er ab und zu lächeln würde, könnte er sich vor Frauen nicht retten. Seine finstere Miene ist etwas beunruhigend."

Zähneknirschend rückte Kian ihr einen Stuhl zurecht. „Die Dame?"

„Danke." Sie errötete leicht.

„Hast du schon etwas gegessen?"

„Ich habe beim Zimmerservice etwas für Brundar und mich bestellt. Die Preise hier sind ungeheuerlich. Ich habe versucht, das günstigste Gericht zu nehmen, aber Brundar wollte einen Burger und immerhin kann ein Mann seiner Größe nicht von einem Appetizer satt werden …"

Kian hob die Hand. „Würdest du bitte aufhören, über Geld nachzudenken? Vertrau mir, ich kann es mir leisten."

Syssi zuckte zusammen. „Natürlich kannst du das. Ich wollte nicht unterstellen, dass du es nicht kannst."

Verdammt. Er hatte zu aggressiv und ungeduldig geklungen und das hatte nichts mit ihrer Sorge wegen der Kosten zu tun, sondern viel mehr mit der Anwesenheit der beiden gutaussehenden Wächter.

Er drehte sich zu ihnen um. „Ich bestelle Abendessen. Wollt ihr irgendetwas haben?"

Anandur hob einen Finger. „Ich habe etwas gegessen, bevor wir losgefahren sind. Aber gegen ein paar Knabbereien und eine Runde Bier hätte ich nichts einzuwenden, Boss."

Kian nickte. „Syssi? Was ist mit dir? Ein Dessert vielleicht?"

„Ich hätte gern etwas Eis, falls sie das haben. Und einen Cappuccino. In der Küche ist eine Kaffeemaschine und ich habe mir einen gekocht, aber er hat mir nicht geschmeckt."

Aus irgendeinem Grund machte es ihn lächerlich glücklich, dass sie einen Wunsch geäußert hatte. Der Ärger über ihre vorherigen Bemerkungen schwand. Ihr zu geben, wonach sie sich sehnte, fühlte sich befriedigend an. Besonders, da sie sonst nie um etwas bat und wegen jedem Dollar schlucken musste.

Letztendlich bestellte er zweimal jeden Appetizer auf der Speisekarte und Bier für die Jungs, ein Abendessen für sich selbst und Cappuccinos für Syssi und sich. Außerdem bat er um jede einzelne Eissorte, die das Restaurant zu bieten hatte.

„Meinst du nicht, du hast es etwas übertrieben?", fragte Syssi, sobald er die Bestellung aufgegeben hatte.

„Nein. Du hast ja gesehen, wie viel Brundar isst, und im Vergleich zu seinem Bruder ist er ein Waisenknabe." Er deutete auf Anandur. „Er kann im Alleingang einen ganzen Berg Essen vertilgen."

Sie kicherte. „Ja, ein großer Mann braucht eine Menge Energie."

Offensichtlich war Syssi keine besonders gute Menschenkennerin, denn sie hatte keine Ahnung, was sie ihm mit ihren Bemerkungen über Anandur antat. Doch um ehrlich zu sein, war seine Reaktion vollkommen unpassend und sie konnte nicht ahnen, was für ein eifersüchtiges Ungetüm sich hinter seiner kultivierten Fassade verbarg. Nicht nur das, er hatte auch kein Recht dazu. Immerhin hatte er in ihr keiner Form zu verstehen gegeben, dass er an ihr interessiert war. Auch hatte er ihr nicht die Gelegenheit gegeben, ihn zu ermutigen oder auch nur zu sagen, dass er sich zur Hölle scheren solle.

Am klügsten war es, das Gespräch auf ein sichereres Terrain zu führen. „Was hast du getrieben, während ich weg war?"

Syssi stieß die Luft aus. „Amanda hat mir eine Liste neurowissenschaftlicher Abhandlungen gegeben, die ich durchlesen soll, um mich besser mit dem Gebiet vertraut zu machen. Und eins kann ich dir sagen: Wissenschaftler sind furchtbare Autoren. Die Abhandlung, die ich den ganzen Nachmittag lang zu begreifen versucht habe, war so stumpfsinnig und wirr, dass ich allmählich Zweifel an meiner Intelligenz bekommen habe. Letztendlich ist mir aufgegangen, dass das Thema gar nicht so kompliziert ist, wie es wirkte. Es war nur schlecht geschrieben. Ich habe eine Zusammenfassung in einfacheren Worten geschrieben und werde Amanda vorschlagen, sie ihren Studenten anstelle der Original-Abhandlung zur Verfügung zu stellen. Das wird ihnen Stunden des Frusts ersparen."

Er hätte ihr ewig beim Reden zuhören können.

Syssi war so süß, wenn sie Feuer fing und lebhaft wurde. Wenn ihre Augen funkelten und sie mit den Händen gestikulierte, streifte sie ihre steife Haltung und den wachsamen Blick ab.

Er wüsste liebend gern, wie man beides auf Dauer loswerden konnte. Ungeachtet seiner Bemühungen, sich höflich und umgänglich zu zeigen, schüchterte er Syssi ein und er wusste nicht, was er sonst noch tun sollte, damit sie sich wohler fühlte.

Lügner. Du weißt genau, was sie braucht.

In seinem tiefsten Innern war Kian ein einfacher Mann, der einfache Lösungen bevorzugte und noch einfachere Bedürfnisse hatte. Die körperliche Spannung zwischen ihnen konnte nur gelöst werden, indem man ihr ein Ventil bot.

Dummerweise kam das nicht infrage.

46

SYSSI

Nachdem Kian sein Abendessen verzehrt und Syssi einen großen Teil vom Eis vernichtet hatte, tranken sie ihre Cappuccinos und redeten ein wenig, während die Brüder eine Sportsendung nach der anderen ansahen.

Er erzählte ihr von der Drohnenfabrik, über deren Bau er nachdachte, und sie berichtete ihm von weiteren übersinnlichen Phänomenen und den gängigsten Theorien zu ihnen.

Es war ein gutes Gespräch. Sie stellte fest, dass es sie von Kians fesselndem Sex-Appeal ablenkte, wenn sie sich über etwas Interessantes unterhielten und sie ihm nicht direkt in die Augen sah.

Das konnte sie jedoch nicht ewig durchhalten. Sie beging den Fehler, eine Sekunde zu lang seine Hände zu betrachten, und prompt lief ihre Vorstellungskraft auf Hochtouren, was diese Hände mit ihr anstellen könnten.

Zeit für einen sofortigen, aber eleganten Rückzug.

„Es tut mir leid, dass ich dich mit diesem seltsamen Kram vollgequatscht habe. Du hast Arbeit dabei und ich sollte dich in Ruhe überlassen."

Kian zog eine Grimasse. „Ich würde dir viel lieber weiter zuhören, als mich hiermit zu beschäftigen." Er klopfte auf seine Aktentasche.

Syssi stand auf. „Wir müssen alle tun, was nötig ist. Ich muss noch mindestens einen Artikel lesen, bevor ich schlafen gehe."

Kian hielt sie an der Hand fest. „Komm mit deinem Laptop her. Wir können gemeinsam arbeiten."

Ja, genau. Als ob sie sich mit ihm in der Nähe konzentrieren könnte.

„Es tut mir leid, aber ich lasse mich schnell ablenken. Ich muss an einem ruhigen Ort arbeiten."

Nach wie vor ihre Hand haltend sah Kian sie aus seinen tiefblauen Augen und es kostete sie alle Willenskraft, sich von ihm zu lösen und nicht zu seinen Füßen zusammenzusacken.

„Gute Nacht, Kian. Nacht, Jungs." Sie winkte den Brüdern zu und marschierte so schnell in ihr Schlafzimmer, wie es ihre hochhackigen Schuhe erlaubten.

Sobald sie die Tür hinter sich abgeschlossen hatte, ließ Syssi sich bäuchlings aufs Bett fallen. Kian brachte sie um. Abgesehen von dem einen Blick, kurz bevor sie in ihr Zimmer gegangen war, hatte er keinerlei Interesse an ihr als Frau gezeigt. Er war freundlich und es wäre ein Vergnügen gewesen, sich mit ihm zu unterhalten, wenn ihre Hormone nicht mit ihr durchgehen würden.

Zeit für eine weitere kalte Dusche?

Nein, genug davon. Der Verstand besiegt den Körper.

Sie musste die Kontrolle zurückgewinnen und dieses Verlangen zum Rückzug zwingen. Eine weitere langweilige, schlecht geschriebene wissenschaftliche Abhandlung war genau die Waffe, mit der sich das bewerkstelligen ließ.

Syssi konnte kaum die Augen offenhalten, als sie Seite um Seite mit Daten zu Testreihen an Affen durchlas, inklusive einer Reihe unentzifferbaren Berechnungen, die den Ergebnissen beilag. Sie war gut in Mathe, aber nicht *so* gut. Viele der Symbole hatte sie bis zu diesem Tag noch nie gesehen. Letztendlich gab sie auf, erlaubte es ihren Augen, sich zu schließen, und schwor sich, nur für einen Moment auszuruhen.

„Was darf's sein, meine Schöne?"

Syssi öffnete die Augen und sah Kian vor sich. Er lehnte an ihrer geschlossenen Tür, die Arme vor der Brust verschränkt. Hatte sie nicht abgeschlossen? Sie war sich ganz sicher gewesen, dass sie es getan hatte.

„Wie, was darf's sein? Ich verstehe nicht, was du meinst."

Auf der Suche nach ihrem Laptop sah sie zu Boden. Lag er noch auf dem Bett? Syssi tastete danach, aber er war nicht da. Sie trug auch nicht mehr ihre Jeans oder ihr T-Shirt.

Stattdessen hatte sie ein weißes Seidennachthemd mit Spaghettiträgern an. Etwas, das sie gar nicht besaß.

„Ich träume wieder, oder?"

Der Traum-Kian nickte. „Also, was darf's sein? Soll ich dich lieben oder nicht?"

„Das weißt du doch. Du bist derjenige, der widersprüchliche Signale aussendet. Nicht ich."

„Ich bin nicht die Art Liebhaber, den du gewohnt bist."

Sie schnaubte. „Gott, das will ich jedenfalls hoffen."

Er ließ die Arme sinken und kam aufs Bett zugeschlendert. „Bist du dir sicher?" Er zog an der Decke, sodass sie zentimeterweise an ihr hinabglitt.

„Ja." Syssi warf die Decke beiseite und enthüllte sich mit einer einzigen fließenden Bewegung.

Kian lachte leise. „Ts ts ts. So ungeduldig."

„Meinst du? Ich warte schon viel zu lange."

Er schob sich über sie. Seine Lippen berührten ihre beinahe, während er sich abstützte und von ihrem Körper fernhielt. „Ich muss dafür sorgen, dass es gut wird, wenn mir schon eine solche Ehre zuteilwird."

„Du bist gut und du wirst es wieder sein. Du bist der Mann, auf den ich gewartet habe."

Seine Lippen waren weich, als er sie küsste. Mit sanfter Zunge wartete er darauf, dass sie die Lippen für ihn öffnete. Seine Technik war perfekt, aber es mangelte ihr an der brodelnden Leidenschaft, von der sie wusste, dass sie in Kian lauerte.

Natürlich wusste sie das. Immerhin war sie diejenige, die dieses Szenario erschaffen hatte.

Der eine echte Kuss, den sie mit ihm geteilt hatte, war kein Vergleich zu diesem höflichen, netten Etwas.

„Küss mich, wie du es schon einmal getan hast", flüsterte sie.

Er hob den Kopf und sah sie aus glühenden Augen an. „Vergiss es später nicht: Du wolltest es so."

Sie nickte und er lächelte. Um seine Lippen bildete sich ein teuflischer Zug, der alles andere als beruhigend war. Tatsächlich jagte er ihr einen Schauer über den Rücken. Was trieb sie hier? Wollte sie ihm wirklich freie Hand geben, mit ihr zu tun, was ihm gefiel?

Es ist ein Traum, Dummkopf, nicht die Wirklichkeit. Lass dich dieses eine Mal einfach gehen und genieß es.

Mit seiner großen Hand umfasste Kian ihren Kopf, vergrub die Finger in ihrem Haar und benutzte es als Anker, um sie festzuhalten, während er mit der freien Hand an ihrem Nachthemd zerrte. Die dünnen Träger rissen und er zog ihr den Stoff in einer einzigen Bewegung vom Körper, sodass sie nackt vor ihm lag.

„Wunderschön", zischte er durch seine langen Fangzähne.

Der dämliche Vampirroman hatte sie auf komische Ideen gebracht. Aber Moment mal, Kian hatte in all ihren Träumen Fangzähne gehabt. Wollte ihr Unterbewusstsein ihr irgendetwas sagen?

Aber was? Dass er gefährlich war? Dass sie sich nach der Gefahr sehnte? Sie wollte ihn danach fragen, aber sobald sie den Mund öffnete, machte Kian sein Versprechen wahr und küsste sie, wie sie es sich gewünscht hatte. Er zog leicht an ihren Haaren und nahm ihren Mund in Besitz. Seine Zunge glitt zwischen ihre Lippen, während sie seine Zähne zu spüren bekam.

Als er mit der anderen Hand ihre Brust umfasste, wölbte Syssi sich ihm entgegen. Sie erinnerte sich an ihren ersten Traum und daran, wie er sie mit Lippen und Zähnen zum Höhepunkt gebracht hatte. Vor jener Nacht hatte sie nicht geahnt, dass sie einen solchen Orgasmus erleben konnte. Sie war geflogen und hatte auf einer fernen Wolke geschwebt, bevor sie wieder zu Boden getrudelt war.

In beiden Träumen war sie es gewesen, der Lust geschenkt worden war. Sie war jedoch nicht dazu gekommen, ihn zu berühren, ihn zu erkunden. Das war es, was sie nun wollte.

„Ich möchte dich nackt sehen", flüsterte sie, als er sie zu Atem kommen ließ.

„Neugierig?"

„Zum Umfallen. Du bist der schönste Mann, dem ich je begegnet bin. Ich möchte alles sehen."

Kian rollte sich auf den Rücken, hob die Arme und verschränkte die Hände unter dem Kopf. „Ich gehöre ganz dir, meine Schöne."

Syssi erhob sich auf die Knie und bewunderte den Berg von einem Mann, der neben ihr ausgestreckt lag. Sein Kopf berührte fast die Kopfplatte des Bettes und seine Füße reichten bis zur letzten Ecke der Matratze.

„Was soll ich mir zuerst ansehen?"

Kian hob den Kopf an und sah hinab auf die große Beule in seiner Hose. Dann hob er vielsagend die Augenbrauen.

Sie kicherte und fragte sich, ob der echte Kian im Bett auch so verspielt war. „Keine Sorge. Da komme ich schon noch hin. Aber zuerst will ich mir mal diesen großartigen Brustkorb anschauen."

Über ihn gelehnt öffnete sie den obersten Knopf seines Hemds. Sie wollten so langsam vorgehen, wie er erst in der vergangenen Nacht getan hatte, aber sie war zu ungeduldig und innerhalb von Sekunden waren alle Knöpfe offen.

Syssi atmete tief durch und schob den Stoff auseinander.

Kians Brust war glatt, kein einziges Härchen bedeckte seine Brust. Er war perfekt gebaut und schien nur aus straffen Muskeln zu bestehen, über die sich kein Gramm Fett spannte. Er richtete sich auf und streifte das Hemd ab, dann kehrte er in seine vorherige Haltung zurück. Wenig überraschend waren auch seine Arme und Schultern ein fantastischer Anblick. Er war nicht so massiv gebaut wie ein Bodybuilder, eher wie ein Schwimmer oder Turner.

Sie strich ihm mit den Handflächen über den Oberkörper und raunte: „Du bist perfekt. Ich hab's gewusst."

Kian zischte. „Du beeilst dich besser. Ich möchte derjenige sein, der dich anfasst, und es bringt mich fast um, meine Hände bei mir zu behalten. Ich werde nicht mehr lange durchhalten."

Seine angespannten Muskeln und Miene bestätigten, wie schwer es ihm fiel, still zu liegen und sich von ihr erkunden zu lassen. Bald würde seine Geduld belohnt werden.

Mit einer schnellen Bewegung ließ sie den Knopf seiner Jeans aufspringen, dann zog sie behutsam den Reißverschluss nach unten. Er war so hart und seine Jeans saß so eng über der Beule, dass sie Angst hatte, ihm wehzutun.

Ihre Vorsicht erwies sich als klug, denn Kian trug keine Unterhose, und sein Schaft war zu sehen, kaum, dass der Reißverschluss halb offen war. Sobald Syssi ihn ganz nach unten gezogen hatte, löste Kians Erektion sich aus der Hose.

Syssi keuchte. Seine Männlichkeit war ebenso schön wie der Rest von ihm.

Glatt und steif, dick und lang, und sie konnte es nicht erwarten, ihn zu kosten.

Sanft berührte sie ihn und bewunderte die samtige Haut über der harten Länge. Kian sog scharf die Luft ein, dann zischte er, als sie die Hand um den Schaft schloss und den Kopf senkte, um ihn in den Mund zu nehmen.

Als sie die Lippen um ihn schließen wollte, klingelte es plötzlich.

Was zum Teufel? War das ein Wecker?

Nein, es war das verdammte Telefon neben dem Bett.

Verdammt. Syssi hätte das Mistding am liebsten an die Wand geworfen, aber das ließ sie selbstverständlich bleiben. Nichtsdestotrotz würde sie demjenigen, der sie so früh zu stören wagte, die Meinung geigen.

„Wer ist da?", fauchte sie.

„Guten Morgen, meine Schöne. Ich bestelle gerade Frühstück. Was hättest du gern?" Kian klang für diese unchristliche Uhrzeit ekelhaft gut gelaunt.

Mit bösartiger Zufriedenheit dachte sie, dass er nicht so gut gelaunt wäre, wenn er wüsste, dass er sich gerade um einen Blowjob gebracht hatte. Sein anderes Ich, aber immerhin.

„Es ist sechs Uhr morgens, Kian."

„Tut mir leid. Zu früh für dich?" Er klang, als täte es ihm überhaupt nicht leid.

„Kaffee." Sie legte auf und ließ sich wieder aufs Bett sinken.

Natürlich war sie nicht nackt. Sie trug immer noch Jeans und T-Shirt und der Laptop lag offen auf der anderen Bettseite. Die einzige Erinnerung an ihren Traum bestand in einem weiteren feuchten Slip.

Das war so frustrierend. Syssi schnappte sich ein Kissen und hielt es sich vors Gesicht, um ein genervtes Stöhnen zu unterdrücken.

47

KIAN

„Wie lange sitzen wir hier noch fest?", fragte Anandur, nachdem sie gefrühstückt hatten.

Kian hatte Syssi vor mehr als zwei Stunden geweckt, aber sie war immer noch nicht aufgetaucht. Entweder war sie wütend, dass er sie so früh hochgescheucht hatte, und blieb deshalb in ihrem Zimmer oder sie war wieder eingeschlafen.

„Ich werde heute versuchen, sie zu überreden, mit mir nach Hause zu fahren."

Anandur kratzte sich den Bart. „Hältst du es für schlau, sie mit in die Festung zu nehmen?"

„Nein, aber ich kann auf keinen von euch verzichten, um sie zu beschützen. Wir haben nicht genug Leute."

Es stimmte. Sie hier zu stationieren, nur weil er einen Narren an dem Mädchen gefressen hatte, war den Jungs gegenüber nicht fair. Sie mussten sich um andere Angelegenheiten kümmern und in Zeiten wie diesen brauchten die Bewohner des Bollwerks die wenigen Wächter an ihrer Seite. Aber das war nicht der einzige Grund.

„Verpass ihr einen Bann. Das geht schneller", schlug Brundar vor.

Vielleicht sollte er das wirklich tun.

„Ich klopfe mal bei ihr an." Anandur wischte sich mit einer Serviette den Mund ab und schob seinen Stuhl zurück.

Keine schlechte Idee. Falls sie wegen des Weckrufs immer noch sauer war, war es Kian lieber, wenn Anandur die volle Wucht ihres Zorns abbekam.

Der Wächter klopfte mit den Fingerknöcheln an die Tür. „Zeit zum Aufstehen, Syssi."

Ein gedämpftes *Scheiße* ertönte, dann war das Geräusch kleiner Füße zu hören, die zur Tür eilten. Syssi öffnete sie einen Spalt breit, sodass ihre untere Körperhälfte verborgen blieb, und verrenkte den Hals, um Anandur anzuschauen.

„Gott, bist du groß." Sie schüttelte den Kopf und damit ihr zerwühltes Haar, das in alle Himmelsrichtungen abstand. „Es tut mir leid, ich habe verschlafen. In spätestens zehn Minuten bin ich da."

„Schon gut. Lass dir Zeit, kein Grund zur Eile."

„Danke." Sie schloss die Tür.

Anandur kam zurück zum Esstisch und nahm gegenüber von Kian Platz. „Sie ist schon eine süße, kleine Maus."

Die scheinbar unschuldige Bemerkung ließ Kian rot sehen. „Behalt deine Meinung für dich."

Anandur hob eine rote Braue so weit, dass sie fast in seinem Haaransatz verschwand. „Da hat heute Morgen aber jemand miese Laune."

Kian ignorierte ihn und gab zu verstehen, dass das Gespräch beendet war, indem er das *Wall Street Journal* hob und sich dahinter versteckte. Dummerweise hatte Anandur recht. Syssi war hinreißend und unglaublich sexy.

Er hatte sie aus gutem Grund so früh geweckt. Sie musste etwas Heißes geträumt haben, denn der Duft ihrer Erregung hatte ihn aus dem Schlaf gerissen.

Irgendwann gegen ein Uhr nachts hatten sich die Brüder in das zweite Schlafzimmer zurückgezogen. Kian war wach geblieben und hatte die mitgebrachten Akten durchgesehen, bis die Worte vor seinen Augen zu verschwimmen begannen.

Erst dann hatte er sich auf die Couch gelegt, um ein bisschen zu schlafen. Er war allein im Wohnzimmer gewesen, als der verlockende Duft ihn erreicht hatte. Es war ein Kampf gewesen, nicht zu ihr zu gehen und sich ihrer Bedürfnisse anzunehmen, und er war dankbar, dass die beiden Wächter im Nebenzimmer geschlafen hatten. Ihre Anwesenheit hatte ihm geholfen, seine Libido auszubremsen.

Das bedeutete jedoch nicht, dass er erlauben würde, dass sie eine Kostprobe von dem bekommen würden, was ihm allein gehörte.

Zuerst hatte er sie aufgeweckt, sodass ihr Duft sich nicht weiter im Wohnzimmer verbreiten konnte. Danach hatte er sämtliche Fenster geöffnet und schließlich Frühstück bestellt in der Hoffnung, dass der Duft von Backwaren und frisch aufgebrühtem Kaffee die letzten Hinweise auf ihre Lust übertünchen würde.

Wie versprochen kam Syssi zehn Minuten später aus ihrem Zimmer. „Es tut mir so leid, dass ich euch habe warten lassen. Ich bin wieder eingeschlafen."

„Keine Sorge. Hier, ich habe frischen Kaffee für dich." Kian deutete auf den Tisch, wo er eine bis zum Rand gefüllte Thermoskanne für sie aufbewahrt hatte. Der Kaffee war zusammen mit dem Frühstück geliefert worden, aber die Kanne sollte ihn warmgehalten haben.

Essen war ein anderes Thema. Von dem, was er bestellt hatte, wären sechs Personen satt geworden, aber für die beiden Wächter hatte es kaum gereicht.

Syssi setzte sich gegenüber von ihm hin und wich seinem Blick aus. Lag es an dem Traum? Oder war es ihr peinlich, dass sie sie hatte warten lassen?

Er schenkte ihr eine Tasse ein. „Was möchtest du essen?" Er reichte ihr den Kaffee.

„Ich habe noch keinen Hunger, aber danke." Sie nahm die Tasse und er hielt ihr den Behälter mit verschiedenen Süßmitteln hin.

„Hast du gut geschlafen?" Er konnte nicht anders.

Sie hob ruckartig den Kopf und sah ihn misstrauisch an. „Sehr gut. Und du?"

Er streckte sich und tat so, als würde er vor Unbehagen das

Gesicht verziehen. „Überhaupt nicht. Ich habe noch lange gearbeitet und als ich mich schließlich hingelegt habe, habe ich festgestellt, dass die Couch nicht besonders bequem ist.“ Er log das Blaue vom Himmel herunter. Mit der Couch war alles bestens. Sicher, sie war nicht so groß wie sein Bett zu Hause, aber auch nicht so übel, wie er es klingen ließ.

„Warum bist du nicht nach Hause gefahren? Zwei Männer als Wache reichen voll und ganz. Du hättest bequem in deinem eigenen Bett schlafen können.“

Mist, das hatte nicht funktioniert. Er musste es anders versuchen. Zeit, die Samthandschuhe auszuziehen.

Aber Augenblick … Wollte er denn wirklich, dass Syssi mit ihm nach Hause kam? Wenn er erst mit ihr in seinem Penthouse allein war, würde ihn nichts davon abhalten, sie zu nehmen. Abgesehen von seinem Selbstrespekt natürlich und Kian hatte das Gefühl, dass dieser nicht reichen würde.

Andererseits würde er ohne sie an seiner Seite nichts auf die Reihe bekommen, das hatte er sich gestern bewiesen.

Der Karren steckte metertief im Dreck.

Das war alles Amandas Schuld. Ohne ihre Kuppelei wäre er nicht in dieser dummen Lage. Aber eigentlich war ihm klar, dass das nicht stimmte. Selbst wenn Amanda Syssi nie zuvor erwähnt hätte, hätte er bei ihrer ersten Begegnung genauso stark auf sie reagiert.

Er würde eine Lösung finden müssen, aber bis dahin musste Syssi mit ihm nach Hause kommen. Es ging immerhin um ein finanzielles Imperium.

„Wir hätten alle besser schlafen können. Anandur und Brundar in ihrer Wohnung und du in einem perfekt eingerichteten Gästezimmer, das sogar noch schöner ist als diese Suite. Gar nicht erst zu reden von den Unmengen Geld, die uns das gespart hätte.“ Er war so manipulativ. Kian interessierte sich nicht im Geringsten für das Geld, aber Syssi schon. Es zu erwähnen, war ein Tiefschlag und er traf an einer Stelle, an der es ihr wehtat, wie Kian wusste. Aber sie ließ ihm keine Wahl.

Seufzend nickte sie. „Du hast recht. Wenn du gestern einverstanden gewesen wärst, mich bei meinem Bruder abzusetzen, hättest du ein Vermögen gespart."

Sture Frau. Das war nicht die Antwort, die er erwartet hatte. „Wie ich schon sagte, bist du bei deinem Bruder nicht sicher. Du würdest euch beide in Gefahr bringen, wenn du bei ihm unterkommst." Wenigstens das stimmte.

Syssi hob geschlagen die Hände. „Du hast gewonnen. Ich gebe auf. Fahren wir zu dir."

Halleluja.

48

SYSSI

Einmal mehr würde Syssi Kians Penthouse betreten. Sie war sich nicht sicher, wie weise dieser Schritt war, und fühlte sich unwohl. Nicht, dass sie eine Wahl gehabt hätte. Die einzige andere Möglichkeit, die ihr noch blieb, wäre es, einen Flug zu buchen und zu ihren Eltern nach Afrika zu fliegen. Es war recht unwahrscheinlich, dass ihr die Irren bis dorthin folgen würden.

Allerdings wäre das genauso, als würde man gegen Kopfschmerzen vorgehen, indem man sich den Kopf abschlug. Eine zu extreme Lösung für diese Situation. In ein paar Tagen würden sie wissen, ob die Verrückten Anstalten gemacht hatten, Michael oder ihrer habhaft zu werden, und wenn nicht, konnte sie in ihr altes Leben zurückkehren.

Sie befürchtete, dass ihre Gefühle für Kian kein ausreichender Grund waren, um ans andere Ende der Welt zu flüchten. Abgesehen davon hasste sie Hitze und Feuchtigkeit, Moskitos und weiß der Teufel was für Käfer dort herumkreuchen mussten. Wie ihre Mutter damit zurechtkam, war ihr schleierhaft.

„Hast du jetzt Hunger?", fragte Kian kaum, dass sie eingetreten waren.

„Ja, ein wenig."

„Gut. Ich bitte Okidu, uns Brunch zu servieren."

Offenbar gefiel es ihm, sie zu füttern. Was bedeuten musste, dass er sie zumindest bis zu einem gewissen Punkt gern hatte. Oder auch nicht. Vielleicht wollte er nur ein guter Gastgeber sein. Sie wusste wirklich nicht mehr, was sie denken sollte.

Kian war anders als alle Männer, die sie bisher kennengelernt hatte, und das nicht nur, weil er sich in einer weitaus höheren Liga bewegte. Er war ein einziger Widerspruch.

Manchmal war sie überzeugt, dass er gleich auf sie zukommen, sie erneut küssen oder etwas sagen würde, das sein Interesse offenbarte. Dann wieder war sie sicher, dass sie sich das alles einbildete und nur der Wunsch Vater des Gedankens war, wenn sie sich einbildete, dass er auf sie stand.

Denn es war undenkbar, dass ein Mann wie er hinter einem Mädchen wie ihr her war. Wahrscheinlich fielen Berühmtheiten, Filmstars und Models in sein Beuteschema, keine normalen Leute wie langweilige Laborassistentinnen oder Praktikantinnen der Architektur.

Aber dann fiel ihr wieder der Kuss ein, der echte, und wie er sie angeschaut hatte. Syssi schüttelte den Kopf. Sie machte sich verrückt. Am besten wartete sie ab, wie sich alles entwickelte und wohin es sie führte.

Das Schwierige würde sein, Kian nicht zu verfallen, jedenfalls nicht mehr, als sie es bereits getan hatte. Nicht, dass ihre Vernarrtheit in Kian bedeutete, dass sie sich in ihn verliebt hatte. Daran musste sie sich immer wieder erinnern.

Sie musste einfach ruhig bleiben und auf ihr Herz achtgeben. Ganz einfach.

Genau.

Wie am Vortag servierte Okidu ihnen den Brunch in Kians Esszimmer. Zu zweit an einem Tisch für achtzehn zu sitzen, war merkwürdig und dass dieses Mal Brundar oder Anandur als Puffer fehlten, war keine Hilfe. Und zudem neigte sie dazu, zu viel zu essen, wenn sie nervös war. Das bedeutete, sie fiel über das köstliche Essen her, als hätte sie seit einer Woche nichts bekommen.

Als sie fertig war, tupfte Syssi sich mit einer Serviette den Mund ab und bemühte sich, wie eine Dame zu wirken, obwohl sie gerade den gesamten Inhalt ihres Tellers zuvor in sich hineingeschaufelt hatte.

Um der Wahrheit die Ehre zu geben, war es wirklich hervorragend gewesen und zudem ungewöhnlicherweise alles vegetarisch. Als sie auf den Teller spähte, ging ihr auf, dass nur ein paar Krümel des Auberginen-Sandwichs übrig waren. Wenn niemand in der Nähe gewesen wäre, hätte sie sich die auch noch in den Mund gestopft.

Aber es war jemand da.

Auch ohne ihn anzusehen, spüre Syssi, dass Kian sie beobachtete.

Okidu brachte ihnen Kaffee und sie war dankbar für die kurze Atempause, aber sobald er fort war, fühlte sich die Stille zwischen ihnen an wie ein Vakuum, das darum flehte, gefüllt zu werden.

Nervös faltete und entfaltete Syssi ihre Serviette, dann wagte sie einen schnellen Blick zu Kian.

Ihr stockte der Atem.

Er hatte sich in seinem Stuhl zurückgelehnt und nippte an seinem Kaffee, beobachtete sie jedoch zeitgleich andächtig. Nicht auf jene zwanglose, freundliche Weise wie zuvor, sondern mit einem bewunderndem und zugleich nervenaufreibendem Blick.

Sie sah auf die Tischplatte und räusperte sich. „Danke für das herrliche Essen. Mir ist allerdings aufgefallen, dass es ganz aus Gemüse und Pilzen bestand. Als wir im Hotel waren, hast du dir auch kein Fleisch bestellt. Bist du Vegetarier? Wie Amanda?“

Das war ziemlich lahm. Sie hatte bereits gestern vermutet, dass er Veganer war, aber so, wie er sie ansah, fiel ihr nichts Besseres ein.

„Es ist eine gesündere Ernährungsweise, auch eine freundlichere. Ich glaube, die meisten von uns zögern instinktiv, ein lebendes Wesen zu töten. Wenn die Leute wirklich jagen und für ihr Essen töten müssten, würden sich viele dagegen entscheiden. Ich halte mich so weit wie möglich von tierischen Produkten fern, aber wenn die Alternative wäre zu verhungern … Na ja, Selbsterhaltungstrieb und so. Amanda gibt sich Mühe, aber du kennst sie ja: Ab und zu braucht sie ihren Brie oder ihren Ziegenkäse." Er lächelte dünn.

Syssi musste ihm zustimmen. Amanda hasste Regeln. Ihre Chefin war eine Rebellin. „Ich weiß, was du meinst. Aber was mich wundert, ist deine Bemerkung, dass du lieber Fleisch essen würdest als zu verhungern. Warst du schon einmal in einer solchen Lage?" Es kostete sie Mühe, aber Syssi ließ endlich von der Serviette ab und legte sie neben ihren Teller.

„Es gab Gelegenheiten, wo es nichts anderes gab. Als mir in der Wildnis oder während einer Wanderung in einer einsamen Gegend der Proviant ausgegangen ist, zum Beispiel. Da blieb mir nichts anderes übrig, als mein Essen zu jagen und zu töten, um zu überleben. Ja, ich war schon mal in einer solchen Lage." Er zuckte die Achseln, als wäre es nicht der Rede wert, und doch sagte seine angespannte Miene etwas anderes.

„Stehst du auf diese Extreme-Survival-Touren? Neulich bin ich beim Zappen auf eine Reality Show gestoßen. Das Thema ist im Moment sehr beliebt. Natürlich sind die Sendungen inszeniert, aber ich vermute, für einige ist das eine echte Art von Erholung."

Kian schien ihr nicht der richtige Typ dafür zu sein. Er war die Verkörperung des kultivierten, wortgewandten CEO, kein Survival-Abenteurer. Und doch spürte sie, dass unter der Oberfläche etwas Wildes in ihm lauerte. Vielleicht hatte er eine Zeit lang in der Armee gedient, in einer Einheit wie Andrews. Allerdings war er zu jung, um beide Berufswege hinter sich zu haben.

„Nein, für mich ging es nie um Erholung. Sagen wir einfach, es gab eine Zeit in meinem Leben, in der ich gezwungen war, mich in einer lebensfeindlichen Gegend allein durchzuschlagen." In seinem düsteren Tonfall lag eine Endgültigkeit, die verriet, dass er über weitere Fragen zu diesem Thema nicht glücklich wäre.

Syssi vermutete, er konnte nicht darüber reden. Oder er durfte es nicht.

Wie Andrew.

Japp, das wenige, das er gesagt hatte, klang nach einer Spezialeinheit. „Ich bewundere, dass du das konntest. Wenn man mich in der Wildnis allein lassen würde, würde ich wahrscheinlich als

Futter enden. Ich habe auch keinen Orientierungssinn. Ich wäre verloren und vollkommen hilflos." Syssi erschauerte beim Gedanken an den Albtraum und ihre verzweifelte Flucht durch die Wälder, während dämonischen Wölfe ihr nachhetzten.

Ohne ihr Zutun fiel ihr ein, was auf die Jagd folgte, und prompt jagte eine heiße Welle der Erregung durch sie hindurch. Ausgehend von ihrer Körpermitte breitete sie sich in ihre Brust aus und von dort in jede einzelne Nervenbahn bis in ihre Fingerspitzen, sodass sie kribbelten, als stünden sie unter Strom.

Oh Gott, bitte lass das aufhören.

Gott reagierte nicht auf ihr Gebet. Wenn sie überhaupt jemand gehört hatte, musste es der Teufel gewesen sein. Denn nachdem sich ein erster Spalt in ihrer Erinnerung aufgetan hatte, sprangen die Fluttore auf und jeder sinnliche Augenblick, den sie in ihren Träumen mit Kian verbracht hatte, rauschte durch ihren Kopf wie ein Film im Schnelldurchlauf.

Sie versuchte, das Stöhnen zu unterdrücken, das ihr zu entfleuchen drohte, aber ungeachtet ihrer Mühe entfuhr ihr trotzdem ein leises Wimmern. Zutiefst beschämt errötete Syssi und sah zu Boden. Sie hoffte verzweifelt, dass Kian den erbärmlichen Laut ihrer Angst, sich im Wald zu verlaufen, zuschreiben würde.

49

KIAN

Kians Körper reagierte, bevor sein Verstand den Ansturm sinnlicher Signale verarbeiten konnte. Mit der Wucht eines Rammbocks wurde ihm die Luft aus den Lungen getrieben.

Vergleichbar mit der Kraft, mit der sein Glied sich hinter dem Reißverschluss aufgerichtet hatte. Was zum Teufel war gerade passiert?

Was hatte es mit diesem gequälten Stöhnen auf sich? Und warum ging von Syssi auf einmal ein starker Duft nach Erregung mit einem Anflug von Angst aus? Kein Vergleich zu der sanften Note, die er heute Morgen gerochen hatte. Dieser Duft war mächtig. Überwältigend. Eine Verlockung, der er nicht widerstehen konnte.

Es war keineswegs so, dass Kian diese besondere Mischung fremd gewesen wäre. Die meisten Frauen reagierten instinktiv ähnlich auf ihn, da sie sein räuberisches Wesen spürten. Ihre Lust und ihre Angst vereinten sich zu einem berauschenden Aphrodisiakum.

Zu seinem liebsten.

Aber von der süßen, schüchternen Syssi ausgehend befeuerte die explosive Mischung seine Lust, wie er es noch nie erlebt hatte.

Und je stärker sie wurde, desto mehr brach seine Selbstbeherrschung in sich zusammen.

Das Raubtier in ihm durchstieß den dürftigen Wall zivilisierten Benehmens, den er so mühsam aufrechterhalten hatte. Kian griff an. In einer einzigen Bewegung holte er Syssi auf seinen Schoß und hielt sie zwischen seinen Armen gefangen.

Überrascht quiekte sie auf.

Sie musste gespürt haben, wie sein Schwanz unter ihrem Po zuckend anschwoll, denn sie riss die Augen auf. Sie öffnete die Lippen, um scharf die Luft einzuziehen. Die Röte auf ihren Wangen nahm im Gleichschritt mit ihrer Erregung zu.

„Siehst du, Syssi. Wenn du mir gehören würdest, würde ich mich um dich kümmern, dich verteidigen und versorgen. Du würdest dich nie allein durchschlagen müssen und das einzige wilde Biest, vor dem du dich fürchten müsstest, wäre das in mir."

Selbst in seinen Ohren klang er wie ein Neandertaler, aber jedes Wort entsprach der Wahrheit. Alles in ihm, das Mann war, sehnte sich danach. Er wollte ihr Ein und Alles sein, der Einzige, der sich auf jede vorstellbare Weise um sie kümmerte, der Einzige, den sie je brauchte oder wollte.

Syssi musterte ihn und lächelte leicht. Vermutlich dachte sie, dass er sie nur aufzog. Aber als sie ihm in die Augen sah und begriff, was für ein Tier sie gefangen hielt, erlosch ihr Lächeln.

Er legte ihr sacht die Hand in den Nacken und hielt ihren Blick, als er sie näher an seinen Mund zog. Langsam und bewusst ihre atemlose Erwartung ausdehnend, bis sie keuchte. Abrupt verstärkte er den Griff um ihren Nacken und überwand die verbliebene Distanz zwischen ihnen, um mit fast brutaler Wildheit über ihre weichen Lippen herzufallen.

Syssi schmolz in den Kuss hinein, drängte sich ihm entgegen und ergab sich seiner drängenden, tastenden Zunge, spielte mit ihr und sog daran.

So verdammt gut.

Als er sich atemlos zurückzog, folgte sie ihm, leckte über seine Lippen und drängte ihm ihre eigene kleine Zunge in den Mund.

Widerwillig verweigerte er ihr den Zugang.

Inzwischen hatten sich seine Eckzähne verlängert und mit seinem restlichen Körper auf das vorbereitet, was vor ihnen zu liegen schien.

Er konnte nicht zulassen, dass sie herausfand, dass er nicht der oder vielmehr das war, wofür sie ihn hielt. Jedenfalls noch nicht.

Er vergrub die Finger in ihrem Haar, zog ihren Kopf nach hinten und knabberte warnend an ihrer Unterlippe, dann leckte er kurz darüber, um den feinen Schmerz zu lindern.

„Nein, meine Schöne, das kann ich nicht zulassen. Ich muss die Kontrolle behalten, wenn wir auf diese Weise zusammen sind." Er versuchte, den angedeuteten Befehl hinter zärtlichen Worten und einem beruhigenden Tonfall zu verbergen, dann küsste er sie erneut. Sanft und liebevoll – neckend, um ihre Zustimmung zu testen.

50

SYSSI

Oh Gott …

Syssi wollte, musste den Kuss verstärken, aber der Wunsch, Kian zufriedenzustellen, war noch größer. Etwas in ihr sehnte sich nach seiner Dominanz, wollte ihm gefallen, wollte, dass er die Kontrolle über ihre Lust in Händen hielt.

Es machte sie heißer als alles, was sie bisher erlebt hatte.

Sie war so erregt. Ihre steifen Brustwarzen rieben sich an ihrem Spitzen-BH und drohten den dünnen Stoff zu durchstoßen.

Verlegen vermutete sie, dass Kian nicht nur die harten Erhebungen an seiner Brust spürte, sondern auch die Feuchtigkeit, die durch ihre Hose sickerte. Es war undenkbar, dass das winzige Spitzen-Höschen alles aufnehmen konnte, was die Erregung aus ihr hervorquellen ließ. Keuchend senkte sie den Kopf und vergrub die Stirn an seiner Brust, um ihre glühend heißen Wangen zu verbergen.

Eine Sekunde später holte sie tief Luft und versuchte aufzustehen, doch er hielt sie fest, drückte ihren Kopf wieder an seine Brust und streichelte ihre Haare. Er küsste sie auf die Stirn.

„Psst … Schon gut, meine Schöne. Ich halte dich. Ich liebe es, wie du auf mich reagierst. Das ist perfekt und es macht mich so scharf, dass ich fürchte, mein Reißverschluss überlebt das nicht." Während er über ihre Haare strich und ihr in langsamen, kreisenden Bewegungen den Rücken rieb, wartete er darauf, dass sie sich wieder fasste.

Auf der einen Seite war es ihr sogar noch peinlicher, dass Kian gemerkt hatte, wie sehr sie ihre eigene Reaktion verstört hatte. Aber auf der anderen Seite wusste sie seine Mühe, ihr Unbehagen zu lindern, zu schätzen. Einfach indem er zugab, dass es ihm nicht besser erging als ihr.

Als sie den Beweis seiner Erregung an ihrem Po spürte, kicherte sie und sah zögernd auf, nicht sicher, ob Kian scherzte oder nicht.

Sein Gesichtsausdruck überraschte sie.

Er betrachtete sie, als wäre sie etwas Besonderes, etwas Kostbares und nicht eine Schande für die Emanzipationsbewegung, für die sie sich gerade hielt.

Syssi wusste nicht, was sie sagen oder tun sollte. Zum Glück musste sie das auch nicht. Sein Telefon klingelte und störte die aufgeladene Atmosphäre.

Er verlagerte sein Gewicht und wand sich, um das Handy aus der Hose zu bekommen, hielt sie jedoch fest und küsste sie rasch auf die Stirn, bevor er den Anruf entgegennahm. „Nicht weggehen", flüsterte er mit dem Daumen über dem Mikrofon.

Als wäre sie dazu fähig.

Kians Hand auf ihrem Rücken und seine harte, muskulöse Brust, an die sie zu gern die Wange gelegt hätte, seine Wärme und sein verlockender Geruch lullten sie ein, bis sie ganz verträumt war. Sie hörte ihn und auch den Anrufer reden, aber die Worte drangen nicht zu ihr durch.

Dieser Mahlstrom an Emotionen und Sehnsüchten war neues, unerforschtes Terrain für sie. Sie war diesem Mann erst vor wenigen Tagen begegnet, um Gottes willen, und schon jetzt träumte sie von ihm, wollte ihn, brauchte ihn mit einer Dringlichkeit, die an Verzweiflung grenzte.

Doch was ihr am meisten Rätsel aufgab, war, dass er trotz seiner vorherigen Bemühungen, sich desinteressiert zu geben, dasselbe für sie zu empfinden schien. War diese irrsinnige Anziehung das Ergebnis von durchdrehenden Pheromonen? Oder steckte mehr dahinter?

Der Begriff *Schicksal* ging ihr durch den Kopf, aber sie schob ihn beiseite. Nur Narren und hoffnungslose Romantiker glaubten an so etwas.

Syssi zählte sich nicht dazu.

Bleib ruhig. Pass auf dein Herz auf.

Seufzend schob Kian das Handy zurück in die Tasche. „So sehr ich es hasse, ich muss mich um eine potenziell brenzlige Situation kümmern. Aber glaub mir, ich würde viel lieber hierbleiben und dieses Feuer schüren." Vielsagend lächelnd küsste er sie rasch auf die Lippen und hob sie von seinem Schoß. „Fühl dich wie zu Hause. Okidu wird dich herumführen und dir helfen, dich einzurichten. Du kannst ihn um alles bitten, was du brauchst. Ich bin so schnell wie möglich wieder da."

Er wandte sich zum Gehen.

„Warte. Ich halte das für keine gute Idee. Ich verstehe, warum ich nicht bei Andrew wohnen kann, aber ich könnte zu meinen Eltern nach Afrika fliegen. Dort kann mir sicher nichts passieren."

In Kians Penthouse zu ziehen, selbst übergangsweise, war ein Fehler. So, wie die Funken zwischen ihnen flogen, würden sie sich zu etwas hinreißen lassen, dass sie beide später bereuen würden, wenn auch aus unterschiedlichen Gründen. In ihrem Fall würde es auf ein gebrochenes Herz hinauslaufen, in Kians darauf, dass er es bedauerte, es ihr gebrochen zu haben.

Kian kehrte um und trat dicht vor sie. Nur Zentimeter von ihr entfernt ergriff er ihr Kinn und hob es, sodass sie gezwungen war, ihm in die Augen zu sehen.

„Du gehst nirgendwohin. Es ist meine Aufgabe, dich zu beschützen und mich um dich zu kümmern. Dieses Haus hat das beste Sicherheitssystem, das man mit Geld und Loyalität kaufen kann. Ich werde deine Sicherheit nichts und niemand anderen anvertrauen. Also mach es dir gemütlich."

Der wilde Blick, der ihr Herz schon zuvor zum Beben gebracht hatte, war wieder da, aber als er schmal lächelte, verwandelte es sich in etwas zwischen Ernst und Lüsternheit. „Wir wissen beide, worauf das hier hinausläuft, also warum sollen wir uns weiter etwas vormachen, Syssi? Du kannst deine Sachen genauso gut in mein Schlafzimmer räumen. Alles andere wäre sinnlos."

Syssi versuchte, seinem Griff zu entkommen und den Blick abzuwenden, aber er ließ ihr Kinn nicht los, sodass sie gezwungen war, ihm in die Augen zu sehen.

Was war sie nur für eine Närrin gewesen. Die Illusion, die sie in ihrem Kopf erschaffen hatte, war genau das: eine Illusion. Der wahre Kian war ein Höhlenmensch, ein großer Gorilla, der sich auf die Brust trommelte und allen möglichen männlichen Schwachsinn von sich gab.

Befeuert von ihrer tiefen Enttäuschung verwandelte sich ihr Unbehagen in Ärger. Der höfliche, aufmerksame Mann, den sie kennengelernt hatte, war verschwunden und an seine Stelle war dieser grobe, überhebliche Kerl getreten, der glaubte, sie herumkommandieren zu können. Was noch schlimmer war, er glaubte offenbar, sie wäre dankbar für seine Einladung, sein Bett zu teilen, nur weil er gut küssen konnte.

Der Typ hatte ein gewaltiges Ego, vermutlich dank allzu vieler leichter Eroberungen. Nicht, dass sie viel Widerstand gezeigt hätte oder überhaupt welchen.

Der Gedanke machte sie stinksauer, in erster Linie auf sich selbst.

Das war's, Syssi. Zum ersten Mal in deinem Leben hast du dir die Bezeichnung Schlampe verdient.

So sehr sie ihn wollte, sie würde keine weitere Kerbe in seiner Bettkante werden.

„Du magst recht haben. Ich werde nicht leugnen, dass da etwas zwischen uns ist, aber du beleidigst mich, indem du mir unterstellst, eine Frau zu sein, die mit einer neuen Bekanntschaft gleich ins Bett springt. Ich bin dir dankbar für deine Sorge um meine Sicherheit, aber wenn ich nicht nach Afrika abreise, wüsste ich es zu schätzen, wenn ich zumindest ein eigenes Zimmer hätte." Seinen brennenden Blick ignorierend fuhr sie fort: „Sieh es ein, Kian. Diese ganze Geschichte ist zeitlich begrenzt. In ein oder zwei Tagen werde ich wieder nach Hause gehen. Ich ziehe hier nicht dauerhaft ein. Also mach es mir bitte nicht schwerer als es schon ist."

Es passte gar nicht zu ihr, so harsch zu reagieren. Sie hasste hitzige Debatten und versuchte, ihnen unter allen Umständen aus dem Weg zu gehen. Einfach abzuhauen, passte besser zu ihr. Doch überraschenderweise fühlte Syssi sich nicht so zittrig oder verstört wie sonst.

Aus irgendeinem Grund vertraute sie darauf, dass Kian ihre Wünsche respektieren würde. Und auch, wenn sie nach wie vor zornig war, ließ ihr Dampfablassen sie erkennen, dass Kian ihr nichts Böses gewollt hatte. Nur war er wie viele Männer nicht gut darin, sich auszudrücken.

Aber sie musste sich ihm widersetzen, sonst würde er sie einfach überrennen.

Seine Miene wurde sanfter und er ließ ihr Kinn los, um sich durch das zerwühlte Haar zu streichen. „Entschuldige, du hast recht. Ich bin mit allem einverstanden, womit du dich wohlfühlst." Er sah sie entschuldigend an. „Ich wünschte, ich könnte charmanter und liebenswürdiger zu dir sein – oder auch nur geduldiger –, aber so bin ich nicht. Ich bin eher ein ungeschliffener, unsensibler Idiot." Er lächelte ein wenig, wirkte jedoch nach wie vor zerknirscht.

Syssi war unsagbar erleichtert, dass ihre ursprüngliche Einschätzung von ihm richtig gewesen war. Kian war ein guter Kerl. Ein bisschen heftig, ein bisschen grob, aber seine Absichten waren nicht unehrenhaft. Na ja, vielleicht ein wenig. Aber das war keine große Sache. Immerhin war er auch nur ein Mann.

Mit einer Gefasstheit, die sie überraschte, lächelte sie. „Du bist doch nur auf Komplimente aus", sagte sie, um ihn zu verstehen zu geben, dass zwischen ihnen alles in Ordnung war. „Ich mag dich genauso wie du bist, Kian. Ich ziehe eine direkte, ehrliche Art jederzeit falschem Charme vor, aber das heißt nicht, dass ich es akzeptieren werde, wenn du dich wie ein Arsch benimmst." Sie erhob sich auf die Zehenspitzen und küsste ihn leicht auf den Mund. „Geh, erledige, was du zu tun hast. Ich komme zurecht." Sie nahm ihn am Ellbogen, um ihn umzudrehen, und als er gehorchte, verpasste sie ihm einen Klaps auf den Hintern, um ihr anzutreiben.

„Jetzt werden wir übermütig, was?" Lachend ging er hinaus.

„Das war eher eine Retourkutsche, du Schwätzer", rief sie ihm nach.

Das war es dann.

Es gab keinen Weg zurück. Sie hatte Kian eingestanden, dass sie ihn mochte und ihm damit im Grunde grünes Licht gegeben. Vielleicht nicht für eine schnelle Verführung – sie würde ihn hart arbeiten lassen –, denn sonst würde er sie nicht zu schätzen wissen. Aber sie hatte es endlich gewagt, aus ihrer Komfortzone zu kommen.

Um zu leben, richtig zu leben und nicht nur so tun, als ob, musste sie sich auf Risiken einlassen. Kian war ein großes, aber er war es sicher wert. Denn wenn sie spielte und gewann, würde es sein, als würde sie den Hauptpreis in der Lotterie des Lebens ergattern.

Leider wusste sie nicht, wie ihre Chancen standen. Es stand viel auf dem Spiel, das war sicher. Denn wenn sie verlor, würde es sie zerstören.

51

KIAN

Auf dem Weg nach draußen schüttelte Kian lachend den Kopf.

Syssi trotzte jeder Beschreibung. Wie erfrischend. Sie war ein echter Mensch und nicht nur ein Abziehbild, das sich aus festgelegten Attributen zusammensetzte. Sie war anders und es gefiel ihm, dass sie sich in keine Schublade stecken ließ: In manchen Situationen war sie schüchtern und reserviert, in anderen heiß und wild. Sie genoss es, sich beim Sex zu unterwerfen, setzte aber jenseits davon ihren Willen durch.

Sie hatte ihm definitiv die Stirn geboten, wie nicht viele es gewagt hätten und noch weniger konnten.

Wenn er über ihre zunehmende Erregung angesichts seines herrischen Verhaltens nachdachte und wie sehr sie das beunruhigt hatte, vermutete er, dass sie so etwas zum ersten Mal erlebt hatte.

Syssi hatte keine Ahnung, was sie davon halten sollte, oder wie herrlich er ihre Reaktion gefunden hatte. Und auch, wenn es bei einem winzigen Vorgeschmack geblieben war, hoffte Kian, der erste und einzige zu sein, mit dem sie diese Welt erkundete.

Unabhängig davon, wie weit sie gehen wollte, er würde alles lieben, was sie ihm gestattete. Er würde langsam vorgehen und sie nach und nach in die Freuden der Unterwerfung einweisen, sorgsam darauf achtend, sie weder zu überwältigen noch sie zu erschrecken.

Ein bisschen Angst gehörte zum Spiel dazu, aber nur ein wenig. Sie musste lernen, ihm zu vertrauen. Sich bei ihm sicher genug zu fühlen, um loszulassen.

Augenblick. Wow ... Was dachte er sich nur dabei? Sie hatten keine Zukunft. Und das war eine Schande.

Je mehr Zeit er mit Syssi verbrachte, desto bewusster wurde ihm, wie hervorragend sie zu ihm passte. Sie war genau das, was er wollte, wie Amanda es vorhergesagt hatte. Ihr Mut, zu sich und ihren Werten zu stehen, hatte ihm am meisten imponiert.

Im Vergleich dazu fühlte sich Kian wie ein Mistkerl. Ein hinterlistiger Arsch. Und der größte Witz war, dass sie ihn für einen ehrlichen Mann hielt.

Das Problem war, dass er sich ihr unmöglich offenbaren und ihr die Wahrheit sagen konnte. Über praktisch gar nichts.

Und das passte ihm überhaupt nicht.

Es war ein Fehler gewesen – eine kurzzeitige Unfähigkeit, klar zu denken, eine Schwäche – etwas mit Syssi anzufangen, aus dem nie etwas werden konnte. Er musste besessen gewesen sein, als dieser Unsinn aus ihm herausgeplatzt war, sie könne in sein Schlafzimmer ziehen.

Was hatte ihn da nur geritten?

Sie verdiente es nicht, dass man so mit ihr sprach. Syssi war eine tolle Frau: klug, süß, wunderschön. Aber in ein paar Tagen würde sie in ihr altes Leben zurückkehren und ihm würde keine andere Wahl bleiben, als erneut ihr Gedächtnis zu manipulieren.

Dieses Mal dauerhaft.

Um seiner eigenen geistigen Gesundheit willen musste er sich von ihr fernhalten.

Verdammt, er machte sich etwas vor, wenn er glaubte, er könne sie gehen lassen. Er war von ihr besessen und brauchte sie in seiner Nähe, um zu funktionieren.

Er saß tief in der Tinte. Was sollte er nur tun?

Ich bin ein Idiot, dass ich mich überhaupt darauf eingelassen habe. Und immerhin war es nicht so, als hätte er es nicht besser gewusst.

Was hatte er sich bloß dabei gedacht? Dass er sie benutzen und hinterher wegwerfen könnte wie die anderen?

Selbst wenn er bereit wäre, so tief zu sinken und seine Ehre und sein Selbstwertgefühl zum Teufel gehen zu lassen, hatten ihm das Schicksal oder seine verdammten Hormone längst die Wahl abgenommen. Aus irgendeinem unerklärlichen Grund brauchte er sie dringender als ein Drogenabhängiger den nächsten Schuss.

Vielleicht sollte er die Reise nach Schottland buchen, die er schon ewig vor sich herschob. Er hatte Sari und die anderen seit Ewigkeiten nicht gesehen. Aber vor allen Dingen würde die Reise ihn von einer gewissen, süßen Blondine ablenken, die zu ruinieren drohte, was er sich in rund zweitausend Jahren hart erarbeitet hatte: die Fähigkeit, einen unmöglichen Traum loszulassen und zu akzeptieren, dass ihm ein endloses, einsames Leben bestimmt war.

Seufzend trat Kian in den Fahrstuhl und betrachtete sich in der Spiegelwand. Er sah elend und gequält aus. Wenn er nur mit jemandem über diese verfahrene Situation hätte reden können … Wenn ihm nur jemand einen guten Rat geben könnte, wie er mit Syssi zusammen sein konnte, ohne ihr oder sein Leben zu zerstören.

Theoretisch schien die Reise nach Schottland eine gute Idee zu sein, aber in Wirklichkeit hatte er keine Zeit. Er ertrank in Arbeit und sich auch nur einige Stunden freizunehmen, verlangte gewissenhafte Planung. Die Familie zu besuchen, stand nicht zur Debatte, während es ohne Syssi in seiner Nähe unmöglich schien, seine Arbeit zu erledigen.

Verflucht, er brauchte Hilfe.

Er zückte sein Handy und rief den letzten Menschen an, von dem er glaubte, dass er dafür infrage kam.

„Hallo, Kian", meldete Amanda sich gut gelaunt.

„Wo steckst du?"

„Ich lasse mir gerade die Nägel machen."

Das würde erklären, warum er im Hintergrund jemanden vietnamesisch sprechen hörte. „Wann bist du wieder da?"

„Warum? Brauchst du mich?"

Kian strich sich durch die Haare. „Könntest du Syssi einladen, in deiner Wohnung unterzukommen?"

„Warum? Was hast du mit ihr angestellt?" Amandas Stimme klang vorwurfsvoll.

„Nichts. Noch nicht. Deswegen sollst du sie ja von mir fernhalten. Sie macht mich verrückt. Ich kann nicht bei ihr sein und ich kann nicht ohne sie sein. Vielleicht wäre es ein Kompromiss, wenn sie auf der anderen Seite des Stockwerks wohnt."

„Kian, Kian, Kian. Hör auf, so ein scheinheiliger Idiot zu sein, und schlaf endlich mit ihr. Aber sei zärtlich. Ihr letztes Mal ist lange her."

„Du hast absolut keinen Sinn für Moral, Amanda. Und dabei behauptest du, dass du Syssi magst."

„Tue ich auch, du Pfeife, und dich auch. Deshalb will ich ja, dass ihr zusammen seid. Ihr braucht euch."

„Sie ist ein Mensch, Amanda. Und die Wahrscheinlichkeit, dass sie eine Schlummernde ist, ist praktisch gleich null."

„Das weißt du nicht. Du hast nur Angst, etwas zu wagen. Hör auf, so ein Feigling zu sein, und geh das Risiko ein. Lebe!"

„Du bist keine Hilfe."

„Von wegen! Ich schwöre es, wenn du es nicht tust, werde ich Mutter einweihen."

„Du bluffst."

„Lass es darauf ankommen!" Sie legte auf.

Verdammte Scheiße.

Kian schleuderte das Handy gegen den Spiegel. Es knallte gegen das Glas und fiel zu Boden. Der verfluchte Shai hatte Panzerglas einsetzen lassen, nachdem er den Letzten zerschlagen hatte.

Nun hatte er nichts, das er zerstören konnte. Es sei denn, er setzte seinen Kopf ein. Ihn an die Wand zu hämmern, bis er blutete, klang nach einer guten Idee. Vielleicht würde dann etwas in ihm an den richtigen Platz rücken und er wäre wieder wie früher.

Ächzend lehnte Kian die Stirn an das kühle Glas. So ungern er es zugab, lag Amanda nicht ganz falsch.

Er lebte nicht. Er funktionierte.

Allmählich dämmerte ihm, dass er sich in letzter Zeit nur lebendig gefühlt hatte, wenn er mit Syssi zusammen gewesen war.

Vielleicht musste er seine Haltung überdenken. Sich auf etwas einlassen. Vielleicht erwies Syssi sich wirklich als Schlummernde und machte ihn zum glücklichsten Mann auf der Welt.

Er würde es nie erfahren, wenn er es nicht versuchte. *Wie sagt man so schön? Wer nicht wagt, der nicht gewinnt.* Er musste es riskieren.

Unglücklicherweise hatte Syssi keine Ahnung, dass sie ein größeres Risiko eingehen würde als er, und anders als seine Schwester hielt Kian das nicht nur für unehrenhaft, sondern auch für abscheulich.

52

AMANDA

Grinsend verstaute Amanda ihr Handy und lehnte sich zurück.

„Worüber freuen du dich?", fragte die Besitzerin des Nagelstudios. Während sie Amandas Hand hielt und ihre langen Fingernägel knallrot lackierte, sah sie sie erwartungsvoll an. Diese fleißigen Frauen liebten nichts mehr als einen ordentlichen Tratsch.

„Ich habe meinem Bruder seine zukünftige Frau vorgestellt. Er hat sich anfangs heftig gewehrt und wollte sie nicht einmal kennenlernen."

Die Frau runzelte die Stirn. „Wieso? Sie hässlich?"

„Sie ist wunderschön, intelligent und lieb. Er ahnt nicht, wie viel Glück er hat."

Ihr Gegenüber brummte missbilligend. „Männer sind dumm. Du gute Schwester, suchst ihm gute Frau."

„Ich weiß."

„Aber wenn er sie nicht will sehen, warum du lächeln?"

„Die Glücksgöttin hat mir ein bisschen geholfen und jetzt bleibt meinem sturen Bruder nichts anderes übrig, als Zeit mit ihr zu verbringen."

Sie sollte einen Präsentkorb ins Hauptquartier der Doomer schicken und sich bedanken, dass sie ihr bei ihrer Kuppelei geholfen hatten. Indem sie Syssi und Kian zusammengebracht hatten, hatten sie möglicherweise unbeabsichtigt die Zukunft des verfeindeten Clans gesichert.

Es gab jedoch eine Schattenseite: Sie hatten Mark verloren.

Amanda seufzte. Sie hatten sich nicht sonderlich nah gestanden, aber sie hatte ihren Neffen geliebt und würde ihn sehr vermissen.

Die Schicksalsgöttinnen arbeiteten auf merkwürdige Weise, aber sie forderten immer ein Opfer für ihre Gaben. Hatten sie Marks Leben im Austausch gegen die Zukunft des Clans genommen?

Das war ein furchtbarer Gedanke und daher musste Amanda ihn abstreifen, kaum, dass er ihr gekommen war.

Die alte Frau lächelte. Ihre Augen funkelten vor Aufregung. „Er sich verlieben?"

„Da bin ich mir sicher."

Die Frage lautete nicht, ob sie sich ineinander verlieben würden, sondern ob Syssi eine Schlummernde war, die Kian in eine Beinah-Unsterbliche verwandeln konnte.

Amandas Instinkt sagte ihr, dass sie eine war, aber es war sehr gut möglich, dass sie falschlag. Eine beängstigende Vorstellung. Kians und Syssis Herzen standen auf dem Spiel. Aber es gab keine andere Möglichkeit.

Die Zukunft des Clans hing von diesem Experiment ab.

Die Studiobetreiberin legte den Nagellack beiseite und lehnte sich in ihrem Stuhl zurück.

„Gutes Karma für dich. Du tust Gutes, du gutes Karma. Du tust Schlechtes, du schlechtes Karma. Du findest gute Frau für Bruder, Karma findet guten Mann für dich. So ist das."

„Bist du dir sicher?"

„Ich weiß. Sehe jeden Tag. Habe ich Enkel gesagt. Wenn du nett, doppelt nett zurück."

Nicht unbedingt.

Manchmal zeigten sich die Schicksalsgöttinnen grundlos grausam. Amanda hatte nichts getan, um die Tragödie zu verdienen, die vor all den Jahren über sie hereingebrochen war. Damals waren ihr Schmerz und ihre Wut so gewaltig gewesen, dass sie liebend gern die Welt und jeden darauf zerstört hätte – die Guten wie die Bösen.

Zum Glück war sie kein allmächtiges Wesen und die Einzige, die sie letztendlich zerstört hatte, war sie selbst gewesen.

An jenem schrecklichen Tag vor fast zwei Jahrhunderten hatte die alte Amanda aufgehört zu existieren. Die neue Amanda, die sich aus ihrer Asche erhoben hatte, war eine Frau, die einen undurchdringlichen Panzer um ihr Herz gelegt hatte.

Doch Angst gelang es, sich auch durch die winzigsten Risse in ihrem Schutzwall zu drängen. Was, wenn das Schicksal noch nicht mit ihr fertig war? Was würde es ihr noch nehmen?

Amanda wartete förmlich darauf. Aber dieses Mal war sie vorbereitet. Die Wälle, die sie so mühsam um ihr Herz errichtet hatte, würden verhindern, dass es erneut brach.

Fortsetzung folgt

DARK STRANGER
Die Offenbarung

Blättern Sie um, um einen Auszug zu lesen

AUSZUG

DARK STRANGER DIE OFFENBARUNG

SYSSI

„Wow, das war mal ein Kuss", hauchte Syssi. Er fühlte sich an wie eine Kernschmelze.

Sie war dankbar, dass der Anruf unterbrochen hätte, was sonst vielleicht in Kians Schlafzimmer geendet hätte. Das Klingeln hatte den Bann gebrochen. Wenn nicht ein Notfall Kians sofortige Aufmerksamkeit erfordert hätte, hätte sie zugelassen, dass er sie ins Bett schaffte, und es hinterher bitter bereut.

Auch wenn sie nicht mehr wütend auf ihn war, weigerte Syssi sich dennoch, zu einer weiteren Kerbe in seiner Bettkante zu werden. Sie bewegte sich auf höherem Niveau.

Bei Gott, und sie wünschte, es wäre anders.

Es wäre es wert gewesen, ihre veralteten Moralvorstellungen einem Morgen der Leidenschaft mit Kian zu opfern. Das Feuer, das er in ihr angefacht hatte, war mit nichts zu vergleichen, was sie bisher erlebt hatte, und sie sehnte sich nach mehr. Wollte es ergründen und herausfinden, wohin es führte.

Ihr war immer noch heiß und sie war erregt. Sie fragte sich, wie lange er fortbleiben würde. Das hing sicher davon ab, welcher Natur der Notfall war. Es musste schon etwas Ungewöhnliches vorgefallen sein, dass man den CEO am Sonntagmorgen störte. Es sei denn, er hatte den Anruf nur als Ausrede genutzt, um zu verschwinden und sich zu beruhigen.

Aus irgendeinem Grund wehrte Kian sich gegen seine Anziehung zu ihr.

Dachte er, dass sie seiner nicht würdig war?

Es war schließlich nicht so, als wäre er ein Adliger und sie nur ein Teil des Pöbels. Die einzigen Maßstäbe für den sozialen Stand in den Vereinigten Staaten waren Geld und politische Verbindungen. Zugegeben, sie hatte weder das eine noch das andere, aber Kian kam ihr nicht wie ein Snob vor. Vielleicht hatte es damit zu tun, dass sie für seine Schwester arbeitete. Möglicherweise hielt er eine Beziehung zwischen ihnen für unpassend, weil er das Labor finanziell unterstützte. Laut Amanda wurde ihre Forschung von einer der Firmen finanziert, die ihrer Familie gehörten.

Syssi schüttelte den Kopf und sammelte die benutzten Teller vom Brunch ein. Sich an dieser Frage festzubeißen, würde ihr nichts einbringen außer Kopfschmerzen. Sie würde ihren Mut zusammennehmen und Kian fragen, wo sein Problem lag.

Gott, was für ein Durcheinander ihr Leben auf einmal war.

Während sie die Teller in die Küche brachte und sich an der Spüle nützlich machte, ließ Syssi Revue passieren, wie sehr ihre Routinen durch die jüngsten Ereignisse auf den Kopf gestellt worden waren. In weniger als vierundzwanzig Stunden war sie von einer Gruppe gefährlicher Fanatiker verfolgt, vom wundervollen Bruder ihrer Chefin verzaubert und hypnotisiert worden, alles zu vergessen, inklusive der Begegnung mit ihm, nur damit Kian zum Superstar der erotischsten Träume wurde, die sie je erlebt hatte.

Im Licht des Tages betrachtet war der echte Kian allerdings besser als jeder Traum und von einem Mann wie ihm begehrt zu werden, war verdammt berauschend.

Falls er sie begehrte, hieß das.

Der Mann war wie ein komplexes Puzzle, das sie nicht zusammensetzen konnte, ein echtes Rätsel. Jemand wie er begegnete ihr nicht oft. Die meisten Menschen waren für sie leicht zu durchschauen, ihre Motive waren klar. Allein das war Grund genug, wachsam zu sein, und dann war da noch ihre verrückte Reaktion auf Kian.

Syssi wusste nicht, was sie davon halten sollte. Ja, er sah fantastisch aus, war intelligent und erfolgreich, aber das sollte eigentlich nicht ausreichen, um eine so umfassende Veränderung in ihr zu bewirken.

Die Frau, die sich nie sonderlich für Sex interessiert hatte, war zu fleischgewordener Begierde geworden. Und was noch schockierender war, schien ihre neu entdeckte Leidenschaft mit einem Dreh zum Abgefahrenen daherzukommen.

Wer hätte das gedacht?

Verlegen errötete Syssi und machte sich mit neuem Elan über die Teller her, seifte das bereits saubere Geschirr ein und schrubbte es ab.

„Bitte, Herrin, lassen Sie mich das erledigen." Sanft, aber bestimmt nahm der Butler Okidu ihr einen Teller aus der Hand und führte sie von der Spüle weg.

„Es tut mir leid. Ich wollte mich nur nützlich machen." *Der arme Kerl denkt wahrscheinlich, ich bin hinter seinem Job her.* „Ich bin nicht die Art Gast, den man bedienen muss. Ich helfe gern."

„Oh, aber Madame, es ist mir eine ausgesprochene Freude, Ihnen zu dienen. Sie würden einem alten Mann doch nicht die Freude und seinen Stolz nehmen, nicht wahr?" Er zeigte sein seltsames Schaufensterpuppen-Lächeln.

Manipulativer Kerl.

„Nun, natürlich nicht …" Auch wenn es schwer zu sagen war, schätzte sie, dass er erst in den frühen Vierzigern war und damit kaum ein alter Mann. „Aber bitte, nennen Sie mich Syssi."

Okidu straffte die Schultern. „Das werde ich sicherlich nicht tun." Sein breiter, britischer Akzent drückte Empörung aus. „Erlauben Sie mir, Ihnen die Gästezimmer zu zeigen, Madame." Er neigte den Kopf und deutete mit dem Arm an, dass sie ihm voraus in den Flur gehen sollte.

Neben Kians und Okidus Räumlichkeiten gab es vier weitere luxuriöse Suiten in der Wohnung, von denen jede in einem eigenen Farbschema und Stil eingerichtet war. Syssi entschied sich für die kleinste und schnaubte auf, als sie sich an Goldlöckchen im Haus der drei Bären erinnert fühle.

„Darf ich Ihr Gepäck auspacken, Herrin?“, fragte Okidu, als er ihre Reisetasche in den begehbaren Kleiderschrank trug.

„Nein, vielen Dank. Das erledige ich selbst.“

„Wie Sie wünschen.“ Er verneigte sich und verließ den Raum, bevor er leise die Tür hinter sich schloss.

Syssi leerte ihre Tasche, verstaute das Wenige, das sie mitgebracht hatte, auf einem einzigen Regalbrett und ging ins Bad, um den Inhalt der Plastiktüte, bestehend aus Toilettenartikeln und Make-up, in den Schrank zu räumen.

Sie beäugte den großen Whirlpool in seiner geschützten Ecke, über dem sich ein breites Fenster befand, durch das man über die Stadt schauen konnte, und war versucht, ihn zu testen. Was sie an den herrlichen Pool auf der Terrasse erinnerte. Es wäre wirklich eine Schande, wenn sie ihn nicht nutzte, solange sie in Kians wunderbarem Penthouse wohnte.

Der Whirlpool konnte warten.

Das Problem war, dass sie keinen Badeanzug mitgebracht hatte. Syssi wollte schon Abstand von ihrer Idee nehmen, als ihr eine simple Lösung einfiel. Wenn man nicht allzu genau hinsah, gingen ein schlichter schwarzer BH und ein passender Slip als Bikini durch.

Wegen der vagen Möglichkeit, dass Okidu etwas cleverer sein könnte als die meisten Männer und darin Unterwäsche erkannte, wickelte Syssi ein großes Handtuch um sich und ihre improvisierte Badebekleidung.

Die Sonne strich ihr warm über die Haut, als sie auf die Terrasse trat. Hoffentlich war der Pool beheizt. Sie prüfte es mit dem Zeh, stellte zufrieden fest, dass das Wasser warm war, und sprang hinein. Langsam eine Bahn nach der anderen zu ziehen, fühlte sich herrlich an und vertrieb die letzten Überreste ihrer Nervosität. Dann legte sie sich auf den Rücken und ließ sich treiben.

Syssi bewegte die Hände in sachten Kreisen, um nicht unterzugehen, und schloss selig die Augen. Es kam ihr vor, als wäre sie im

Urlaub in einem Luxusresort. Dass Okidu ihr sogar einen Piña Colada-Smoothie an den Beckenrand brachte, vervollständigte die Illusion.

Perfekt.

Na ja, fast zumindest, denn Kian war nicht da und er fehlte ihr.

Ein Gefühl von Wärme ergriff von ihr Besitz. Sie mochte den großen, arroganten Tölpel. Er war tief ins Fettnäpfchen getreten und hatte sich wie ein Arsch aufgeführt, aber jeder Kerl, der Manns genug war, um sich zu entschuldigen und die Verantwortung für seine Fehltritte zu übernehmen, wie Kian es aufrichtig getan hatte, war ihrer Meinung nach in Ordnung. Und selbst wenn: So wie er ihr Herz zum Klopfen brachte, war sie nicht einmal sicher, ob sie ihm nicht auch dann verziehen hätte, wenn er sich nicht entschuldigt hätte.

Jepp, ich verwandele mich definitiv in ein geiles, hirnloses Flittchen, schalt sie sich, als sie mit einem großen Schluck den Smoothie austrank.

Sie ließ das Glas bei ihrem Handtuch zurück, glitt wieder in die Mitte des Beckens, legte sich erneut auf den Rücken und paddelte träge und mit geschlossenen Augen vor sich hin.

„Hallo, meine Hübsche!“, erschreckte Amanda sie.

Um sich schlagend und tretend, um das Gleichgewicht wiederzuerlangen, spritzte Syssi Amanda nass, die am Beckenrand hockte und lächelte wie die Grinsekatze. Geschah ihr recht, wenn sie sich so anschlich.

„Selber Hallo. Ich hatte ganz vergessen, dass du nebenan wohnst.“ Syssi wischte sich das Wasser aus den Augen. „Moment mal, du hast mir doch erzählt, dass du eine Wohnung in Santa Monica hast. Wann bist du hergezogen?“, fragte sie, während sie ihr Haar auswrang.

Amanda strich Tropfen von ihrer Jeans und erhob sich. „Oh, das ist nur eine vorübergehende Lösung. Ich bin hier garantiert nicht eingezogen, auch wenn Kian mich immer wieder dazu drängt. Ich liebe ihn, aber direkt vor seiner Nase zu wohnen, wäre eine wirklich miese Idee. Wie dem auch sei: Er hält die Wohnung für mich frei, falls ich meine Meinung ändern sollte. Und solange diese Irren frei herumlaufen, dachte ich mir, ich tue ihm den Gefallen."

„Kian hat mir erzählt, was im Labor passiert ist. Ich hätte dich angerufen, aber er hat mein Handy weggeworfen, und ich wusste deine Nummer nicht auswendig. Wie geht es dir?" Sie hätte Kian fragen können, aber es war ihr gar nicht in den Sinn gekommen. Sie hatte Amanda ganz vergessen. Offenbar schoss ihr Hormonlevel in Kians Nähe so sehr durch die Decke, dass ihr Gehirn nicht mehr richtig arbeitete.

„Es geht mir gut. In ein paar Tagen wird sich das Ganze erledigt haben und bis dahin wird auch das Labor wieder so gut wie neu sein. Ich habe bereits veranlasst, dass es aufgeräumt wird, und neue Geräte bestellt. Das einzige, was dann noch fehlt, sind die Renovierungen wie Streichen und so weiter."

„Hast du darüber nachgedacht, wie wir weitermachen, bis das Labor fertig ist? Ich finde es ziemlich optimistisch zu glauben, dass alles so schnell erledigt sein wird. Ich würde schätzen, dass es eher zwei Wochen dauert, wenn nicht sogar länger." Syssi stieg aus dem Pool und legte sich das große Handtuch um.

„Einen Teil der Arbeit können wir von hier aus erledigen, zum Beispiel die Daten durchgehen, die uns schon vorliegen, und vielleicht sogar mit einer neuen Abhandlung anfangen. Keine Sorge, ich werde schon dafür sorgen, dass du dir dein Geld verdienst. Wir werden nicht die ganze Zeit schwimmen und faulenzen … Nur fast." Lachend ließ Amanda sich auf einen der Liegestühle fallen.

„Was ist mit Hannah und David? Hast du vor, sie auch herzuholen?" Syssi wickelte sich fester in das Handtuch, um sich von der kühlen Brise abzuschirmen, und nahm neben Amanda Platz.

„Oh Gott, nein! Ich habe Professor Goodbow angerufen und ihm die Situation erklärt. Er hat versprochen, sie zu beschäftigen, bis wir das Chaos bewältigt haben. Kian erlaubt sowieso nicht, dass Fremde herkommen. Die oberen Stockwerke sind der Familie vorbehalten."

„Ich gehöre nicht zur Familie …"

„Ja, aber du bist etwas Besonderes. Abgesehen davon, dass du ganz oben auf der Abschussliste dieser Idioten stehst, hoffe ich doch sehr, dass mein sturer Bruder endlich nachgegeben und sich an dich herangemacht hat. Habe ich recht? Ich hoffe, ich habe recht. Sag mir, dass ich recht habe!“

Syssis Wangen wurden heiß. Was zum Teufel hatte Amanda getan? Hatte sie mit Kian über sie geredet und er war nicht interessiert gewesen? Das würde eine Menge erklären. Zum Beispiel seinen Widerwillen, sich auf sie einzulassen.

Verdammt.

„Wie meinst du das? Endlich nachgegeben?“

„Ja, ich weiß schon. Es ist nur so, dass ich euch zwei schon seit einer ganzen Weile zusammenbringen will, aber Kian war nun einmal Kian und hat sich meiner Kuppelei verweigert. Deshalb habe ich dir nichts gesagt, denn was hätte das gebracht? Stimmt doch, oder? Aber jetzt, wo der Idiot dich endlich kennengelernt hat, hat er dich genauso gern, wie ich es ihm prophezeit habe. Ich werde mir einen riesigen Spaß daraus machen, ihm ein *Ich hab's dir ja gesagt* unter die Nase zu reiben. Ihr zwei passt perfekt zueinander.“ Amanda grinste selbstzufrieden über ihren Erfolg als Kupplerin oder vielleicht wegen der Vorstellung, Kian endlos piesacken zu können.

Sie erhob sich vom Liegestuhl und streckte sich zu voller Länge. Der untere Teil ihres T-Shirts war noch feucht und klebte an ihrer Haut. „Ich gehe wieder nach nebenan. Wenn du etwas brauchst, weißt du ja, wo du mich findest.“ Sie bückte sich und umarmte Syssi liebevoll. „Ich bin wirklich froh, dass du hier bist, Syssi. Kian braucht jemanden, der sich um ihn kümmert. Und als liebende Schwester habe ich die ideale Partnerin für ihn gefunden.“ Sie küsste Syssi auf die Wange.

Überrascht und berührte erwiderte Syssi Umarmung und Kuss. Zu wissen, dass Amanda sie mochte, war das eine. Aber das hier war eine ganz andere Hausnummer. „Danke. Es bedeutet mir wirklich viel, dass du so viel von mir hältst. Aber Kian und ich haben uns gerade erst kennengelernt, und ich weiß nicht, ob irgendetwas dabei herauskommt. Er ist … na ja, du weißt schon … er sieht wirklich gut aus … ist eigensinnig … herrisch … faszinierend …“ Syssi lachte, als Amanda die Augen verdrehte und ihr mit der Hand bedeutete, fortzufahren. „Und er scheint mich zu mögen, aber wir kennen uns eigentlich noch gar nicht. Also plan noch nicht die Hochzeit. Okay?“ Es war als Witz gemeint.

„Ich habe ein gutes Gefühl bei dieser Sache, Mädchen, und ich hasse es, enttäuscht zu werden.“ Amanda deutete warnend mit einem Finger auf Syssis Brust. Dann ging sie hinein.

Syssi schüttelte den Kopf. Was für eine herrische Familie.

Sie legte sich auf den Liegestuhl, auf dem Amanda eben noch gesessen hatte, drehte sich auf den Bauch und vergrub das Gesicht in den Händen. Sie war müde von den Aufregungen des Tages und die Sonne wärmte ihr angenehm den Rücken. Schläfrig schloss sie die Augen.

„Herrin“, sagte Okidu. „Ich habe Ihnen Abendessen gebracht für den Fall, dass Sie Hunger haben.“

Langsam schlug Syssi die Augen auf. Ein dicker Bademantel war über ihrem Rücken ausgebreitet, was erklärte, warum ihr so warm und behaglich zumute war, auch wenn es schon spät war.

Es war nett gewesen, sie zuzudecken. Da sie zu zweit in der Wohnung waren, konnte es nur Okidu gewesen sein. „Danke für den Bademantel. Das war sehr freundlich von Ihnen.“

Sie schob die Arme in die überlangen Ärmel und wickelte sich zweimal den Gürtel um die Taille, dann zog sie die Aufschläge höher an ihr Gesicht. Der Bademantel roch nach Kian. Sein Geruch hüllte sie zusammen mit dem dicken Frottee in einen Kokon, der sich nach zu Hause anfühlte. Nach Sicherheit, als gehörte sie hierher.

Syssi schloss die Augen. Sie vermisste Kian und seine Abwesenheit fühlte sich wie ein Loch in ihrem Herzen an.

Das war verrückt.

„Gern geschehen, Herrin. Es wurde etwas frisch und ich wollte Sie nicht wecken. Sie sahen so friedlich aus. Aber es ist schon spät und der Meister wäre nicht glücklich, wenn ich nicht für Ihr leibliches Wohl sorgen würde. Möchten Sie draußen essen? Oder soll ich das Tablett hineinbringen?“

Tatsächlich war es inzwischen etwas frisch auf der Terrasse, aber in Erinnerung an den Sonnenuntergang vom Vortag wollte sie ihn erneut beobachten. „Hier wäre schön, danke."

Syssi aß ihr Abendessen an dem kleinen Bistro-Tisch und beobachtete, wie die Wolken allmählich verschiedene Färbungen von Orange, Rot und Violett annahmen. Bis sie fertig war, waren sie in der Dunkelheit verschwunden.

Sie konnte sich nicht helfen: Sie war etwas enttäuscht, dass Kian nicht rechtzeitig nach Hause gekommen war, um mit ihr gemeinsam zu essen, und als sie das Tablett in die Küche trug, fragte sie sich, was ihn aufhalten mochte. Er war seit Stunden fort. Aber andererseits konnte er kaum alles stehen und liegen lassen, um Zeit mit ihr zu verbringen. Hoffentlich hielt er sich nicht fern, weil er nicht in ihrer Nähe sein wollte.

Eine verstörende Vorstellung, aber sie konnte sich nicht erlauben, so zu denken.

Amanda hatte ihr erzählt, wie irrsinnig viel Arbeit Kian hatte und wie lange er am Schreibtisch saß, und er hatte ihr das gleiche gesagt. Wie sich zeigte, hatten sie nicht übertrieben.

Das wenige, das Syssi über Kian wusste, hatte sie aus Amandas Beschwerden erfahren. Sie hatte sich wiederholt beklagt, wie schwer es wäre, ihn dazu zu bringen, sich ihren Unterricht anzusehen, weil er dauernd arbeite und damit beschäftigt sei, das Familienunternehmen zu leiten. Er hatte selbst etwas von Immobilien und einer Fabrik für Militärdronen erwähnt, die er gerade kaufen wollte; zwei Geschäftszweige, die nicht das Geringste miteinander zu tun hatten. Offensichtlich führte Kian ein internationales Konglomerat, was bedeuten dürfte, dass es noch viele weitere Geschäftszweige gab.

Sie könnte auf Google nachsehen. Vielleicht ließ sich dort mehr über das Finanzimperium der Familie herausfinden. Eines war jedoch klar: Es ging hier um das ganz große Geld und das auf einem Niveau, das selbst sie kaum erfassen konnte, obwohl sie einen Abschluss in BWL hatte. Sie würde Kian später danach fragen. Es war ein sicheres Thema, das sie von lüsternen Gedanken abhalten würde.

Aber fürs Erste wartete der Whirlpool auf sie.

Dalhu tigerte durch den weitläufigen Arbeitsraum der Villa und dachte über die jüngsten Erkenntnisse nach. Das kleine rote Notizbuch der Professorin hatte ihm in vielerlei Hinsicht die Augen geöffnet.

Nach einem leisen Klopfen schob die alte Köchin die Tür auf. „Ihr Tee, Sir", sagte sie und schlurfte herein, ein Tablett in den zitternden Händen.

An ihrem ersten Tag hatte Dalhu gedacht, sie zittere vor Angst. Immerhin war sie es nicht gewöhnt, für zwölf gewaltige Krieger zu kochen. Aber nachdem sie ihnen drei Mahlzeiten am Tag serviert hatte, ohne dass ihre alten, verkrümmten Hände mehr oder weniger gezittert hätten, war ihm bewusst geworden, dass es am Alter lag.

Aus Sorge, dass sie heißen Tee über ihre großen Brüste verteilen könnte, nahm Dalhu ihr das Tablett ab. Das Letzte, was er gebrauchen konnte, war eine Fahrt ins Krankenhaus. Die Frau war in den Siebzigern. Keine Chance, dass einer seiner Männer genug Gift aufbringen konnte, um sie zu heilen.

„Danke, Miriam."

„Möchten Sie etwas essen, Sir?", fragte sie. „Ich kann Ihnen etwas ganz Besonderes zubereiten." Mindestens einmal am Tag bot sie ihm an, ihn mit etwas Besonderem zu verwöhnen, und jedes Mal lehnte er ab. Für jemanden ihres Alters arbeitete sie sowieso zu hart.

„Nein, danke. Das wäre alles, Miriam." Sie wirkte enttäuscht, aber er war nicht wählerisch, was sein Essen anging, und aß gern alles, was sie den Männern vorsetzte.

Nachdem sie fort war, schloss er die Tür hinter ihr und tigerte wieder los.

Er hatte eine Weile gebraucht, um die unleserliche Handschrift der Professorin und ihre kryptischen Anmerkungen zu entschlüsseln, aber irgendwann hatte sich ein interessantes Bild ergeben.

Erstens – und das war vielleicht am wichtigsten – hatte er herausgefunden, dass der Feind sich immer noch an das alte Tabu hielt, wonach sich Mitglieder derselben mütterlichen Vererbungslinie nicht miteinander fortpflanzen durften. Zweitens und kaum weniger wichtig war die Erkenntnis, dass ihnen keine Schlummernden anderer Blutlinien zur Verfügung standen.

Er hatte sie immer für eine feige Bande gehalten – für Männer, die lieber wegrannten und sich versteckten, statt sich ihren Feinden ehrenhaft in der Schlacht zu stellen. Aber nun, da der wahre Grund für ihre Taktik offenbar wurde – dass sie einfach nicht genug waren, um in die Schlacht zu ziehen –, musste er ihnen widerwillig Respekt zollen.

Wie zum Teufel war es ihnen gelungen, so viel zu erreichen – gestohlenes Wissen nicht einberechnet –, wenn sie nicht mehr als ein paar hundert Leute haben konnten?

Während er auf dem luxuriösen Perserteppich Kreise zog, kehrte er gedanklich zur Problemstellung der Schlummernden zurück. Offensichtlich glaubte die Professorin, dass sie ihre Suche nach Sterblichen mit übersinnlichen Fähigkeiten zu potenziellen Schlummernden führen würde.

Warum?

Keiner seiner Brüder verfügte über eine der Fähigkeiten, die sie in ihrem Notizbuch erwähnte. Und die Schlummernden, denen er als Kind begegnet war, waren auch nichts Besonderes gewesen – weder seine Mutter noch seine Schwester oder eine der anderen Frauen in Navuhs *speziellem* Harem. Dass Navuh selbst einige außergewöhnliche Kräfte besaß, war nicht weiter verwunderlich, immerhin war er der Sohn eines Gottes, und auch seine Söhne verfügten über großartige Fähigkeiten.

Die übrigen Männer konnten die meisten Sterblichen bis zu einem gewissen Punkt bezaubern, jedoch nicht alle – je schwächer der Verstand, desto weniger hatte er einer Manipulation entgegenzusetzen –, aber das war auch schon alles.

Was die Schlummernden anging, waren sie eine seltene und kostbare Ware, die von Navuh aus offensichtlichen Gründen streng bewacht wurden. Und anscheinend war der Despot der Einzige, der welche besaß.

Dalhu schloss die Augen, als ihm seine Mutter und seine

Schwester in den Sinn kamen. Seine Mutter war eine Hure gewesen. Das galt für alle Schlummernden in Navuhs Harem. Und seiner Schwester hatte dasselbe Schicksal bevorgestanden. Er war nur nicht lange genug dortgeblieben, um es mitzuerleben.

Nach all der Zeit hatte er Schwierigkeiten, sich an ihre Gesichter zu erinnern. Die einzige klare Erinnerung, die er in sich lebendig gehalten hatte, war die an die Stimme seiner Mutter. In manchen Nächten hörte er sie im Traum immer noch für ihn singen.

Dalhu war dreizehn Jahre alt gewesen, als man ihn ins Ausbildungslager gebracht hatte. Danach hatte er seine kleine Familie nie wieder gesehen. Es war ihm verboten gewesen. Das einzige Mal, dass er es trotzdem versucht hatte, war er mit einer ordentlichen Tracht Prügel glimpflich davongekommen und das auch nur, weil er noch jung gewesen war. Ein älterer Mann wäre geköpft worden.

Die Schlummernden stellten Navuhs geheime Zuchtstuten dar. Ihre Körper an reiche Sterbliche zu verkaufen, verschaffte ihm Geld und männliche Kindern für seine Armee beinah-unsterblicher Söldner.

Die Söhne wurden erweckt und zu Soldaten ausgebildet, die Töchter hingegen wurden wie ihre Mütter vor ihnen der Prostitution überlassen. Keiner von ihnen hatte eine Wahl.

Sobald die Jungen die Wandlung vollzogen hatten, durften sie nie wieder in die Nähe der Schlummernden. Sich mit einer von ihnen zu vereinen, hätte für beide den Tod bedeutet.

Die Schlummernden waren den Sterblichen vorbehalten.

Früher war Dalhu genau wie die anderen Soldaten davon ausgegangen, dass die Frauen nicht erweckt wurden, weil sie Mortdhs Lehren nach minderwertig waren. Er hatte Jahrhunderte gebraucht, um hinter den wahren Grund zu kommen, warum man sie so eisern abschottete. Einmal durch das Gift eines Mannes erweckt, lag die Wahrscheinlichkeit, dass eine Unsterbliche ein Kind empfing, praktisch bei null. Navuh hingegen wollte, dass die Frauen so viele Kinder bekamen wie möglich. Und das hatten sie getan und ihn dadurch über die Jahrtausende mit tausenden Kriegern für seine Armee versorgt.

Der *spezielle Harem* war schon immer streng bewacht worden, heutzutage aber mehr denn je als abgeschirmter Bereich auf *Passion Island.*

Ein spezielles Zuchtprogramm führte den Schlummernden Kunden zu, die Navuhs Einschätzung nach über wertvolle Eigenarten verfügten. In erster Linie ging es dabei um Größe und Kraft, aber fast ebenso wichtig waren gewisse soziopathische Neigungen.

Navuh brauchte starke, gnadenlose Soldaten, nichts weiter.

Dalhu setzte sich an den Schreibtisch und nahm eine Münze aus der Tasche. Er warf sie in die Luft und knallte sie auf den Tisch, als sie wieder herunterfiel. Nachdem er das Experiment zwanzig Mal wiederholt hatte, war er sich sicher, dass er nicht über die Gabe der Hellsicht verfügte. Wie erwartet trafen seinen Vorhersagen nur knapp in fünfzig Prozent der Fälle zu.

„Edward!", rief er nach dem Zweiten der Befehlsstruktur.

Der Soldat eilte herein. „Ja, Sir."

„Nimm diese Münze und wirf sie zehnmal. Ich möchte wissen, wie viele Würfe du korrekt vorhersagen kannst."

Edward wirkte verwirrt, tat jedoch, was ihm befohlen worden war, ohne Fragen zu stellen. In vier von zehn Fällen riet er richtig.

„Das ist alles", entließ Dalhu ihn.

Als er die Münze wieder verstaute, fragte er sich, ob man diese Fähigkeiten in irgendeiner Form entwickeln oder erlernen konnte. Er traute Navuh durchaus zu, seinen Truppen Informationen dieser Art vorzuenthalten. Machthungrig wie er war, hätte der Despot sicher etwas dagegen gehabt, wenn sein göttlicher Status von seinen Soldaten unterminiert wurde, indem sie auch nur einen Bruchteil seiner Fähigkeiten entwickelten.

Dalhu nahm das kleine rote Notizbuch der Professorin vom Schreibtisch und lehnte sich in dem schweren Drehstuhl zurück. Er blätterte es durch, bis er die Liste übersinnlich begabter Testpersonen vor sich hatte.

Sie las sich wirklich interessant. Telepathie, in manchen Fällen als Sender und Empfänger zugleich, bei anderen nur in eine Richtung. Fernwahrnehmung, Einblicke in die Vergangenheit, Vorhersagen, Beeinflussung, sowohl in emotionaler Hinsicht als auch anderweitig, die Fähigkeit, Illusionen zu erschaffen. Kontaktaufnahme zu den geliebten Verstorbenen.

In den meisten Fällen ließen die Fähigkeiten der Testpersonen zu wünschen übrig. Bis auf zwei.

Syssi, die Assistentin der Professorin, war die einzige Teilnehmerin, die mit der Höchstnote zehn eingestuft worden war. Welche Ironie, dass er dem Mädchen begegnet war, ohne zu bemerken, was für ein unbezahlbarer Schatz sie war: eine Seherin. Sie könnte ein machtvolles Werkzeug sein. Dalhu fragte sich, welcher Natur ihre Vorhersagen waren.

Die zweite interessante Testperson war ein Mann namens Michael, der an derselben Universität studierte. Er war ein empfangender Telepath und sein Level lag bei acht. Nicht schlecht. In der Lage zu sein, die Gedanken anderer zu lesen, konnte ebenfalls eine nützliche Fähigkeit sein; vielleicht sogar nützlicher als die der Frau.

Bald konnte Dalhu mit den beiden verfahren, wie er wollte.

Es war eine Leichtigkeit gewesen, die Adresse der Frau in der Datenbank des Personalbüros zu finden. Der Hacker, den er angeheuert hatte, war ohne größere Mühe an ihre Daten gelangt, besonders dank der seltsamen Schreibweise ihres Vornamens. Er hätte auch einige Männer ins Personalbüro schicken können, aber Hacking ging schneller.

Der Telepath hatte sich als größere Herausforderung erwiesen, aber die Hürde war nicht so groß gewesen, als dass man sie mit Geld nicht hätte überwinden können. Seine Handynummer war an das Konto seiner Eltern in Minnesota gekoppelt, daher erwies sich seine Telefonrechnung als nutzlos, um seine Adresse zu finden. Und es gab gleich fünf Studenten namens Michael Gross auf dem Campus. Also hatten sie ihn über sein Handysignal ausfindig machen müssen.

Der Kerl, den Dalhu für die Recherche angeheuert hatte, war teuer, aber sein Geld wert gewesen. Unglücklicherweise war er auf einige Schwierigkeiten gestoßen und hatte den Auftrag erst spät am Abend abschließen können. Er hatte den Aufenthaltsort des Jungen auf einen beliebten Studententreffpunkt eingekreist, einen

Club nicht weit von den Wohnheimen entfernt, der aktuell rappelvoll war.

Dalhu hatte an beiden Standpunkten Leute stationiert.

Das Team am Haus der Frau sollte sie fassen, sobald sie nach Hause kam. Doch wenn sie nicht bald auftauchte, würde er weiteres Geld investieren, um auch ihr Handy zu orten.

Das andere Team, das den Telepathen gefangen nehmen sollte, beobachtete den Eingang des Clubs. Da sie über kein Foto verfügten, würden sie warten müssen, bis der Junge herauskam und sich von seinen Freunden trennte. Dummerweise war die Tracking-Software lediglich genau genug, um sie zum richtigen Ort zu führen, nicht aber, um eine Einzelperson innerhalb einer Menschenmenge genau zu bestimmen.

Es konnte nicht mehr lange dauern. Schon bald würde Dalhus Handy summen und ihm die Bestätigung der Gefangennahmen mitteilen.

Doch das versetzte ihn nicht weiter in Aufregung. Zwei potenzielle Schlummernde waren kaum der Rede wert im Vergleich dazu, die wunderschöne, unsterbliche Professorin in die Finger zu bekommen.

Dalhu zog den Kostenvoranschlag der Autowerkstatt hervor, den er zwischen den Seiten des Notizbuchs entdeckt hatte. Offenbar wurde der Porsche der Professorin in einer Spezialwerkstatt für europäische Luxuswagen in Beverly Hills repariert und würde nächsten Donnerstag zur Abholung bereitstehen. Zum Glück wurde auf dem Kostenvoranschlag das Kennzeichen des Wagens erwähnt.

Dieses Mal würde er keinen seiner Untergebenen schicken. Dalhu würde selbst hingehen und den ganzen Tag warten, bis der Porsche abgeholt wurde. Wenn die Professorin selbst erschien, würde er sie sofort abfangen. Aber falls jemand anderes an ihrer Stelle kam oder die Werkstatt den Wagen auslieferte, würde er dem Porsche zum derzeitigen Wohnort der Professorin folgen.

Nächsten Donnerstag würde die hinreißende Dr. Amanda Dokani ihm gehören.

„Endlich. Das war's." Kian legte das Telefon beiseite und lehnte sich in Shais Stuhl zurück.

Der Deal wäre beinahe geplatzt. Er war schon mehrfach versucht gewesen, es zum Teufel gehen zu lassen, aber Onegus hatte dafür gesorgt, dass die Verhandlungen weitergingen. Sein oberster Wächter und Verhandlungsführer war in Spanien und arbeitete die letzten Details für den Kauf eines Strandabschnitts aus, den Kian sich schnappen wollte, bevor er auch nur offiziell auf den Markt kam. Aber wie so oft hatte ein Mitbewerber von dem Deal erfahren und ihn überboten.

Kian fragte sich, wer ihm den Tipp gegeben hatte. Vielleicht war sein Schnüffler zweigleisig gefahren und hatte die Informationen mehrfach verkauft.

Wer sonst hätte wissen können, dass die Frau des Besitzer des schäbigen Hotels vor Kurzem an einem Herzinfarkt gestorben war und er die Immobilie loswerden wollte, die sie jahrelang gemeinsam führten? Der Mann hatte es nur seinem Sohn gesagt, der es wiederum seiner Freundin berichtet hatte, die Kians Schnüffler in einem Café über den Weg gelaufen war und ihm beim Plaudern davon erzählt hatte.

Wenn also nicht der Schnüffler selbst die Information an Kians Rivalen verkauft hatte, konnte niemand wissen, dass das Hotel zum Verkauf stand.

Als der Kampf aus dem Ruder lief, war Kian kurz davor gewesen, das Ganze aufzugeben. Aber dann hatte der Mitbewerber sich geschlagen gegeben. Kian konnte es ihm nicht vorwerfen. So teuer, wie ihm das Hotel letztendlich zu stehen kam, würde es sehr lange dauernd, bevor es Profit abwarf. Aber Kian und der Clan hatten es nicht eilig. Die Zeit war auf ihrer Seite.

„Magst du auch eins?" Shai öffnete den Minikühlschrank und holte zwei *Snake Venom*-Biere hervor, das stärkste Bier der Welt mit einem Alkoholgehalt von fast siebzig Prozent und das einzige, mit dem Unsterbliche sich betrinken konnten.

„Sicher, warum nicht?" Kian nahm die Flasche entgegen.

Er brauchte etwas, um sich zu beruhigen. Selbst an einem entspannten Tag war er nicht der einfachste Mensch und heute näherte Kian sich dem Siedepunkt. Mit Amandas Ultimatum hatte es angefangen, gefolgt von dem Geschäft, das nicht so günstig ausgefallen war, wie er es sich erhofft hatte, und nun gab es keine Ausreden mehr und er musste entscheiden, was er in Bezug auf Syssi unternehmen wollte.

Shai interpretierte seine Grimasse falsch. „So übel ist der Deal gar nicht. Wir werden immer noch ordentlich Geld verdienen."

Kian würde ihn nicht korrigieren. Sollte Shai ruhig denken, dass er mit den Zahlen unzufrieden war statt mit seiner Schwester und ihrer nachlässigen Haltung oder mit sich selbst, weil sein Widerstand in sich zusammenfiel.

„Gute Arbeit, Shai." Er klopfte seinem Sekretär auf die Schulter. „Machen wir Feierabend. Ich verschwinde."

„Danke. Aber ich bin nur der Bürohengst. Onegus und du, ihr habt die ganze Arbeit erledigt."

Ja, genau. Bürohengst war Shais Lieblingsausdruck, obwohl er unverzichtbar war. Er hätte mehr erreichen können, aber er wollte nicht. Er fühlte sich mit seiner Arbeit wohl und strebte nicht nach Höherem. Das war etwas, das Kian in keiner Form nachvollziehen konnte. Er trieb sich immer zu Höchstleistungen an, erwartete immer mehr von sich als von anderen und war unfähig aufzugeben.

Allerdings schien er sehr wohl fähig, *nach*zugeben.

Zwischen den Anrufen, den E-Mails und der um sich greifenden Hysterie wegen des Hotels hatte er gründlich nachgedacht und begriffen, dass er ein Heuchler war.

Er hatte Amanda nicht verboten, einen anderen Mann einzusetzen, um Syssi zu erwecken. War er denn der Meinung, dass er den anderen Männern des Clans überlegen war? War es in Ordnung, wenn sich ein anderer unmoralisch verhielt, während Kian stolz ein höheres Niveau für sich in Anspruch nahm?

Die Antwort lautete natürlich Nein. Aber der Tropfen, der das Fass zum Überlaufen gebracht hatte, war die Vorstellung gewesen, dass ein anderer Mann seine Syssi berühren könnte. Sobald

Amanda einsah, dass er sich auf keinen Fall überzeugen ließ, würde sie einen anderen Mann hinzuziehen. Keiner würde sich ihr widersetzen, es sei denn, Kian verbot es offiziell.

Er könnte sich immer noch dazu entschließen, aber Amanda musste diese Entwicklung vorhergesehen haben, bevor er auch nur darüber nachgedacht hatte. Deshalb hatte sie ihm gedroht, ihre Mutter ins Spiel zu bringen. Es gab keinerlei Zweifel, dass Annani sich auf Amandas Seite schlagen würde. Es ging um die Zukunft ihres Clans und sie hatte kein Problem damit, die Regeln zu ändern, wenn es ihr gefiel.

Sie hatten ihn in die Enge getrieben, was eine große Erleichterung war. Keine Wahl zu haben, fühlte sich weit besser an als zuzugeben, dass er sein Verlangen nach Syssi nicht im Griff hatte.

Doch als er endlich ins Penthouse zurückkehrte, um dort weiterzumachen, wo sie vor seinem Aufbruch aufgehört hatten, war Syssi nicht da. Er sah in jedem einzelnen Zimmer nach, sogar auf der Terrasse, aber er fand sie nicht.

Wo zum Henker steckt sie?

Er holte sein Handy hervor und rief Amanda an. „Ist Syssi bei dir?“, fragte er ohne jede Begrüßung.

„Nein. Hast du etwa schon geschafft, sie zu vergraulen?“, spottete Amanda.

Grollend legte er auf und stopfte das Handy zurück in die Tasche.

Die logische Schlussfolgerung war, dass sie gegangen war. Doch wie ihr das ohne Zugang zum Daumenabdruck-Scanner oder der Security Bescheid zu sagen gelungen war, war ihm schleierhaft.

Vielleicht hatte Okidu ihr geholfen und war mit ihr im Fahrstuhl nach unten gefahren. Damit wäre das größte Hindernis aus dem Weg gewesen, sodass sie nichts mehr davon abgehalten hätten, wegzugehen.

Und da die Jungs der Security sich mehr um die Personen kümmerten, die das Gebäude betreten wollten, als um die, die es verließen, hätten sie sich kaum etwas dabei gedacht, dass sie hinaus marschierte.

Mit einem deftigen Fluch trat Kian nach einem Übertopf und zuckte zusammen, als er umfiel. Er hatte niemandem etwas vorzuwerfen außer sich selbst.

Immerhin hatte er ihr nicht explizit verboten, das Gebäude zu verlassen, und auch nicht die Security informiert, etwaige Versuche zu verhindern.

Kian ging wieder in die Wohnung und griff wieder nach seinem Handy, um Okidu anzurufen, als er ein fernes Summen hörte.

Düsen. Die Düsen eines Whirlpools. Da steckt sie also …

Erleichtert steckte er das Handy weg und folgte dem Geräusch. Als er das entsprechende Zimmer erreichte, schüttelte Kian den Kopf. Syssi hatte sich für die kleinste, am schlichtesten eingerichtete Suite im Penthouse entschieden. Typisch für sie.

Doch woher er das wusste, war ihm ein Rätsel. Er wusste es einfach.

Seufzend zog er die Stiefel aus und setzte sich aufs Bett. Offenbar war das Warten nicht vorbei, egal, wie lange es gedauert hatte, zu ihr zurückzukehren.

Kian schloss die Augen und versuchte, ein wenig Schlaf zu finden, aber es war zwecklos. Das Problem war, dass er sich immer wieder Syssis herrlichen, nassen Körper im Whirlpool vorstellte, wie sich die Spitzen ihrer perfekten Brüste aus dem Seifenwasser erhoben …

Oh verdammt. Dieses Szenario hatte verheerende Auswirkungen auf seine männliche Anatomie. Es juckte ihn, einfach ins Bad zu platzen und …

Klar. Als würde das gut gehen …

„Nicht", murmelte er, während er in die Hose griff und sich zurechtrückte. Aber sein verdammtes Glied war so steif, dass es über den Saum ragte.

Fluchend verdeckte er es mit seinem Hemd.

Dank allem, was in letzter Zeit geschehen war, hatte er weder die Zeit noch Lust verspürt, loszuziehen, um Sex zu haben. Und nun forderte die langanhaltende Abstinenz ihren Preis.

Sein Körper forderte sein Recht ein.

Allerdings fühlte sich die Vorstellung, seine Begehren mit irgendeinem Flittchen aus einer Bar zu befriedigen, plötzlich abstoßend an. Er sehnte sich nach Syssi. Seine gequälte Seele schrie nach ihrer frischen, süßen Unschuld.

Bald.

Sie würde aus dem Bad kommen, feststellen, dass er wie ein gruseliger Stalker auf sie wartete, und begreifen, dass ihre Zeit abgelaufen war.

Warum zum Teufel braucht sie lang?

Kian verlor die Geduld. Nun, da er seine Entscheidung gefällt hatte, konnte er nicht länger warten.

Als er hörte, dass der Abfluss des Whirlpools geöffnet wurde, schlug sein Herz schneller. Jetzt war es so weit, sie würde jeden Moment rauskommen …

Aber er hatte Pech.

Er knurrte tief in der Kehle. Dann hörte er, dass sie sich mit Bodylotion einrieb. Und mit noch mehr Bodylotion. Und gerade, als seine Anspannung ein kritisches Niveau erreichte, hörte er etwas, das verdächtig nach einem Stöhnen klang.

Was zum Geier? Hatte das kleine Biest ihn nur abgewiesen, um sich hinterher allein zu vergnügen?

Oh nein, auf keinen Fall.

Kian schoss vom Bett hoch und wollte gerade ins Bad platzen, als er hörte, dass der Föhn ansprang. Seine Hand lag schon fast an der Klinke, aber er konnte sich rechtzeitig bremsen.

Er kochte vor kaum im Zaum gehaltener Aggressivität, als er sich zurück aufs Bett sinken ließ, die Arme vor der Brust verschränkte und sich befahl, sich verflixt noch mal zu beruhigen!

Einen tiefen Atemzug nach dem anderen nehmend zwang er sich, aus den Höhen zurückzukehren, in die er sich katapultiert hatte.

Lass es langsam angehen, Idiot. Sie hat keine Ahnung, dass du hier bist und auf sie wartest wie ein Perverser.

Immer wieder sagte er sich, dass er geduldig sein musste, romantisch, es langsam angehen lassen …

Nur wie bitte schön sollte er das anstellen, wenn er angespannt wie eine Bogensehne war?

Entnervt rammte Kian die Stirn gegen die Kopfteil des Bettes.

DARK STRANGER
Die Offenbarung

Legenden, die so hartnäckig und verbreitet sind wie die von Vampiren, Gestaltwandlern und anderen mystischen Kreaturen, aber auch von Ufos und Sichtungen von Außerirdischen, sind vielleicht doch nicht nur das Produkt einer übersprudelnden Fantasie.

Was, wenn der Ursprung dieser Legenden sich auf Ereignisse und Personen gründet, die einen so tiefen Eindruck hinterlassen haben, dass sich deren Echo über Kontinente und Jahrtausende hinweg in den Mythologien aller Zivilisationen wiederfindet? Könnten sie auf realistische Halluzinationen zurückgehen, eingepflanzt von den Mitgliedern einer fortschrittlichen Spezies, die die Fähigkeiten einiger dieser mythischen Kreaturen besaßen?

Vor mehr als siebentausend Jahren entwickelte sich die erste fortschrittliche Zivilisation wie aus dem Nichts. Archäologische Aufzeichnungen belegen, dass die Sumerer über das Sonnensystem Bescheid wussten und die Sonne als dessen Mittelpunkt ansahen, Schulen für ihre Kinder, sowohl für Mädchen als auch für Jungen, betrieben, Gesetze zum Schutz persönlichen Eigentums kannten und Frauen Rechte zubilligten, die ihnen seit dem Untergang der Sumerer bis in die moderne Zeit nicht mehr zugestanden wurden.

Die Sumerer schrieben ihren Göttern die Blaupausen für ihre Zivilisation und ihr fortschrittliches, wissenschaftliches Wissen zu sowie auch die Erschaffung der Menschheit selbst. Sie sahen sich als Hybriden, die die Götter erschufen, indem sie das genetische Material eines Gottes mit dem einer niederen Kreatur kombinierten.

Eine gekürzte Version dieses Schöpfungsmythos findet sich unter anderem in der Bibel wieder, auch wenn man sie an ein monotheistisches Weltbild angepasst hat. Von Adam, Eva und dem Garten Eden ist dort ebenfalls bereits die Rede.

Allerdings ist die Schlange in der sumerischen Fassung ein mitfühlender Gott, der sich entschließt, den Menschen das Wissen um ihre fleischliche Natur zu offenbaren. Entsprechend ist der

Begriff des *Wissens* oder *Kennens* in der Bibel zu verstehen. Er schenkte den Menschen die Fähigkeit, sich fortzupflanzen, wozu sie als Hybriden zuvor nicht in der Lage gewesen waren.

Ein anderer Gott, der Vorsitzende des sumerischen Pantheons, sah in der Fähigkeit der Menschen, sich rasch fortzupflanzen, eine Bedrohung für die Götter – das lässt vermuten, dass die Götter weniger fruchtbar waren – und verbannte sie aus dem göttlichen Garten.

DANKSAGUNGEN

Zuerst möchte ich mich bei Dir bedanken, dass Dir meinen Debütroman gelesen und mich auf diesem unglaublichen Abenteuer begleitet hast.

Als ich im Juli 2015 auf den *Veröffentlichen*-Knopf gedrückt habe, hätte ich nie erwartet, eine so besondere Verbindung zu meinen Lesern herzustellen. Mein Freundeskreis wuchs plötzlich sprunghaft an.

Ich liebe es, eure E-Mail zu beantworten, auf eure Facebook-Kommentare und Nachrichten zu reagieren und eure Rezensionen zu lesen. Ihr seid sprichwörtlich der Wind unter den Flügeln meiner Kreativität und liefert mir die Motivation für die endlosen Stunden des Schreibens und Verbesserns sowie für die Veröffentlichung meiner Geschichten.

Was mich zu meiner Familie bringt. Mein Ehemann und unsere vier Söhne sind mir eine unglaubliche Unterstützung. Danke, dass ihr meine schusselige Unaufmerksamkeit und den Mangel an selbstgekochten Mahlzeiten ertragt. Ich liebe euch alle endlos.

XOXO

Isabell T. Lucas

BÜCHER VON I. T. LUCAS

DIE ERBEN DER GÖTTER

Bisher auf Deutsch erhältlich:

DARK STRANGER

DARK STRANGER DER TRAUM

DARK STRANGER DIE OFFENBARUNG

DARK STRANGER UNSTERBLICH

DARK ENEMY

DARK ENEMY ENTFÜHRT

Die Reihe umfasst im englischen Original bereits über 68 Bände und wird laufend fortgesetzt.

THE CHILDREN OF THE GODS ORIGINS

1: GODDESS'S CHOICE

2: GODDESS'S HOPE

THE CHILDREN OF THE GODS

DARK STRANGER

1: DARK STRANGER THE DREAM

2: DARK STRANGER REVEALED

3: DARK STRANGER IMMORTAL

DARK ENEMY

4: DARK ENEMY TAKEN

5: DARK ENEMY CAPTIVE

6: DARK ENEMY REDEEMED

KRI & MICHAEL'S STORY

29: Dark Prince's Enigma

30: Dark Prince's Dilemma

31: Dark Prince's Agenda

Dark Queen

32: Dark Queen's Quest

33: Dark Queen's Knight

34: Dark Queen's Army

Dark Spy

35: Dark Spy Conscripted

36: Dark Spy's Mission

37: Dark Spy's Resolution

Dark Overlord

38: Dark Overlord New Horizon

39: Dark Overlord's Wife

40: Dark Overlord's Clan

Dark Choices

41: Dark Choices The Quandary

42: Dark Choices Paradigm Shift

43: Dark Choices The Accord

Dark Secrets

44: Dark Secrets Resurgence

45: Dark Secrets Unveiled

46: Dark Secrets Absolved

Dark Haven

47: Dark haven Illusion

48: Dark Haven Unmasked

49: Dark Haven Found

Dark Power

50: Dark Power Untamed

51: Dark Power Unleashed

52: Dark Power Convergence

The Children of the Gods Series Sets

Books 1-3: Dark Stranger trilogy—Includes a bonus short story: **The Fates take a Vacation**

Books 4-6: Dark Enemy Trilogy —Includes a bonus short story —**The Fates' Post-Wedding Celebration**

Books 7-10: Dark Warrior Tetralogy

Books 11-13: Dark Guardian Trilogy

Books 14-16: Dark Angel Trilogy

Books 17-19: Dark Operative Trilogy

Books 20-22: Dark Survivor Trilogy

Books 23-25: Dark Widow Trilogy

Books 26-28: Dark Dream Trilogy

Books 29-31: Dark Prince Trilogy

Books 32-34: Dark Queen Trilogy

Books 35-37: Dark Spy Trilogy

Books 38-40: Dark Overlord Trilogy

Books 41-43: Dark Choices Trilogy

Books 44-46: Dark Secrets Trilogy

Books 47-49: Dark Haven Trilogy

Books 50-52: Dark Power Trilogy

Books 53-55: Dark Memories Trilogy

Books 56-58: Dark Hunter Trilogy

Books 59-61:Dark God Trilogy

Books 62-64: Dark Whispers Trilogy

MEGA SETS

INCLUDE CHARACTER LISTS

The Children of the Gods: Books 1-6

The Children of the Gods: Books 6.5-10

EXKLUSIVE EINBLICKE

Interessiert an exklusiven Einblicken in meine kommenden Veröffentlichungen?

Dann tritt meinem VIP-Club bei, über den du Zugang zum VIP-Portal auf meiner Website itlucas.com erhältst

IMPRESSUM

Dark Stranger Der Traum

By I. T. Lucas

Titel der Originalausgabe:
Dark Stranger The Dream
Children of the Gods 1
Herausgegeben von Evening Star Press
ISBN: 978-1-957139-92-0

Printed by Amazon Italia Logistica S.r.l.
Torrazza Piemonte (TO), Italy

45878019R00208